भूतिया जहाज

शून्य की यात्रा

पुस्तक एक

त्रयी

डॉन स्टीनमैन और कैल ओरे

भूतिया जहाज

प्रकाशक: ACH पब्लिशिंग
संयुक्त राज्य अमेरिका में मुद्रित

अंतर्वस्तु

दिन 0:विदेशी हमला

दिन 1:उपर हवा में

दूसरा दिन: आर्क अराजकता

तीसरा दिन: एलियन हमला

दिन 1V: हिसाब-किताब

दिन V: समाप्ति समय

दिन VI: भटकाव

समर्पण

मेरे प्यारे पति अल को, जो उज्ज्वल और चमकदार हैं

सिकंदर

मेरी वास्तविक जीवन की आकाशगंगा में। -डॉन स्टाइनमैन

मैं यह उपन्यास प्रतिभाशाली बिल्लियों और पुरुषों को समर्पित करता हूँ,

अतीत और वर्तमान, मेरी दुनिया में

पृथ्वी ग्रह और परलोक पर... –कैल ओरे

प्रस्तावना

05:00 जीएसटी *(*गैलेक्टिक मानक समय*)*
दिन *17,* एसजीएमसी *(*मानक गैलेक्टिक सैन्य कैलेंडर*)*
*12*वां महीना
वर्ष *3025:*
17:12:3025 05:00

ओरियन आकाशगंगा में कहीं

एलियन हमला
दिन 0

लापता चालक दल

मेरी त्वचा पर ठंडा पसीना आ गया। मेरा दिल मेरी पसलियों पर धड़क रहा था, और उसकी आवाज़ मेरे कानों में ऐसे गूँज रही थी जैसे परित्यक्त अंतरिक्ष यान के सन्नाटे में कोई उन्मत्त ढोल बज रहा हो। यह एक बुरा सपना था, मैंने खुद से कहा—एक भयानक, सजीव सपना। लेकिन खाली गलियारों और गूँजते सन्नाटे की भयावह सच्चाई ने मुझे झुठलाने का नाम नहीं लिया।

"नमस्ते? क्या कोई है?" मेरी मज़बूत, स्पष्ट और अटल आवाज़, उस दमनकारी अँधेरे में दब गई। एक घबराई हुई हँसी के साथ, मैंने सोचा, मैं यहाँ हूँ, लेफ्टिनेंट अलास्टार कार, आधा इंसान, आधा बिल्ली, एक भूतिया धातु के मकबरे में फँसा हुआ। मेरी कल्पना की एक रचना, मेरे डर और आत्म-संदेह से आकार लेती हुई। यह जानने और अपनी कमज़ोरियों को समझने की वजह से मैं ज़िंदगी में इतनी आगे तक पहुँच पाया, जिससे मुझे उन डरों का सामना करने और उनका पता लगाने का मौका मिला।

सीसे जैसे पैरों से, मैं धुंधले रोशनी वाले गलियारों से गुज़रा। हर कदम पर मेरी रूह काँप रही थी, रीढ़ की हड्डी में सिहरन दौड़ रही थी। जहाज़ की हल्की-सी चरमराहट और कराहें सुनकर मेरे कान फड़क रहे थे, ऐसी आवाज़ें जो किसी और को लगभग सुनाई नहीं देती थीं, लेकिन मेरी सहज प्रवृत्ति को बेचैन कर देती थीं। एक दूर से, अनियमित चरमराहट मेरे कानों तक पहुँची, इतनी धीमी कि कोई इंसान उसे

नज़रअंदाज़ कर दे, लेकिन मेरी इंद्रियाँ बेचैनी से काँप रही थीं। हर परछाई अदृश्य, मायावी आकृतियों से छटपटा रही थी। मैं अपना सिर घुमाकर देखता कि वहाँ क्या है, लेकिन जैसे ही मैंने ऐसा किया, जो कुछ भी था, वह गायब हो गया।

मंद रोशनी दीवारों को मुश्किल से छू पा रही थी, लेकिन मेरी आँखें परछाइयों को चीरती हुई उन बारीकियों को ढूँढ़ रही थीं जो शायद दूसरों की नज़रों से ओझल हो जातीं—जंग की बारीक रेखाएँ, खून के हल्के से धब्बे। बेचैनी को दूर भगाते हुए, मैं उस अस्त-व्यस्त जगह में खोजबीन करता रहा। एक क्षण बाद, मुझे एक क्षतिग्रस्त कंसोल के नीचे छिपा एक जर्जर डेटा लॉग मिला। उसकी स्क्रीन टिमटिमा रही थी मानो मुझसे संवाद करने की कोशिश कर रही हो, मानो वह मेरा ही इंतज़ार कर रही हो। प्रविष्टियाँ मेरे सामने तैर रही थीं, अव्यवस्था, विसंगतियों, नाकाम प्रणालियों और मदद की बेताब गुहारों का एक अस्त-व्यस्त घालमेल।

उस पल, मुझे भावनाओं का एक ज़बरदस्त उफान महसूस हुआ—डर, हताशा और एक खोई हुई भावना। ऐसा लग रहा था मानो उनके विचार मेरे विचारों से जुड़ रहे हों, और मुझे उनके आखिरी पलों में और गहराई तक खींच रहे हों। मेरे अनोखे संकर स्वभाव ने मुझे इन भावनाओं को ऐसे तरीकों से समझने की अनुमति दी, जिन्हें मैं पूरी तरह समझ नहीं पाया था, जिससे मैं न सिर्फ़ स्क्रीन पर दिखाई देने वाले शब्दों को, बल्कि जो कुछ हुआ था, उसके सार को भी समझ पाया।

हर प्रविष्टि मेरी मानसिक शांति के ताबूत में एक कील की तरह थी, हर शब्द उस भयावहता का प्रमाण था जिसने इस जहाज को निगल लिया था। मैं उनकी उन्मत्त आवाज़ें लगभग सुन सकता था, उनके चारों ओर जहाज के बिखरते हुए आतंक की ठंडी पकड़ को महसूस कर सकता था। उनकी भावनाओं से जुड़ने की यह क्षमता एक उपहार और अभिशाप दोनों थी, उनके पागलपन की अंतिम अवस्था की एक झलक। और मुझे खुद को याद दिलाना पड़ा कि यह सिर्फ़ एक भयानक सपना था। यह सच नहीं हो सकता!

तभी एक दृश्य दिखा। कैप्टन जेम्स राइकर, एक विशालकाय व्यक्ति, जिसका चेहरा भयावह था, मेरे सामने प्रकट हुआ। उसकी

कर्कश और कर्कश आवाज़ मेरे मन के गलियारों में गूँज उठी। "बंधन को मज़बूत करो!" उसने आदेश दिया, उसके शब्द हताशा से भरे थे।

दृश्य बदल गया, जर्जर जहाज़ टार्वोस के रत्न में बदल गया, उसका पतवार झुलसा हुआ और मुड़ा हुआ था, किसी अदृश्य आतंक का प्रमाण। राइकर का चेहरा, भय से भरा हुआ, और करीब आ गया, उसकी आँखें क्रोध और मौन निश्चय से भरी थीं। उस क्षण, मैंने खुद को उस आदमी की ओर बेवजह आकर्षित पाया।

होलोग्राफिक छवियाँ टिमटिमाती और नाचती रहीं, जिससे एलियन सिल्हूट्स की झलकियाँ दिखाई देने लगीं। शून्य में छिपे जीवों के बचपन के बुरे सपने फिर से उभर आए, उनके आकार परछाइयों में मुड़ते और विकृत होते जा रहे थे। मेरी त्वचा के नीचे एक आदिम चेतावनी गूंज रही थी, मानो कोई पंजा मेरी नसों को छू रहा हो। वहाँ कुछ था, कुछ देख रहा था।

मेरे होंठों से एक घबराहट भरी हँसी निकली, जो उस भारी डर से बचाव का एक तरीका था। अगर एलियंस हमला करने वाले थे, तो कम से कम एक अच्छी कहानी तो बनती—आकाशगंगाओं में फुसफुसाती एक चेतावनी भरी कहानी। लेकिन अंदर ही अंदर, मुझे पता था कि यह कोई कहानी नहीं है। यह सच था, यह हो रहा था, और मैं इसके केंद्र में फँस गया था।

सन्नाटा मुझे जकड़ रहा था, मेरा दम घुट रहा था। चालक दल बिना किसी निशान के गायब हो गया था, उनका भाग्य एक खौफनाक रहस्य था। घबराहट मेरे गले को जकड़ रही थी, अनजान का डर मानो दम घोंटने वाला कंबल था। अगर उन्हें ऐसी भयावहता का सामना करना पड़ा था, तो मेरा क्या इंतज़ार था?

अलार्म बज रहे थे, उनकी तीखी चीखें गलियारों में गूँज रही थीं। जहाज मेरे पैरों तले कराह रहा था और काँप रहा था, टिमटिमाती रोशनियाँ कालिख से सनी दीवारों पर विचित्र साये बना रही थीं। राइकर के आखिरी लट्ठे, जो स्थिरता और निराशा से भरे थे, मेरे दिमाग में घूम रहे थे, उस अंधेरे की लगातार याद दिला रहे थे जिसने उसे निगल लिया था।

संचार चरमरा रहा था, सन्नाटा स्थिरता के फटने से टूट रहा था। कोई आवाज़ नहीं, कोई आश्वासन नहीं, बस खालीपन था। जले हुए सर्किट और सड़न की गंध मेरे नथुनों में भर गई। मैं अकेला था, बिल्कुल अकेला, भय और अनिश्चितता के सागर में बहता हुआ।

टूटे-फूटे और दरारों से भरा व्यूपोर्ट, उस पार की खाई की एक झलक दिखा रहा था। मलबे से ढका तारों का एक घूमता हुआ समूह मेरे सामने फैला हुआ था, शून्यता का एक अंतहीन विस्तार। और फिर, मैंने उसे देखा। कालेपन के बीच एक हलचल की झलक, कुछ अजनबी और शिकारी, नष्ट हुए जहाज के टुकड़ों के बीच से तेज़ी से गुज़र रहा था।

मेरी सहज प्रवृत्ति मुझ पर चीख पड़ी, जैसे एक आदिम भय मेरे भीतर से उमड़ रहा हो। जहाज—या क्या ये दो जहाज थे—उनकी छवियाँ मेरे मन में परछाइयों की तरह घूम रही थीं, और जितना मैं ध्यान केंद्रित करने की कोशिश करता, उनके आकार धुंधले होते जा रहे थे। वे सिर्फ़ क्षतिग्रस्त ही नहीं थे; उन्हें वीरान कर दिया गया था, उनके चालक दल गायब हो गए थे, शून्य में समा गए थे। समय फिसलता गया, हर पल रेत का एक कण मेरी उँगलियों से गिर रहा था। कैप्टन राइकर कहाँ थे? ज्वेल का चालक दल कहाँ था? उनके जहाजों पर किसने हमला किया था? और क्या मैं यह पता लगाने के लिए इतने समय तक जीवित रह पाऊँगा?

दुःस्वप्न जारी रहा, उसकी प्रवाल डोरियाँ मुझे जकड़ती गईं, मुझे भय के गर्त में और गहराई तक खींचती गईं। मैं खोई हुई, अकेली और एक ऐसे सपने में फँसी हुई थी जो बिल्कुल वास्तविक लग रहा था।

दिन 0: आकाश में ज़ेफिर

अध्याय 1

लक्ष्य

17:12:3025   06:00

Lieutenant Alastar Kar

मैं चौंककर जाग गया, मेरी छाती जकड़ी हुई थी, सपने की सजीव तस्वीरें मेरे मन में साये की तरह चिपकी हुई थीं। क्या यह एक सपना था—या कुछ और? एक पूर्वाभास? यह तो समय ही बताएगा। मैं एक पल के लिए बिस्तर पर बैठ गया, मेरी साँसें धीमी थीं, मैं उस डर को दूर भगाने की कोशिश कर रहा था। खाली जहाज का एहसास, पराया ख़तरा... यह सब बहुत वास्तविक लगा। मेरा दिल तेज़ी से धड़क रहा था और स्टेशन की जानी-पहचानी आवाज़ें, जो मेरी बढ़ी हुई इंद्रियों द्वारा ग्रहण की गईं, मुझे उस दुःस्वप्न से बाहर निकालकर वर्तमान में वापस लाने में कई मिनट लग गए।

साँस छोड़ते हुए, मैंने अपने मन को केंद्रित किया और खुद को आगे के रोज़मर्रा के कामों में केंद्रित कर लिया। मैंने स्टेशन के सिस्टम की धीमी, स्थिर और आश्वस्त करने वाली ध्वनि सुनी। मैं अभी भी अपनी नाड़ी की धीमी आवाज़ सुन पा रहा था, जो सन्नाटे में बहुत तेज़ थी। आँखें मलते हुए, मैंने अपने मन से कोहरा हटाने के लिए पलकें झपकाईं।

उठते ही, मैं बिना सोचे-समझे सुबह की गतिविधियों में लग गया। जल्दी से नहाया, ठंडे पानी ने मुझे ज़मीन पर टिका दिया, और फिर मैंने अपनी वर्दी पहन ली। मैंने अपना रोज़ाना का वर्कआउट किया—कुछ आसान, बस इतना कि स्टेशन की ज़िंदगी की नीरसता में

मेरी मांसपेशियाँ अकड़ न जाएँ। मेरी सहज प्रवृत्ति स्थिरता से ज़्यादा क्रियाशीलता की ओर झुकी हुई थी, और मैंने बहुत पहले ही सीख लिया था कि मुझे चलते रहना है, तब भी जब मेरे विचार अँधेरे में भटकना चाहते हों।

एक मानसिक झटके के साथ, मैंने उस सपने के अवशेषों को अपने मन के पीछे धकेल दिया। वह बेचैन करने वाला था—लेकिन यह उससे अधिक कुछ नहीं था... ठीक है--मैंने अपने हाथ में पकड़े डेटा पैड पर नज़र डाली, टिमटिमाता होलोग्राफ़िक रीडआउट आगे के काम की याद दिला रहा था। मैं कमरे से बाहर निकला और अवलोकन डेक की ओर चल पड़ा। पलायन।यह दृश्य उन कुछ चीजों में से एक था जिसने मुझे जमीन से जुड़ा रखा।

पारदर्शी व्यूपोर्ट के सामने खड़े होकर, मैंने शीशे की ठंडक को अपने दस्तानों वाले हाथों में महसूस किया। स्टेशन के कृत्रिम गुरुत्वाकर्षण ने मेरे पैरों को स्थिर रखा, लेकिन मुझे लगा कि अंतरिक्ष का भारहीनता मेरे सामने फैला हुआ है, एक विशाल, अगम्य खाई। सूर्य इंद्र की सतह पर धीरे-धीरे उगने लगा था, जिससे नीचे के ग्रह पर लंबी परछाइयाँ पड़ रही थीं। कमरे में एक कोमल गर्म चमक छा गई थी, हालाँकि बाहर का शून्य ठंडा और उदासीन बना हुआ था।

मैंने गहरी साँस ली, स्टेशन की धीमी गूँज मेरे कानों में गूंज रही थी, और मैंने अपनी आँखों को उस भव्य दृश्य के साथ तालमेल बिठाने दिया। ओरियन आर्म—मेरा घर, या जिसे मैं घर कहने लगा था—मेरे सामने तारों और नीहारिकाओं के अंतहीन प्रदर्शन में, एक जीवंत चित्रपट की तरह फैला हुआ था। मैं अपने जूतों के नीचे डेक के हल्के कंपन, स्टेशन की धड़कन, और आने वाली किसी भी चीज़ से पहले की शांति को महसूस कर सकता था। मैं उसमें खो जाना चाहता था, लेकिन उस सन्नाटे में कुछ ऐसा लग रहा था जैसे वह कुछ छिपा रहा हो, कुछ ऐसा जो मेरी पहुँच से परे हो।

एक कहावत में.सुदूर प्रदेश में आपका स्वागत है। जहाँ कोई आपकी बात नहीं सुन सकता। "सुप्रभात, ओरियन आर्म।"मैंने फुसफुसाकर पूछा, लेकिन मुझे उम्मीद नहीं थी कि कोई जवाब देगा। अगर जवाब भी देता, तो मुझे कभी यकीन नहीं होता कि उन्हें समझ आ गया है।

मेरा नाम लेफ्टिनेंट अलास्टार कार है। कभी-कभी मुझे एक गौरवशाली अंतरिक्ष यात्री जैसा महसूस होता है। हालाँकि, यह मेरे व्यक्तित्व की पूरी जटिलता को कभी नहीं दर्शाता। कुछ दिनों में, मुझे ब्रह्मांड का सबसे अति-योग्य अंतरिक्ष चौकीदार जैसा महसूस होता है—दूर-दराज़ के ग्रहों का मलबा समेटते हुए, और साथ ही अपनी पहचान के बोझ से दबने से बचने की कोशिश करते हुए।

मेरा रूप-रंग कई प्रभावों का मिश्रण है—मेरी एशियाई विरासत मेरे तराशे हुए चेहरे, मेरे ऊँचे गालों, बादाम के आकार की अंबर जैसी आँखों और सीधे, गहरे काले बालों में झलकती है। लेकिन मेरी बिल्ली जैसी आँखें ही सबसे ज़्यादा ध्यान खींचती हैं। उनकी तीखी अंबर जैसी चमक इस सच्चाई को उजागर करती है कि मैं पूरी तरह से इंसान नहीं हूँ। अपनी विशिष्ट आँखों और काले बालों के साथ, मुझे पता है कि मैं यहाँ स्टेशन पर सबसे अलग दिखती हूँ और कभी-कभी मैं सोचती हूँ कि क्या मैं यहाँ की भी हूँ। मुझमें कुछ ऐसा है जो बिल्कुल फिट नहीं बैठता, कुछ ऐसा जो मुझे एक आवारा जहाज़ की बिल्ली जैसा महसूस कराता है जो किसी तरह चुपके से जहाज़ पर चढ़ गई हो—दुबली-पतली, लंबी और तारों के बीच अजीब तरह से बेमेल।

मैं कभी-कभी अपनी विरासत का मज़ाक उड़ाता हूँ—कि मेरी माँ के बिल्ली जैसे स्वभाव ने मुझे दिल से सिंह राशि का बना दिया। सच तो यह है कि मैं अपनी असली माँ के बारे में ज़्यादा नहीं जानता। मुझे लगभग चार साल की उम्र में गोद लिया गया था, और उनकी यादें सपनों की क्षणभंगुर झलकियों जैसी हैं—धुंधली, अस्पष्ट, लेकिन किसी तरह गहराई से जानी-पहचानी। हालाँकि, मुझे पता है कि मेरा बिल्ली जैसा स्वभाव उनसे आया है, और यह उन रक्त-वंशों से मुझे विरासत में मिला है जिन्हें मैं शायद कभी पूरी तरह से समझ नहीं पाऊँगा। इतने आत्मविश्वास के बावजूद, मेरे मन में अभी भी कुछ सवाल हैं:अगर मैं आधा इंसान और आधा बिल्ली हूँ, तो क्या मैं... कुछ और हूँ? मुझे एहसास है कि मैं दो दुनियाओं के मेल से कहीं बढ़कर हूँ। मैं उनका नतीजा हूँ, किसी तरह मिलकर कुछ... अलग बना हूँ। कुछ अनोखा, और मैंने बस उसमें घुलना-मिलना सीख लिया है। लेकिन इस शांत पल में, इस बात से इनकार नहीं किया जा सकता कि मैं ठीक वहीं हूँ जहाँ मुझे

होना चाहिए। भले ही मुझे अभी इसका मतलब पूरी तरह समझ न आया हो।

कुछ ही दिन पहले, मैं एक कैडेट था, एक होनहार छात्र जो सैन्य रणनीति और आकाशगंगा कूटनीति की जटिलताओं से जूझ रहा था। अब, एक नए अधिकारी के रूप में, मेरी वर्दी, जो साफ़-सुथरी सिली हुई थी, पर मेरी हालिया पदोन्नति का प्रतीक चिन्ह अंकित था। जैसे ही मैंने अपना वज़न बदला, कपड़ा मेरी त्वचा से टकराया। छह फुट लंबा, मैं एक प्रभावशाली व्यक्तित्व का मालिक था, मेरी दुबली-पतली मांसपेशियाँ ताकत और फुर्ती, दोनों का संकेत देती थीं। लेकिन मेरी आँखें ही ध्यान खींचती थीं—उनका अंबर रंग, पॉलिश किए हुए शहद जैसा, पतली पुतलियों से घिरा हुआ, जो मुझे एक अलौकिक आभा प्रदान करता था, या ऐसा लोग मुझे कहते थे। वे ऐसी आँखें थीं जिन्होंने एक औसत कैडेट से कहीं ज़्यादा देखा था, ऐसी आँखें जिनमें राज़ छिपे थे।

पीछे मुड़कर देखें तो, दीक्षांत समारोह गतिविधियों से भरा रहा होगा। दीक्षांत समारोह के दौरान अकादमी का भव्य हॉल उत्सुकता से गूंज रहा था। गुंबददार छत से ऐतिहासिक नौसैनिक विजयों को दर्शाते बैनर लटके हुए थे। कैडेट, अपनी बेदाग वर्दी में, पंक्तिबद्ध खड़े थे, उनके दिल धड़क रहे थे। पॉलिश धातु और कलफ लगे कपड़े की खुशबू हवा में महक रही थी। मैंने बधाइयाँ और हाथ मिलाना स्वीकार किया था, लेकिन मेरा ध्यान सीलबंद असाइनमेंट लिफाफे और इंद्रा नेवल फ्लीट के आधिकारिक प्रतीक चिन्ह वाले एक डेटा पैड पर ही अटका हुआ था। मेरे भविष्य का द्वार।

मेरे दत्तक माता-पिता, डॉ. लिन और कैप्टन हिरोशी कार, स्नातक समारोह में शामिल हो पाए। वे नौसेना अकादमी के स्नातक समारोह में भीड़ के बीच गर्व से खड़े थे। उनके चेहरे खुशी और पुरानी यादों से भरे हुए थे जब उन्होंने अपने इकलौते बेटे, जो उनकी आशाओं और सपनों का प्रतीक था, को कमीशन प्राप्त करते देखा।

जब मैं अपनी सजीली वर्दी पहने मंच पर उतरा, तो डॉ. लिन और कैप्टन हिरोशी ने गर्व भरी नज़रों से एक-दूसरे को देखा। मैंने कल्पना की कि उनके दिल संतुष्टि की भावना से भर गए होंगे। आखिरकार, उन्होंने आकाशगंगाओं की यात्रा की थी, खतरों का सामना किया था, और साथ में समय का त्याग किया था, और यह सब इसी पल

के लिए था। मेरा पल। मेरा स्नातक होना सिर्फ़ मेरी उपलब्धि नहीं थी; यह उनकी भी थी, प्रेम, त्याग और ब्रह्मांड के विशाल विस्तार में एक उज्जवल भविष्य की अटूट आशा का प्रमाण। दबाव मुझ पर था, उनके चुने हुए वंशज पर, उनके गौरव और आनंद पर, जिन्हें उनकी आशाओं को आगे बढ़ाने के लिए प्यार और देखभाल के साथ अपनाया गया था।

नीचे, इंद्र ग्रह अपने दो चंद्रमाओं की कोमल रोशनी में किसी रत्न की तरह चमक रहा था, फ़िरोज़ा सागर पन्ने जैसे भूभागों में एकाकार हो रहे थे, उनकी सीमाएँ धुंध और बादलों से धुंधली हो गई थीं। मेरे नीचे की तस्वीर किसी भूले हुए सपने के टुकड़ों जैसी यादें ताज़ा कर रही थी, जो मेरे भीतर गहराई तक गूंज रही थीं। बात यह है कि जब से मुझे याद है, यह दुनिया मेरा घर रही है। मुझे चार साल की उम्र में गोद लिया गया था, मैं एक छोटा लड़का था जिसे अपनी मूल जड़ों की कोई याद नहीं थी, लेकिन मुझे बताया गया था कि मेरी जैविक माँ एक बिल्ली थी (एक विदेशी, लोगों के अनुकूल बॉम्बे बिल्ली, जिसका फर गहरा काला और आँखें आकर्षक सुनहरी थीं), जिससे यह नस्ल एक तेंदुए जैसी दिखती है।

मेरे माता-पिता, डॉ. लिन और कैप्टन हिरोशी कार ने मुझे एक जलीय दुनिया में पाला था। मेरी माँ, डॉ. लिन, एक समुद्री जीवविज्ञानी, ने समुद्र के प्रति अपने प्रेम को मेरे साथ साझा किया था। मुझे उन द्वीपों की खोज, क्रिस्टल-क्लियर लैगून में तैरने और समुद्र के तौर-तरीकों को सीखने के अपने अद्भुत वर्ष याद आए। मेरे पिता, कैप्टन हिरोशी एक सेवानिवृत्त नौसेना अधिकारी हैं, उन्होंने मुझे एक प्रेमपूर्ण, लेकिन सख्त सैन्य अनुशासन में पाला, जिसने मुझमें कर्तव्य और सम्मान की भावना पैदा की थी। उन्होंने मुझे कभी अलग या अलग-थलग महसूस नहीं कराया। मेरे साथ अच्छा व्यवहार किया और सुनिश्चित किया कि मुझे कभी किसी चीज़ की कमी न हो। स्नातक होने के बाद यह अपरिहार्य था। मैं उन्हें और उस एकमात्र घर को छोड़ दूँगी जिसे मैं पीछे छोड़ सकती थी। मुझे अभी भी यकीन नहीं था कि मैं इसके बारे में कैसा महसूस करूँगी। इसे मिटा दो। खैर, सच कहूँ तो, इंद्र की शांत सुंदरता को अंतरिक्ष के ठंडे वातावरण में छोड़ने के विचार ने मेरे पेट में तितलियाँ उड़ा दीं

मैंने अपने हाथों में पकड़े पैड की ठंडी आबनूस जैसी सतह पर नज़र डाली। स्क्रीन पर उंगली फेरते ही वह मेरे स्पर्श के आगे झुक गई, और एक होलोग्राफिक प्रक्षेपण प्रकट हुआ। आईएसएस ज़ेफायर की एक छवि मेरे सामने प्रकट हुई। मेरी आँखें चौड़ी हो गईं, मेरी पुतलियाँ आश्चर्य से चौड़ी हो गईं, आईएसएस ज़ेफायर एक किंवदंती जैसा जहाज़ था! इसका ओब्सीडियन जैसा काला पतवार, प्रकाश को अवशोषित करता हुआ प्रतीत हो रहा था, जिससे यह ब्रह्मांडीय पृष्ठभूमि में लगभग अदृश्य हो गया था। डिज़ाइन कार्यात्मक और सौंदर्य की दृष्टि से मनभावन था, साथ ही गति और चपलता का वादा भी करता था।

मेरी धड़कनें तेज़ हो गईं, एक रोमांच, जो आशंका के कंपन के साथ मिलकर मेरे अंदर दौड़ गया। ज़ेफायर कोई साधारण जहाज़ नहीं था; यह एक प्रायोगिक कार्वेट था जो अपनी गति और उन्नत क्लोकिंग तकनीक के लिए प्रसिद्‌ध था। यह एक किंवदंती थी, अकादमी के गलियारों में एक फुसफुसाहट, एक ऐसा जहाज़ जिसके बारे में श्रद्‌धा और थोड़े डर के साथ बात की जाती थी। कहा जाता था कि यह बेड़े का सबसे तेज़ जहाज़ था, जो किसी भी दुश्मन को मात देने और सबसे परिष्कृत पहचान प्रणालियों को चकमा देने में सक्षम था। ज़ेफायर पर सेवा करना कई लोगों के लिए एक सपना था, लेकिन इसके साथ बहुत दबाव और उम्मीदें भी थीं। और मुझे जल्द ही अकादमी छोड़कर उस जादुई अंतरिक्ष यान में सवार होना था!

होलोग्राम से अपनी नज़रें हटाकर, मैंने व्यूपोर्ट से बाहर देखा, ओरियन आर्म के विशाल विस्तार को निहारते हुए। तारे दूर के रत्नों की तरह टिमटिमा रहे थे, हर एक एक संभावित गंतव्य, एक नया रोमांच जो खोजे जाने का इंतज़ार कर रहा था। अंतरिक्ष स्टेशन अपने आप में गतिविधियों का केंद्र था, जहाज आते-जाते रहते थे, शटल रसद और कर्मचारियों को ले जाते थे, और रखरखाव दल अपने काम में व्यस्त रहते थे। मैं उत्साहित था, पर डरा हुआ नहीं—हालाँकि अगर मैं यह न मानूँ कि मेरे पेट में कुछ तितलियाँ (या कौवे) उड़ रही थीं, तो मैं झूठ बोलूँगा।

अपनी पूरी ट्रेनिंग के बावजूद, मेरा एक हिस्सा इस आशंका को दूर नहीं कर पा रहा था। अकादमी में अपने समय के दौरान, मैंने चुनौतीपूर्ण प्रशिक्षण अभियानों पर काम किया जो मुझे आकाशगंगा के

विभिन्न कोनों में ले गए। ये यात्राएँ कैडेटों की वास्तविक दुनिया के परिदृश्यों को संभालने की क्षमता का मूल्यांकन करने और नेविगेशन, युद्ध और कूटनीति में उनके कौशल को निखारने के लिए डिज़ाइन की गई थीं। मुझे स्वीकार करना होगा कि अपनी अद्भुत छठी इंद्री की बदौलत मैं लगभग हर चीज़ में उत्कृष्ट रहा।

चाहे गलती से किसी क्षुद्रग्रह क्षेत्र में शटल उड़ाना हो, किसी बेहद असंतुष्ट एलियन प्रजाति के साथ शांति संधि करने की अजीब कोशिश करना हो, या किसी नकली दुश्मन अड्डे पर सामरिक हमला करना हो और फिर यह एहसास होना हो कि मेरे पास गलत नक्शा है, मैं किसी तरह अपना रास्ता बनाने में कामयाब रहा हूँ और कभी-कभी पूरी तरह से गड़बड़ न करके लोगों को चौंका भी देता हूँ। कुल मिलाकर, मेरे प्रदर्शन ने मुझे अकादमी में आगे बढ़ने और मेरे साथ शुरुआत करने वाले अपने साथी कैडेटों को पीछे छोड़ने के लिए अंक दिलाए। हालाँकि, मैंने हर बार मना कर दिया, अपने पिता द्वारा सिखाई गई बातों पर अडिग रहा।

तो, मैं वहाँ था, आधा इंसान, आधा—ख़ैर, सिर्फ़ भगवान ही जाने क्या—वर्ष 3025 में जी रहा था, कल्पना कर रहा था कि मैं अंतरिक्ष की एक यात्रा पर निकल रहा हूँ, अनकहे रोमांचों की ओर। कैप्टन हिरोशी हमेशा कहते थे, "शॉर्टकट लेने का मतलब है जितना मिलता है उससे ज़्यादा खोना।" उनके ये शब्द मेरे दिल में सफ़ेद पर काले पत्थर की तरह बस गए। उन्होंने मेरे प्रशिक्षण और तारों के बीच जीवन के प्रति मेरे दृष्टिकोण को आकार दिया। मैं वहाँ बस यूँ ही बहकर जाने के लिए नहीं था; मैं अपनी पहचान बनाना चाहता था, कड़ी मेहनत और लगन से पहचान बनाना चाहता था। और इसी वजह से मुझे अपने साथी अंतरिक्ष यात्रियों से गहरा सम्मान मिला।

हालाँकि मेरे पास कुछ बेहतरीन हुनर थे, फिर भी मैंने अपने पैर ज़मीन पर जमाए रखे और हालात बिगड़ने पर भी स्थिर रहा। सच्चा नेतृत्व इस तरह नहीं होता जैसे आप पूरी आकाशगंगा के मालिक हों; बल्कि अपने अनुभवों को साझा करना और अपने साथियों के साथ विश्वास बनाना होता है। आख़िरकार, फ्रिज के नीचे से टूना का वो आखिरी टुकड़ा निकालने में आपकी मदद और कौन करेगा?

संक्षेप में, मेरे दत्तक पिता ने मुझे सिखाया कि अगर आप बिना किसी नुकसान के अंतरिक्ष में उड़ान भरना चाहते हैं, तो आपको मेहनत

करनी होगी और अपने साथियों के साथ अच्छे संबंध बनाने होंगे। क्योंकि आखिरकार, अंतरिक्ष में सिर्फ़ एक शांत स्वभाव का इंसान होना ही काफ़ी नहीं है; बल्कि एक सम्मानित नेता होना भी काफ़ी है।

एक प्रश्न मेरे मन में कौंध रहा था।एक रहस्यमय अतीत और बिना परखे हुए क्षेत्रीय अनुभव वाले एक युवा अधिकारी, मुझे ज़ेफायर का कार्यकारी अधिकारी कैसे चुना गया? क्या यह मेरे असाधारण कौशल का नतीजा था या कुछ और?मुझे वो कठिन प्रशिक्षण सत्र, सिमुलेटर पर बिताए लंबे घंटे, और कड़ी शारीरिक कसरत याद आ गई। मैं पढ़ाई में अव्वल था, जटिल रणनीतियों और रणनीतियों में पारंगत था, और अपनी कक्षा में अव्वल था। यह समझ से परे था कि अधिकारी बिना किसी अनुभव के किसी ऐसे व्यक्ति को इतने महान जहाज पर नियुक्त करेंगे। इस विचार से मेरी रीढ़ में सिहरन दौड़ गई, एक झुनझुनी सी हुई जिससे मेरी बाँहों के बाल खड़े हो गए। मैं इस एहसास को अनदेखा नहीं कर सका कि ज़ेफायर में मेरी नियुक्ति महज एक संयोग नहीं थी।क्या मेरा मिशन ज़ेफिर भाग्य पर है या कल्पना करने के लिए और अधिक है?

तीस मिनट बाद, मैं अवलोकन डेक से मुड़ा, मेरी नज़र अकादमी के जाने-पहचाने गलियारों पर पड़ी, और मैं लिफ्ट की ओर बढ़ गया। गलियारों में प्रतिष्ठित स्नातकों, पुरुषों और महिलाओं के चित्र लगे थे, जिन्होंने बेड़े और आकाशगंगा में महत्वपूर्ण योगदान दिया था। हर कदम मेरे अनकहे सवालों के बोझ से गूंज रहा था। चलते हुए, मैं कैडेटों के समूहों के पास से गुज़रा, उनके चेहरों पर उत्साह और घबराहट का मिला-जुला भाव था, क्योंकि वे अपने भविष्य की तैयारी कर रहे थे। अकादमी मेरा घर थी, सीखने और विकास की जगह, लेकिन अब मैं अनजानी दुनिया में छलांग लगा रहा था।

मेरे कदमों की आहट गलियारे में गूँज रही थी, हर कदम मुझे लिफ्ट के करीब ले जा रहा था। मेरे मन में सवालों की बाढ़ आ गई—वे अडिग साथी जो अकादमी की कठिनाइयों में मेरे साथ रहे थे। जवाब, तारों की धूल की तरह मायावी, ओरियन आर्म के अज्ञात विस्तार से पुकार रहे थे। और वहाँ, किसी प्रेत की तरह इंतज़ार कर रहा था, ज़ेफायर—एक जहाज जो धीमी आवाज़ में फुसफुसा रहा था, जिसका अस्तित्व ही एक ब्रह्मांडीय रहस्य था।

मैं लिफ्ट के पास पहुँच ही रहा था कि दरवाज़े फुफकार कर खुले और परछाईं से एक आकृति उभरी। एडमिरल जेफ़र्स—समय और युद्ध द्वारा गढ़ी गई एक आकृति—उनके सामने खड़ी थी। उनके चेहरे पर अनगिनत अभियानों का नक्शा था, आकृतियाँ उकेरी हुई रेखाएँ, कमान, बुद्धिमत्ता और कठिनाई के अथक दबाव की गवाही दे रही थीं। घिसी-पिटी त्वचा पराए वातावरण की कहानियाँ सुना रही थी, उन ग्रहों की जहाँ की हवा में गंधक या बर्फ़ का स्वाद था। उनके कभी काले बाल, सैन्य सटीकता से कटे हुए, चाँदी में बदल गए थे। लेकिन उनकी आँखें—तूफ़ानों के रंग की—ने मेरा ध्यान खींचा। हमेशा चौकन्ने रहने वाले तूफ़ानी बादलों ने एक युवा और उत्सुक अफ़सर की मेरी बिल्ली जैसी निगाहों से मुलाकात की।

जैसे ही हमारी नज़रें मिलीं, एडमिरल के चेहरे पर हल्की सी चमक आ गई। यह कोई आश्चर्य नहीं था, बल्कि कुछ और था—शायद पहचान की एक झलक जो तुरंत छिप गई। "लेफ्टिनेंट कार," एडमिरल की आवाज़ गड़गड़ाहट के साथ दूर से आती तोपों की तरह सन्नाटे को चीरती हुई आई। मैं अचानक ध्यान में आया, रीढ़ सीधी, हर मांसपेशी सम्मान से तनी हुई।

"एडमिरल!" मेरी प्रतिक्रिया स्पष्ट थी, एक सटीक सलामी।

"आराम से रहो, लेफ्टिनेंट," जेफर्स ने आदेश दिया, उनका स्वर गंभीरता से भरा हुआ था।

मैंने सिर हिलाया, मेरे अंदर एक उत्सुकता का भाव पनप रहा था क्योंकि मैं उन पुरुषों और महिलाओं से मिलने के लिए तैयार था जो मेरी कमान में सेवा करेंगे। मैं उनके कौशल, उनकी निष्ठा और आने वाली चुनौतियों के लिए उनकी तत्परता का आकलन करना चाहता था—ये गुण मैंने कैनिसारा में गहराई से सराहे थे, जो मेरी अकादमी की साथी थी और जिसकी ल्यूपिनॉइड जैसी गहरी प्रवृत्ति और अटूट एकाग्रता थी। वह अशांत समय में भी एक स्थिर उपस्थिति रही थी, और मुझे उम्मीद थी कि मुझे अपने नए दल में भी वही विश्वसनीयता मिलेगी।

"मैं देख रहा हूँ कि आपको अपने ऑर्डर मिल चुके हैं।" जेफर्स ने मेरे हाथ में पकड़े पैड की ओर देखते हुए कहा।

मैं थोड़ा निश्चिंत हुआ और उनके काम के अनकहे महत्व को स्वीकार किया। "बिल्कुल, सर।"

"अच्छा," जेफ़र्स ने अपनी गहरी, प्रभावशाली आवाज़ में कहा, जिसने अनगिनत लड़ाइयों और जीतों के ज़रिए सम्मान अर्जित किया था। "आपका काम कोई छोटी बात नहीं है।" वह रुका, उसकी आँखें शब्दों के भार से मेरी आँखों में गड़ी रहीं। "ज़ेफ़र किसी भी अन्य जहाज़ से अलग है। यह अंतरिक्ष में एक शांत, लगभग भूतिया गरिमा के साथ चलता है। इसका मिशन गोपनीयता में लिपटा हुआ है। एक कप्तान का स्थिर हाथ इसकी दिशा तय कर सकता है, लेकिन एक कार्यकारी अधिकारी का दिमाग़ ही इसकी विरासत को परिभाषित करेगा।"

मैंने एडमिरल की नज़रों से नज़रें मिलाईं और मन ही मन कसम खाई कि मैं इस चुनौती का सामना करने के लिए अपनी पूरी ताकत लगा दूँगा और उन लोगों को निराश नहीं करूँगा जिन्होंने मुझे इस ज़िम्मेदारी के काबिल समझा था। "मैं समझ गया, सर।"

"ज़ेफायर का मिशन," जेफ़र्स ने स्थिर और संतुलित स्वर में कहा, "गोपनीय है। डॉक पर पहुँचने पर आपको अपने आदेश मिल जाएँगे। तैयार हो जाइए, लेफ्टिनेंट। ओरियन आर्म अनजान चीज़ों से भरा है, और ज़ेफायर को उनसे पार पाना आपकी ज़िम्मेदारी होगी।"

एडमिरल की आँखें मेरी आँखों में गड़ी रहीं, मानो किसी भी तरह के संदेह या हिचकिचाहट की तलाश में हों। कुछ न पाकर, उन्होंने आखिरी बार सिर हिलाया, जो स्वीकृति और चेतावनी दोनों का संकेत था, और फिर मुड़कर गलियारे की परछाइयों में गायब हो गए। उनके जाने के बाद मैं अकेला रह गया, मेरे मन में "क्या होता अगर" के विचारों और नीचे रत्नजड़ित ग्रह का मिला-जुला भाव था।

खुद को दृढ़ता से सिर हिलाते हुए, मैं मुड़ा और सामान पैक करने के लिए अपने क्वार्टर की ओर चल पड़ा। अकादमी के गलियारे, जो कभी जाने-पहचाने और सुकून देने वाले थे, अब एक नई तत्परता से गुलज़ार लग रहे थे। मैं कैडेट्स और अफसरों के पास से गुज़रा, उनके चेहरों पर उत्साह और आशंका का मिला-जुला भाव था, बिल्कुल मेरे चेहरों जैसा।

अपने क्वार्टर पहुँचकर, मैंने व्यवस्थित ढंग से अपना सामान पैक किया, मेरा ध्यान आगे के कामों पर केंद्रित था। मैंने अपनी वर्दी, निजी सामान और इंद्रा में बिताए कुछ यादगार चीज़ों पर ध्यान दिया। मैंने जो भी सामान पैक किया, वह मेरी अब तक की यात्रा की याद दिलाता था और उन चुनौतियों और रोमांचों का प्रतीक था जो मेरा इंतज़ार कर रहे थे।

सामान पैक करते हुए, मैंने अपने क्वार्टर पर एक आखिरी नज़र डाली। यह मेरा आश्रय स्थल था, सीखने और विकास का स्थान, लेकिन अब आगे बढ़ने का समय आ गया था। मैंने एक बार फिर डेटा पैड उठाया, इसकी ठंडी सतह आगे आने वाले मिशन की याद दिला रही थी। एक गहरी साँस लेकर, मैंने डॉकिंग बे की यात्रा के लिए खुद को तैयार किया।

अध्याय दो

आरोहण

प्रस्थान-पूर्व

Lieutenant Alastar Kar

वाह! मेरी आँखें चौड़ी हो गईं जब मैंने अपने सामने उस प्रभावशाली जहाज को देखा, जिसका चिकना आकार सुबह के ढलते सूरज की रोशनी में चमक रहा था। ज़ेफायर डॉकिंग बे 7 में बड़ा दिखाई दे रहा था; एक चिकना शिकारी जहाज हैंगर की तेज़ रोशनी में नहाया हुआ। इसका पतवार, गहरे ओब्सीडियन मिश्रण से बना, लगभग तरल पदार्थ की तरह झिलमिला रहा था, जो उसके आसपास की उन्मत्त गतिविधि को प्रतिबिंबित कर रहा था। आपूर्ति शटल नियंत्रित अराजकता का नृत्य कर रहे थे, उनके कार्गो बे से बक्से, उपकरण और कर्मचारियों की बाढ़ आ रही थी।

गहरे नीले रंग की नौसेना की वर्दी पहने, अपनी अम्बर जैसी आँखों से इधर-उधर घूमते हुए, अपने आस-पास के माहौल को निहारते हुए, मैं शटल रैंप से उतरकर हैंगर के फर्श पर आ गया। हवा मशीनों की धीमी गड़गड़ाहट, निकलती गैसों की तेज़ फुफकार और अनगिनत आवाज़ों की बुदबुदाहट से गूंज रही थी। यह तैयारी का एक सुरीला संगीत था, ज़ेफायर के आसन्न प्रस्थान के लिए ऊर्जा का एक चरमोत्कर्ष। मेरी लंबी टाँगें किसी शिकारी की तरह तरल और आकर्षक ढंग से हिल रही थीं, और मैंने अपनी उँगलियों से अपने स्टाइल किए हुए लेकिन झबरा काले बालों को पीछे किया और ऊपर हैंगर की चमकती रोशनी की ओर देखा।

जहाज के मुख्य एयरलॉक की ओर बढ़ते हुए मेरे कदमों की आहट धातु की जाली पर गूँज रही थी। मेरा स्वागत गार्ड-डॉग रोबोट और तकनीशियनों के एक समूह ने किया, उनके चेहरे मैल और पसीने से सने

हुए थे। वे तेज़ी से आगे बढ़े, उनके हाथ जाँच उपकरणों और नए पुर्जों से लदे हुए थे। मैंने स्वीकृति में सिर हिलाया, और मेरी नज़र उनकी प्रगति पर टिकी रही, जैसे-जैसे वे जहाज के जटिल अंदरूनी हिस्से में गायब होते गए।

एयरलॉक फुफकार कर खुला, जिससे जहाज की गहराई तक फैला एक मंद रोशनी वाला गलियारा दिखाई दिया। मैंने अंदर कदम रखा, दरवाज़े मेरे पीछे हवा से भरी आह के साथ बंद हो गए। अंदर का वातावरण ठंडा और निर्जल था, जिसमें ओज़ोन और मशीन के तेल की हल्की-सी गंध थी। मैं गलियारों की भूलभुलैया से गुज़रा, मेरे कदम आलीशान कालीनों से दबे हुए थे। जहाज का अंदरूनी हिस्सा हैंगर बे की औद्योगिक अव्यवस्था के बिल्कुल विपरीत था। दीवारें धूसर रंग की थीं, जिन पर पॉलिश की हुई लकड़ी और ब्रश की हुई धातु के पैनल लगे थे। रोशनी मंद थी, जिससे लंबी परछाइयाँ पड़ रही थीं जो जहाज के पावर सिस्टम की हर झिलमिलाहट के साथ नाच रही थीं।

मैंने पुल पर कदम रखा, जहाज का केंद्रबिंदु, जहाँ हमारे मार्ग को निर्देशित करने वाले हर निर्णय लिए जाते थे। जगह विशाल थी, जिसमें ओरियन आर्म का त्रि-आयामी मानचित्र प्रदर्शित करने वाला एक होलोग्राफिक डिस्प्ले छाया हुआ था। केंद्रीय केंद्र के चारों ओर अर्धवृत्ताकार आकार में आकर्षक कंसोल और एर्गोनॉमिक कुर्सियाँ रखी हुई थीं, प्रत्येक स्टेशन नेविगेशन, संचार और कमांड के नाज़ुक संतुलन को बनाए रखने पर केंद्रित था। दीवारों पर पॉलिश किए हुए प्रभावशाली लकड़ी के पैनल लगे थे, जो कमरे को अधिकार और कार्यक्षमता का एहसास दिलाते थे, और यहाँ सेवा करने वालों के भार का एक शांत स्मरण दिलाते थे।

प्रदर्शनी के सामने एक व्यक्ति खड़ा था, उसकी पीठ मेरी ओर थी। वह लंबा था, उसकी मुद्रा कठोर और आज्ञाकारी थी, चौड़े कंधे उसके अधिकार के आभामंडल को और बढ़ा रहे थे। उसकी उपस्थिति वर्षों के अनुभव की गवाही दे रही थी। मेरे आने की सूचना देने के लिए मैंने गला साफ़ किया, और वह व्यक्ति मुड़ा, जिससे उसका चेहरा सफ़ेद बालों से घिरा हुआ दिखाई दिया। उसकी गहरी नीली आँखें मेरी आँखों से मिलीं, मेरी विशिष्ट अंबर जैसी निगाहों को एक ऐसी जिज्ञासा से परख रही थीं जो मानो मुझे भेद रही थी। उस नज़र ने मुझे मेरे पिता की याद दिला

दी—तीक्ष्ण और आकलन करने वाली। मैं अक्सर ऐसी ही नज़रों का शिकार होता था, खासकर जब मेरी स्वतंत्र प्रवृत्ति ने मुझे मुसीबत में डाल दिया था। यह मेरे व्यक्तित्व का एक हिस्सा था, लेकिन अब मुझे इस पर ध्यान देने की ज़रूरत नहीं थी।

"लेफ्टिनेंट कार, मुझे लगता है," उस आदमी ने भारी आवाज़ में कहा। "कैप्टन राइकर इस समय अस्वस्थ हैं। मैं कमांडर थॉर्न हूँ, उनके लौटने तक कार्यवाहक कैप्टन।"

कैप्टन राइकर का नाम सुनते ही मेरे अंदर कुछ हलचल मच गई, एक पहचान का झटका, मेरे सपने का चेहरा मेरी आँखों के सामने घूम गया। पलकें झपकाना। बस एक पल के लिए अचंभित, मैं तुरंत अपने आप पर काबू पा लिया। चाहे वो सपना था या नहीं, मैं उसे ज़ाहिर नहीं होने दे सकता था।

मैंने तेज़ी से सलामी दी, एक प्रशिक्षित और आज्ञाकारी सिपाही की तरह, मेरी हरकतें अपने आप ही हो गईं। अपनी अनोखी, जटिल विरासत का ज़िक्र करने की ज़रूरत नहीं। "लेफ्टिनेंट अलास्टार कार ड्यूटी पर रिपोर्ट कर रहे हैं, सर।"

थॉर्न ने सलामी का जवाब दिया, उसकी आँखें उत्सुकता से मेरे चेहरे के अलग-अलग पहलुओं को देख रही थीं। "ज़ेफिर में आपका स्वागत है, लेफ्टिनेंट। हम आपका इंतज़ार कर रहे थे। जहाज अभी पूरी तरह से तैयार नहीं है, लेकिन हम वहाँ पहुँच रहे हैं। प्लाज़्मा इंजन, हाइपरड्राइव और नियंत्रण प्रणालियों की अंतिम जाँच चल रही है। हमें कुछ ही घंटों में, शायद उससे भी कम समय में, प्रस्थान के लिए तैयार हो जाना चाहिए।"

मेरा दिल उत्साह और आशंका के मिले-जुले भावों से भर गया। ज़ेफायर अब मेरा घर था, एक ऐसा जहाज जो उन्नत तकनीक और अप्रयुक्त संभावनाओं से भरपूर था। मैं राइकर के साथ सेवा करने और पतवार संभालने, उसे ओरियन आर्म की अनछुई गहराइयों में ले जाने के लिए बेताब था।

"क्या प्रस्थान से पहले अन्य अधिकारियों और चालक दल से मिलने का समय होगा?" मैंने पूछा, मेरी नज़र चालक दल के किसी भी संकेत के लिए पुल पर थी।

थॉर्न ने एक धीमी सी गड़गड़ाहट भरी हँसी जो उसके सीने में गूँज उठी। "लेफ्टिनेंट, ज़ेफायर पर समय एक ऐसी विलासिता है जो हमें बहुत कम मिलती है। लेकिन मैं यह सुनिश्चित करूँगा कि हाइपरस्पेस में जाने से पहले आप हमारे वरिष्ठ कर्मचारियों से परिचित हो जाएँ। बाकी लोगों के बारे में, ठीक है, जब हम उड़ान भरेंगे तो आपके पास उन्हें जानने के लिए काफ़ी समय होगा।"

अपने नए दल से मिलने की तैयारी करते हुए, मेरे अंदर उत्सुकता का संचार हुआ। उनके कौशल, निष्ठा और तत्परता का आकलन करना बेहद ज़रूरी था—ऐसे गुण जिन्हें मैंने गहराई से महत्व देना सीखा था, खासकर कैनिसारा के साथ बिताए समय से। अकादमी में मेरे शुरुआती दिनों में, जब सब कुछ उथल-पुथल भरा था, तब भी वह हमेशा मेरे साथ रही थीं।

मेरे शामिल होने के कुछ ही समय बाद हमारी मुलाक़ात हुई थी, और उसने मेरी बेचैनी, मेरे स्वतंत्र और अकेले जीवित रहने के तरीकों के बावजूद, मेरे अंदर ढलने की ज़रूरत को भाँप लिया था। अकादमी में स्वीकार किए गए सभी कैडेटों में से, केवल कुछ ही गैर-मानव थे। कैनिसारा उनमें से एक थी—उसकी प्रजाति भेड़ियों जैसे पूर्वजों से विकसित हुई थी, और कुछ चुनिंदा लोगों को, जिनमें वह भी शामिल थी, इसमें शामिल होने के लिए आमंत्रित किया गया था। हम जल्द ही अच्छे दोस्त बन गए, और उसकी तीक्ष्ण प्रवृत्ति और अटूट एकाग्रता ने मुझे मेरे कुछ सबसे चुनौतीपूर्ण क्षणों में भी स्थिर और केंद्रित रहने में मदद की।

"और कैप्टन राइकर?" मैंने पूछा, मेरी आवाज़ में चिंता का भाव उभर आया। "क्या वह प्रस्थान से पहले हमारे साथ आएँगे?"

थॉर्न के हाव-भाव बदल गए, उसकी नज़र क्षण भर के लिए दूसरी ओर गई, मानो अपने शब्दों पर विचार कर रहा हो। "कैप्टन राइकर को एक मिशन सौंपा गया था जो... ज़्यादा लंबा चला—उफ़, अनुमान से ज़्यादा लंबा। जैसे ही वह सक्षम होगा, वह हमारे साथ जुड़ जाएगा। इस बीच, आप कमान संभाल रहे हैं, लेफ्टिनेंट। मैं एक सुचारु बदलाव सुनिश्चित करने के लिए कुछ देर जहाज पर रहूँगा। मुझे विश्वास है कि आप इस काम के लिए तैयार हैं?"

मेरी निगाहें सख्त हो गईं, मेरी आँखें दृढ़ निश्चय से सिकुड़ गईं। "मैं हूँ, कमांडर। आपको मेरा वचन है।" मैंने उनकी निगाहें मज़बूती से थामे रखीं, हालाँकि मेरे अंदर कुछ बेचैनी सी उठ रही थी। कैप्टन राइकर की अनुपस्थिति... अजीब लग रही थी, और मेरी अचानक पदोन्नति ने कई सवाल खड़े कर दिए। खतरे के संकेत। शब्दगुप्तमेरे मन में बिन बुलाए मेहमान की तरह गूंज रहा था। कुछ समझ नहीं आ रहा था, पर मैंने अपने विचार अपने तक ही सीमित रखे।

थॉर्न ने सिर हिलाया, उसकी आँखों में स्वीकृति की झलक थी। "अच्छा। तो मेरा सुझाव है कि आप इस समय का उपयोग जहाज़ के सिस्टम और प्रोटोकॉल से खुद को परिचित करने में करें। सभी के जहाज़ पर आ जाने के बाद हम पूरी ब्रीफिंग करेंगे। और लेफ्टिनेंट..." थॉर्न रुक गए, उनकी आवाज़ धीमी पड़ गई और फुसफुसाहट में बदल गई। "मेरा आपको डराने का इरादा नहीं है, लेकिन क्रू में कुछ तनाव है। अफ़वाहें हैं। हमारे आने वाले मिशन को लेकर जो बातें चल रही हैं, उनसे कई लोग परेशान हैं। इसलिए, अपनी आँखें और कान खुले रखें।"

मेरा अंतर्ज्ञान बिलकुल सही था। मेरा दिल उत्सुकता से धड़क रहा था। "क्या हमें पता है कि मिशन क्या है, सर?"

"नहीं लेफ्टिनेंट, हमें नहीं पता। और जब तक हम जाने के लिए तैयार नहीं हो जाते, हमें अपने आदेश नहीं मिलेंगे। चालक दल को कोई अफ़वाह कैसे पता चली, यह मेरी समझ से परे है।"

आखिरी बार सिर हिलाकर, थॉर्न डिस्प्ले स्क्रीन और उस काम की ओर मुड़ा जो मेरे आने पर वह कर रहा था। मैं वहीं चुपचाप खड़ा रहा, मेरी निगाहें नीचे रत्नजड़ित ग्रह पर टिकी थीं—मेरा घर, इंद्र। कई मिनट मौन चिंतन के बाद, मैं मुड़ा और पुल के पीछे वाली लिफ्ट की ओर चल पड़ा। जब लिफ्ट के दरवाज़े एक हल्की सी फुसफुसाहट के साथ खुले और मैं अंदर गया, तो मेरा मन भविष्य के विचारों से भर गया।

जैसे ही लिफ्ट नीचे उतरी, मैंने गहरी साँस ली और अपनी घबराहट को शांत करने की कोशिश की। आगे का सफ़र अस्थिर था, चुनौतियों और ख़तरों से भरा था। लेकिन यह एक अवसर भी था, खुद को साबित करने और अपने अतीत के रहस्यों को उजागर करने का एक मौका। अंतिम जाँच चल रही थी, और हम कुछ ही घंटों में रवाना होने के

लिए तैयार थे। मेरा दिल उत्साह और आशंका के मिले-जुले भावों से धड़कने लगा। ज़ेफायर लगभग रवाना होने के लिए तैयार था, और मैं उत्साहित और आशंकित था। मैं एक अनोखे शून्य की यात्रा पर निकलने वाला था, और कमान का भार, चाहे कितना भी अस्थायी क्यों न हो, मेरे कंधों पर आ गया था।

लिफ्ट एक हल्की सी धक्का-मुक्की के साथ रुकी, मैं बाहर निकला और सामान निकालने के लिए अपने क्वार्टर की ओर चल पड़ा। जहाज के गलियारे बिल्कुल साफ-सुथरे थे, पॉलिश की हुई धातु से सजे थे, और हल्की रोशनी से जगमगा रहे थे। यह जाना-पहचाना और अजनबी दोनों लग रहा था। ज़ेफायर मेरा इंतज़ार कर रहा था, और मेरी कहानी का एक और अध्याय शुरू होने वाला था।

अध्याय 3

देर से आने वाले

ज़ेफिर

12:00

Lieutenant Alastar Kar

चालक दल का आखिरी सदस्य, या ऐसा मुझे लगा, जहाज पर चढ़ गया, और पुल पर सन्नाटा छा गया। ज़ेफायर का पुल आधुनिक डिज़ाइन और तकनीक का एक अद्भुत नमूना था। केंद्रीय कमांड कंसोल नियंत्रणों और डिस्प्ले का एक अर्धवृत्ताकार समूह था, जो सभी हल्की, बहुरंगी रोशनियों से जगमगा रहे थे। ज़ेफायर के कार्यकारी अधिकारी के रूप में, मैं कमान श्रृंखला में दूसरे स्थान पर था, और कैप्टन राइकर की अनुपस्थिति में अस्थायी रूप से कार्यभार संभालना मेरी ज़िम्मेदारी थी। ऊँची कैप्टन की कुर्सी पर बैठकर, मैंने गहरी निगाहों से पूरे दृश्य का अवलोकन किया, मंद रोशनी में कुछ भी नज़रअंदाज़ नहीं किया। मेरे कान हल्के से हिल रहे थे क्योंकि मैं अपने आस-पास की हर आवाज़ सुन रहा था।

होलोग्राफिक डिस्प्ले टिमटिमा उठा और विभिन्न डेक पर एकत्रित चालक दल के उत्सुक चेहरे दिखाई देने लगे। मेरे बाईं ओर एनसाइन लीरा चेन खड़ी थीं, एक दुबली-पतली महिला, जिसके छोटे, नुकीले सुनहरे बाल और तीखी हरी आँखें थीं जो कुछ भी नहीं चूकती थीं। वह संचार के लिए ज़िम्मेदार थीं, उनकी उंगलियाँ अभ्यास के साथ अपने कंसोल पर काम कर रही थीं। मेरे दाईं ओर लेफ्टिनेंट कमांडर डेरियस थे, एक हट्टे-कट्टे, चौड़े कंधों वाले, बुलडॉग जैसे, गहरे रंग की त्वचा और सख्त चेहरे वाले व्यक्ति, जो नेविगेशन और सामरिक अभियानों के प्रभारी थे।

उसके पीछे, अन्य चालक दल के सदस्य इंजीनियरिंग स्टेशन और विज्ञान स्टेशन पर व्यस्त थे; जहाज के उन्नत उपकरणों की व्यवस्था को बनाए रखने में। मैंने पुल चालक दल के प्रत्येक सदस्य की ओर देखते हुए सिर हिलाया, फिर खड़ा हो गया, मेरी उंगलियाँ नियंत्रण कक्ष की आकृतियाँ बना रही थीं।

"अधिकारियों और चालक दल केहलकी हवा"मैंने शुरू किया, मेरी आवाज़ जहाज़ के संचार तंत्र में गूंज रही थी। "मैं लेफ्टिनेंट अलास्टार कार हूँ, आपका नया कार्यकारी अधिकारी। कैप्टन राइकर की अनुपस्थिति में,"-मुझे खुद समझ नहीं आ रहा कि राइकर क्यों अनुपस्थित है, मैं उसकी रहस्यमय अनुपस्थिति को कमतर आंकने की कोशिश कर रहा हूँ।--मैंने आगे कहा, "मैं कमांडिंग ऑफिसर के रूप में कार्यभार संभालूँगा। मुझे पता है कि आप में से कई लोग अभी भी जम रहे हैं, और कुछ सोच रहे होंगे कि आगे क्या होगा। हालाँकि मेरे पास अभी पूरी जानकारी नहीं है, मैं आपको आश्वस्त कर सकता हूँ कि हमारा मिशन चाहे जो भी हो, वह चुनौतीपूर्ण होगा, और यह हमें उन रास्तों पर धकेलेगा जिनकी हमने अभी कल्पना भी नहीं की होगी।" मैं रुका, डिस्प्ले पर दिख रहे चेहरों को देखते हुए। "मुझे इसमें कोई संदेह नहीं है कि हम सब मिलकर अपने रास्ते में आने वाली किसी भी बाधा, किसी भी खतरे को पार कर लेंगे। हम इस दल के सदस्य हैं।हलकी हवा, एक महान और अद्‌वितीय क्षमता वाला जहाज। हममें से प्रत्येक का चयन हमारे अद्‌वितीय कौशल और प्रशिक्षण के लिए किया गया है।"

मैं चालक दल की उत्सुकता, रोमांच की उनकी प्यास, और अनजान क्षेत्र का सामना करने की उनकी तत्परता को महसूस कर सकता था। हवा में उत्सुकता की चिंगारी गूंज रही थी, एक प्रबल ऊर्जा जहाज के गलियारों में उमड़ रही थी। फिर भी, सतह के नीचे, मुझे एक असंगत स्वर, चिंता, आक्रोश, और शायद खुली दुश्मनी की एक सूक्ष्म अंतर्धारा महसूस हुई।

मेरे आस-पास के माहौल को समझने की स्वाभाविक क्षमता से विकसित मेरी सहज प्रवृत्ति ने अनकहे तनावों को भाँप लिया। मैंने शरीर की भाषा में सूक्ष्म बदलावों को, संदेह और अविश्वास के क्षणिक भावों को भाँप लिया। यह हवा में बदलाव महसूस करने जैसा था, चेतना के किनारे पर एक फुसफुसाहट, एक शांत अनुस्मारक कि ज़ेफायर पर

सवार सभी लोग मेरी अचानक पदोन्नति से पूरी तरह खुश नहीं थे। ऐसा नहीं था कि मैंने अतिरिक्त ज़िम्मेदारी माँगी थी या कप्तान के अनिश्चित ठिकाने से मेरा कोई लेना-देना था। अनुवाद: मैं बस अपना काम कर रहा था।

मैं शत्रुता के स्रोत के बारे में सोच रहा था।क्या यह मेरी युवावस्था है, उन अनुभवी और अनुभवी सैनिकों की तुलना में मेरा अपेक्षाकृत कम अनुभव, जो हमारे दल का बड़ा हिस्सा थे? या फिर यह कुछ और गहरा है, उन लोगों के प्रति अविश्वास जो अलग थे, जो पूरी तरह से इंसान नहीं थे—जैसे मैं?

उम्रवाद और नस्लवाद के विचार मुझे कुतर रहे थे, एक ऐसी खुजली जिसे मैं पूरी तरह से मिटा नहीं पा रहा था। मुझे पता था कि मुझे क्रू का विश्वास अर्जित करना होगा, ठीक वैसे ही जैसे मैंने एक बार कैनिसारा के साथ किया था। उनका सम्मान, उनकी वफ़ादारी कुछ ऐसी चीज़ें थीं जो मुझे अर्जित करनी थीं। लेकिन कैसे?क्या मेरी अद्वितीय योग्यताएं, प्राकृतिक करिश्मा और अटूट दृढ़ संकल्प, हवा में छाए पूर्वाग्रहों पर विजय पाने के लिए पर्याप्त होंगे?

मैंने कमांडर थॉर्न की तरफ़ देखा, जो मेरे बगल में खड़े थे, उनके चेहरे पर उदासीनता का भाव साफ़ झलक रहा था। थॉर्न के सफ़ेद बाल और झुर्रियों वाला चेहरा दशकों की सेवा की गवाही दे रहा था, और उनकी पैनी नीली आँखों में अनुभव से उपजी बुद्धिमत्ता झलक रही थी।क्या थॉर्न को क्रू की शंकाएँ थीं? या वो बस ये देखना चाहता था कि मैं एक अजीब नए इंचार्ज के तौर पर कैसे काम संभालूँगा?

मैंने एक गहरी साँस ली, मेरी छाती एक स्थिर लय में ऊपर-नीचे हो रही थी। मैंने दूसरों के संदेहों को खुद को रोकने नहीं दिया।कोई मौका नहीं।मैं वहाँ अनुमोदन लेने नहीं गया था। आख़िरकार, सैकड़ों समान रूप से योग्य उम्मीदवारों में से, मुझे ही इस पद के लिए चुना गया था। मैं... ज़ेफ़ायर का कार्यवाहक कप्तान था, जिसे इस भूमिका के लिए उन ताकतों ने चुना था जिन्हें मैं अभी तक पूरी तरह से नहीं समझ पाया था।

"हमारे सामने एक महत्वपूर्ण मिशन है," मैंने शुरू किया। "आप सभी को आपके अद्वितीय कौशल और क्षमताओं के लिए चुना गया है।

इंटरगैलेक्टिक सुरक्षा सेवा के अधिकारियों और चालक दल के रूप में, हम मिलकर आने वाली हर चुनौती का सामना करेंगे।"

पुल के कर्मचारियों ने सिर हिलाकर अपनी अभिव्यक्ति व्यक्त की, जिसमें दृढ़ संकल्प और जिज्ञासा का मिश्रण था। मैं देख सकता था कि संदेह की झलकियाँ धीरे-धीरे कम होने लगी थीं और उनकी जगह एक बढ़ता हुआ आत्मविश्वास उभरने लगा था। मुझे पता था कि मेरे नेतृत्व की परीक्षा होगी, जैसे किसी कबीले में सर्वोच्च पद ग्रहण करना, लेकिन मैं इस परीक्षा का सामना करने के लिए तैयार था। और एक घंटे से भी कम समय में, या उससे भी कम समय में, परीक्षा शुरू हो जाएगी।

जैसे ही मैं अकेला वहाँ से निकला और अवलोकन डेक की ओर बढ़ा, मेरे सीने पर उत्सुकता का बोझ भारी हो गया। मैं इस एहसास को नज़रअंदाज़ नहीं कर सका कि कोई नया हमारे बीच है, हालाँकि उस अविस्मरणीय पल तक मुझे उसकी एक झलक भी नहीं मिली थी।जब हमारी नज़रें मिलीं।

अध्याय 4

अंतिम मिनट के आदेश

एनसाइन अमारा मार्टिनेज मॉर्गन

के अवलोकन डेक पर खड़े होकरहलकी हवामैंने व्यूपोर्ट के बाहर अंतहीन रूप से फैले तारों के विशाल सागर को निहारा। उनकी ठंडी चमक नीचे की जीवंत दुनिया से बिल्कुल अलग थी। पन्ना जैसे समुद्रों और रत्नजटित द्वीपों से सुशोभित एक जलीय ग्रह, इंद्र, हमारे नीचे धीरे-धीरे घूम रहा था, उसकी सुंदरता मनमोहक थी। ज़ेफायर के इंजनों की गूँज एक स्थिर लय में थी, लेकिन मेरा मन एक बवंडर की तरह घूम रहा था, पिछले कई दिनों की घटनाओं को दोहरा रहा था। दृश्य की शांति ने मेरी घबराहट को शांत करने में मदद की। मैं विमान में चढ़ने के लिए दौड़ रहा था।हलकी हवाइससे पहले कि यह लॉन्च होता, और थोर्न ने मुझे अवलोकन डेक पर चीफ पेट्टी ऑफिसर रॉबर्टा डोक्सन से मिलने का आदेश दिया था, यही एकमात्र कारण था कि मैं अब वहां खड़ा था।

मैं एनसाइन अमारा मार्टिनेज़ मॉर्गन हूँ, अकादमी से नई स्नातक, और बेड़े में अपनी यात्रा शुरू करने के लिए उत्सुक। उत्सुक तो हूँ, लेकिन हाल ही में हुए एक घटनाक्रम को लेकर थोड़ी उलझन में भी हूँ। पाँच फुट तीन इंच की होने के बावजूद, मैंने अपने छोटे कद के बावजूद, अपने आस-पास के लोगों को मोहित करने के लिए अपनी उपस्थिति की ताकत पर भरोसा करना सीख लिया है।

मेरे बिखरे, घुंघराले लाल-भूरे बाल हमेशा एक कसी हुई पोनीटेल में बंधे रहते हैं। लेकिन मैं कितनी भी कोशिश करूँ, कुछ बाल छूटकर मेरे चेहरे पर आ ही जाते हैं। मेरी भावपूर्ण भूरी आँखों के साथ, ये मुझे एक मिलनसार रूप देते हैं—या ऐसा मुझे बताया गया है। लेकिन जो लोग मुझे सचमुच जानते हैं, वे मेरे मिलनसार बाहरी व्यक्तित्व के पीछे छिपे

दृढ़ निश्चय और कर्तव्य के प्रति मेरी अटूट प्रतिबद्धता को पहचानते हैं, और ये ऐसे गुण हैं जिनका मुझे समझने वाले लोग सम्मान करते हैं।

दआईएसएस कैप्रीयह मेरा पहला कार्यभार था, और छह महीने तक मेरा घर। मैं इसके गलियारों को अच्छी तरह से जान गया था। धातु की दीवारों पर पड़ती मंद रोशनी, परछाइयाँ, और इंजनों की लगातार गड़गड़ाहट एक परिचित, सुकून देने वाली पृष्ठभूमि बन गई थी। यहीं पर मुझे एक अधिकारी के रूप में अपनी जगह मिली और क्रू-मेट्स के साथ ऐसे रिश्ते बने जो मुझे परिवार जैसे लगने लगे थे। फिर आदेश आए।

जब मुझे पता चला कि मेरी नियुक्ति बदली जा रही है, तो मुझे ऐसा लगा जैसे मेरे पेट में घूँसा लग गया हो। कैप्टन हेफ्टिंग के दफ़्तर के बाहर खड़ा, मेरा डेटापैड हाथ में काँप रहा था, मैं उलझन में था। स्तब्ध। स्तब्ध। इंद्र?मुझे लगता है कि मुझे वह नाम पता होना चाहिए। लेकिन वह ग्रह क्यों?यह नाम मेरी स्मृति के किनारों पर घूम रहा था, परिचित लेकिन मायावी।

कैप्टन हेफ्टिंग, हमेशा की तरह शांत, अपनी सामान्य उदासीनता के साथ मुझे आदेश सौंपती रहीं। उनकी तीखी भूरी आँखों से कुछ भी ज़ाहिर नहीं हुआ। "बेड़े के अपने कारण होते हैं," उन्होंने आगे कोई स्पष्टीकरण दिए बिना कहा।

जहाज़ पर फुसफुसाहटकाप्रीमेरी बेचैनी और बढ़ गई। बाहरी कॉलोनियों में अशांति, गुप्त अभियानों और रहस्यमय तरीके से बदले गए कर्मचारियों की अफ़वाहें जहाज़ में जंगल की आग की तरह फैल रही थीं। यहाँ तक कि मेरा सबसे करीबी दोस्त, जैक्स टर्नर भी बेचैन लग रहा था। एक रात अवलोकन डेक पर, उसने मुझे एक तरफ़ खींच लिया, उसकी आवाज़ धीमी और गंभीर थी।

"अरे, मैंने तुम्हारी नई नियुक्ति के बारे में सुना है," जैक्स ने लापरवाही से रेलिंग पर झुकते हुए कहा। "मुश्किल ब्रेक है, है ना?"

मैंने उसकी तरफ देखते हुए आह भरी, "हाँ, ये अचानक हुआ। और मुझे नहीं लगता कि ये कोई बड़ी बात है।"

जैक्स ने सिर हिलाया, उसका चेहरा सख्त हो गया। "मैंने भी अफ़वाहें सुनी हैं। कुछ तो चल रहा है, और ऐसा लग रहा है जैसे हमें अंधेरे में रखा जा रहा है।"

"क्या आपको लगता है कि इसका सम्बन्ध उपनिवेशों में फैली अशांति से है?" मैंने फुसफुसाते हुए पूछा।

"हो सकता है," जैक्स ने जवाब दिया, यह सुनिश्चित करने के लिए कि कोई और उसकी आवाज़ सुन तो नहीं रहा। "गुप्त अभियानों और गुप्त अभियानों की बात चल रही है। हो सकता है कि तुम्हारा पुनर्नियुक्ति उसी का एक हिस्सा हो।"

मेरी रीढ़ में एक सिहरन दौड़ गई। "काश मुझे पता होता कि मैं किस स्थिति में जा रहा हूँ।"

"जो भी हो, तुम संभाल लोगे," जैक्स ने आश्वस्त स्वर में कहा। "तुम मेरे देखे हुए सबसे अच्छे अफसरों में से एक हो।"

"शुक्रिया, जैक्स," मैंने हल्की सी मुस्कान लाते हुए कहा। "तुम्हारी तरफ से यह बात बहुत मायने रखती है।"

हम दोनों चुपचाप खड़े होकर तारों को निहार रहे थे। आखिरकार, मैं सीधा हुआ। "मुझे अपने क्वार्टर में वापस जाकर सामान पैक करना शुरू कर देना चाहिए।"

जैक्स ने मेरे कंधे पर थपथपाया। "तुम्हारी बहुत याद आएगी, अमारा। अजनबी मत बनो, ठीक है?"

"वादा," मैंने अपने क्वार्टर की ओर लौटने से पहले उसे गले लगाते हुए कहा। उसके आत्मविश्वास ने मुझे स्थिर तो कर दिया था, लेकिन मेरे मन में और भी सवाल खड़े कर दिए थे। मैं ही क्यों? अभी क्यों?

तीन दिन बाद,काप्रीइंद्र तक पहुँच गया था। कक्षा से, पन्ने जैसे समुद्र जगमगा रहे थे, जिनमें रत्नों जैसे द्वीप सूर्य के प्रकाश में चमक रहे थे। दृश्य अद्भुत था, लेकिन विस्मय के नीचे, मेरे पेट में एक जकड़न सी छा गई।

डॉकिंग बे पर मेरे अनुरक्षक कैडेट डेविस ने मेरा स्वागत किया। तरोताज़ा और पेशेवर, उन्होंने मुझे अभ्यास के साथ, हलचल भरे नौसैनिक अड्डे से तेज़ी से गुज़ारा। जैसे ही अधिकारी और कैडेट गलियारों से होते हुए अपने-अपने गंतव्यों की ओर तेज़ी से बढ़े, अड्डे में हलचल मच गई।

हम अपनी मंज़िल पर पहुँच गए, और आखिरकार मुझे एडमिरल जेफ़र्स से मिलने का मौका मिला। बेड़े के एक दिग्गज, उनकी उपस्थिति उतनी ही प्रभावशाली थी जितनी उनकी तूफ़ानी धूसर आँखें जो मुझे अपनी जगह पर जकड़े हुए थीं। सैन्य सम्मानों से सुसज्जित और इंद्र का विस्तृत दृश्य प्रस्तुत करने वाला उनका कार्यालय, स्वयं उस व्यक्ति की तरह ही भयभीत करने वाला था।

“आपको पुनः नियुक्त किया जा रहा हैआईएसएस जेफायरउन्होंने बिना किसी प्रस्तावना के कहा था।

नाम सुनकर मैं चौंक गया। अकादमी में वापस आकर,हलकी हवायह व्यावहारिक रूप से मिथकीय था - रहस्य से घिरा एक जहाज, जिसके बारे में अफवाह थी कि यह प्रायोगिक क्लोकिंग तकनीक से सुसज्जित है और बेड़े के सबसे खतरनाक मिशनों के लिए आरक्षित है।

जेफर्स मेरी आशंका को भांप गए। "आपको आपके अद्वितीय कौशल के लिए चुना गया है। सुरक्षा और भाषा विज्ञान में आपकी पृष्ठभूमि काफ़ी उपयोगी साबित हो सकती है।"

उन्होंने मुझे एक संक्षिप्त सिर हिलाकर और अनजानी स्थिति के लिए तैयार रहने की चेतावनी देकर विदा किया। मैं अपने विचारों में उलझी हुई उनके कार्यालय से बाहर निकल गई।

बोर्डिंगहलकी हवाऐसा लगा जैसे किसी दूसरी ही हकीकत में कदम रख दिया हो। इसका आकर्षक डिज़ाइन और मंद रोशनी, इसके बिल्कुल उलट थे।काप्रीचालक दल चुपचाप कुशलता से आगे बढ़ रहा था, उनकी हर हरकत सोच-समझकर हो रही थी।

अवलोकन डेक पर खड़े होकर, मैंने यह सब समझने की कोशिश की।हलकी हवाके मिशन लगभग हमेशा गोपनीय होते थे, और वातावरण तनाव से भरा रहता था।

मेरे विचार मेरी माँ की ओर मुड़ गए। इंद्र पर शोध के दौरानकाप्रीमुझे पता चला था कि वह कभी यहाँ तैनात थी। वह इसके बारे में कम ही बात करती थी, लेकिन अब मैं सोच रहा था कि क्या उसका अतीत मेरे वर्तमान से जुड़ा हुआ है। क्या मेरा यहाँ फिर से आना एक संयोग था—या कुछ और?

तारे धीरे-धीरे चमक रहे थे, उनकी दूर की रोशनी आगे के विशाल अज्ञात की याद दिला रही थी। अपने कंधों को सीधा करते हुए, मैंने खुद को याद दिलाया: मैं अकादमी से बच गया था। मैं वहाँ फला-फूला था।काप्रीमैं आगे जो भी हो उसका सामना कर सकता हूं।

कदमों की आहट ने सन्नाटा तोड़ा। मैंने मुड़कर देखा तो चीफ पेटी ऑफिसर रोबर्टा डोक्सन, मेरी नई कमांडिंग ऑफिसर, खड़ी थीं। वह लंबी और प्रभावशाली थीं, उनकी पैनी निगाहें एक ही नज़र में मुझे अपनी ओर खींच रही थीं।

“एन्साइन मॉर्गन,” उसने तेज़ी से कहा, उसका स्वर कठोर नहीं था। “अपनी ब्रीफ़िंग के लिए तैयार हो?”

“जी हाँ, महोदया,” मैंने सहज भाव से सीधा होते हुए उत्तर दिया।

"अच्छा," उसने कहा। "हमें बहुत कुछ कवर करना है। आपका स्वागत है।"हलकी हवा।”

मैं अपनी नई कमांडिंग ऑफिसर, मास्टर चीफ़ रॉबर्टा डॉक्सन के साथ कदम से कदम मिलाकर चल रही थी। भूलभुलैया वाले गलियारों में उनकी तेज़ चाल के साथ कदम मिलाते हुए, मुझे अहसास का बोझ महसूस हुआ—मैं ज़ेफिर पर था!जैसे-जैसे मैं अपने कदमों को समायोजित करता गया, मेरी धड़कनें तेज होती गईं, हर कदम मुझे आगे आने वाली चुनौती की याद दिलाता रहा।

जहाज़ मेरी कल्पना से भी ज़्यादा उन्नत था, नौसेना अकादमी में बिताए अपने समय में भी, मैंने इससे पहले कभी इतना उन्नत कुछ नहीं देखा था। इंजीनियरिंग के इस अजूबे के हर कोने में अत्याधुनिक तकनीक का बोलबाला था, इसके चिकने गलियारे हल्की, स्पंदित रोशनी से जगमगा रहे थे। मेरे पैरों के नीचे से एक हल्की सी गुनगुनाहट गूँज रही थी, मानो किसी ज़िंदा दिल की धड़कन।

चलते-चलते, चीफ डॉक्सन ने मुझे जहाज़ के लेआउट और मेरी ज़िम्मेदारियों के बारे में संक्षिप्त लेकिन संक्षिप्त जानकारी दी। उनकी आवाज़ शांत और अधिकारपूर्ण थी, और ऐसा लहजा था कि आप सीधे बैठकर सुनने को मजबूर हो जाते।

"आपकी मुख्य ज़िम्मेदारी इस जहाज़ की सुरक्षा होगी," उसने मेरी ओर अपनी तीखी नज़रें घुमाते हुए कहा। "हालांकि, मैं भाषाविज्ञान में आपके कौशल को भी एक महत्वपूर्ण लाभ के रूप में देख सकती हूँ। हमें कभी नहीं पता होता कि कोई मिशन हमें कहाँ ले जाएगा, और कई बार तो मैंने खुद से यह सोचा है कि काश जहाज़ पर कोई भाषाविद् होता। हमें तैयार रहना होगा।"

उसकी बात सुनकर मेरी भौंहें तन गईं, मेरे अंदर जिज्ञासा और घबराहट का मिला-जुला भाव उमड़ आया। "तैयार हैं...?"

"किसी भी चीज़ के लिए," उसने बीच में ही टोकते हुए कहा, उसका स्वर दृढ़ था, लेकिन रूखा नहीं। "ज़ेफ़ायर गोपनीयता की आड़ में काम करता है। हमारे मिशन ख़तरनाक, अप्रत्याशित और कभी-कभी पूरी तरह से स्वीकृत नहीं होते। यह सबके लिए नहीं है।"

मैंने उसकी बातों को ध्यान से सुनते हुए सिर हिलाया।पूरी तरह से स्वीकृत नहीं। यह वाक्य मेरे मन में बसा हुआ है, जिज्ञासा और बेचैनी का मिला-जुला भाव जगा रहा है। इसमें अनिश्चितता की एक छाया है, जो मुझे इसके निहितार्थों के बारे में सोचने पर मजबूर कर रही है। आखिर मैं खुद को किस मुसीबत में डाल रहा हूँ?"समझ गया मैडम। मैं अपनी तरफ से पूरी कोशिश करूँगा।" मैंने जवाब दिया, उम्मीद करते हुए कि मेरी आवाज़ लड़खड़ाएगी नहीं।

"मुझे इससे कम की उम्मीद नहीं है," उसने कहा, उसकी तीखी नज़रें क्षण भर के लिए नरम पड़ गईं, उसके मुँह का कोना सहमति में मुड़ गया। "मैंने तुम्हारी फ़ाइल पढ़ ली है, एनसाइन। प्रभावशाली रिकॉर्ड। लेकिन यह जहाज़ उन दूसरे जहाजों जैसा नहीं है जिन पर तुम रही हो। यहाँ, हम संभावनाओं की सीमाओं को आगे बढ़ाते हैं। हमें ऐसे अफ़सरों की ज़रूरत है जो तुरंत सोच सकें और दबाव में भी डटकर मुकाबला कर सकें। क्या तुम इसके लिए तैयार हो?"

"जी मैडम," मैंने दृढ़ता से कहा, हालांकि मेरे पेट की नसों की हलचल ने मेरे बाहरी आत्मविश्वास को धोखा दे दिया।

हम सुरक्षा कार्यालय पहुँचे, एक हाई-टेक कमरा जिसके चारों ओर मॉनिटरों की एक दीवार लगी हुई थी और जहाज के हर तल और कोने से लाइव फ़ीड दिखा रहे थे। डोक्सन ने मुझे कुछ अन्य सुरक्षाकर्मियों से मिलवाया और फिर मुझे मुख्य कंसोल पर बैठने का इशारा किया।

"यह तुम्हारा स्टेशन होगा," उसने कहा, उसकी आवाज़ में आदेश और प्रोत्साहन का मिश्रण था। "नियंत्रणों और प्रोटोकॉल से परिचित हो जाओ। ज़ेफायर की सुरक्षा प्रणालियाँ अत्याधुनिक हैं—ऐसी किसी भी चीज़ से अलग जिसका तुमने पहले प्रशिक्षण लिया हो। हम एक घंटे के भीतर निकल रहे हैं, इसलिए समय कोई बड़ी बात नहीं है।"

मैं सीट पर बैठ गया और अपनी उंगलियों से कंसोल पर काम करने लगा, ठंडी सतह मेरे स्पर्श से गुनगुना रही थी। इंटरफ़ेस आकर्षक और सहज था, लेकिन निश्चित रूप से जटिल भी। जैसे-जैसे मैं सिस्टम में अपना रास्ता ढूँढ़ता गया, मेरी ट्रेनिंग काम करने लगी, और हर पल मेरा ध्यान और तेज़ होता गया। मुझे यह जानकर थोड़ी हैरानी हुई कि ज़ेफायर में चार मंज़िलें थीं। बाहर से, यह इतना बड़ा नहीं लग रहा था। जहाज़ के सबसे ऊपर, पुल, कैप्टन का कार्यालय और मुख्य सम्मेलन कक्ष था। अगली मंज़िल पर मुख्य स्टाफ़ क्वार्टर, अतिरिक्त मीटिंग और ब्रीफ़िंग रूम और कार्यालय थे। तीसरी मंज़िल पर घर, अतिरिक्त क्वार्टर, मेस हॉल, आर्बरेटम और अवलोकन लाउंज। और फिर अंत में इंजीनियरिंग। यह एक विशाल अंतरिक्ष यान था!

जैसे-जैसे मैं जहाज और उसकी प्रणालियों से परिचित होता गया, पल धुंधले से बीतते गए। मैंने ज़ेफायर के लेआउट और सुरक्षा प्रणालियों के बारे में जितना हो सका, उतना सीखा। उन्नत निगरानी नेटवर्क से लेकर स्वचालित रक्षा प्रोटोकॉल तक, यह स्पष्ट था कि यह जहाज केवल अन्वेषण के लिए नहीं बनाया गया था। बेड़े के सबसे उन्नत अनुसंधान जहाजों में से एक, कैप्री की तुलना में भी, ज़ेफायर एक पीढ़ी आगे का लगा।

मैं जो कुछ भी जानना चाहता था, उसे सीखने में इतना तल्लीन था कि मुझे डोक्सन के आने का पता ही नहीं चला, जब तक कि वह मेरे बगल में खड़ी नहीं हो गई।

"समय हो गया है," उसने सरलता से कहा। "कैप्टन ने ब्रीफिंग के लिए बुलाया है।"

मैं खड़ा होकर चीफ डॉक्सन और सुरक्षा दल के पाँच अन्य सदस्यों के साथ खड़ा हो गया। हम सब साथ-साथ लिफ्ट की ओर बढ़े और ऊपरी डेक पर पहुँचे, जहाँ मुख्य सम्मेलन कक्ष था।

जब हम अंदर दाखिल हुए तो कमरा पहले से ही चहल-पहल से गुलज़ार था। एक विशाल अंडाकार मेज़ के चारों ओर कई अधिकारी और विशेषज्ञ बैठे थे, उनके चेहरे उत्सुकता से तनावग्रस्त थे। कमरे के बीचोंबीच एक बड़ा होलोग्राफिक डिस्प्ले था, जिस पर आकाशगंगा का एक विस्तृत नक्शा दिखाया जा रहा था। यह डिस्प्ले हल्की-सी झिलमिला रही थी, जिससे पूरे कमरे में एक अलौकिक चमक फैल रही थी।

मेज़ के सिरहाने एक जाना-पहचाना सा दिखने वाला आदमी खड़ा था (जिसे मैंने अवलोकन डेक पर खड़े होकर कुछ देर के लिए देखा था) जिसकी प्रभावशाली उपस्थिति ने तुरंत मेरा ध्यान खींचा। उसकी वर्दी पर लेफ्टिनेंट का चिन्ह था, और उसकी पैनी निगाहें कमरे में घूम रही थीं, बारी-बारी से हम सबका जायज़ा ले रही थीं। कमरे के उस पार से, उसे पहचानना मुश्किल था, लेकिन उसकी निगाहों में कुछ ऐसा था जो ठीक नहीं लग रहा था—शायद एक अस्वाभाविक चमक, या जिस तरह से रोशनी उसकी पुतलियों पर पड़ रही थी। प्रभाव सूक्ष्म था, लेकिन इसने मुझे झिझकाया, मेरी जिज्ञासा बढ़ गई।क्या ये होलोग्राफिक चमक का कमाल था, या उसकी आँखों में कुछ ख़ास बिल्ली जैसी झलक थी? एक बात तो पक्की थी, हालाँकिउन्होंने अभी तक कुछ नहीं कहा था, लेकिन उनके द्वारा प्रदर्शित अधिकार स्पष्ट था।

मैं दूसरों के बीच अपनी सीट पर बैठ गया, और उम्मीदों का सामूहिक बोझ अपने ऊपर महसूस कर रहा था। यह मिशन चाहे जो भी हो, आसान नहीं था। लेकिन जैसे ही मैंने कमरे में चारों ओर नज़र

दौड़ाई, मुझे समझ आ गया। मैं अकेला नहीं था जो दबाव महसूस कर रहा था।

अध्याय 5

प्रस्थान

18:00

Lieutenant Alastar Kar

मैं कॉन्फ्रेंस रूम की मेज़ के सिरहाने खड़ा था और क्रू के सदस्यों को एक-एक करके अंदर आते देख रहा था। मेरी नज़रें हर अधिकारी पर टिकी थीं, चुपचाप उनका आकलन कर रही थीं। माहौल में एक तनाव था, जैसा किसी मिशन से पहले होता है जब उम्मीदें बहुत ज़्यादा होती हैं और अटकलें ज़ोरों पर होती हैं। मेरी नज़र कुछ पल के लिए मेज़ के बीच में लगे होलोग्राफिक डिस्प्ले पर टिकी रही, जो फ्लीट कमांड के नवीनतम प्रसारण से टिमटिमा रहा था।

लेफ्टिनेंट कमांडर यारा पेत्रोवा, मुख्य विज्ञान अधिकारी, सबसे पहले अंदर आईं, उनके लाल बाल उनके कंधों पर लहराते हुए रोशनी में समा रहे थे। वह बेचैन ऊर्जा के साथ आगे बढ़ रही थीं, एक डेटा पैड पकड़े हुए मानो अगर उन्होंने अपनी सतर्कता कम कर दी तो वह उन पर हमला कर देगा। चेहरे की बनावट और बुद्धि दोनों में कुशाग्र, पेत्रोवा एक ऐसी अधिकारी थीं जो चुनौतियों से निबटती थीं—और एकरसता से चिढ़ जाती थीं।

चीफ इंजीनियर लेफ्टिनेंट जैक्सन रिल उसके पीछे-पीछे आ रहे थे। उनका दुबला-पतला शरीर और ग्रीस से सना हुआ चौग़ा उनके बेल्ट में बंधे औज़ारों जितना ही उनका अभिन्न अंग था। उन्होंने मुझे एक संक्षिप्त इशारा किया, उनकी आँखें पहले से ही कमरे को एक सहज सहजता से देख रही थीं, जो उनके काम पर उनके अथक ध्यान को झुठला रही थी।

संचार अधिकारी, एन्साइन लीरा चेन, अगली पंक्ति में आईं। सुडौल और शांत स्वभाव वाली, वह एक संयमित शालीनता के साथ

आगे बढ़ रही थीं, उनकी कोमल मुस्कान उनकी तीक्ष्ण बुद्धि को छुपा रही थी। चेन बिना कुछ कहे अपने कंसोल पर बैठ गईं, उनके हाथ कंट्रोल्स पर नाच रहे थे और वे अपने सिस्टम चेक कर रही थीं।

मैंने उनमें से हर एक को सिर हिलाकर स्वीकार किया, मेरा भाव शांत और विचारशील था। मेरी बिल्ली जैसी आँखें अक्सर ध्यान खींच लेती थीं—मैं बहुत पहले ही उनकी सूक्ष्म निगाहों और कभी-कभार जिज्ञासा की झलक का आदी हो चुका था। मैंने उनकी गहन जाँच का सीधा सामना किया, और उस शांत आत्मविश्वास का प्रदर्शन किया जो एक जहाज़ पर एक कार्यकारी अधिकारी से अपेक्षित होता है।हलकी हवा.

दरवाज़ा फिर से खुला, और मास्टर चीफ रोबर्टा डोक्सन अंदर आईं, उनकी आधिकारिक उपस्थिति ने कमरे को भर दिया। उनके पीछे एन्साइन अमारा मार्टिनेज़ मॉर्गन थीं। मेरी नज़र मॉर्गन पर एक पल के लिए भी ज़्यादा देर तक टिकी रही, जितनी उसे रहनी चाहिए थी। उनकी तेज़, उद्देश्यपूर्ण चाल और उनकी आकर्षक भूरी आँखों ने जिज्ञासा और दृढ़ संकल्प का मिश्रण दर्शाया। उनकी परीक्षा नहीं हुई थी, लेकिन उनमें कुछ ऐसा था, कुछ ऐसा जो उन्हें सबसे अलग बनाता था। आकर्षक ज़रूर थीं, लेकिन उससे कहीं ज़्यादा। एडमिरल जेफ़र्स ने उनकी पुष्टि की थी, और मुझे एडमिरल के फ़ैसले पर पूरा भरोसा था।आखिरकार उसने मुझे चुनालेकिन मैंने समय मिलने पर अपनी राय बनाना पसंद किया।

"अपनी सीट पर बैठ जाओ," मैंने कहा, मेरी आवाज़ कमरे की शांत भिनभिनाहट में गूंज रही थी।

अधिकारी बैठ गए, और मैंने चेन को इशारा करने से पहले एक पल के लिए मौन रखा। उसने अपने कंसोल पर टैप किया, और मेज़ के बीच में लगा होलोग्राफ़िक डिस्प्ले चमक उठा, जिससे कमरे में एक हल्की नीली चमक फैल गई। फ़ाइल पर लिखा थाप्राथमिकता एक: मिशन आदेश,इस पर हमारा तत्काल ध्यान देने की मांग की गई।

जैसे-जैसे प्रसारण आगे बढ़ा, मैं कमरे में बदलाव महसूस कर सकता था। शुरुआती उत्सुकता निराशा में बदल गई, और शरीर की भाषा में आए सूक्ष्म बदलावों को नज़रअंदाज़ करना नामुमकिन था।

पेत्रोवा की अपने डेटा पैड पर मज़बूत पकड़, रिल का हल्का सा सिर हिलाना, और चेन की विस्मय से भरी आँखें, सब कुछ बयां कर रही थीं।

"बेबीसिटर्स," पेत्रोवा ने बड़बड़ाते हुए कहा, उसका तिरस्कार मुश्किल से छिपा था।

"राजनयिक अनुरक्षक," रिल ने सुधारा, हालांकि उसकी हताशा स्पष्ट थी।

मैं चुपचाप खड़ी रही, अपने हाथ पीठ के पीछे बाँधे, और बड़बड़ाहट को शांत होने दिया। उनकी प्रतिक्रियाएँ अपेक्षित थीं—यह वो मिशन नहीं था जिसकी हममें से किसी ने कल्पना की थी।

"मैं आपकी निराशा समझ सकता हूँ," मैंने शांत लेकिन दृढ़ स्वर में कहा। "यह वह मिशन नहीं है जिसकी हममें से किसी ने कल्पना भी नहीं की होगी, लेकिन यह कम महत्वपूर्ण भी नहीं है। ओरियन आर्म में स्थिरता इस शांति सम्मेलन की सफलता पर निर्भर करती है।"

आगे बढ़ने से पहले मैंने शब्दों को हवा में ही रहने दिया। "हमें विभिन्न ग्रहों से दूतों को सुरक्षित रूप से न्यूर्क पहुँचाने का आदेश है। कूटनीति में अन्वेषण या युद्ध जैसा रोमांच भले ही न हो, लेकिन यह कम खतरनाक भी नहीं है। छोटी सी चूक भी परिणाम दे सकती है। आज तक यह अपनी तरह का सबसे बड़ा शांति सम्मेलन होगा, और इसकी सफलता—या विफलता—हमारी आकाशगंगा के इस कोने के भविष्य को आकार दे सकती है।"

मैं सीधा हुआ और अपनी नज़र कमरे पर घुमाने लगा। "हम हैंहलकी हवाहम हर मिशन को सटीकता और उत्कृष्टता के साथ अंजाम देते हैं, चाहे वह कितना भी बड़ा या साधारण क्यों न लगे। यही बात इस जहाज और उसके चालक दल को अलग बनाती है।"

कमरे में सन्नाटा छा गया, मेरे शब्दों के साथ तनाव कम होता गया। धीरे-धीरे, सहमति के संकेत मिलने लगे। पेत्रोवा की भौंहें नरम पड़ गईं, रिल ने अपना रुख़ बदला, और चेन ने एक हल्की, सहमति भरी मुस्कान दी। डोक्सन, जो हमेशा से ही शांत थी, ने कुछ नहीं बताया, लेकिन मैं उसकी स्वीकृति महसूस कर सकती थी।

जैसे ही अधिकारी बाहर निकलने लगे, मैं ध्यान दिए बिना नहीं रह सका जब डोक्सन ने मॉर्गन को रुकने का इशारा किया। हालाँकि मैं एनसाइन से मिलना चाहता था, फिर भी मैं रुका नहीं। मास्टर चीफ उन्हें ब्रीफ करने में पूरी तरह सक्षम थे, और मुझे अपनी तैयारियाँ भी करनी थीं।

पुल पर लौटते हुए, क्षेत्र एक शांत ऊर्जा से भर गया था क्योंकिहलकी हवाप्रस्थान के लिए तैयार। मैं बीच में खड़ा था, मेरे हाथ मेरी पीठ के पीछे बंधे थे, और मैं मुख्य कंसोल पर अंतिम रीडआउट स्क्रॉल होते देख रहा था। प्रस्थान की परिचित लय हवा में व्याप्त थी—इंजनों की धीमी गड़गड़ाहट, कंसोल की धीमी बीप, काम के लिए तैयार चालक दल का शांत ध्यान।

"सभी लोग, प्रस्थान के लिए तैयार हो जाओ," मैंने आदेश दिया, मेरी आवाज स्थिर और अधिकारपूर्ण थी, जो पूरे जहाज में संचार माध्यमों से गूंज रही थी।

दहलकी हवाडॉकिंग बे 7 से ऐसे फिसला जैसे कोई शिकारी छूट गया हो, उसके इंजन संयमित शक्ति से घुरघुरा रहे थे। स्टेशन की रोशनी फीकी पड़ गई, उसकी जगह तारों के अंतहीन विस्तार ने ले ली। मुझे लगा कि उद्देश्य की जानी-पहचानी अनुभूति मुझ पर छा गई है, तीव्र और उत्साहपूर्ण।

"प्रस्थान सफल रहा," कमांडर थॉर्न ने अपने स्टेशन से सूचना दी। "सभी प्रणालियाँ सामान्य हैं, लेफ्टिनेंट।"

मैंने सिर हिलाया, मेरे चेहरे पर गर्व की झलक थी। "अच्छा। चलो इस मिशन को शुरू करते हैं।"

हमारे सामने तारे फैले हुए थे, संभावनाओं का अनंत विस्तार। आगे जो भी हो, मुझे पता था कि हम किसी भी चुनौती का डटकर सामना करेंगे। यही तो रास्ता था।हलकी हवा—और उसके चालक दल का तरीका। यही ज़ेफायर आपके लिए है।

दिन 1
उपर हवा में

अध्याय 6
राजनयिकों

18:12:3025 00:01

जैसे ही ज़ेफायर अपने रास्ते पर आगे बढ़ा, मैंने अधिकारियों को विदा कर दिया और पुल पर केवल नियमित सिस्टम नियंत्रण और रखरखाव के लिए आवश्यक न्यूनतम चालक दल के सदस्यों को छोड़ दिया। मैं अपने क्वार्टर की ओर चल पड़ा। मेरा कमरा जहाज के एकांत हिस्से में बना था, जो भीड़-भाड़ से दूर एक सुकून भरा विश्राम स्थल था। मेरी पसंद और एकांत की ज़रूरत के लिए एकदम सही। जब दरवाज़ा खुला, तो मेरी आँखें आधी बंद हो गईं, और एक दीवार पर एक बड़े व्यूपोर्ट को देखकर मैं मुस्कुरा उठा। उसमें तारों से भरे ब्रह्मांड का एक

मनमोहक दृश्य था, जो ज़ेफायर के पतवार के पीछे छिपी विशालता और रहस्य की निरंतर याद दिलाता था।

इधर-उधर देखते हुए, मेज़ पर एक छोटी सी डेटा चिप लगातार झपक रही थी। मैं उत्सुकता से आँखें सिकोड़ते हुए उसके पास गया। मैंने चिप उठाई, और हालाँकि मैं उस आदमी से कभी व्यक्तिगत रूप से नहीं मिला था, फिर भी मैंने कैप्टन राइकर के निजी एन्क्रिप्शन हस्ताक्षर को पहचान लिया। उसे अपने कंसोल में लगाते ही एक होलोग्राफिक संदेश साकार हो गया, राइकर की छवि टिमटिमा उठी। राइकर का चेहरा पहचानते ही मेरी रीढ़ में सिहरन दौड़ गई, यह वही चेहरा था जो मैंने सपने में देखा था।क्या बकवास है!

"लेफ्टिनेंट कार," राइकर की गहरी, थकान भरी आवाज़ ने कमरे को भर दिया। "मुझे अफ़सोस है कि हालात मुझे इस समय आपके साथ आने से रोक रहे हैं। हालाँकि, मैं आपके लिए एक बेहतरीन हालत में जहाज, असाधारण प्रतिभाओं से भरपूर दल और एक बेहद अहम मिशन छोड़ गया हूँ।"

राइकर रुक गया, उसकी भौंहें सिकुड़ गईं मानो उसने सोच-समझकर शब्द चुने हों। "लेफ्टिनेंट, ध्यान रखना कि जिस राजनयिक सम्मेलन की तुम्हें व्यवस्था करने का काम सौंपा गया है, वह जोखिम से खाली नहीं है। कुछ लोग हैं जो इसे बाधित होते देखना चाहते हैं, जो फूट डालना चाहते हैं। अपनी अंतरात्मा पर भरोसा रखो, सतर्क रहो, और हर कीमत पर दूतों की रक्षा करो।"

उसके शब्दों से मेरी अंतःप्रज्ञा जागृत हो गयी।राजनयिकों के लिए ख़तरा? ऐसे आयोजन को कौन ख़तरे में डालना चाहेगा? और इतनी गोपनीयता क्यों?राइकर के संदेश ने उत्तर देने की अपेक्षा अधिक प्रश्न खड़े कर दिए, जिससे मेरे मन में बेचैनी और जिज्ञासा उत्पन्न हो गई।

"पाँच दिनों में मेरे बताए गए निर्देशांकों पर मुझसे मिलो। इसे उल्टी गिनती समझो," राइकर ने आगे कहा। "यह थोड़ा मज़ाक है। खैर, मैं तुम्हें तब स्थिति के बारे में बताऊँगा। तब तक, शुभकामनाएँ, लेफ्टिनेंट। और सितारे तुम्हारा मार्गदर्शन करें।"

संदेश अचानक खत्म हो गया, और मैं उस खाली जगह को घूरता रह गया जहाँ राइकर की तस्वीर थी। हैरान, उत्सुक और कुछ ज़्यादा ही चिंतित, मैं अपनी कुर्सी पर पीछे झुक गया और अपने मन को चिंतन में डुबो दिया। बिल्कुल फिलिप के. डिक की तरहक्या एंड्राइड इलेक्ट्रिक शीप के सपने देखते हैं?मुझे महसूस हुआ कि जहाज पर सब कुछ वैसा नहीं था जैसा दिख रहा था - एक ऐसी भावना जो जल्द ही घातक साबित होने वाली थी।

एक रहस्यमय ज्ञापन, एक संभावित खतरा, एक एम.आई.ए. कप्तान के साथ मुलाकात।गंभीरता से?लेकिन मैं चुनौतियों से घबराने वालों में से नहीं था। अपने क्वार्टर से निकलकर, मैं शाम के समय जहाज़ का जायज़ा लेने निकल पड़ा क्योंकि कुछ क्रू मेंबर्स रात के लिए आराम करने वाले थे। मैं भूलभुलैया जैसे गलियारों में घूमता रहा, मेरे कदमों की आहट कालीन बिछे फ़र्श पर धीरे-धीरे गूँज रही थी।

मैंने इंजीनियरिंग डेक का निरीक्षण किया और हाइपरड्राइव और प्लाज़्मा इंजनों की जटिलता पर अचंभित हुआ। मैं मेस हॉल में रुका, जहाँ मैंने कुछ क्रू सदस्यों के साथ बातचीत की और उनके मूड और मेरे नेतृत्व के प्रति उनकी प्रतिक्रियाओं का आकलन किया। मैंने जहाज के आर्बरेटम में भी झाँका, जो विदेशी पौधों और एक मनमोहक झरने से भरा एक हरा-भरा नखलिस्तान था। आर्बरेटम एक शांत जगह थी, जिसे क्रू सदस्यों को प्रकृति का स्पर्श और आराम करने और तनावमुक्त होने के लिए डिज़ाइन किया गया था। इसने मुझे मेरी माँ की याद दिला दी, एक समुद्री जीवविज्ञानी के रूप में, उन्होंने इंद्र नामक जलीय स्वर्ग में सुकून पाया था।

मैं इस एहसास को नज़रअंदाज़ नहीं कर सका कि कोई मुझे देख रहा है। यह एक हल्का सा एहसास था, मेरी गर्दन के पिछले हिस्से में चुभन, मेरी आँख के कोने में एक क्षणिक साया। मैं यह महसूस करने से खुद को नहीं रोक सका कि ज़ेफायर पर और भी लोग थे जो राइकर की चिंताओं को समझते थे, जो जितना बता रहे थे उससे कहीं ज़्यादा जानते थे। और समय बीतता जा रहा था।

इसलिए, मैंने ज़ेफायर के कामकाज का गहराई से अध्ययन किया और सोचा कि सभी प्रतिनिधियों को कुशलतापूर्वक कैसे ले जाया जाए। परिचय और सांस्कृतिक बातचीत के लिए हर यात्रा कुछ ही घंटों

की होती थी, इसलिए हम सब कुछ एक सुव्यवस्थित कार्यक्रम में समेट पाते थे। मुख्य बात समय का ध्यान रखना था: हमारे बहु-प्रजातियों वाले मेहमानों के लिए जल्दी से जहाज पर चढ़ना और उतरना महत्वपूर्ण था। हमारी अत्याधुनिक तकनीक की बदौलत, तेज़ यात्रा और सुचारू कार्यक्रम बनाना आसान था, और स्वचालित सहायता से मेज़बानी का काम आसान हो गया था। साथ ही, हमें ग्रहों की निकटता और प्रजातियों की अनुकूलता पर भी नज़र रखनी थी। अगर चालक दल चौबीसों घंटे काम करता, तो हम कई ग्रहों के बीच जा सकते थे और सिर्फ़ दो दिनों में पाँच अलग-अलग प्रजातियों की मेज़बानी कर सकते थे।

जब मैं इस बेहद अजीब स्थिति को समझने की कोशिश कर रहा था और राजनयिकों की मेज़बानी और उन्हें एक शांति सम्मेलन में ले जाने से पैदा हुई नैतिक दुविधाओं से जूझ रहा था, तो मेरे पास जवाबों से ज़्यादा सवाल थे। सबसे बड़ा सवाल यह था:क्या मैं और मेरी टीम ऐसे मिशन के लिए तैयार हैं? यह तो समय ही बताएगा।

मेरे मन में संदेह घूम रहा था, लेकिन मैंने प्रतिनिधियों के पहले समूह को चुनने के कार्य के लिए खुद को तैयार कर लिया।

अध्याय 7

गेअन्स

पहला पड़ाव -*09:00*

ग्रह गैया

जैसे ही ज़ेफायर ने गैया ग्रह की परिक्रमा करते हुए शान से प्रवेश किया, उस महाद्वीप पर रात छा गई जहाँ गैया प्रतिनिधि हमारे आगमन की प्रतीक्षा कर रहे थे। गैया एक ऐसी दुनिया थी जो मनमोहक सौंदर्य से परिपूर्ण थी। ग्रह के विशाल रेगिस्तान मीलों तक फैले हुए थे, जिनमें रत्नों जैसे मरुद्यान बिखरे हुए थे, जिनमें ऊँचे-ऊँचे वृक्ष थे जिनकी शाखाएँ आकाश की ओर ऐसे उठ रही थीं मानो आकाश को छू रही हों।

कहानी के अनुसार, गैयन पूर्वजों का उद्भव सदियों पहले पृथ्वी से हुआ था और उनके वंशजों ने इस वातावरण के साथ तालमेल बिठा लिया था, उनके शरीर इस अनोखे परिदृश्य में चलने के लिए लम्बे और पतले हो गए थे। उनके ग्रह के कम गुरुत्वाकर्षण ने उन्हें उच्च गुरुत्वाकर्षण वाले ग्रहों के मनुष्यों की तुलना में कहीं अधिक लंबा होने में मदद की। उनकी गतिविधियाँ तरल, लगभग सुडौल थीं, और उनकी आवाज़ें प्राचीन जंगलों की गहरी ध्वनि से गूंजती थीं।

मेरी टीम ने ज़ेफायर पर गैयन प्रतिनिधियों के स्वागत की तैयारी में मेरी मदद की। स्वागत समिति में मास्टर चीफ डोक्सन और सुरक्षा दल के एन्साइन मॉर्गन शामिल थे। जैसे ही तीनों गैयन प्रतिनिधि अपने वाहन से उतरकर ज़ेफायर पर चढ़े, मैंने सम्मानपूर्वक झुककर उनका अभिवादन किया, मेरी बिल्ली जैसी चमकती आँखें उनकी चमकीली नीली आँखों से मिलीं।

"सम्मानित प्रतिनिधियों, ज़ेफायर में आपका स्वागत है," मैंने स्थिर और औपचारिक स्वर में कहा। "मैं लेफ्टिनेंट अलास्टार कार हूँ,

और इस महत्वपूर्ण मिशन पर आपका हमारे साथ होना मेरे लिए सम्मान की बात है।" मैंने झूठ बोला। मुझे पता था कि यह एक कार्यभार है, लेकिन यह कितना महत्वपूर्ण होगा, इस बारे में मैं अनिश्चित था।

गेन्स सीधे और औपचारिक ढंग से बोलते थे। उनकी भाषा की विशेषता सटीक शब्दावली और स्पष्टता पर ज़ोर थी। वे शांत स्वभाव के होते थे, जो उनके संयमित स्वभाव को दर्शाता था। खैर, खैर, मेरी पहली धारणा यही थी।

तीनों में सबसे बड़े और सबसे लंबे तारेन ने स्वीकृति में सिर हिलाया। "धन्यवाद, लेफ्टिनेंट कार। शांति की इस यात्रा पर निकलते हुए, मैं आपकी मेज़बानी के लिए अपना आभार व्यक्त करना चाहता हूँ। मुझे उम्मीद है कि इस जहाज़ के अंदर का माहौल हमारी बातचीत के लिए अनुकूल होगा।"

हालाँकि, जैसे ही टैरेन की नज़र स्वागत समिति के अन्य सदस्यों पर पड़ी, उसके चेहरे पर थोड़ी खटास आ गई। केल और इमोन ने एक-दूसरे को देखा, उनकी नापसंदगी साफ़ दिखाई दे रही थी। गैयन लोग अपने पारंपरिक और कुछ हद तक अंधराष्ट्रवादी विचारों के लिए जाने जाते थे, जो महिलाओं को दोयम दर्जे का नागरिक मानते थे। उनका समाज पुरुष-प्रधान था, जहाँ महिलाओं को अक्सर अधीनस्थ भूमिकाओं में रखा जाता था। यह धारणा अन्य संस्कृतियों से उनकी अपेक्षाओं तक फैली हुई थी, और वे चाहते थे कि उनकी सहायता करने वाले सभी लोग पुरुष ही हों।

मास्टर चीफ डोक्सन, एक मज़बूत और सक्षम महिला, जिनका व्यवहार बहुत सीधा था, मेरे बगल में खड़ी थीं। उनकी तेज़ निगाहें किसी भी चीज़ से नहीं चूक रही थीं। एन्साइन मॉर्गन, एक युवा और तेज़-तर्रार अधिकारी, जिनके लंबे, गेहुँए बाल पीछे की ओर कसकर बंधे थे और जिनके चेहरे पर दृढ़ निश्चय था, भी मदद के लिए तैयार खड़ी थीं। उनकी स्त्रीवत उपस्थिति पर गेयन्स की प्रतिक्रिया तुरंत और ध्यान देने योग्य थी।

टैरेन ने मुझसे बात करते हुए अपनी आँखें थोड़ी सिकोड़ लीं। "लेफ्टिनेंट, हम चाहेंगे कि आपके दल के लोग हमारी ज़रूरतें पूरी करें। यह... हमारी संस्कृति में रिवाज़ है।"

मेरी चौकस निगाहें डोक्सन और मॉर्गन पर पड़ीं, और मैंने उनके तनावपूर्ण, मर्दाना हाव-भाव देखे। मैंने तटस्थ भाव बनाए रखा, हालाँकि अंदर ही अंदर मैं इस स्पष्ट लैंगिक भेदभाव से चिढ़ गया। "बिल्कुल, राजदूत टैरेन। मास्टर चीफ़ डोक्सन और एनसाइन मॉर्गन हमारे दल के उच्च योग्य सदस्य हैं, लेकिन आपके प्रवास के दौरान हम आपके रीति-रिवाजों का सम्मान करेंगे।"

डोक्सन और मॉर्गन ने एक-दूसरे को देखा, दोनों महिलाएँ गेन परिवार के रवैये से बिल्कुल भी प्रभावित नहीं थीं, लेकिन अपनी पेशेवरता बनाए रखी। वे थोड़ा पीछे हट गईं, जिससे सुरक्षा दल के पुरुष सदस्यों को प्रतिनिधियों के साथ मुख्य बातचीत करने का मौका मिल गया।

जैसे ही गैयन्स को उनके क्वार्टरों तक पहुँचाया गया, मैं टैरेन, केल और इमोन के साथ चल रहा था। ज़ेफायर के गलियारे हलचल से भरे हुए थे, चालक दल के सदस्य यह सुनिश्चित कर रहे थे कि आगे की यात्रा के लिए सब कुछ व्यवस्थित हो। मैंने इस अवसर का उपयोग गैयन्स और उनकी दुनिया के बारे में और जानने के लिए किया।

"गिया एक दिलचस्प जगह लगती है," मैंने कहा। "तुम्हारे कबीले अपने झगड़ों को कैसे सुलझाते थे?"

इतिहास सुनाते हुए टैरेन के चेहरे पर थोड़ी नरमी आई। "हमारी दुनिया हमेशा से ही कठोर रही है, और अस्तित्व के लिए सहयोग ज़रूरी है। समय के साथ, हमने सीखा कि लगातार लड़ने की तुलना में मिलकर काम करना ज़्यादा फ़ायदेमंद है। 250 साल पहले एक बड़ा मोड़ तब आया जब हमारे ग्रह पर एक भयंकर अकाल पड़ा। हमारे नेताओं ने महसूस किया कि एकता ही अस्तित्व की कुंजी है। तब से, हमने एक ऐसे समाज के निर्माण पर ध्यान केंद्रित किया है जो सहयोग और आपसी सम्मान को महत्व देता हो, कम से कम हमारे अपने लोगों के बीच तो। हम जीते हैं और जीने देते हैं।"

केल ने आगे कहा, "हमारे ग्रह के पर्यावरण ने हमें कई तरह से आकार दिया है। ऊँचे पेड़ों और विशाल रेगिस्तानों ने हमें अनुकूलन करने, और भी लंबे और अधिक फुर्तीले होने के लिए मजबूर किया है। हमें अपनी शारीरिक क्षमताओं और प्रकृति से अपने जुड़ाव पर गर्व है।"

इमोन, जो चुप था, बोला। "लेकिन कोई ग़लती मत करो, लेफ्टिनेंट। हम खुद को दूसरी प्रजातियों से श्रेष्ठ नहीं समझते। हालाँकि मैं कहता हूँ कि हमारी लंबी उम्र, हमारी बुद्धिमत्ता और हमारी शारीरिक शक्ति हमें अलग बनाती है।" वह अपनी प्रजा के राजा की तरह गर्व से मुस्कुराया।

मैंने सिर हिलाया, यह समझते हुए कि गैया लोग अपनी विरासत पर कितना गर्व करते हैं, भले ही इसमें थोड़ा अहंकार भी शामिल हो। "यह स्पष्ट है कि आपके लोगों ने कई चुनौतियों का सामना किया है। मुझे उम्मीद है कि यह शांति सम्मेलन न केवल गैया के लिए, बल्कि सभी संबंधित दुनियाओं के लिए, अधिक एकता की दिशा में एक और कदम होगा।"

गैयन्स को उनके क्वार्टर दिखाए गए, विशाल कमरे जिनमें बड़े-बड़े व्यूपोर्ट थे और जिनसे ब्रहमांड का अद्भुत नज़ारा दिखता था। अंदरूनी हिस्से को खूबसूरती से सजाया गया था, जो ज़ेफिर के डिज़ाइन की कार्यक्षमता को दर्शाता था। गैयन्स के वहाँ बस जाने के बाद, मैं और सुरक्षा दल गलियारे में बाहर निकल आए।

डोक्सन और मॉर्गन की ओर मुड़ते हुए मैंने धीमी और चिंतित आवाज़ में पूछा, "आप दोनों कैसे हैं?"

डोक्सन ने कंधे उचका दिए, उसका चेहरा कठोर था। "लेफ्टिनेंट, हम इससे भी बदतर हालात से निपट चुके हैं। ऐसे पुराने ज़माने के रवैये को देखना शर्मनाक है। यह मुझे धरती की राजनीति की याद दिलाता है। और हम सब जानते हैं कि उसका अंत कैसे हुआ।"

मॉर्गन ने सहमति में सिर हिलाया, "हम अपना काम करेंगे, चाहे कुछ भी हो जाए।"

मैंने उन्हें आश्वस्त करते हुए मुस्कुराकर उनकी लगन और उच्च मार्ग अपनाने की सराहना की। "हाँ, गैयन्स की अपनी अजीबोगरीब आदतें हैं, लेकिन यह सुनिश्चित करना हमारा काम है कि इस मिशन में हर कोई सम्मानित और सुरक्षित महसूस करे।"

मॉर्गन ने कहा, "यह हम सभी के लिए एक सीखने का अनुभव है। इससे हमें यह याद दिलाने में मदद मिलती है कि हमारा पेशेवर

रवैया हमारे मूल्यों को दर्शाता है और एक मिसाल कायम करता है, भले ही यह आसान न हो।"

मैंने सिर हिलाया, मेरी शहद जैसी आँखों में एक साझा दृढ़ संकल्प झलक रहा था। "बिल्कुल। हम सिर्फ़ ज़ेफ़ायर का ही नहीं, बल्कि उन मूल्यों का भी प्रतिनिधित्व कर रहे हैं जिन्हें हम बहुत महत्व देते हैं। गेन लोगों के अपने विचार हो सकते हैं, लेकिन उन्हें सम्मान देकर, हम दूरियाँ पाट सकते हैं और आपसी समझ विकसित कर सकते हैं।"

डोक्सन ने अपनी बाँहें क्रॉस करके, अपनी बात पर अडिग होकर कहा, "उनके रवैये से हमारे प्रदर्शन पर कोई असर नहीं पड़ेगा। जैसा कि मैं हमेशा कहती हूँ, मिशन सबसे पहले आता है।"

मॉर्गन मुस्कुराईं; उनके चेहरे पर दृढ़ निश्चय था। "और इसके अलावा, हमारे पास और भी प्रतिनिधि हैं जिन्हें हमें चुनना है। हर समूह अपनी चुनौतियाँ लेकर आएगा, लेकिन साथ ही सीखने और आगे बढ़ने के अपने अवसर भी लेकर आएगा।"

मैंने उनके सकारात्मक दृष्टिकोण की सराहना की। "यह सुनकर मुझे खुशी हुई। मुझे लग रहा है कि यह आसान नहीं होगा। दबाव में भी शांत रहने की आपकी क्षमता ही ज़ेफायर के चालक दल को एक किंवदंती बनाती है।"

डोक्सन ने अपनी बाहें खोलीं और सिर हिलाया। "हम जो भी करेंगे, उसके लिए तैयार हैं, सर। बस हमें बता दीजिए कि क्या करना है। हम आपके साथ हैं।"

मॉर्गन ने मुस्कुराते हुए कहा, "और अगर किसी और प्रतिनिधि की कोई ख़ास पसंद हो, तो हम उसे संभाल लेंगे। हम अनुकूलनशील हैं।"

मुझे अपनी टीम में सम्मान की लहर महसूस हुई। "आप दोनों का शुक्रिया। आपका रवैया बहुत मायने रखता है। आइए, बाकी मिशन को सुचारू रूप से चलाने पर ध्यान केंद्रित करें। हमारे सामने अभी बहुत काम बाकी है, लेकिन मुझे इस टीम पर पूरा भरोसा है।"

मुझे बिना किसी संदेह के पता था कि अगले कुछ दिन रास्ते में कुछ रुकावटें लेकर आएंगे, लेकिन मुझे एक सक्षम और प्रतिबद्ध दल दिया गया था। ज़ेफायर के समूह में मेरा आत्मविश्वास हर पल बढ़ता

जा रहा था और मुझे उम्मीद थी कि ओरियन आर्म के माध्यम से हमारी यात्रा बिना किसी रुकावट के जारी रहेगी।

अध्याय 8
थिसियन

आगे बढ़ते रहना

ग्रह थीस

गैयन्स के अपने क्वार्टरों में बसने के बाद, ज़ेफायर ओरियन आर्म से आगे बढ़ा। हमारा अगला गंतव्य: थिएस का जीवंत ग्रह। मास्टर चीफ डोक्सन, एन्साइन मॉर्गन और हमारी सुरक्षा टीम के साथ, मैंने नए प्रतिनिधियों का स्वागत करने के लिए खुद को तैयार किया। जैसे ही हम थिएस के पास पहुँचे, नीचे हरे-भरे परिदृश्य सामने आ रहे थे—घने जंगल और धूप में झिलमिलाती नदियाँ। यह एक शानदार नज़ारा था, जो पृथ्वी की उस प्राचीन सुंदरता की याद दिलाता था जब मानवता के विनाशकारी स्पर्श ने इसे मानव-जनित प्राकृतिक आपदाओं, प्रदूषण और वनों की कटाई से दूषित कर दिया था।

एयरलॉक के दरवाज़े एक हल्की सी फुफकार के साथ खुले, जिससे थिएसियन प्रतिनिधिमंडल का पता चला। थिएसियन लोग साँप जैसे थे—उनके शल्क इंद्रधनुषी चमक से झिलमिला रहे थे जो प्रकाश को एक चकाचौंध कर देने वाले प्रदर्शन में बदल रहे थे। उनकी टेढ़ी-मेढ़ी चाल और दोधारी जीभ एक सरीसृप वंश का संकेत दे रही थी, एक ऐसा वंश जो अपनी दुनिया के भाप से भरे जंगलों और दलदली दलदलों के साथ ढल गया था। उनकी तीखी पीली आँखें एक चालाक बुद्धि को दर्शाती थीं।

प्रतिनिधिमंडल का नेतृत्व पाँच दूत कर रहे थे: तीन महिलाएँ और दो पुरुष। सेराफिना, लिसांड्रा और एलारा, इन महिलाओं के शरीर में एक शांत अधिकार की आभा थी, और उनके शल्क पन्ना, नीलम और नीलम के रंगों से चमक रहे थे। उनके पुरुष समकक्ष, केलेन और थेरॉन,

कद में छोटे होने के बावजूद, तीक्ष्ण बुद्धि और अपने लोगों के इतिहास और परंपराओं की गहरी समझ रखते थे।

"ज़ेफ़ायर पर आपका स्वागत है," मैंने आदरपूर्वक झुककर कहा। "आप लेफ्टिनेंट अलास्टार कार से बात कर रहे हैं, और मैं मास्टर चीफ़ डोक्सन और एन्साइन मॉर्गन हूँ। आपको अपने साथ पाकर हम गौरवान्वित हैं।"

थिएसियन लोग अपनी सर्प जैसी आकृति के अनुरूप तरलता से संवाद करते थे। उनकी वाणी में अक्सर फुफकारने जैसी ध्वनियाँ और लम्बे स्वर होते थे, जो उसे एक मधुर गुण प्रदान करते थे। वे शरीर की भाषा का भी व्यापक रूप से उपयोग करते थे, जैसे कि लहराती हुई हरकतें या मुद्रा में सूक्ष्म बदलाव।

समूह की नेता, सेराफिना ने अपना सिर शालीनता से झुकाया। मैंने उसकी अजीबोगरीब बातचीत को नज़रअंदाज़ करने की कोशिश की। यह एक तरह से आकर्षक और रहस्यमयी था। "धन्यवाद, लेफ्टिनेंट कार। आपके दल ने जो गर्मजोशी दिखाई है, हम उसकी क़द्र करते हैं। जैसे-जैसे हम ज़िंदगी में आगे बढ़ते हैं, मुझे अपनी यात्रा के दौरान आराम की ज़रूरत महसूस होती है। हम चाहेंगे कि परिवेश का तापमान समायोजित हो। हमारी यात्रा हमारे घरेलू जल की धाराओं की तरह सहज होनी चाहिए।"

डोक्सन और मॉर्गन सावधान मुद्रा में खड़े थे, उनके चेहरे उष्णकटिबंधीय जीवों की नवीनता के बावजूद शांत और पेशेवर थे। गेयन्स के विपरीत, थिएसियन, महिला अधिकारियों की उपस्थिति से सहज प्रतीत होते थे। उनका समाज मातृसत्तात्मक था, जहाँ अक्सर महिलाएँ ही शक्ति और अधिकार के पदों पर होती थीं।

"हमें उम्मीद है कि आपकी यात्रा सुखद रही होगी," डोक्सन ने स्थिर स्वर में कहा। "हम आपकी मदद के लिए यहाँ हैं! अगर आपको हमारे साथ अपना समय बेहतर बनाने के लिए किसी भी चीज़ की ज़रूरत है, तो बेझिझक हमसे संपर्क करें।"

मॉर्गन आगे बढ़ीं, उनके चेहरे पर एक दोस्ताना मुस्कान थी। "एक बार जब आप यहाँ बस जाएँगी, तो हमें आपको यहाँ घुमाने में खुशी होगी। हम चाहते हैं कि आपको यहाँ घर जैसा महसूस हो।"

जैसे ही प्रतिनिधियों को उनके आवासों तक पहुँचाया गया, मैं सेराफिना के साथ-साथ चलता रहा और उनसे बातचीत करने लगा। "थीस अपनी समृद्ध जैव विविधता के लिए जाना जाता है। आपने विकास और प्रकृति के बीच इतना नाज़ुक संतुलन कैसे बनाए रखा है?"

सेराफिना की आँखें खुशी से चमक उठीं। "हमारे पूर्वजों ने पर्यावरण के साथ सामंजस्य बिठाने के महत्व को बहुत पहले ही समझ लिया था। हमारे पास उन्नत तकनीकें हैं जो हमें टिकाऊ जीवन जीने, अपने जंगलों और दलदलों को संरक्षित करने और साथ ही समाज को आगे बढ़ाने में मदद करती हैं।"

कालेन, जो ध्यान से सुन रही थी, ने आगे कहा, "दुनिया से हमारा जुड़ाव हमारी संस्कृति की आधारशिला है। यह हमारी परंपराओं, हमारी कला और हमारी जीवनशैली में झलकता है।"

थेरॉन, अपने तराजू पर हल्के सुनहरे रंग की चमक लिए, बोले। "हमारा मानना है कि प्रकृति का सम्मान और समझ हमें स्वयं की गहरी समझ की ओर ले जाती है। यही दर्शन हमारे कार्यों और निर्णयों का मार्गदर्शन करता है।"

मैंने उनकी बुद्धिमत्ता से प्रभावित होकर सिर हिलाया, जो कभी धरती पर मौजूद थी, लेकिन समय के साथ लुप्त हो गई। "हम आपके लोगों से बहुत कुछ सीख सकते हैं। प्रगति और संरक्षण के बीच संतुलन बनाने का आपका तरीका शानदार है।"

थिएसियनों को उनके क्वार्टर दिखाए गए, जो उनकी विशिष्ट आवश्यकताओं को पूरा करने के लिए डिज़ाइन किए गए कमरे थे। उनके गृहनगर के नम वातावरण की नकल करने के लिए कमरों को आर्द्र बनाया गया था, और सजावट में थिएसियन कला और संस्कृति के तत्व शामिल थे। प्रतिनिधियों ने इन सुव्यवस्थित आवासों के लिए अपनी प्रशंसा व्यक्त की।

बाद में, मैं डॉक्सन और मॉर्गन के साथ जहाज के विशाल ब्रीफिंग रूम में इकट्ठा हुआ। बड़ी अंडाकार मेज के चारों ओर आरामदायक कुर्सियों पर बैठकर, वे दिन भर की घटनाओं पर चर्चा करने लगे।

"मुझे कहना होगा, थीसियन लोग गेअन लोगों से कहीं ज़्यादा खुशनुमा लगते हैं," डोक्सन ने अपनी कुर्सी पर पीछे झुकते हुए कहा। "उनका मातृसत्तात्मक समाज एक ताज़ा बदलाव है। बेहतरीन।"

मॉर्गन ने सहमति में सिर हिलाया। "यह देखना दिलचस्प है कि अलग-अलग संस्कृतियाँ कैसे काम करती हैं। थिएसियन लोग प्रकृति और एक-दूसरे के प्रति गहरा सम्मान रखते हैं।"

मैंने मेज़ पर हाथ जोड़े, मेरे चेहरे पर विचारमग्न भाव थे। "ज़रूर। हमें उनकी सुरक्षा और सुविधा का ध्यान रखना होगा, जैसा हमने गैअन्स के साथ किया था। हर प्रतिनिधि शांति सम्मेलन में कुछ न कुछ अनोखा लेकर आता है।" चाहे छोटा हो या बड़ा, शांति बनाए रखना मेरा फ़र्ज़ था और मैंने इस बात को नज़रअंदाज़ करने की कोशिश की कि यह काम शायद यादगार न रहे। लेकिन फिर, मैं अंतरिक्ष यान के इतिहास से जुड़ा नया व्यक्ति था, तो मुझे क्या पता था?

डोक्सन का चेहरा गंभीर हो गया। "हाँ, लेकिन हमें नासमझ नहीं होना चाहिए। ऐसे ख़तरे भी हो सकते हैं जिनके बारे में हमें अभी पता ही न हो।"

मॉर्गन ने आगे कहा, "मैं प्रतिनिधियों के बीच बातचीत पर नज़र रख रहा हूँ। अभी तक, किसी भी तरह की परेशानी का कोई संकेत नहीं मिला है, लेकिन हम अपनी सतर्कता कम नहीं कर सकते।"

मैंने उनकी मेहनत की सराहना करते हुए सिर हिलाया। "मुझे किसी भी घटनाक्रम की जानकारी देते रहना। हमारा अगला पड़ाव इनक्यूरेट है। अप्रत्याशित के लिए तैयार रहना। हम अनजान क्षेत्र में हैं, इसलिए हम सभी को चीज़ों पर कड़ी नज़र रखनी होगी।"

अध्याय 9

इनक्यूरेट्स

समय पर - ***13:00***

ग्रह इनक्यूरेट

जैसे ही ज़ेफायर इनक्यूरेट के पास पहुंचा, मैं पुल पर खड़ा था (यह वह जगह है जहां सभी महत्वपूर्ण चीजें होती हैं; कमांड और कंट्रोल सेंटर जहां जहाज के संचालन का प्रबंधन किया जाता है), नीचे के ग्रह को देख रहा था। इनक्यूरेट का ग्रह उन हरे-भरे और जीवंत दुनियाओं से बिल्कुल अलग था, जहां हम पहले गए थे। इनक्यूरेट एक बुझते हुए अंगारे की तरह था जो ढलते सूरज के चारों ओर चक्कर लगा रहा था, जिसकी सतह निरंतर गोधूलि में नहा रही थी। इनक्यूरेट एक झुकी हुई, छोटी प्रजाति थी, जिसे मैंने अपने मन में सबटेरियन का उपनाम दिया था। जब उनकी मरती हुई दुनिया की सतह शून्य से नीचे के तापमान, लंबी सर्दियों और न्यूनतम सूर्य के प्रकाश के साथ रहने योग्य नहीं रह गई, तो उन्हें भूमिगत जाने के लिए मजबूर होना पड़ा। उन्होंने अपने कठोर वातावरण के साथ खुद को अनुकूलित कर लिया था, बिल्कुल पृथ्वी पर रहने वाले छछूंदरों की तरह,

जैसे ही एयरलॉक के दरवाज़े खुले, इंक्यूरेट्स बाहर निकले। वे मानव जैसे थे, सीधे खड़े थे, दो हाथ और दो पैर थे, लेकिन उनकी पीली त्वचा, हल्के बाल और किसी भूले-बिसरे युग के प्रेत जैसे उनके क्षीण शरीर को देखकर ही साफ़ हो गया कि वे इंसान नहीं थे। उनकी आँखें बड़ी और चमकदार थीं, जो प्रकाश के हर फोटॉन को सोख रही थीं, एक उदास सुंदरता और एक तेज़ सूरज की गर्मी की चाहत को दर्शा रही थीं।

प्रतिनिधिमंडल में चार सदस्य थे: सिलास और कोरेल नाम के दो पुरुष, और एलारा और मार्ला नाम की दो महिलाएँ। वे शांत भाव से आगे बढ़ रहे थे, उनका व्यवहार गंभीर और आत्मनिरीक्षणपूर्ण था।

"ज़ेफिर पर आपका स्वागत है," मैंने थोड़ा झुककर कहा। "मुझे अपना परिचय देने की इजाज़त दीजिए: मैं लेफ्टिनेंट अलास्टार कार हूँ, और ये मास्टर चीफ़ डोक्सन और एनसाइन मॉर्गन हैं। आपको अपने साथ पाकर हमें बहुत खुशी हो रही है।"

समूह के सबसे बड़े सदस्य, सिलास ने स्वीकृति में सिर हिलाया। "धन्यवाद, लेफ्टिनेंट कार। हम आपके आतिथ्य के लिए आभारी हैं।" इनक्यूरेट्स की बातचीत का तरीका ज़्यादा अनियमित और खंडित था, जो अक्सर उनकी अत्यधिक चिंता और छोटी-छोटी बातों पर तनाव लेने की प्रवृत्ति को दर्शाता था।

एलारा, जिसकी आँखें गहरी और उदास नीली थीं, ने चमकते गलियारे में चारों ओर देखा। "तुम्हारा जहाज हमारे घर से बहुत अलग है," उसने धीरे से कहा। "यहाँ ज़्यादा उजाला है।" "आराम! हाँ! हमें आराम चाहिए!" गोलम जैसी हँसी के साथ उसने कहा, "उड़ान--सुचारू? हाँ? यह सुनिश्चित करना होगा--कोई अशांति नहीं! विचलित नहीं होना चाहिए--शांत मन!"

डोक्सन आगे बढ़ी, उसके चेहरे पर सहानुभूति थी। "हमने आपके कमरे की रोशनी को व्यवस्थित करने का इंतज़ाम कर दिया है ताकि आपको ज़्यादा आराम मिले। अगर आपको और कुछ चाहिए हो, तो कृपया हमें बताएँ।"

मार्ला ने शांत और लगभग अलौकिक स्वर में उत्तर दिया, "हम सभी आपके विचार के लिए अत्यंत आभारी हैं। बहुत समय हो गया है जब हमें ऐसा प्रकाश मिला था।"

जब प्रतिनिधियों को उनके आवासों तक ले जाया जा रहा था, मैं सिलास और कोरल के साथ-साथ चल रहा था और उनसे बातचीत कर रहा था। कोरल, जिसकी जिज्ञासा स्पष्ट थी, मेरी चमकती सुनहरी आँखों को बार-बार देख रही थी।

"लेफ्टिनेंट कार," कोरल ने हिचकिचाते हुए कहा, "आपकी आँखें बहुत अनोखी हैं। मैंने आपकी जैसी आँखें पहले कभी नहीं देखीं। इनमें एक ख़ास... बिल्ली जैसी खूबी है।"

मैं मुस्कुराया, अपनी आँखों से अक्सर पैदा होने वाली जिज्ञासा का आदी हो चुका था। "हाँ, मेरी आँखें अनोखी हैं। मैं पूरी तरह इंसान नहीं

हूँ। लेकिन मेरी अनोखी विरासत के बारे में बहुत कम लोग जानते हैं।" मैं रुका। "मुझे मानना पड़ेगा," मेरे चेहरे पर एक व्यंग्यात्मक मुस्कान थी, "कम रोशनी में ये मुझे बहुत फ़ायदा पहुँचाती हैं।"

कोरल ने सिर हिलाया, उसकी चमकती आँखों में दिलचस्पी और समझ का मिला-जुला भाव था। "मैं समझ सकता हूँ कि तुम्हारी आँखें कितनी उपयोगी हो सकती हैं, खासकर हमारे भूमिगत शहरों जैसे अँधेरे वातावरण में।"

मैंने सिर हिलाया। "सचमुच। ये मुझे धुंधले वातावरण में भी साफ़ देखने की सुविधा देते हैं, बिल्कुल आपकी आँखों की तरह, जिन्होंने शायद आपकी दुनिया के निरंतर धुंधलके के साथ तालमेल बिठा लिया होगा।"

सिलास, जो चुपचाप सुन रहा था, बोला, "कठोर परिस्थितियों में जीवित रहने के लिए अनुकूलनशीलता बहुत ज़रूरी है। आपके अनोखे गुण जीवन की विविधता और लचीलेपन के प्रमाण हैं।"

मैं उनकी इस बात के लिए आभारी हूँ कि उन्होंने मेरी विशिष्टता को स्वीकार किया। "शुक्रिया। मैंने पाया है कि हमारे मतभेद अक्सर हमें और मज़बूत बनाते हैं, खासकर जब हम साथ मिलकर काम करते हैं और एक-दूसरे से सीखते हैं।"

जैसे-जैसे हम इंकुराट्स के क्वार्टरों की ओर गलियारों से गुज़रते रहे, मैंने उनसे बातचीत शुरू की। "इंकुरेट्स के भूमिगत शहर अपनी चतुराई के लिए मशहूर हैं। मुझे हमेशा से यह जानने की उत्सुकता रही है कि आप इतनी चुनौतीपूर्ण परिस्थितियों में भी जीवन कैसे चला पाते हैं?"

सिलास की आँखों में, जिनमें मनोरंजन की एक हल्की सी झलक थी, मेरी आँखों से मिलीं। "हमारे पूर्वज साधन संपन्न थे। उन्होंने ठंड और अँधेरे से बचने के लिए ज़मीन में गहरी खुदाई की थी। हमने भूतापीय ऊर्जा का उपयोग करने और भूमिगत खेतों में भोजन उगाने की तकनीकें विकसित की हैं। यह आसान नहीं रहा है, लेकिन हमने अनुकूलन करना सीख लिया है।"

कोरेल ने धीमी आवाज़ में बुदबुदाते हुए कहा, "हमारे कई लोगों ने ज़्यादा रहने लायक दुनिया में जाने का फैसला किया है, लेकिन जो

बचे हैं वे हमारे पास जो कुछ भी है उसका पूरा फ़ायदा उठाने के लिए दृढ़ हैं। हम अपने घर को संजोकर रखते हैं, भले ही वह जर्जर हो रहा हो।"

मैंने उनके लचीलेपन की प्रशंसा करते हुए सिर हिलाया। "मुझे आपकी संस्कृति के बारे में और जानने में दिलचस्पी होगी। आपकी दृढ़ता वाकई प्रेरणादायक है। मुझे उम्मीद है कि शांति सम्मेलन दुनिया भर के लोगों के बीच बेहतर सहयोग और सहयोग के अवसर प्रदान करेगा।"

जैसे ही हम इनक्यूरेट्स के लिए निर्धारित क्वार्टरों के पास पहुँचे, मैंने कमरों की ओर इशारा किया। "ये क्वार्टर आपकी विशेष ज़रूरतों को पूरा करने के लिए तैयार किए गए हैं। प्रकाश व्यवस्था को आपके घर की दुनिया के गोधूलि बेला जैसा बनाया गया है, और पर्यावरण नियंत्रण तापमान और आर्द्रता को आपके लिए आरामदायक स्तर पर बनाए रखेंगे।"

एलारा एक कमरे में दाखिल हुई, उसकी नज़रें उस मंद रोशनी वाली जगह पर टिकी थीं। "आह, यह तो बहुत ही सोचनीय है। यह तो घर जैसा ही लगता है।"

मार्लो ने सहमति में सिर हिलाया। "हाँ, हमें जिस माहौल की आदत है, उसका होना सुकून देता है। आपके प्रयासों के लिए शुक्रिया।"

सिलास ने, अपनी अभिव्यक्ति को एक दुर्लभ मुस्कान से नरम करते हुए कहा, "आप और आपकी विनम्र टीम ने जो स्वागत किया है, उसके लिए हम आपके आभारी हैं। यह हमें याद दिलाता है कि अंतरिक्ष की विशालता में भी, करुणा और समझ हमें एक-दूसरे के और करीब ला सकती है।"

मैंने आदरपूर्वक सिर झुकाया। "हम आपकी यात्रा को यथासंभव सुखद बनाने के लिए यहाँ हैं। कृपया हमें बताएँ कि क्या हम आपके लिए और कुछ कर सकते हैं।"

डोक्सन आगे बढ़ा और मुख्य कमरे के दूर वाले हिस्से में रखी एक मेज़ की ओर इशारा किया। "एक और बात। उस मेज़ पर तुम दोनों के लिए आँखों की सुरक्षा के लिए ढालें मिलेंगी। इस तरह जब तुम इन कमरों से बाहर निकलोगे तो हमारी तेज़ रोशनी से अपनी आँखों की रक्षा कर सकोगे।"

"ओह, यह आपकी दयालुता है।" एलारा ने अपने होठों पर एक गर्म मुस्कान लाते हुए कहा और मेज की ओर बढ़ गई।

विदा लेते समय, मैं जहाज के ब्रीफिंग रूम में डोक्सन और मॉर्गन के साथ एकत्रित हुआ, जैसा कि प्रत्येक प्रतिनिधिमंडल से मिलने के बाद हमारी दिनचर्या बन गई थी।

"मुझे कहना होगा, इनक्यूरेट्स दूसरे प्रतिनिधियों से काफ़ी अलग हैं," डोक्सन ने अपनी कुर्सी पर पीछे झुकते हुए कहा। "उनकी दुनिया ने उन्हें ऐसे आकार दिए हैं जिनकी कल्पना करना भी मुश्किल है।"

मॉर्गन ने सहमति में सिर हिलाया। "उनकी दृढ़ता अद्भुत है। इतनी कठोर परिस्थितियों में रहते हुए भी इतना उत्साहपूर्ण अपनापन बनाए रखना। यह प्रेरणादायक है!"

अपनी कुर्सी पर पीछे झुकते हुए मैंने सहमति में सिर हिलाया। "बिल्कुल। उनकी जीवनशैली अलग-अलग दुनियाओं के सामने आने वाली चुनौतियों की विविधता की याद दिलाती है। यह ज़रूरी है कि हम उन्हें इस यात्रा के दौरान ज़रूरी सहयोग प्रदान करें।"

डोक्सन के चेहरे पर गंभीरता छा गई। "हमें सतर्क रहना होगा। इनक्यूरेट्स भले ही पीछे हटे हुए लगें, लेकिन अगर हमें उनके बारे में कुछ पता है, तो वे बचे हुए हैं और शायद उतने कमज़ोर नहीं हैं जितने दिखते हैं। हमें किसी भी अप्रत्याशित घटना के लिए तैयार रहना चाहिए।"

मॉर्गन ने आगे कहा, "मैं अब तक प्रतिनिधियों की बातचीत पर नज़र रख रहा हूँ। वे सभी अपने-अपने तरीके से दूसरों से जुड़ने के लिए उत्सुक दिख रहे हैं। हमें उन्हें अन्य प्रतिनिधियों से जुड़ने के अवसर प्रदान करने चाहिए।"

मैंने उनकी गहरी समझ की सराहना करते हुए सिर हिलाया। हालाँकि सब कुछ ठीक-ठाक चल रहा था, फिर भी मुझे एक शक था कि कुछ गड़बड़ ज़रूर है—और मैंने अपनी सुरक्षा के लिए पूरी सतर्कता बरती।

जैसे-जैसे ज़ेफायर अपनी यात्रा जारी रखे हुए था, मैंने इंक्युरेट्स पर नज़र रखने का मौका लिया। मैंने सिलास और एलारा को एक अवलोकन लाउंज में पाया। उन्होंने अपनी आँखों पर सुरक्षा कवच लगा रखा था और तारों को निहार रहे थे। कमरा शांत था, बस जहाज़ के इंजनों की धीमी आवाज़ सुनाई दे रही थी।

"तो, आपको अपना आवास कैसा लग रहा है?" मैंने गर्मजोशी से मुस्कुराते हुए उनसे पूछा।

सिलास मेरी ओर मुड़ा, उसके चेहरे पर विचारमग्न भाव थे। "यह कमरा आरामदायक है। इतने लंबे समय तक अंधेरे में रहने के बाद इतनी रोशनी देखना अजीब है।"

एलारा ने सिर हिलाया, उसकी ढाल पर तारों की रोशनी पड़ रही थी। "यह खूबसूरत भी है और अद्भुत भी। आपके दल ने हमें घर जैसा एहसास दिलाने के लिए जो स्वागतपूर्ण व्यवहार दिखाया है, उसके लिए हम आभारी हैं।"

मैं उनके सामने बैठ गया, मेरा व्यवहार खुला और दोस्ताना था। "हम चाहते हैं कि आपका यहाँ स्वागत हो। हमें बताएँ कि हम आपकी उड़ान को और कैसे बेहतर बना सकते हैं।"

सिलास ने बोलने से पहले एलारा की तरफ़ देखा। "एक बात है। उम्म, यह बात शायद बेतुकी लगे, लेकिन हम अपना कुछ खाना खुद लाए हैं। हमारा खान-पान काफ़ी अलग है, और अगर हम अपना खाना खुद बना सकें तो हमें ज़्यादा सुकून मिलेगा।"

मैंने सिर हिलाया। "कोई बात नहीं। हम आपके लिए रसोई की सुविधा का इंतज़ाम कर सकते हैं। बस हमें बताइए कि आपको क्या चाहिए।"

एलारा धीरे से मुस्कुराई। "आह, शुक्रिया, लेफ्टिनेंट कार। आप बहुत दयालु हैं। आपकी समझदारी हमारे लिए बहुत मायने रखती है।"

अवलोकन कक्ष से बाहर निकलते हुए, मैंने उस बातचीत पर विचार किया। इंकुराते लोग गंभीर और आत्मनिरीक्षण करने वाले थे, लेकिन उनकी शांत शक्ति स्पष्ट थी। मैं उनकी ऐसी कठोर परिस्थितियों में अनुकूलन और जीवित रहने की क्षमता की प्रशंसा

करता था, और मैं उनके आगमन और उनकी यात्रा के दौरान उनके आराम को सुनिश्चित करने के लिए दृढ़ था। और मैं अच्छी तरह जानता था कि हमें और भी प्रतिनिधियों को ले जाना और साथ ले जाना है।

अध्याय 10

द रिस्पिंडोस

समय पर - *18:00*

जहाज़ पर शाम का समय था। जैसे-जैसे हम रिस्पिंडसो ग्रह के पास पहुँच रहे थे, ज़ेफायर के चालक दल में बेचैनी बढ़ती जा रही थी। रिस्पिंडसो भृंग जैसे कीट थे और अब तक जितने भी प्रतिनिधियों से हम मिले थे, उनमें सबसे अनोखे थे। उन्हें पकड़ने के लिए केवल दो ही थे। ज़ाइलो और ज़ारा नाम का एक जोड़ा विशेष रूप से उल्लेखनीय राजदूतों के रूप में सामने आया। उनके कीट जैसे रूप पुराने पृथ्वी टैन्सी भृंग जैसे थे, जिनमें जटिल पैटर्न और इंद्रधनुषी रंगों से सजे एक कठोर, काइटिनस बाह्यकंकाल थे। वे जैविक अभियांत्रिकी का एक अद्भुत नमूना थे, मेरे चालक दल के आदी मानव-आकृति से बहुत अलग; मुझे स्वीकार करना होगा कि वे काफी अजीब लग रहे थे।

जैसे ही ज़ेफायर रिस्पिंडसो के हरे-भरे, वनाच्छादित ग्रह के पास पहुँचा, मास्टर चीफ़ डोक्सन, एनसाइन मॉर्गन, मैं और सुरक्षा दल नए प्रतिनिधियों का स्वागत करने के लिए तैयार हो गए। पुल पर माहौल उत्सुकता और उत्सुकता के मिले-जुले मिश्रण से भरा हुआ था। किसी रिस्पिंडसो का अपनी दुनिया छोड़कर जाना दुर्लभ था और शांति सम्मेलन में एक नहीं, बल्कि दो लोगों का शामिल होना तो और भी दुर्लभ था। उनके नीचे व्यूपोर्ट से ग्रह दिखाई दे रहा था, हरे और सुनहरे रंगों का एक मादक मिश्रण जीवन से भरपूर दुनिया का वादा कर रहा था।

"क्या हम अपने मेहमानों के लिए तैयार हैं?" मैंने अपनी टीम की ओर देखते हुए पूछा।

डोक्सन, जो हमेशा की तरह एक पेशेवर इंसान थे, ने आत्मविश्वास से सिर हिलाया। "हमने सभी ज़रूरी तैयारियाँ कर ली हैं।

क्वार्टरों को उनके प्राकृतिक वातावरण के जितना हो सके, उतना करीब से देखने के लिए समायोजित किया गया है, तापमान और आर्द्रता के स्तर में बदलाव किए गए हैं, और उनके ग्रह के मूल निवासी पौधे भी लगाए गए हैं। यूँ कहें कि, जीवों के लिए आरामदायक माहौल।"

मॉर्गन ने उत्सुकता से अपना चेहरा दिखाते हुए कहा, "मेडिकल टीम तैयार है, और क्रू को उचित शिष्टाचार और क्या अपेक्षा करनी है, इसके बारे में जानकारी दे दी गई है। हम तैयार हैं, सर।"

मुझे अपनी टीम के काम पर गर्व महसूस हुआ। "नोटिस किया गया," मैंने स्थिर स्वर में कहा। "आइए हम अपने सभी प्रतिनिधियों के प्रति वही उदारता दिखाएँ जो हमने दिखाई है। याद रखें, इन प्रतिनिधियों और भविष्य की किसी भी मुलाकात पर हमारी छाप शांति वार्ता की सफलता के लिए महत्वपूर्ण हो सकती है।"

जैसे ही एयरलॉक के दरवाज़े खुले और रिस्पिंडसोअन प्रतिनिधिमंडल का नज़ारा सामने आया, वहाँ मौजूद लोगों की कई धीमी आहें सुनाई दीं। ज़ाइलो और ज़ारा देखने लायक थे। एयरलॉक की तेज़ रोशनी में उनके बाह्यकंकाल चमक रहे थे, उनके शरीर पर बने जटिल डिज़ाइन उनके हिलने-डुलने के साथ रंग बदल रहे थे। वे दो पिछले पैरों पर सीधे खड़े थे और उनकी चार भुजाएँ थीं, जिनमें से प्रत्येक नाज़ुक, निपुण उँगलियों में समाप्त होती थी। उनकी बहुमुखी आँखें पॉलिश किए हुए रत्नों की तरह चमक रही थीं, जो लगातार अपने परिवेश को विभिन्न कोणों से देखने के लिए बदलती और समायोजित होती रहती थीं।

"ज़ेफिर जहाज़ पर आपका स्वागत है," मैंने थोड़ा झुककर उनका अभिवादन किया। "मैं लेफ्टिनेंट अलास्टार कार हूँ, और मैं मास्टर चीफ़ डोक्सन और एन्साइन मॉर्गन हूँ। आपको अपने साथ पाकर हम गौरवान्वित हैं।"

ज़ाइलो, जो जोड़ी में बड़ा था, आगे बढ़ा और अभिवादन के भाव से अपनी एक बाँह आगे बढ़ा दी। उसकी आवाज़, एक धीमी, गुंजायमान गुनगुनाहट, जो उसके जबड़ों की हल्की क्लिक से गूंज रही थी, हवा में गूंज रही थी।

"धन्यवाद, लेफ्टिनेंट कार। हमें यहाँ आकर खुशी हो रही है। हमने ज़ेफायर और उसके चालक दल के बारे में बहुत कुछ सुना है। हम अपने नए सहयोगियों के बारे में और जानने के लिए उत्सुक हैं।"

रिस्पिंडसो एक लयबद्ध तरीके से संवाद करते थे जो उनके चिटिनस एक्सोस्केलेटन के कारण क्लिक या चहचहाहट जैसी आवाज़ों जैसा लगता था। उनके संवाद अक्सर इन्हीं ध्वनियों से युक्त होते थे और उत्साहपूर्ण होते थे। उनकी बोली और भाषा ने मुझे आकर्षित किया।

"नमस्ते!" ज़ाइलो ने कहा। "यह जहाज़ आपके साथ साझा करके हमें गर्व हो रहा है! आइए हम यह सुनिश्चित करें कि हमारी यात्रा सौहार्द से भरी रहे!"

ज़ारा, जिसका बाह्यकंकाल हरे और नीले रंग का बहुरूपदर्शक था, ने सहमति में सिर हिलाया।

डोक्सन और मॉर्गन ध्यान से खड़े थे, उनके चेहरे पर शांति और संयम था, हालाँकि रायस्पिंडसोअन्स अपनी आशावादिता में अतिशयोक्ति कर रहे थे। "हमने आपके लिए आरामदायक कमरे तैयार कर रखे हैं," डोक्सन ने कहा। "अगर आपको और किसी चीज़ की ज़रूरत हो, तो बेझिझक पूछिए!"

ज़ारा की बहुमुखी आँखें डोक्सन की ओर मुड़ गईं, जिनमें गहरी बुद्धिमत्ता झलक रही थी। "हम आभारी हैं," उसने जवाब दिया, उसकी आवाज़ मधुर क्लिक और सीटियों की श्रृंखला से भरी थी। "ऐसा अक्सर नहीं होता कि हम दुनिया से बाहर यात्रा करें। हमारी भलाई के लिए आपका ध्यान आश्वस्त करने वाला है। मुझे यकीन है कि हमें अपना प्रवास बहुत पसंद आएगा!"

जैसे ही रिस्पिंडसोवासियों को उनके क्वार्टरों तक पहुँचाया गया, मैं ज़ाइलो और ज़ारा के साथ-साथ चलता रहा और उनसे गपशप करता रहा। "मानना पड़ेगा, मैं आपकी भाषा से बहुत प्रभावित हूँ," मैंने कहा। "मैं कुछ वाक्यांश सीखने की कोशिश कर रहा हूँ, लेकिन क्लिक और सीटियाँ काफ़ी मुश्किल हैं।"

ज़ारा की आँखें खुशी से चमक उठीं। "यह बात कि तुमने कोशिश भी की, बहुत प्रभावशाली है, लेफ्टिनेंट," वह चहकी, उसकी आवाज़ किसी चिड़िया के गीत जैसी थी।

ख़ास तौर पर तैयार किए गए क्वार्टर में पहुँचकर, मैंने दरवाज़े की ओर इशारा किया। "ये क्वार्टर आपकी सुविधा को ध्यान में रखकर डिज़ाइन किए गए हैं," उन्होंने बताया। "हमने आपके घर की परिस्थितियों के अनुसार वातावरण को समायोजित किया है और कुछ स्थानीय पौधे भी लगाए हैं।"

ज़ाइलो और ज़ारा ने क्वार्टर का निरीक्षण किया, उनकी बहुमुखी आँखें हर छोटी-बड़ी बात को गौर से देख रही थीं। "यह तो कमाल है," ज़ाइलो ने गुनगुनाया, उसकी आवाज़ प्रशंसा से भरी हुई थी। "आपने हमारी सुविधा सुनिश्चित करने के लिए बहुत कुछ किया है।"

ज़ारा ने सहमति में सिर हिलाया, "आपकी दयालुता कभी नहीं भूली जाएगी।"

जैसे ही मैं जाने के लिए मुड़ा, ज़ाइलो ने धीमी आवाज़ में गुनगुनाते हुए कहा। "लेफ्टिनेंट कार, शांति वार्ता का निमंत्रण स्वीकार करने से पहले, हमारे लोगों ने अपनी कुछ जैविक इंजीनियरिंग तकनीकों को आपके लोगों के साथ साझा करने की संभावना पर चर्चा की थी। हमारा मानना है कि इससे हमारे दोनों देशों को फ़ायदा हो सकता है।"

मेरी आँखें उत्सुकता से चौड़ी हो गईं। "शानदार," मैंने जवाब दिया, इस संभावना से सचमुच उत्साहित होकर। "मुझे पूरा यकीन है कि हमारे इंजीनियर आपसे बात करने और हमारी तकनीक को बेहतर बनाने के नए तरीके सीखने के लिए उत्सुक होंगे।"

ज़ारा ने सिर हिलाया, उसकी आँखों में तारों की रोशनी झलक रही थी। "हमारा मानना है कि अपने ज्ञान को साझा करके, हम सहयोग और समझ की एक मज़बूत नींव रख सकते हैं। हमें उम्मीद है कि इस आदान-प्रदान से सभी के लिए बेहतर सामंजस्य और प्रगति होगी।"

मैं मुस्कुराया और उनकी विशेषज्ञता साझा करने की इच्छा की सराहना की। "समझ गया," मैंने कहा। "मैं हमारी विज्ञान और इंजीनियरिंग टीमों के साथ एक बैठक का प्रबंध करूँगा।"

अध्याय 11

कूटनीतिक दुविधाएँ

अगले कई घंटों तक, मैंने ज़ेफायर के चालक दल को कूटनीति और सांस्कृतिक संवेदनशीलता के एक नाज़ुक नृत्य में डूबे देखा। जहाज़, जो कभी परिचित दिनचर्या और सौहार्द का केंद्र था, अब चार अलग-अलग विदेशी प्रजातियों की ऊर्जा से गुलज़ार था। हर समूह अपने साथ अपनी अनूठी रीति-रिवाज़, परंपराएँ और माँगें लेकर आया था, जिससे उत्साह और बेचैनी दोनों का माहौल बन गया।

अपने जीवंत व्यक्तित्व और शानदार प्रदर्शनों से, गैयन्स जल्द ही आकर्षण का केंद्र बन गए। उन्होंने गलियारों को रंग-बिरंगे टेपेस्ट्री से सजाया, हवा को विदेशी मसालों की मादक सुगंध से भर दिया, और मेस हॉल को एक शोरगुल भरे भोज स्थल में बदल दिया। उनकी दिल खोलकर हँसी और संक्रामक ऊर्जा कुछ लोगों के लिए एक सुखद विकर्षण थी, लेकिन दूसरों को उनकी निरंतर मौज-मस्ती और श्रेष्ठता का भाव खटकता था।

"क्या वे इसे थोड़ा धीमा नहीं कर सकते?" चीफ इंजीनियर रिल ने बड़बड़ाते हुए कहा, जैसे ही गैन्स का संगीत वेंटिलेशन शाफ्ट से गूँज रहा था। "यह किसी कार्निवल में रहने जैसा है।"

पास से गुज़रते हुए एन्साइन मॉर्गन हँसे। "यह वाकई जीवंत है, है ना? लेकिन यह तो उनकी संस्कृति का हिस्सा है। वे जश्न मनाकर अपनी अभिव्यक्ति व्यक्त करते हैं।"

इसके विपरीत, थीसियन लोग आर्बोरिटम के शांत एकांत को पसंद करते थे, जहाँ वे कृत्रिम धूप में आराम करते और जटिल अनुष्ठान करते थे। उनके एकांतप्रिय स्वभाव और सरीसृप स्वभाव के कारण कई चालक दल के सदस्य असहज हो जाते थे, और विशिष्ट बैठने की

व्यवस्था और विशिष्ट आहार की उनकी माँगों ने ज़ेफायर के संसाधनों की सीमाओं की परीक्षा ली।

"मुझे ऐसा लग रहा है जैसे मैं बिगड़ैल छिपकलियों के एक समूह की सेवा कर रहा हूँ," शेफ माइकल्स ने बुदबुदाते हुए कहा, क्योंकि वह अनिच्छा से थिएसियनों के लिए जीवित झींगुरों का एक और बैच तैयार कर रहे थे।

उनके बगल में खड़े डॉ. पटेल सहानुभूतिपूर्वक मुस्कुराए। "इसे एक चुनौती समझिए, शेफ़। इससे आपकी पाककला का कौशल बढ़ता है।"

इंकुरातेस अपने गंभीर व्यवहार और उदास भाव के साथ एक अलग चुनौती पेश करते थे। वे अपने आप में ही रहते थे, शायद ही कभी अपने क्वार्टर से बाहर निकलते थे, और उनकी शांत उदासी जहाज पर एक परछाईं सी छा जाती थी।

"ऐसा लगता है जैसे वे अपने कंधों पर ब्रह्माण्ड का भार उठा रहे हैं," एन्साइन चेन ने अपने साथी क्रू-मेट से फुसफुसाते हुए कहा, जब वे इनक्यूरेट्स को अवलोकन डेक से चुपचाप तारों का अवलोकन करते हुए देख रहे थे।

मैंने इनक्यूरेट्स के उदास होने के बारे में उनकी बातें सुनीं, इसलिए मैं उनसे मिलने गया। उनके क्वार्टर में पहुँचकर, मैंने दरवाज़े के कंट्रोल के सामने हाथ फेरकर अपनी उपस्थिति का संकेत दिया। जैसे ही दरवाज़ा खुला, मैंने खुद को एक पुरुष, सिलास, की आँखों में देखते हुए पाया। "क्या मैं आपको खुश करने के लिए कुछ कर सकता हूँ?" मैंने पूछा।

सिलास ने अपनी बड़ी-बड़ी, चमकीली आँखों से मेरी तरफ़ देखा। "लेफ्टिनेंट कार, हम आपकी चिंता की क़द्र करते हैं। बस... हमें घर की याद आती है, चाहे कितनी भी मुश्किलें क्यों न हों। तारे हमें याद दिलाते हैं कि हम क्या संजोकर रखना चाहते हैं।"

मैंने उनकी लालसा को समझते हुए सिर हिलाया। अक्सर, मुझे भी अपने जैविक माता-पिता को न जानने की ऐसी ही लालसा और उदासी का सामना करना पड़ता था। उनकी उदासी ने मुझे झकझोर दिया। "अगर मैं आपको घर जैसा महसूस कराने के लिए कुछ कर

सकता हूँ, तो मुझे बताइए। किसी क्रू मेंबर से कहिए कि मुझे फ़ोन करे, मैं आपके लिए वहाँ पहुँच जाऊँगा।"

रिस्पिंडसोअन, ज़ाइलो और ज़ारा, एक सुखद आश्चर्य साबित हुए। अपने अनोखे रूप-रंग के बावजूद, वे गर्मजोशी से भरे, मिलनसार और सीखने के लिए उत्सुक थे। अपनी उन्नत जैविक इंजीनियरिंग तकनीक साझा करने के उनके प्रस्ताव ने विज्ञान और इंजीनियरिंग टीमों में हलचल मचा दी।

"मैंने कभी नहीं सोचा था कि मैं अपनी प्रयोगशाला में एलियन पौधों का विच्छेदन करूँगा," डॉ. पटेल ने एक सहकर्मी से हँसते हुए कहा। "यह सचमुच जीवन में एक बार मिलने वाला अवसर है।"

ज़ाइलो ने वैज्ञानिकों को काम करते हुए देखकर अपनी जानकारी दी। "इन पौधों में ऐसे गुण हैं जो आपकी चिकित्सा पद्धति को और बेहतर बना सकते हैं। हमें अपना ज्ञान साझा करने में खुशी हो रही है।"

ज़ेफायर पर सवार राजनयिकों के चार समूहों में से, रिस्पिंडसोअन सबसे मिलनसार थे। लेकिन चालक दल के कई सदस्य इस बात की शिकायत कर रहे थे कि वे कीड़े थे। कम से कम वे ज़हरीली मकड़ियाँ तो नहीं थीं!

लेकिन बात यहीं खत्म नहीं होती। जब विशाल यान अपने इंजनों की ऊर्जा से गूँज रहा था, तो मैं प्रतिनिधियों के बीच तनाव महसूस कर सकता था, हर एक प्रतिनिधि मानो एक तूफ़ान के टूटने का इंतज़ार कर रहा था।

अध्याय 12

बढ़ता तनाव

समय पर – ***21:00***

कालीन बिछे गलियारे में चलते हुए मुझे पूरा यकीन था कि अगर हम अंतरिक्ष यान पर जल्द ही काबू नहीं पा सके, तो हालात और बिगड़ेंगे। शुरुआती उत्साह के बावजूद, चालक दल का धैर्य जल्द ही जवाब दे रहा था। लगातार माँगें और सांस्कृतिक टकराव अपना असर दिखा रहे थे। मैं बस अपने कमरे में भागकर बिस्तर के नीचे शरण लेना चाहता था! गेयन्स का शोरगुल और थीसियन्स का अहंकार बर्दाश्त करना मुश्किल होता जा रहा था। लेकिन दुर्भाग्य से भागना कोई विकल्प नहीं था।

प्रमुख थिसियन दूत, सेराफिना, दल के हर काम में कमियाँ निकालने में आनंद लेती थी। उसकी तीखी आलोचना और तिरस्कारपूर्ण लहजे ने सभी को परेशान कर दिया।

"यह तो बच्चे के खाने लायक नहीं है," उस शाम उसने फुसफुसाते हुए सावधानी से तैयार किए गए पौष्टिक पेस्ट की एक प्लेट दूर धकेलते हुए कहा। "मुझे अपने पद के अनुरूप भोजन चाहिए। ज़रूर इस जहाज़ पर चूहे या कोई कृंतक होगा!"

जब उसकी माँग अनसुनी कर दी गई, तो वह गुस्से में मेज़ से उठ खड़ी हुई, और उसके साथी थिएसियन भी उसके पीछे-पीछे उठ खड़े हुए। मेस हॉल में सन्नाटा छा गया, तनाव गहरा गया और कर्मचारी बेचैनी से एक-दूसरे को देखने लगे।

पुल पर पहुँचकर मैं कप्तान की कुर्सी पर बैठ गया और पूरे जहाज में लगे सुरक्षा कैमरों की फीड देखने लगा। जब मैंने चालक दल और राजनयिकों के बीच बातचीत देखी, तो यात्रियों की माँगों पर चालक दल की नाराज़गी का अंदाज़ा लगाना आसान हो गया।क्या हम सब नहीं

थे?मुझमें हमेशा से लोगों की भावनाओं को समझने की क्षमता रही है। उनकी भावनात्मक स्थिरता मेरे दिमाग में किसी ख़राब रेडियो सिग्नल की तरह महसूस होती थी, और इससे मुझे भयंकर सिरदर्द हो रहा था। कैप्टन राइकर से हमारी मुलाक़ात में घड़ी की टिक-टिक होती जा रही थी, और अगर तनाव जल्द ही कम नहीं हुआ, तो हम उससे बहुत पहले ही बिखर जाएँगे।

सुबह-सुबह मुझे एन्साइन चेन से एक मेमो मिला जिसमें एक मीटिंग का अनुरोध था। मुझे लग रहा था कि मुझे चेन की पूछताछ के बारे में पूरी जानकारी है। इसके अलावा, मुझे आईएसएस फ्लीट कमांड से नए आदेश भी मिले थे। हमें आखिरी समय में निर्देश दिए गए थे। हमारे नए आदेशों के तहत हमें आकाशगंगा के दूसरी ओर एक दूरस्थ ग्रह पर बिना किसी पूर्व-निर्धारित पड़ाव पर रुकना था। काम: एक और प्रतिनिधिमंडल को साथ ले जाना।हमें बस इतना ही चाहिए।क्रू में बढ़ते तनाव और अब नए आदेशों के चलते, मेरे पास कोई चारा नहीं था। मुझे वरिष्ठ अधिकारियों की एक बैठक बुलानी ही थी। उनकी चिंताओं को दूर करने और उन्हें हमारे नए आदेशों के बारे में बताने के लिए मुझे एक बैठक आयोजित करनी ही होगी। योजना में बदलाव। फिर से।

इंजीनियरिंग के पास पहुंचकर मैंने एक कोने को मोड़ा तो देखा कि मुख्य इंजीनियर बड़बड़ाते हुए गलियारे में बाहर आ रहा है।

"ये राजदूत अब कमज़ोर पड़ने लगे हैं," रिल ने इंजन रूम से बाहर निकलते हुए, अपने ओवरऑल पर ग्रीस से सने हाथ पोंछते हुए कहा। "ये ऐसे व्यवहार करते हैं जैसे जहाज़ उनका ही है। धिक्कार है राजसी ठाठ पर!"

अत्रोवा, चेन के साथ, दालान में उसका इंतज़ार कर रही थी, ने सहमति में सिर हिलाया। अत्रोवा की हरी आँखें झुंझलाहट से चमक रही थीं। "थिएसियन सबसे बुरे हैं। उनकी लगातार माँगें और छोटी-मोटी लड़ाइयाँ किसी को भी पागल कर देने के लिए काफी हैं।"

चेन, जो आमतौर पर क्रू में सबसे शांत स्वभाव का होता है, ने गहरी साँस ली। "काश, वे हमारे प्रयासों के लिए थोड़ा और आभार प्रकट करते। ऐसा लगता है जैसे वे हमें हल्के में ले रहे हैं।"

मुझे अपने दल में बढ़ते असंतोष का आभास हो गया; मुझे इस स्थिति से निपटना था। "मेरे पीछे आओ," मैंने तीनों को चौंकाते हुए कहा। "गलियारा इस चर्चा के लिए उपयुक्त जगह नहीं है।" मैंने वरिष्ठ कर्मचारियों को अपने पीछे आने का इशारा किया, और हम नज़दीकी ब्रीफिंग रूम की ओर चल पड़े। उनकी ओर मुड़कर मैंने उनके चेहरों और हाव-भाव को ध्यान से देखा कि कहीं कोई बगावत का संकेत तो नहीं है।

जैसे ही वरिष्ठ अधिकारी सम्मेलन कक्ष में इकट्ठा हुए, मैंने स्थिति पर बात की। "हमें इन चिंताजनक तनावों को कम करने का कोई रास्ता ढूँढ़ना होगा। हर समूह की अपनी अलग ज़रूरतें और रीति-रिवाज़ होते हैं, लेकिन हमें अपनी सीमाएँ तय करनी होंगी।" रुककर, मैंने कमरे में चारों ओर देखा। "मैं आपकी निराशा समझ सकता हूँ," मैंने शांत लेकिन दृढ़ स्वर में कहा। "लेकिन हमें अपना कर्तव्य याद रखना चाहिए। ये राजदूत हमारे मेहमान हैं, और उनकी सुविधा सुनिश्चित करना हमारी ज़िम्मेदारी है।"

मैं रुका और अपने शब्दों को समझने लगा। "लेकिन," मैंने बीच में बोलने की कोई गुंजाइश न छोड़ते हुए, अपनी आवाज़ में अधिकार की कठोरता लाते हुए कहा, "इसका मतलब यह नहीं कि हम उनकी हर मनमानी बर्दाश्त करें। हम ज़ेफायर के चालक दल के सदस्य हैं, उनके निजी नौकर नहीं। हम उनके साथ सम्मान से पेश आते रहेंगे, लेकिन कोई गलती न करें—हमारा अपमान भी नहीं होने देंगे!"

पूरे कमरे में स्वीकृति की एक फुसफुसाहट गूँज उठी। मैंने सिर हिलाया, इस संतुष्टि के साथ कि मैंने क्रू की चिंताओं का समाधान कर दिया था।

"सुनो," मैंने कहा, मेरी आवाज़ के लहजे ने सबकी नज़रें मेरी ओर घुमा दीं। "हमें आखिरी समय में कुछ आदेश मिले हैं। कैप्टन राइकर से मिलने से पहले हमें एक और पड़ाव पर रुकना है। हमें टार्वोस नामक ग्रह से दूतों के एक छोटे समूह को लाने का आदेश मिला है। यह हमारे लिए थोड़ा मुश्किल है, लेकिन नौसेना कमान इस बात पर ज़ोर दे रही है कि सम्मेलन में उनकी उपस्थिति बेहद ज़रूरी है।"

"तुम मज़ाक कर रहे हो!" रिल चिल्लाया। "अगर उनमें से कोई मेरे इंजन रूम में आ गया, तो जो कुछ भी होगा, उसके लिए मैं ज़िम्मेदार नहीं रहूँगा!"

हाथ ऊपर उठाकर, मैंने कुछ पल पहले कही अपनी बात दोहराई। "तो फिर उन्हें अंदर मत आने देना। इंजीनियरिंग, पुल और इस जहाज के संचालन के लिए ज़रूरी सभी जगहों की सुरक्षा ज़रूरी है। हम जासूसी बर्दाश्त नहीं करेंगे। क्या यह बात साफ़ है?"

समूह ने सख्त सीमाओं की ज़रूरत को समझते हुए सिर हिलाया। हमेशा व्यावहारिक रहने वाले डोक्सन ने आगे कहा, "हमें सुरक्षा दल को सूचित करना होगा। उन्हें तनाव बढ़ाए बिना इन प्रतिबंधों को लागू करने के लिए तैयार रहना चाहिए।"

मॉर्गन ने कहा, "मैं चालक दल के लिए एक ब्रीफिंग का मसौदा तैयार करूंगा, जिसमें नए सुरक्षा उपायों और दबाव में नियंत्रण में रहने के महत्व को रेखांकित किया जाएगा।"

"अच्छा," मैंने कहा। "मैं राजदूतों से व्यक्तिगत रूप से बात करूँगा। उन्हें यह समझना होगा कि हम उनके पदों का सम्मान करते हैं, लेकिन उन्हें हमारे जहाज और चालक दल का भी सम्मान करना चाहिए।"

डोक्सन ने सिर हिलाया। "यह आसान नहीं होगा। गेयन लोग कुछ लोगों के लिए बहुत ज़्यादा शोर मचाते हैं, थिएसियन लोग बहुत ज़्यादा माँग करते हैं, और इंक्युरेट्स... खैर, उनका उदास रवैया संक्रामक है और सभी को प्रभावित करने लगा है।"

मॉर्गन ने कहा, "और रिसपिंडसोअन्स मित्रवत होते हुए भी इतने भिन्न हैं कि यह भारी पड़ सकता है।"

अफसरों को विदा करके मैं पुल की ओर बढ़ा। लिफ्ट के दरवाज़े से होते हुए पुल पर कदम रखा। मैंने मुख्य दृश्य स्क्रीन के ऊपर टंगी हमेशा मौजूद घड़ी पर नज़र डाली और पाया कि जहाज़ का समय दोपहर का था। कुछ ही देर बाद, दरवाज़े पर हमेशा मौजूद सुरक्षा गार्ड ने घोषणा की, "कप्तान डेक पर हैं।" "कैप्टन" कहलाना अजीब लग रहा है क्योंकि मेरी नई हैसियत इतनी अप्रत्याशित थी। लेकिन, हम एक अनजानी राह

पर चलने वाले दल हैं, इसलिए मैं बहाव के साथ चलने की कोशिश करूँगा।

उस आदमी को सिर हिलाकर मैं कैप्टन की कुर्सी की तरफ़ बढ़ गया। "एनसाइन, क्या आपको टार्वोस के नए निर्देशांक मिल गए?"

"जी सर। ये तो सिस्टम में पहले से ही प्रोग्राम हो चुके हैं। क्या मैं रास्ता बदल दूँ?"

नेविगेशनल डिस्प्ले पर नज़र डालते हुए, और चक्कर लगाने के लिए अपनी आँखें सिकोड़ते हुए, मैंने एनसाइन को सिर हिलाया। "हाँ, आगे बढ़ो। सौभाग्य से, कैप्टन राइकर को लेने के निर्देशांक, हालाँकि दूर हैं, हमारे संशोधित मार्ग से ज़्यादा दूर नहीं हैं। हमें उन्हें कम से कम देरी से लेने में सक्षम होना चाहिए।"

चालक दल के सदस्यों ने एक-दूसरे को देखा, और उनकी पिछली निराशाओं की जगह एक नए उद्देश्य की भावना ने ले ली। अपने लापता कप्तान को आखिरकार वापस लाने और अपने ज़रूरतमंद मेहमानों को उनके गंतव्य तक पहुँचाने की संभावना उत्साहजनक थी।

कूटनीतिक उथल-पुथल के बीच, कैप्टन राइकर से मुलाक़ात का समय नज़दीक आ रहा था। मुझे बढ़ती हुई बेचैनी का एहसास हो रहा था, मैं अपने यात्रियों के प्रति अपने कर्तव्य और राइकर द्वारा दी गई चेतावनी के प्रति अपनी चिंता के बीच फँसा हुआ था। मुझे यह बात परेशान करती रही कि मैंने उसके बारे में सपना देखा था। एक ऐसे व्यक्ति से जिससे मैं पहले कभी नहीं मिला था। एक लहर या किसी पूर्वाभास से मेरे रोंगटे खड़े हो जाते थे। थोड़ी सी अनदेखी के साथ, मैंने उन विचारों को अपने मन के पीछे धकेल दिया।

एक बार फिर से नए यात्रा कार्यक्रम पर नज़र डालते ही मेरे मुँह से एक आह निकल गई। टार्वोस का चक्कर हमारी यात्रा में कीमती घंटे जोड़ देता, लेकिन हमारे पास मानने के अलावा कोई चारा नहीं था। जल्द ही राइकर जहाज पर सवार हो जाता, और हम न्यूर्क के रास्ते पर होते। मैं कलह और ज़िम्मेदारी से मुक्त हो जाता। मुझे लगता है कि तारा मानचित्र देखते हुए मेरी आँखों में आशा की एक किरण झिलमिला उठी।

18:00

उस दोपहर बाद, अपनी बात पर कायम रहते हुए, मैंने राजदूतों को जहाज़ के लाउंज में इकट्ठा किया। माहौल तनावपूर्ण था, हर समूह एक-दूसरे को घूर रहा था। मैं उनके सामने खड़ा था, शांत और अधिकारपूर्ण भाव से।

"देवियों और सज्जनों," मैंने शुरू किया, "मैं समझता हूँ कि यह सफ़र काफ़ी चुनौतीपूर्ण रहा है। हम सब अलग-अलग दुनियाओं से हैं और हमारे रीति-रिवाज़ भी अलग-अलग हैं। स्वाभाविक है कि कुछ मनमुटाव होगा। हालाँकि," मेरे शब्द हवा में लटके रहे और मैं थोड़ा आगे झुक गया। मेरा स्वर एक धीमी, गूंजती हुई गड़गड़ाहट में बदल गया, जिसमें एक स्पष्ट चेतावनी थी। यह एक स्पष्ट अनुस्मारक था कि कमान किसके हाथ में है, "हमें - सभी को - अपने मिशन की सफलता सुनिश्चित करने के लिए मिलकर काम करना होगा। शांति, है ना?"

मैं रुका और अपने शब्दों को समझने की कोशिश की। "हम अतिरिक्त दूतों को लेने के लिए टार्वोस नामक ग्रह पर एक अनिर्धारित पड़ाव डाल रहे हैं। यह फ्लीट कमांड का आदेश है और हमारे मिशन का एक हिस्सा है, और मैं सभी से पूर्ण सहयोग की अपेक्षा करता हूँ। हमारा दल आपकी ज़रूरतों को पूरा करने की पूरी कोशिश कर रहा है, लेकिन मैं आपसे आग्रह करता हूँ कि आप हमारे द्वारा निर्धारित सीमाओं का पालन करें। कोई अपवाद नहीं।"

थिसियन दूत सेराफिना ने अपनी पपड़ीदार आँखें उठाईं, "और ये सीमाएँ क्या हैं, लेफ्टिनेंट?"

"इंजीनियरिंग, पुल और जहाज के अन्य महत्वपूर्ण क्षेत्र निषिद्ध हैं," मैंने दृढ़ता से उत्तर दिया। "ये परिचालन क्षेत्र हैं, और किसी भी प्रकार का हस्तक्षेप हमारे मिशन को ख़तरे में डाल सकता है। इसके अलावा, हम आपसे अनुरोध करते हैं कि जब तक हम फ्लीट कमांड के इस नए निर्देश का पालन नहीं कर लेते, तब तक धैर्य रखें।"

मैंने देखा कि गेयन दूत, टैरेन, इस घोषणा पर थोड़ा तनाव में था कि हम टार्वोस में रुकेंगे। लेकिन जब उसने मेरी नज़रों से नज़रें मिलाईं, तो उसका रुख़ थोड़ा ढीला पड़ गया और उसने सहमति में सिर हिला दिया।

"मैं समझता हूँ, लेफ्टिनेंट कार। यह मिशन इतना महत्वपूर्ण है कि इसमें परेशान करने वाली शिकायतों को आड़े नहीं आने दिया जा सकता।"

यह कहना अजीब बात थी।

रिस्पिंडसोअन्स का प्रतिनिधित्व करने वाले ज़ाइलो ने कहा, "हम आपके दल के प्रयासों की सराहना करते हैं। हम आपके नियमों का सम्मान करने की पूरी कोशिश करेंगे।"

इनक्यूरेट्स चुप रहे, उनकी गंभीर अभिव्यक्ति से स्थिति की शांत स्वीकृति का पता चलता था।

जैसे ही बैठक समाप्त हुई, मैंने आशा बनाए रखी, हालांकि मुझे लगा कि भाग्य ज़ेफायर के भाग्य में बाधा बन सकता है।फिर भी, अगर यात्री इसी स्तर का सहयोग बनाए रख सकें, तो हम अपने मिशन में कामयाब हो सकते हैं। मैं यह मानना चाहता हूँ कि हम सब मिलकर काम कर सकते हैं क्योंकि शून्य की ओर हमारी यात्रा लगभग पूरी होने वाली थी। या ऐसा है?

अध्याय 13

टार्वोनियन...

समय पर - *22:00*

ग्रह टार्वोस

शाम का समय था जब ज़ेफायर ने टार्वोस ग्रह की परिक्रमा शुरू की, जो अपने द्विताराओं की सुनहरी चमक में डूबा हुआ था। नाइट्रोजन से भरपूर वातावरण ने आकाश को चटक नारंगी रंग से रंग दिया था, जबकि नीचे ज्वालामुखी की चोटियाँ और हरे-भरे वर्षावन एक नाटकीय विरोधाभास का खेल खेल रहे थे। मैं और मेरा दल टार्वोसियन लोगों से मिलने की तैयारी कर रहे थे, जो पृथ्वी की प्राचीन जनजातियों के अफ्रीकी योद्धाओं के वंशज थे। उनकी गौरवशाली विरासत और योद्धा भावना उनके शाही व्यवहार में स्पष्ट दिखाई दे रही थी। यह भावना उनके पूर्वजों की जड़ों और उनकी अदम्य दुनिया की चुनौतियों, दोनों से प्रभावित थी।

जैसे ही ज़ेफायर ने एक स्थिर कक्षा प्राप्त की, टार्वोसियन प्रतिनिधिमंडल एक शटल में ग्रह की सतह से ऊपर उठा। शटल ज़ेफायर के साथ डॉक किया गया, और एयरलॉक खुल गया। तीन आकृतियाँ शटल से उतरीं, उनकी उपस्थिति ने तुरंत ध्यान आकर्षित किया। वे लंबे और गर्व से खड़े थे; उनकी गहरी, लगभग काली त्वचा तारों की रोशनी में चमक रही थी। उनके चेहरे के भाव आकर्षक थे, ऊँची गालों की हड्डियाँ और मज़बूत जबड़े। उनकी गहरी, गहरी भूरी आँखों में एक ऐसी तीव्रता थी जो एक कठोर और निर्मम दुनिया की भट्टी में ढले लोगों की कहानी बयां करती थी।

कौला और थेरॉन, चौड़े कंधों वाले और हट्टे-कट्टे थे, उनके शरीर प्राकृतिक तत्वों से जूझने और अपने ग्रह के जंगली तत्वों को वश में करने में बिताए जीवन से निखरे हुए थे। उनके लंबे, काले बाल पीछे

की ओर कसे हुए थे, और उनके चेहरे जटिल टैटू से सजे थे जो उनके वंश और उपलब्धियों का बखान करते थे। चेहरे पर बनी कलाकृतियाँ उनकी व्यक्तिगत यात्राओं और युद्धों के प्रतीक थीं, जो उनकी उपस्थिति में रहस्य और श्रद्धा का भाव भर देती थीं। मैं उनके शाही रूप-रंग से मंत्रमुग्ध हो गया।

आन्या नाम की उस महिला ने तुरंत मेरा ध्यान अपनी ओर खींचा, वह पुरुषों से कम प्रभावशाली नहीं थी। उसका शरीर, हालाँकि दुबला-पतला था, लेकिन दुबला-पतला और शक्तिशाली था, उसकी मांसपेशियाँ उसके सुडौल कपड़ों के नीचे लहरा रही थीं। उसके बाल, आधी रात के काले रंग के झरने की तरह, उसकी पीठ पर खुलेआम लहरा रहे थे, और उसकी आँखें, पिघली हुई चॉकलेट की तरह, एक प्रखर बुद्धिमत्ता और एक शांत आत्मविश्वास से भरी थीं। वह एक योद्धा की गरिमा के साथ व्यवहार कर रही थी, उसकी हर हरकत उद्देश्यपूर्ण और सटीक थी।

कमांडर थॉर्न और लेफ्टिनेंट अत्रोवा के साथ, मैं शटल से मिलने लैंडिंग बे में गया। डोक्सन और मॉर्गन, जो पहले प्रतिनिधियों का स्वागत करने मेरे साथ आए थे, पिछले कुछ घंटों में उठे कई मुद्दों से निपटने में व्यस्त थे, और ऐसा लग रहा था कि ये घंटे कई दिनों तक खिंचते चले जा रहे हैं।

"ज़ेफिर जहाज़ पर आपका स्वागत है," मैंने कहा, मेरी आवाज़ में अधिकार भरा हुआ था। "लेफ्टिनेंट अलास्टार कार," मैंने हाथ बढ़ाया, "आपके कमांडर। हमें आपका साथ पाकर बहुत खुशी हो रही है।" मैंने दूतों की मेज़बानी करने का काम नहीं किया था, लेकिन मैं बिना भागे अपना काम करता रहा, हालाँकि कई बार ऐसा भी हुआ जब कुछ भी नहीं था, मैं बस भागना चाहता था। चाहे कुछ मिनटों के लिए ही सही।

प्रतिनिधिमंडल के नेता, कौला, आगे बढ़े, उनकी आवाज़ गहरी, भारी थी जो हैंगर में गूँज रही थी। "लेफ्टिनेंट कार, हम आपके आतिथ्य के लिए आभारी हैं। हमने ज़ेफायर की प्रतिष्ठा के बारे में बहुत सुना है, और हम इसकी क्षमताओं को प्रत्यक्ष रूप से देखने के लिए उत्सुक हैं।"

टार्वोसियन लोगों की वाणी में एक शाही झलक थी; वे अधिकार और आत्मविश्वास से बोलते थे, और भव्य भाषा का प्रयोग करते थे जो

उनकी योद्धा विरासत को दर्शाती थी। उनका लहजा आज्ञाकारी होने के साथ-साथ सम्मानजनक भी था। कौला ने आगे कहा, "जैसे-जैसे हम शांति के शिखर की ओर तारों को पार करते हैं, हमें एकता में निहित शक्ति को नहीं भूलना चाहिए।"

थेरॉन और आन्या कौला के पीछे चुपचाप खड़े थे, उनकी नज़रें जहाज और उसके चालक दल के हर विवरण पर थीं। अपनी प्रभावशाली उपस्थिति के बावजूद, उनकी हरकतें सहज और शालीन थीं, जो जीवन भर के अनुशासन और प्रशिक्षण का आभास दे रही थीं।

"मुझे अपने साथियों का परिचय देने दीजिए," कौला ने आगे कहा। "ये हैं थेरॉन, एक कुशल रणनीतिकार और योद्धा, और आन्या, हमारी राजनयिक और वार्ताकार।"

"आपसे मिलकर खुशी हुई," आन्या ने मधुर और आत्मविश्वास से भरी आवाज़ में कहा। "हम शांति शिखर सम्मेलन में शामिल होने के लिए उत्सुक हैं। ऐसा शिखर सम्मेलन बहुत समय से लंबित था।"

टार्वोसियन मेरे और मेरे अफसरों के पीछे जहाज़ में चढ़ गए। उनकी नज़रें जहाज़ की उन्नत तकनीक और आकर्षक डिज़ाइन पर टिकी थीं। वे इस अंतरतारकीय जहाज़ के कामकाज को जानने, जानने और समझने के लिए उत्सुक लग रहे थे।

"आम तौर पर, मैं आपको आपके क्वार्टर तक ले जाता," मैंने चलते हुए कहा, "लेकिन ड्यूटी बुला रही है, और मुझे पुल की ओर जाना है। अगर आप मुझे माफ़ करें, तो मैंने कॉर्पोरल कनवाका से आपको रास्ता दिखाने के लिए कहा है।"

जैसे ही कॉर्पोरल मैथ्यू कनवाका टार्वोसियनों को उनके क्वार्टर तक पहुँचाने के लिए आगे बढ़े, मैं जाने के लिए मुड़ा। लेकिन किसी चीज़ ने मुझे रोक दिया, एक सहज बोध जिसने मेरी बढ़ी हुई इंद्रियों को सतर्क कर दिया। मैं उस तीखे एहसास को नज़रअंदाज़ नहीं कर सका कि इन दूतों के अचानक आगमन में जो दिख रहा था, उससे कहीं ज़्यादा कुछ था।

मैं तेज़ी से मुड़कर पुल की तरफ़ बढ़ा। कुछ बुरा होने की आशंका को नज़रअंदाज़ न कर पाने की वजह से, मैं कम्युनिकेशन कंसोल पर

एक खाली सीट पर बैठ गया और सुरक्षा कैमरों को स्क्रॉल करने लगा, जब तक कि मुझे कनवाका और टार्वोसियनों वाला फ़ीड नहीं मिल गया।

अध्याय 14

...टकराव

कॉर्पोरल मैथ्यू कनवाका के नेतृत्व में, टार्वोसियन प्रतिनिधियों का एक छोटा समूह ज़ेफायर के विदेशी गलियारों से गुज़रा। जहाज़ का आकर्षक डिज़ाइन और उच्च तकनीक वाला माहौल उनके गृहनगर की देहाती सादगी से बिल्कुल अलग था, और वे विस्मय और आशंका से खुद को रोक नहीं पाए।

"कॉर्पोरल कनवाका," टार्वोसियन प्रतिनिधिमंडल के नेता, कौला ने चलते हुए अपने अनुरक्षक दल को संबोधित किया। उनकी गहरी और गूंजती आवाज़ धातु के गलियारे में हल्की-सी गूँज रही थी। "आपका जहाज प्रभावशाली है। यहाँ की तकनीक टार्वोस की तकनीक से कहीं बेहतर है।"

कंवाका, एक अनुभवी सैनिक, जिसका चेहरा शांत और स्थिर था, ने स्वीकृति में सिर हिलाया। "धन्यवाद, महोदय," उसने औपचारिक और विनम्र स्वर में उत्तर दिया। "ज़ेफ़ायर अपनी तरह का पहला जहाज़ है, जो संघ की इंजीनियरिंग का एक अद्भुत नमूना है।"

टार्वोसियन दूतों में सबसे कम उम्र की आन्या ने बड़ी-बड़ी, उत्सुक आँखों से चारों ओर देखा और आस-पास के हर पहलू को बारीकी से देखा। "हम आपके आतिथ्य के लिए आभारी हैं," उसने धीमी मगर दृढ़ आवाज़ में कहा। "शांति वार्ता हमारे लिए महत्वपूर्ण है।"

वे लगभग अपने क्वार्टर पहुँच ही गए थे कि एक कोने पर पहुँचकर उनका सामना दो गैयन राजनयिकों से हुआ। डिजिटल फीड पर भी, मैं बढ़ते तनाव को महसूस कर सकता था क्योंकि दोनों समूह अप्रत्याशित रूप से संकरे गलियारे में एक साथ आ गए थे। गैयन दूत, टैरेन और केल, टार्वोसियनों से ऊँचे थे, उनके दुबले-पतले शरीर उनके लहराते हुए वस्त्रों से और भी निखर रहे थे। उनकी आँखें, जो आमतौर

पर जिज्ञासा से चमकती रहती थीं, अब संदेह और तिरस्कार के मिश्रण से चमक रही थीं।

टार्वोसियन, आन्या, कौला और थेरॉन के साथ, अपनी जगह पर डटे रहे, उनकी गहरी आँखें गेअन्स की शत्रुता को प्रतिबिंबित कर रही थीं। उनकी मांसल काया, जो उनकी योद्धा संस्कृति का प्रमाण थी, उनके साधारण अंगरखों के नीचे तनी हुई थी।

इस खामोश गतिरोध के बीच फँसे कनवाका ने बेचैनी से अपना वज़न बदला। वह दोनों गुटों के बीच फैलती दुश्मनी को महसूस कर सकता था, एक ऐसा तनाव जो हिंसा में बदलने की आशंका में था। उसका हाथ सहज ही उसकी पिस्तौल की ओर बढ़ गया, उसकी नज़रें दोनों गुटों के बीच घूम रही थीं, स्थिति को शांत करने का कोई रास्ता ढूँढ़ रही थीं।

"अच्छा, अच्छा," टैरेन ने व्यंग्य से भरी आवाज़ में कहा, "देखो, यहाँ कौन हैं। टार्वोस के शक्तिशाली योद्धा, अपनी उपस्थिति से हमें गौरवान्वित कर रहे हैं।"

केल ने, अपनी निगाहें आन्या पर गड़ाए, व्यंग्यात्मक लहजे में कहा, "और एक महिला योद्धा, वह भी कम नहीं। कितनी... प्रगतिशील।"

आन्या के होंठ सिकुड़कर सिकुड़ गए, उसकी आवाज़ धीमी और ख़तरनाक हो गई। "अपनी छोटी-मोटी गालियाँ उन लोगों के लिए बचाकर रखो जिन्हें तुम्हारी परवाह है, गैयन। हमारे पास तुम्हारे खेल के लिए वक़्त नहीं है।"

थेरॉन ने अपने छिपे हुए ब्लेड के मूठ को कसते हुए आगे कदम बढ़ाया। "हमें तुम्हारे जैसे लोगों से हिसाब चुकता करना है," उसने फुसफुसाते हुए कहा, उसकी आवाज़ फुसफुसाहट से थोड़ी ही ऊपर थी। "एचेरॉन की लड़ाई याद है?"

गैयन्स के लोग कठोर हो गए, उस प्राचीन संघर्ष की याद ने उनके भीतर गहरी दुश्मनी जगा दी। सदियों पहले लड़ी गई एक खूनी झड़प, एचेरॉन की लड़ाई, दोनों जातियों के बीच आक्रोश और अविश्वास की एक कड़वी विरासत छोड़ गई थी।

बढ़ती दुश्मनी और स्थिति के बिगड़ने की आशंका को भांपते हुए, कनवाका दोनों समूहों के बीच आ गए, उनकी आवाज़ में अधिकार की गूँज थी। "रुको!" उन्होंने आदेश दिया। "यह एक कूटनीतिक जहाज़ है। हम यहाँ शांति को बढ़ावा देने आए हैं, पुराने झगड़ों को फिर से भड़काने नहीं। तुम सब लोग नीचे उतर जाओ।"

दोनों समूह झिझक रहे थे; उनकी आँखें इच्छाशक्ति के एक खामोश संघर्ष में उलझी हुई थीं। गलियारे में तनाव इतना गहरा था कि लगभग दम घुटने लगा था। आखिरकार, मानो अनंत काल बीत गया हो, उन्होंने अनिच्छा से अपनी निगाहें नीची कर लीं और पीछे हट गए, हवा अभी भी अनकही धमकियों और सुलगते आक्रोश से गूंज रही थी।

कनवाका ने टार्वोसियों को उनके क्वार्टरों की ओर रवाना किया। जब वे सुरक्षित अंदर पहुँच गए, तो उन्होंने उनका स्वागत किया और उन्हें आश्वासन दिया कि वे मुझे इस टकराव के बारे में बताएँगे।

कॉर्पोरल कनवाका, चिंता से भौंहें सिकोड़े हुए, पुल पर उतरे, उनके कदम मोटे कालीन से दबे हुए थे। गेयन्स और टार्वोसियन्स से हुई मुठभेड़ ने उन्हें बेचैन कर दिया था; मैं उनकी चाल और मेरी ओर आते हुए उनकी मुट्ठियों के खुलने-बंद होने के तरीके में बेचैनी महसूस कर सकता था।

"लेफ्टिनेंट कार," कनवाका ने अपनी आवाज में तनाव को दबाते हुए कहा, "मुझे एक घटना की रिपोर्ट करनी है।"

मैंने सिर हिलाकर कॉरपोरल की उपस्थिति स्वीकार की। मेरी नज़रें उसकी नज़रों से मिलीं, मेरी आँखें तेज़ और जिज्ञासु थीं। "रिपोर्ट करो, कॉरपोरल।"

"एक... टकराव हुआ था," कनवाका ने झिझकते हुए, अपने शब्दों को सावधानी से चुनते हुए कहा, "गियन और टार्वोसियन दूतों के बीच। एक छोटी सी तकरार, लेकिन उनके बीच दुश्मनी... तीव्र थी।"

सामने लगी स्क्रीन की ओर इशारा करते हुए, "मैंने कुछ देखा," मेरी नज़रें तेज़ हो गईं। "मुझे विस्तार से बताओ, कॉर्पोरल।"

कनवाका ने टकराव का ब्यौरा सुनाया, उसकी आवाज़ स्थिर थी, लेकिन उसके शब्द गंभीरता से भरे थे। "दोनों गुटों के बीच की दुश्मनी

भयावह थी, महोदय। ऐसा लग रहा था जैसे कोई चिंगारी बारूद के ढेर में आग लगाने के लिए तैयार हो।"

कनवाका ने एक जानलेवा आपदा को बाल-बाल बचा लिया था, लेकिन इस मुठभेड़ ने उसे पूरी तरह से हिलाकर रख दिया था, और उसकी हताशा बहुत गहरी थी। गेअन्स और टार्वोसियन्स के बीच की दुश्मनी एक टाइम बम की तरह मंडरा रही थी, जो उस नाज़ुक शांति को खतरे में डाल रही थी जिसे बनाए रखने के लिए हम सब इतनी मेहनत कर रहे थे। उसे पता था कि उसे इस घटना की सूचना मुझे देनी होगी, और हालाँकि मैं आभारी थी, उसने दी, यह स्पष्ट था कि उसकी समस्या अब मेरी समस्या बन गई थी। मैं बस दाँत पीसना और हताशा में गुर्राना चाहता था। लेकिन मैंने ऐसा नहीं किया।

गेन्स और टार्वोसियन के बीच संघर्ष किसी अंतरिक्ष यान में आए भूकंप जैसा था और भागने की कोई जगह नहीं थी। मैंने ध्यान से सुना, कॉर्पोरल की बेचैनी को भाँपते हुए, उसके मन में इस अप्रत्याशित घटना के निहितार्थों के बारे में विचार चल रहे थे।

"कॉरपोरल, इस बात को मेरे ध्यान में लाने के लिए शुक्रिया," मैंने शांत लेकिन दृढ़ स्वर में कहा। "मैं इस मामले को तुरंत सुलझाऊँगा।"

कनवाका ने सलाम किया और जाने के लिए मुड़ा, मैं देख सकता था कि उसके चेहरे पर राहत की भावना छा गई है क्योंकि उसने स्थिति का भार मेरे हाथों में छोड़ दिया है।

दिन II

अध्याय 15

तारकीय संघर्ष

19:12:3025 01:00

सो न पाने की हालत में, पूरी तरह से जागते हुए और पूरी तरह से सतर्क, यह चल रहा संघर्ष मुझे बिल्कुल पसंद नहीं आ रहा था। मैंने चेतावनी जारी करने का फैसला किया। दोनों जातियों के बीच की दुश्मनी एक ऐसी जटिलता थी जिसकी मैंने कल्पना भी नहीं की थी, ज़ेफायर पर मैं जिस नाज़ुक संतुलन को बनाए रखने की कोशिश कर रहा था, उसके लिए एक संभावित ख़तरा। दोनों समूहों के बीच का संघर्ष एक ऐसी जटिलता थी जिसका अनुमान कोई नहीं लगा सकता था, यहाँ तक कि मैं भी अपनी बढ़ी हुई सहज प्रवृत्ति के साथ नहीं। यह स्थिति उस नाज़ुक संतुलन के लिए एक संभावित ख़तरा थी जिसे हम ज़ेफायर पर

बनाए रखने की कोशिश कर रहे थे। मुझे पता था कि मैं इस मुद्दे को नज़रअंदाज़ नहीं कर सकता; मैं किसी भी समूह को अलग-थलग करने का जोखिम भी नहीं उठा सकता था।

हालाँकि मुझे पता था कि रात के इस समय ज़्यादातर क्रू सदस्य डाउनटाइम पर थे। यह एक ऐसी चीज़ थी जिसका इंतज़ार नहीं किया जा सकता था। वरिष्ठ अधिकारियों के व्यक्तिगत संचार को सक्रिय करते हुए मैंने कहा। "सभी वरिष्ठ अधिकारी तुरंत ब्रीफिंग रूम में मुझसे मिलें। हमें एक बात पर चर्चा करनी है।"

कुछ ही मिनटों में, थॉर्न, पेत्रोवा, चेन, रिल, डोक्सन और मॉर्गन कमरे में दाखिल हो गए। लगभग सभी ऐसे लग रहे थे मानो गहरी नींद से जागे हों। फिर भी, उनके हाव-भाव सतर्क और गंभीर थे। मैं खड़ा होकर जम्हाई लेते हुए उनका अभिवादन करने लगा। "आज सुबह हमारे सामने एक समस्या है," मैंने कनवाका की रिपोर्ट सुनाते हुए कहा, मेरी आवाज़ में अधिकार का भार था जिसने जिज्ञासा की किसी भी बड़बड़ाहट को दबा दिया।

"गैयन और टार्वोसियन दूतों के बीच अभी-अभी टकराव हुआ है। ऐसा लगता है कि उनकी जातियों के बीच संघर्ष का एक इतिहास रहा है, एक ऐसा इतिहास जो हमारे मिशन को बाधित करने का ख़तरा पैदा कर रहा है।" मैं रुका, मेरी नज़रें उसके अफ़सरों के चेहरों पर टिकी थीं। "मैं एक बात साफ़ कर देना चाहता हूँ," मैंने अपनी आवाज़ कठोर करते हुए कहा। "चूँकि हम एक राजनयिक जहाज़ के रूप में सेवा कर रहे हैं, और मैं अपने जहाज़ पर किसी भी तरह की हिंसा या आक्रामकता बर्दाश्त नहीं करूँगा। हमें अपने सभी यात्रियों की भलाई की ज़िम्मेदारी सौंपी गई है। क्या मैं अपनी बात समझा पा रहा हूँ?" मैंने अपनी दबी हुई आवाज़ को छिपाने की कोशिश की, लेकिन शायद वह सभी ने सुनी होगी।

पेत्रोवा ने दृढ़ता से आँखें चमकाते हुए सबसे पहले बात की। "बिल्कुल सर! हमें झगड़े की जड़ का पता लगाना होगा। क्या यह कोई निजी दुश्मनी थी, कोई ऐतिहासिक शिकायत थी, या कुछ और?" अत्रोवा की आँखें गुस्से से चमक उठीं। "हालाँकि घर से इतने लंबे समय तक दूर रहने के बाद, यह सिर्फ़ ठेठ गैयन अहंकार हो सकता है," उसने बुदबुदाया।

थोर्न की भौंहें तन गईं। "यह चिंताजनक है। हम इस तनाव को बढ़ने नहीं दे सकते। शांति सम्मेलन की सफलता सभी प्रतिनिधियों के सहयोग पर निर्भर करती है।"

"पेत्रोवा," मैंने मुख्य विज्ञान अधिकारी की ओर मुड़ते हुए कहा, "कृपया गैयन-टारवोसियन संघर्ष के ऐतिहासिक आंकड़ों का विश्लेषण करें। मुझे लगता है मैंने उन्हें इसे एचेरॉन की लड़ाई कहते सुना था। देखें कि क्या आप कोई विशिष्ट ट्रिगर या फ्लैशपॉइंट पहचान सकते हैं, जिसके बारे में हमें पता होना चाहिए। गैयन और टार्वोसियन के बीच संघर्ष के बारे में जितना हो सके उतनी जानकारी इकट्ठा करें। अगर हमें इसे और बढ़ने से रोकना है, तो मुझे इस दुश्मनी की जड़ को समझना होगा।"

पेत्रोवा ने सिर हिलाया, उसकी हरी आँखें दृढ़ निश्चय से चमक रही थीं। "मैं तैयार हूँ, सर।"

रिल ने सोचते हुए अपनी भौंहें सिकोड़ते हुए कहा, "हमें आगे भी तनाव बढ़ने से रोकना होगा। शायद हम दोनों समूहों को अलग कर सकें, उन्हें अलग-अलग जगहें दे सकें, और उनकी बातचीत सीमित कर सकें।"

"मुझे यकीन नहीं है कि इतने बड़े जहाज़ पर यह कितना कारगर होगा।" मैंने चीफ़ इंजीनियर से कहा, "मुझे आपसे यह सुनिश्चित करने की ज़रूरत है कि सुरक्षा प्रणालियाँ पूरी तरह से काम कर रही हैं। चालक दल को पूरी तरह से सतर्क रहना होगा। मास्टर चीफ़ डॉक्सन के साथ मिलकर गश्त दोगुनी कर दीजिए और किसी भी गड़बड़ी का जवाब देने के लिए तैयार रहिए। हम आगे कोई और घटना नहीं होने दे सकते।"

रिल ने सलामी दी; उसकी आवाज़ कर्कश लेकिन दृढ़ थी। "हाँ, हाँ, कैप्टन।" रिल ने भौंहें सिकोड़ते हुए कहा, "और टार्वोसियन भी कोई संत नहीं हैं। उनका अहंकार और आक्रामकता तो किवदंती है।"

मैंने उसकी बात पर सिर हिलाया, मैंने टार्वोसियन लोगों से ऐसी कोई बात नहीं सुनी थी, लेकिन फिर जब सब कुछ चल रहा था, तो कौन जानता था? "सहमत। हमें इस संघर्ष में मध्यस्थता का रास्ता ढूँढ़ना होगा और यह सुनिश्चित करना होगा कि यह हमारी प्रगति में बाधा न बने।"

चेन, जो एक सीधी-सादी राजनयिक थी, ने रिल की ओर देखते हुए, एक ज़्यादा संतुलित प्रतिक्रिया दी। "हमें सावधानी से कदम उठाना होगा, कैप्टन। यह दुश्मनी शांति सम्मेलन को शुरू होने से पहले ही ख़तरे में डाल सकती है।"

मैंने सहमति में सिर हिलाया। "यही वजह है कि हमें अभी इस पर रोक लगानी होगी। हमें अपने सभी यात्रियों की सुरक्षा सुनिश्चित करनी होगी, चाहे उनकी प्रजाति या इतिहास कुछ भी हो। हमें इस स्थिति को और बिगड़ने से पहले ही शांत करने का कोई रास्ता ढूँढ़ना होगा।"

अंत में, मैंने चेन को संबोधित किया। "लेफ्टिनेंट, गैयन और टार्वोसियन सरकारों के लिए एक राजनयिक विज्ञप्ति तैयार कीजिए जिसमें उन्हें स्थिति से अवगत कराया जाए। उन्हें उनके मिशन के महत्व और सहयोग व समझ की आवश्यकता की याद दिलाइए।"

चेन ने सिर हिलाया, उसका चेहरा पीला लेकिन दृढ़ था। "जी, सर।"

"जैसा कि चेन ने बताया, गैयन और टार्वोसियन के बीच की यह दुश्मनी सम्मेलन के लिए एक संभावित ख़तरा है," मैंने दृढ़ और दृढ़ स्वर में कहा। "हम व्यक्तिगत झगड़ों को अपने यात्रियों की यात्रा या शांति सम्मेलन की सफलता को ख़तरे में नहीं डालने दे सकते। कोई समाधान निकालो। हम विद्रोह नहीं चाहते! मेरे जहाज़ पर नहीं!" मैंने धैर्य खोते हुए गरजते हुए कहा। "बस, बहुत हो गया।"मुझे नेतृत्व बनाए रखना होगा.तीन शब्द मेरे मंत्र थे।मैं सफल होऊंगा...

चेन ने सहमति में सिर हिलाया। "हम उनके बीच मध्यस्थता और संवाद को बढ़ावा देने की भी कोशिश कर सकते हैं। अगर वे एक-दूसरे के नज़रिए को समझें, तो शायद वे कोई साझा आधार पा सकें।"

मैंने उनके सुझावों पर विचार किया और हर उपाय के फायदे और नुकसान पर विचार किया। फिर भी, एक आंतरिक भावना थी जो मुझे बता रही थी कि हम चाहे जो भी कोशिश करें, वह नाकाम ही रहेगी। "सब अच्छे विचार हैं," मैंने अंत में कहा। "लेकिन जल्दी करो। हमारा

कार्यक्रम बहुत व्यस्त है। अभी समय की कोई कमी नहीं है। हम कोई देरी बर्दाश्त नहीं कर सकते।"

मैं अपनी कुर्सी से उठी, मेरी बड़ी-बड़ी आँखें दृढ़ निश्चय से चमक रही थीं। "पेत्रोवा, थोर्न, मुझे जितनी जल्दी हो सके, उतना डेटा भेजो। मैं राजदूतों से सीधे बात करने की योजना बना रही हूँ, लेकिन मुझे वह जानकारी तैयार रखनी होगी, ताकि मुझे पता रहे कि मैं क्या कर रही हूँ।"

सिर हिलाते हुए पेत्रोवा भी खड़ी हो गई, उसके ठीक पीछे थोर्न भी खड़ा हुआ। "तुरंत, सर।"

जैसे ही अधिकारीगण अपने निर्धारित कार्य पूरा करने के लिए चले गए, मैंने अपना ध्यान पुनः स्टार मैप पर केंद्रित कर लिया।कैप्टन राइकर कहां थे, उन्हें ही इन तनावपूर्ण मुद्दों से निपटना चाहिए था।ज़िम्मेदारी के बोझ से भारी दिल, मैं एक बार फिर सोच रहा था कि क्या मैं इस मिशन के लिए सही इंसान हूँ। उस वक़्त मुझे पता था कि हमारे मिशन की सफलता मेरे कंधों पर है। मैं मन ही मन नाराज़ हो गया कि यह मेरी ज़िम्मेदारी नहीं होनी चाहिए थी और इसे मेरे हाथों में छोड़ देना चाहिए था; यह कैप्टन राइकर का मिशन होना चाहिए था। मेरा नहीं। मुझे ऐसा लग रहा था जैसे मैं बचपन में था। परित्यक्त।

आह भरते हुए मैंने चालक दल के निजी जहाज-व्यापी संचार तंत्र को सक्रिय कर दिया। "सभी चालक दल के सदस्यों और प्रतिनिधियों, कृपया ध्यान दें, मैं लेफ्टिनेंट अलास्टार कार हूँ। मुझे हमारे कुछ मेहमानों के बीच हाल ही में हुए विवाद के बारे में बताया गया है। निश्चिंत रहें कि इस मामले को सुलझा लिया गया है। इस बीच, मैं ज़ेफायर पर व्यवस्था बनाए रखने के लिए सभी से पूर्ण सहयोग का अनुरोध करता हूँ—मैं दोहराता हूँ... सभी का सहयोग। बस इतना ही।"

अध्याय 16

चालक दल संकट

देखें - ***06:00***

इस बीच, नई सहस्राब्दी के उच्च-तकनीकी उपकरणों और गहरी जड़ें जमाए हुए अस्तित्व की प्रवृत्ति की मदद से, मैंने चालक दल और प्रतिनिधियों पर नज़र रखी और बढ़ते तनाव के किसी भी संकेत पर नज़र रखी। सुरक्षा बढ़ाने की ज़रूरत धीरे-धीरे स्पष्ट होती जा रही थी, क्योंकि जहाज के हर डेक पर छोटी-मोटी झड़पें होने लगी थीं।

मेस हॉल में, एन्साइन अमारा मार्टिनेज़ मॉर्गन और मुख्य सुरक्षा अधिकारी रॉबर्टा डोक्सन गहन बातचीत में व्यस्त थे। पिछले कुछ दिन समस्याओं से भरे रहे थे, खासकर ज़ेफायर पर सवार प्रतिनिधियों के बीच। रॉबर्टा स्पष्ट रूप से निराश थीं, उनकी उंगलियाँ बेसब्री से मेज पर थिरक रही थीं।

"यहाँ तो मानो अंडे के छिलके पर चल रहे हों," उसने सिर हिलाते हुए कहा। "एक ग़लत कदम और सब कुछ हमारे मुँह पर आ गिरेगा।"

अमारा ने सहमति में सिर हिलाया। "हमें सबको एक साथ लाने का कोई रास्ता ढूँढ़ना होगा, उन्हें अपने साझा लक्ष्यों की याद दिलानी होगी। शायद कोई साझा गतिविधि या टीम-निर्माण अभ्यास?"

रोबर्टा ने संदेह से भौंहें चढ़ाईं। "मैं आपके सकारात्मक रवैये की जितनी भी सराहना करूँ, मुझे नहीं लगता कि यह इन लोगों के साथ काम करेगा। टीम की बात तो दूर, इन सबको एक साथ लाने के लिए भी कुछ खास होना ज़रूरी है।"

मास्टर चीफ डॉक्सन का पता लगाने के बाद, मैंने क्रू के निजी संचार तंत्र का उपयोग करके उनसे और बाकी क्रू से संपर्क किया। मैंने हाल ही में हुए विवाद के कारण सुरक्षा उपायों को बढ़ाने की आवश्यकता

बताई। कुछ ही देर बाद, मैंने रॉबर्टा के निजी चैनल पर थॉर्न की सख्त आवाज़ सुनी, जिसमें उन्हें तुरंत सुरक्षा प्रोटोकॉल बढ़ाने का निर्देश दिया गया था।

"वाह, बहुत बढ़िया," रोबर्टा ने व्यंग्यात्मक लहजे में बड़बड़ाते हुए मेज़ से उठते हुए कहा, उसका खाना अभी आधा ही खाया था। कान में कम्युनिकेशन बोर्ड थपथपाते हुए उसने कमांडर को जवाब दिया। "कॉपी किया सर।" ड्यूटी से छुट्टी के दौरान इस्तेमाल किए जाने वाले सहज लहजे को छोड़ते हुए, उसने अमारा से औपचारिक रूप से कहा, "काम पर वापस, एनसाइन। हमें सुरक्षा कार्यालय वापस जाकर योजना बनानी होगी," डोक्सन ने पूरी तरह से व्यावसायिक स्वर में कहा।

अमारा ने सिर हिलाया, उसकी संक्षिप्त, छिपी हुई आँखों के संपर्क और कठोर शारीरिक हाव-भाव से चिंता और दृढ़ संकल्प का मिश्रण झलक रहा था। बिना एक शब्द कहे, वह डोक्सन के पीछे मेस हॉल से बाहर चली गई, उनके कदमों की आहट अब शांत गलियारे में गूँज रही थी।

जैसे ही चालक दल के सदस्य सुरक्षा कार्यालय में दाखिल हुए, कमरा पहले से ही हलचल से गुलज़ार था। स्क्रीन पर जहाज के विभिन्न हिस्से दिखाई दे रहे थे, और सुरक्षाकर्मी फ़ीड की निगरानी और समन्वय में व्यस्त थे। माहौल तनावपूर्ण था, हाल की घटनाओं का बोझ हवा में मंडरा रहा था।

डोक्सन ने जल्दी से टीम को इकट्ठा किया, उनकी आधिकारिक उपस्थिति ने सबका ध्यान खींचा। "ठीक है, अब मेरी बात सुनो। हमें प्रतिनिधियों के बीच टकराव कम करने के उपायों पर रणनीति बनानी होगी। कोई सुझाव?"

टीम ने एक-दूसरे को देखा; स्थिति की गंभीरता उनके चेहरों पर साफ़ दिखाई दे रही थी। सुरक्षा और भाषा की विशेषज्ञ, अमारा मॉर्गन, अपने विचार समेटते हुए आगे बढ़ीं। "मेरे पास कुछ सुझाव हैं।"

डोक्सन ने उसे आगे बोलने का इशारा किया, उसकी अभिव्यक्ति उत्सुकतापूर्ण और उत्साहवर्धक थी।

गहरी साँस लेते हुए अमारा ने अपने मन में चल रहे विचारों और कल्पनाओं को इकट्ठा किया। "सबसे पहले, हमें तटस्थ क्षेत्र स्थापित

करने होंगे जहाँ कोई भी प्रतिनिधि गुट किसी क्षेत्र पर दावा न कर सके। किसी भी विवाद को रोकने के लिए इन क्षेत्रों पर कड़ी निगरानी रखी जानी चाहिए। दूसरा, हमें मेस हॉल और मनोरंजन सुविधाओं जैसे साझा क्षेत्रों के उपयोग के लिए एक रोटेशन शेड्यूल लागू करना चाहिए। इस तरह, हम किसी भी आकस्मिक ओवरलैप से बच सकते हैं जिससे टकराव हो सकता है।"

डोक्सन ने प्रभावित होकर सिर हिलाया, "बताओ।"

"तीसरा, हम अपने वरिष्ठ अधिकारियों की मध्यस्थता में चर्चा सत्र आयोजित कर सकते हैं। इससे शिकायतों को नियंत्रित वातावरण में व्यक्त करने का एक माध्यम मिलेगा। अंत में, हमें अपनी गश्त बढ़ानी चाहिए, खासकर अधिक भीड़-भाड़ वाले इलाकों में, ताकि किसी भी घटना पर तुरंत प्रतिक्रिया सुनिश्चित हो सके।"

अमारा के सुझावों को सुनते हुए कमरे में एक पल के लिए सन्नाटा छा गया। फिर, सहमति की सिर हिलाने और स्वीकृति की फुसफुसाहटों से जगह भर गई।

"ये बहुत बढ़िया सुझाव हैं, एन्साइन मॉर्गन," डोक्सन ने गर्व से कहा। "आइए इन उपायों को तुरंत लागू करें। टीम, तुम्हें पता है क्या करना है।"

टीम बिखर गई, और हर सदस्य को नए सुरक्षा उपायों को लागू करने के लिए एक विशिष्ट कार्य सौंपा गया। सुरक्षा फ़ीड देखते हुए, प्रतिनिधियों पर जहाज़ पर घूमते हुए नज़र रखी जा रही थी, कुछ तनाव में दिख रहे थे, जबकि कुछ ज़्यादा ही शांत दिख रहे थे। तटस्थ क्षेत्रों को तुरंत स्थापित किया गया, स्पष्ट संकेत और निगरानी प्रणालियाँ लगाई गईं। सामान्य क्षेत्रों के लिए रोटेशन शेड्यूल वितरित किया गया, और मध्यस्थता सत्र आयोजित किए जा रहे थे।

डोक्सन ने अमारा की तरफ़ देखा, उसके चेहरे पर सामान्य से ज़्यादा नरम भाव थे। "मॉर्गन, तुम्हारा दिमाग़ बहुत तेज़ है। इसी तरह लगे रहो, तो बहुत आगे जाओगे।"

अमारा ने आत्मविश्वास से भरकर मुस्कुराते हुए कहा, "शुक्रिया, चीफ़। मैं बस अपना काम करने की कोशिश कर रही हूँ।"

वे कंधे से कंधा मिलाकर काम करते रहे, प्रयासों का समन्वय करते रहे और विमान में सवार सभी लोगों की भलाई सुनिश्चित करते रहे। जैसे-जैसे घंटे बीतते गए, हवा में तनाव कम होने लगा और नए उपायों से व्यवस्था और नियंत्रण का एहसास होने लगा।

सुबह भर, प्रतिनिधियों की प्रतिक्रियाएँ अलग-अलग रहीं। कुछ लोग शुरू में नए प्रोटोकॉल के प्रति प्रतिरोधी थे, मेरे द्वारा लगाए गए प्रतिबंधों पर बड़बड़ा रहे थे। हालाँकि, जैसे-जैसे उन्होंने जहाज के वातावरण पर सकारात्मक प्रभाव देखा, कई लोग हमारे प्रयासों की सराहना करने लगे। और मुझे शांति का एहसास होने लगा...

एक टार्वोसियन प्रतिनिधि, थेरॉन, गश्त के दौरान डोक्सन और अमारा के पास पहुँचा। उसने कहा, "मुझे मानना होगा कि इन उपायों से कुछ ज़रूरी शांति मिली है। हमारे विनाशकारी आगमन के बाद से, मैं बेचैनी महसूस कर रहा हूँ। बिल्कुल भी सुरक्षित नहीं। शुक्रिया।"

डोक्सन ने सिर हिलाया, उनके चेहरे पर कठोरता लेकिन सम्मान था। "हम सबकी सुरक्षित यात्रा सुनिश्चित करने की पूरी कोशिश कर रहे हैं। आपके सहयोग के लिए धन्यवाद।"

मैं गलियारे से नीचे जा रहा था कि अचानक डोक्सन, मॉर्गन और थेरान के बीच हुई संक्षिप्त बातचीत सुनाई दी। मैंने देखा कि अमारा, यानी एन्साइन मॉर्गन, मेरी तरह ही, आह भर रही थी मानो उसे भी राहत महसूस हो रही हो, यह जानकर कि हमारी कोशिशें रंग ला रही हैं।

जैसे ही मामला शांत होने लगा, संचार प्रणाली से एक ज़रूरी संदेश आया। "सुरक्षाकर्मियों, तुरंत मुख्य सम्मेलन कक्ष में रिपोर्ट करें। एक गंभीर दुविधा पैदा हो गई है।"

डोक्सन और मॉर्गन ने एक-दूसरे को देखा। दोनों को स्थिति की गंभीरता का अंदाज़ा हो गया।

जैसे ही वे कॉन्फ्रेंस रूम की ओर मुड़े, उन्होंने मुझे देख लिया। चुपचाप, हम जल्दी से कॉन्फ्रेंस रूम की ओर चल पड़े। जब हम पहुँचे, तो कमांडर थॉर्न पहले से ही वहाँ मौजूद थे, और वे अकेले नहीं थे।

तीनों गैयन प्रतिनिधि वहाँ मौजूद थे। उनके चेहरों पर गुस्सा था और कमांडर थॉर्न के साथ उनकी तीखी बहस में उनकी आवाज़ ऊँची थी। सहज ही मुझे पता चल गया कि यह बुरा है, यह बहुत बुरा है। बिना किसी हिचकिचाहट के, मैं आगे बढ़ा और खुद को थॉर्न और गैयन के बीच खड़ा कर लिया।

"यह क्या है?" मैंने पूछा.

गाइयन्स के अनौपचारिक प्रवक्ता, टैरेन ने मेरी ओर मुड़कर, अपने चेहरे पर गुस्से का भाव दिखाते हुए कहा, "क्या हम अचानक स्वागत योग्य अतिथि से आपके कैदी बन गए हैं!" उसने पूछा।

मैंने अपनी नज़रें थोर्न की ओर घुमाकर स्पष्टीकरण की प्रतीक्षा की।

"उन्हें इंजीनियरिंग के क्षेत्र में ताक-झांक करते हुए पाया गया," थॉर्न ने शांत स्वर में बताया। "उन्हें बताया गया कि यह क्षेत्र प्रतिबंधित है, और अन्य क्षेत्र भी प्रतिबंधित हैं।"

टैरेन ने क्रोध से भरी आवाज में कहा, "यह एक अपमान है, मैं...

"बस!" मेरी आवाज़ और झुंझलाहट शोर को चीरती हुई ध्यान आकर्षित कर रही थी। "यह आपसी लड़ाई का समय नहीं है। हम सब इस जहाज़ पर एक साथ हैं, और हमें एक टीम की तरह काम करना होगा।"

प्रतिनिधि चुप हो गए, उनका गुस्सा अभी भी सतह के नीचे उबल रहा था। थॉर्न आगे बढ़े, उनके चेहरे पर सख्त भाव थे। "हम सभी की सुरक्षा सुनिश्चित करने के लिए नए सुरक्षा उपाय लागू कर रहे हैं। अब और कोई व्यवधान नहीं होने दिया जाएगा।"

डोक्सन ने एक कदम आगे बढ़कर अपनी उपस्थिति का प्रभाव डाला। "हम समझते हैं कि तनाव बहुत ज़्यादा है, लेकिन हमें मिलकर काम करना होगा। हमारे द्वारा आयोजित मध्यस्थता सत्रों में किसी भी शिकायत का समाधान किया जा सकता है।"

मॉर्गन ने प्रतिनिधियों की प्रतिक्रियाएँ देखीं और उनमें निराशा और अनिच्छा से स्वीकारोक्ति का मिश्रण देखा। वह आगे बढ़ीं, उनकी आवाज़ शांत लेकिन दृढ़ थी। "हम सब यहाँ एक साझा लक्ष्य लेकर आए

हैं। हमें इस बात को नज़रअंदाज़ नहीं करना चाहिए। अगर हम मिलकर काम करें तो इन चुनौतियों से पार पा सकते हैं।"

महिलाओं द्वारा इस तरह संबोधित किए जाने पर गैअन्स के चेहरों पर स्वीकार्यता के भाव तुरंत ही क्रोध और आक्रोश में बदल गए। टैरेन अपने गालों की लालिमा से स्पष्ट रूप से अपनी नाराज़गी व्यक्त करने ही वाला था।

उस आदमी को देखते ही जो अपना संयम खोने ही वाला था, मैं उसके सामने आ गया। हालाँकि वह गैयन मुझसे कहीं ऊँचा था, मेरी भूरी आँखों की चमक ने टैरेन को एक कदम पीछे हटने पर मजबूर कर दिया। मैंने गुर्राते हुए कहा, "बस! डोक्सन और मॉर्गन दोनों मेरे पूरे अधिकार के साथ बोल रहे हैं, क्या यह साफ़ है?"

एक पल के लिए कमरा खामोश हो गया, प्रतिनिधि एक-दूसरे को अनिश्चित नज़रों से देखते रहे। आख़िरकार, गैयन प्रतिनिधियों में से एक बोला। "ठीक है। हम इन उपायों को एक मौका देंगे। लेकिन अगर हालात नहीं सुधरे, तो हम यहाँ फिर आएँगे।"

थोर्न ने दृढ़ता से सिर हिलाया, "समझ गया। अब, काम पर वापस चलते हैं।"

जैसे ही प्रतिनिधि कमरे से बाहर निकले, डोक्सन ने मॉर्गन की ओर मुड़कर देखा, उनके चेहरे पर एक अनोखी मुस्कान थी। "एन्साइन, आपने यह काम बखूबी किया।"

मॉर्गन ने विनम्रता से गर्व का भाव दिखाते हुए कहा, "शुक्रिया, चीफ़। मुझे बस यही उम्मीद है कि हम उच्च तनाव को नियंत्रण में रख पाएँगे।"

अगले कुछ घंटों तक, सुरक्षा दल ने व्यवस्था बनाए रखने और जहाज़ पर सवार सभी लोगों की सुरक्षा सुनिश्चित करने के लिए अथक परिश्रम किया। दोपहर तक, नए उपाय कारगर साबित हुए, जिससे टकराव की संख्या कम हुई और प्रतिनिधियों के बीच तनाव कम हुआ।

मॉर्गन और डोक्सन ने मिलकर काम करना जारी रखा, और हर गुजरते घंटे के साथ एक-दूसरे के प्रति उनका सम्मान बढ़ता गया। मॉर्गन की अंतर्दृष्टि और सुझाव अमूल्य थे, और डोक्सन मेरी क्षमता से

प्रभावित लग रही थीं। काश उन्हें पता होता कि मैं अपनी क्षमताओं से इतना प्रभावित नहीं हूँ। मैं वास्तव में कौन हूँ या क्या हूँ, यह न जानते हुए भी, मेरे मन में अभी भी एक विनाशकारी अंतरिक्ष यान को नियंत्रित करने की अपनी क्षमता को लेकर संदेह था।

अध्याय 17

भूतकाल के भूत

दोपहर का डर:*14:00*

कुछ ज़रूरी एकांत के लिए अपने क्वार्टर में वापस लौटते हुए, कमान का बोझ मुझ पर भारी पड़ रहा था, मैं आलीशान कुर्सी पर बैठ गया, मुलायम चमड़े की कुर्सी मेरे शरीर से मेल खा रही थी। व्यूपोर्ट के उस पार तारों से भरे विस्तार को निहारते हुए, मैंने खुद को अनुत्तरित प्रश्नों की भूलभुलैया में खोया हुआ पाया।अरे*!* मुझे ऐसा अजीब काम क्यों सौंपा गया है*?* या फिर*?* इसका कोई मतलब ही नहीं है।मेरा मन संदेह और बेचैनी की भावना से ग्रस्त था।राइकर की जगह लेने के लिए मुझे ही क्यों चुना गया*?*

वे प्रश्न मेरी स्मृति के खोखले कक्षों में खंडित और अधूरे, गूंज रहे थे। फिर से, मैं अपने अतीत, अपनी उत्पत्ति, अपनी असली पहचान के बारे में कुछ भी न जानने के कारण त्रस्त था। मेरी पहली सुसंगत स्मृति एक बंजर अस्पताल के बिस्तर पर जागने की थी, मेरा शरीर पट्टियों में लिपटा हुआ था। एंटीसेप्टिक की तीखी गंध मेरे नथुनों में थी, जो हवा में चिपके जले हुए मांस की तीखी गंध के साथ मिल रही थी। डॉक्टरों के अनुसार, मैं चार साल का था, एक भयावह अंतरिक्ष यान दुर्घटना का उत्तरजीवी। लेकिन मैं कौन था, मैं कहाँ से आया था, मेरे माता-पिता कौन थे—ये सब एक रहस्य बना हुआ था, एक शून्य जो अभी भी मेरी आत्मा को ज़ेफ़र के अंदर एक शून्य की यात्रा की तरह कुतर रहा था।

मेरी उंगलियाँ बेसुध होकर उन धुंधले निशानों को छू रही थीं जो नंगी आँखों से तो मुश्किल से दिखाई देते थे, लेकिन मेरी त्वचा पर फैले हुए थे। वे मुझे उस नरक की याद दिला रहे थे जिसने बचपन में मेरी जान लगभग ले ली थी। उन्होंने कहा था कि मैं सत्तर प्रतिशत जल गया

हूँ। उन्होंने कहा था कि यह चमत्कार था कि मैं बच गया।लेकिन उस दुखद दिन से पहले मैं कौन था?

ओह, कुछ झलकियाँ थीं, ज़िंदगी के कुछ टुकड़े जिन्हें मैं समझ नहीं पा रहा था। सपनों में, मैं एक औरत को देखता, उसका चेहरा बिल्ली के जैसे सांवले चेहरे जैसा, और प्यार भरी सुनहरी आँखें, मेरी आँखें—मेरी माँ? मुझे लगता था कि वो मेरी माँ है, मेरे दिल में, असल में जानने से भी ज़्यादा। और एक मर्द, इंसान, मैं उसका चेहरा कभी पहचान नहीं पाया, लेकिन मुझे उसकी दयालु भूरी आँखें और एक कोमल मुस्कान याद थी—शायद मेरे पिता? और फिर मेरे सपने दुःस्वप्न में बदल गए: आग की लपटों में घिरा एक जहाज, गलियारों में गूँजती चीखें, एक चकाचौंध कर देने वाली रोशनी, किसी चीथड़े की गुड़िया की तरह इधर-उधर फेंकी जा रही है, चिलचिलाती गर्मी, ज़बरदस्त दहशत, जहाज़ का डूबना, और अँधेरा... अँधेरा।

मैंने अपना सिर हिलाया, उन भयावह छवियों को दूर भगाते हुए। कोई जवाब नहीं, सिर्फ़ सवाल। वो सवाल जो मुझे सता रहे थे, जो मुझे सच्चाई की तलाश में, मेरे अतीत के राज़ उजागर करने के लिए प्रेरित कर रहे थे। मेरी नज़र मेरे गले में एक चेन से लटके छोटे, घिसे हुए लॉकेट पर पड़ी। मेरे अतीत की यही एकमात्र चीज़ थी—एक साधारण चाँदी का पेंडेंट जिस पर एक ऐसा चिन्ह उकेरा गया था जिसे मैं पहचान नहीं पाई। अस्पताल के उस मनहूस दिन के बाद से मैं उसे पहन रही थी, उस अतीत से एक ठोस जुड़ाव जिसे मैं याद नहीं कर पा रही थी।

मैंने लॉकेट पर उँगलियाँ फेरीं और उस पर उकेरी गई जटिल रेखाओं को समझने की कोशिश की। मैंने सोचा, शायद मेरे खोजे हुए जवाब इसकी गहराई में छिपे हैं, और उस चाबी से खुलने का इंतज़ार कर रहे हैं जो उसे अभी तक नहीं मिली थी। मुझे अपनी सहज बुद्धि पर भरोसा करना होगा, उन हुनरों पर भरोसा करना होगा जिन्हें मैंने वर्षों से निखारा है, और अनजान को उसी साहस और दृढ़ संकल्प के साथ अपनाना होगा जिसने मुझे यहाँ तक पहुँचाया है।

मैंने रहस्य के साथ जीना, अनिश्चितता को गले लगाना सीख लिया था। लेकिन सवाल कभी पूरी तरह से खत्म नहीं हुए। वे मेरे मन के साये में दुबके रहे, संदेह फुसफुसाते रहे और जवाबों की बेचैन लालसा को हवा देते रहे। मेरी ज़िम्मेदारियों का बोझ मेरी हताशा को और बढ़ाता ही

रहा। ज़ेफायर के कार्यकारी अधिकारी के रूप में, मुझसे नेतृत्व करने, आत्मविश्वास और स्पष्टता के साथ निर्णय लेने की अपेक्षा की जाती थी। फिर भी, मैं यहाँ था, एक ऐसे अतीत से घिरा हुआ जिसे मैं याद नहीं कर सकता था और एक ऐसे भविष्य से जिसकी मैं भविष्यवाणी नहीं कर सकता था।

अपनी कुर्सी से उठते ही, मुझमें एक नए उद्देश्य की भावना भर गई। आखिरकार, मैं अलास्टार कार था, ज़ेफायर का कार्यकारी अधिकारी, एक रहस्यमय अतीत और अनिश्चित भविष्य वाला व्यक्ति। लेकिन मैं अपने अतीत से परिभाषित नहीं हो सकता था।आपको चाहिए वर्तमान में रहो। तुम्हें एक काम करना है। न ज़्यादा, न कम।

मैंने अपनी वर्दी ठीक की और अपने क्वार्टर से निकलकर पुल की ओर चल पड़ा। जहाज़ पर हलचल मची हुई थी, चालक दल के सदस्य अपनी दोपहर की ड्यूटी में व्यस्त थे। चलते हुए, मेरी नज़र लेफ्टिनेंट चेन पर पड़ी, जिन्होंने मुझे सम्मान से सिर हिलाकर अभिवादन किया।

"लेफ्टिनेंट कार," उसने उनके बगल में कदम रखते हुए कहा। "सब ठीक तो है?"

मैंने अपनी अंदरूनी उथल-पुथल को दूर करने की कोशिश करते हुए मुस्कुराने की कोशिश की। "हाँ, चेन। बस कुछ पल अपने विचारों को समेटने के लिए चाहिए था। प्रतिनिधियों के साथ सब कुछ कैसा चल रहा है?"

चेन ने आह भरी। "यह कम से कम कहने के लिए तो चुनौतीपूर्ण रहा है। गेयन और टार्वोसियन अभी भी आपस में उलझे हुए हैं, और थिएसियन की माँगें और भी ज़्यादा ज़ोरदार होती जा रही हैं। लेकिन हम काम चला रहे हैं।"

मैंने उसकी ईमानदारी की सराहना करते हुए सिर हिलाया। "वाह! मुझे हर घटनाक्रम की जानकारी देते रहना..."

जैसे ही हम पुल पर पहुँचे, जहाज़ के सिस्टम की धीमी गूँज मेरे परेशान विचारों को सुकून देने वाली पृष्ठभूमि बन गई। कुशल और एकाग्र चालक दल अपने-अपने स्थानों पर लगन से काम कर रहे थे, उनकी गतिविधियाँ कर्तव्य और विशेषज्ञता का एक सुनियोजित नृत्य

थीं। अब मुझे इस विचार से जितना डर लग रहा था, उतना ही मुझे गेअन्स और टार्वोसियन लोगों से बात करने जाना था।

जैसे ही हम पुल पर उतरे, किस्मत से कमांडर थॉर्न ने हमारा स्वागत किया। "लेफ्टिनेंट कार, हमारे सामने एक समस्या है। गैयन और टार्वोसियन दूत आपसे मिलने का अनुरोध कर रहे हैं। वे अपनी शिकायतों पर सीधे चर्चा करना चाहते हैं।"

मुझे निराशा का एक झोंका सा महसूस हुआ और मेरी रीढ़ में ठंडक दौड़ गई। मैं बस यही सोच रहा था--मुझे उनसे बात करने की ज़रूरत है, चीखने-चिल्लाने की, गुर्राने की, किसी तरह अपनी झुंझलाहट दूर करने की। वाह! और भी उलझनें सुलझानी हैं, और भी बोझ उठाने हैं।लेकिन मैं अपने क्रू को अपने संदेह नहीं दिखा सकता था। मुझे उनके लिए और मिशन की सफलता के लिए मज़बूत होना ज़रूरी था।

"बहुत अच्छा," मैंने स्थिर स्वर में कहा। "बैठक मुख्य सम्मेलन कक्ष में तय करो। मैं थोड़ी देर में वहाँ पहुँच जाऊँगा।"

"सर," थोर्न ने कहा, "वे एक दूसरे के साथ एक ही कमरे में रहने से इनकार करते हैं।"

मैंने निराशा में सिर हिलाते हुए आह भरी, फिर सिर हिलाया। "एक समूह को कॉन्फ्रेंस रूम में और दूसरे समूह को ब्रीफिंग रूम में रखो।"

थॉर्न ने सिर हिलाया और निर्देश देने के लिए मुड़ा। मैंने एक गहरी साँस ली और आगे के काम के लिए खुद को तैयार किया। मैं अपने अंदर के शैतानों को अपने कामों में दखलंदाज़ी करने नहीं दे सकता था। मिशन बहुत ज़रूरी था—खैर, मुझे कुछ शंकाएँ थीं, लेकिन आगे जो कुछ हो रहा था, उसमें कुछ ऐसी बातें थीं जिन्हें नज़रअंदाज़ करना मुश्किल था।

पुल के कर्मचारियों को संबोधित करते हुए, अपनी आवाज़ स्थिर रखते हुए, मैंने कहा, "कैप्टन राइकर द्वारा बताए गए निर्देशांकों से 30 मिनट दूर होने पर मुझे सूचित करें। मैं यह सुनिश्चित करना चाहता हूँ कि हम उनके आगमन के लिए तैयार रहें।" और जब मैंने कुछ देर रुकने और पीछे हटने की योजना बनाई थी, तो मेरी योजना एक बार फिर

अचानक बदल गई। अब समय आ गया था कि कुछ लोगों को दिखाया जाए कि इस महल का राजा कौन है।

अध्याय 18

विद्रोह शुरू हो गया

कुछ मिनट बाद, अपनी ज़बान को मज़बूती से जमाए, मैं कॉन्फ्रेंस रूम में दाखिल हुआ और देखा कि तीन गैयन दूत, टैरेन, केल और इमोन, पहले से ही बैठे हुए थे, उनके हाव-भाव अहंकार और रक्षात्मकता का मिश्रण थे। मैं मेज़ के सबसे आगे बैठ गया, मेरी सुनहरी आँखें शांत और दृढ़ निश्चय के साथ उनकी आँखों से मिलीं। कुछ-कुछ।

"आने के लिए शुक्रिया," मैंने मन ही मन सोचा कि काश मैं कहीं और होता, लेकिन असंतुष्ट दूतों के साथ एक संभावित क्रांति के बीच। मैं यहाँ नहीं रहना चाहता था। "मैं समझता हूँ कि आपके और टार्वोसियन के बीच कुछ तनाव रहा है। आइए, इस स्थिति पर खुलकर बात करें और इन मुद्दों को सुलझाने का कोई रास्ता निकालें।"

"लेफ्टिनेंट कार," टैरेन ने आक्रोशपूर्ण आत्मविश्वास से भरी आवाज़ में कहा, "हमें विश्वास है कि आप इस स्थिति को अत्यंत विवेक से देखेंगे। टार्वोसियन एक अस्थिर और अप्रत्याशित जाति है। उनकी आक्रामकता सर्वविदित है।"

काएल ने तिरस्कार से आँखें सिकोड़ते हुए कहा, "वे बर्बर हैं, अपनी आदिम प्रवृत्ति से आगे मुश्किल से ही विकसित हुए हैं। इस जहाज पर उनकी उपस्थिति हमारी बुद्धिमत्ता और हमारी सभ्यता का अपमान है।"

मैंने धैर्यपूर्वक सुना; मेरी अभिव्यक्ति सावधानी से तटस्थ थी। मैं जानता था कि गैयन लोग, अपने लंबे इतिहास और उन्नत सभ्यता के कारण, अक्सर अन्य जातियों को एक हद तक हीन भावना से देखते थे। फिर भी, मैं इस प्राचीन झगड़े में किसी का पक्ष लेने से बचने के लिए तटस्थ रुख बनाए रखने के लिए दृढ़ था।

"मैं समझ गया," मैंने शांत लेकिन दृढ़ स्वर में कहा। "लेकिन, मुझे यकीन है कि आपको पता ही होगा कि ज़ेफायर पर सवार सभी प्रतिनिधि यहाँ फेडरेशन की सुरक्षा में हैं। अनुवाद? हम अपने किसी भी मेहमान के प्रति किसी भी तरह की आक्रामकता बर्दाश्त नहीं करेंगे।"

इमोन ने उपहास करते हुए कहा, उसके होंठ व्यंग्य से सिकुड़ गए। "ज़रूर, आप हमसे उन जंगली लोगों के साथ संगति की उम्मीद नहीं करते। वे तो बस क्रूर लोग हैं, जिनमें न तो तार्किक सोच है और न ही सभ्य बातचीत।"

मैंने अविचलित शांति से इमोन की नज़रों का सामना किया। "मैं सभी प्रतिनिधियों से अपेक्षा करता हूँ कि वे अपने मतभेदों के बावजूद एक-दूसरे के साथ सम्मान से पेश आएँ," मैंने कहा, मेरी आवाज़ में अधिकार का भाव था। "हम यहाँ शांति के मिशन पर हैं, और इसके लिए सभी पक्षों के सहयोग और समझ की आवश्यकता है। मैंने ये शब्द पहले भी कहे हैं—इन शब्दों का कौन सा हिस्सा आपको समझ नहीं आया?"अब, कृपालु होने की बारी मेरी है।"क्या मुझे अपना संदेश ज़ोर से और स्पष्ट रूप से सुनाने के लिए सहारा देने की ज़रूरत है?"

टैरेन मेज़ से उठने लगा, उसका शरीर बाकियों से ऊँचा था। "मैं माँग करता हूँ कि तुम..."

मेज पर अपनी हथेली पटकते हुए, कमरे में दरार की आवाज़ गूंज उठी। जब मैंने बात की, तो मेरी आवाज़ धीमी लेकिन आज्ञाकारी थी। "तुम कुछ नहीं मांगते!" मैं गुर्राया। अब खड़े होने की मेरी बारी थी, मेरी असामान्य अंबर जैसी आँखें, काली पुतलियाँ फैली हुई, एक शिकारी चमक के साथ गैयन्स के नेता पर केंद्रित थीं। उस नज़र के ज़ोर ने टैरेन को अपनी कुर्सी पर वापस गिरा दिया। "मैं यह सिर्फ़ एक बार कहूँगा। इस जहाज़ का कमांडर मैं हूँ, तुम नहीं। तुम शिकायत कर सकते हो, तुम माँग सकते हो, तुम अदला-बदली भी कर सकते हो, लेकिन तुम माँग नहीं कर सकते!"

कमरे में सन्नाटा छा गया। तीनों गैयन्स ने नए सम्मान और आक्रोश के मिले-जुले भाव से एमई की ओर देखा।

आखिरकार, टैरेन बोला। "माफ़ी चाहता हूँ लेफ्टिनेंट कार। मेरा कोई अनादर करने का इरादा नहीं था। आपको समझना चाहिए कि हमारी जातियों के बीच संघर्ष बहुत लंबा चला है।"

मेरी नज़रों की तीव्रता कम होते-होते मैं वापस बैठ गया। "मैं समझ गया, तो अगर आप मुझे समझाएँ ताकि मैं स्थिति को और बेहतर ढंग से समझ सकूँ, तो मैं आभारी रहूँगा।"

अगले एक घंटे तक, उन्होंने दोनों जातियों के बीच दुश्मनी के मूल कारण पर चर्चा की। मेरा दृष्टिकोण सौम्य और दृढ़ था, मेरी पूछताछ गहन और सम्मानजनक थी। मैं उनकी सदियों पुरानी दुश्मनी की जड़ को समझने की कोशिश कर रहा था, उस चिंगारी को उजागर करने की कोशिश कर रहा था जिसने एचेरॉन के विनाशकारी युद्ध को भड़काया था।

गैयन्स, हालाँकि शुरू में थोड़े अनिच्छुक थे, अंततः खुलकर सामने आए और अतीत की शिकायतों, क्षेत्रीय विवादों और सांस्कृतिक संघर्षों की कहानियाँ सुनाईं। टार्वोसियनों के प्रति उनका तिरस्कार गहरा था, जिसकी जड़ें सदियों पुरानी दुश्मनी और अविश्वास में थीं।

मैंने ध्यान से सुना, मेरा मन समाधान ढूँढ़ने में लगा हुआ था। मुझे पता था कि आगे का रास्ता चुनौतियों से भरा होगा, लेकिन मैं इन दोनों जातियों के लिए शांतिपूर्वक सह-अस्तित्व का रास्ता ढूँढ़ने के लिए दृढ़ था, भले ही मिशन की अवधि तक ही सही। मेरा पहला मिशन। मैं असफल नहीं होना चाहता था।

आखिरकार, हम एक गतिरोध पर पहुँच गए। मैं समझ सकता था कि तीनों गैयन अधीर हो रहे थे। उनके हाव-भाव आक्रोश और अहंकार से भरे थे। मैंने उनकी निगाहों का सामना अविचलित धैर्य से किया। "मैं आपकी चिंताओं को समझता हूँ। हालाँकि, आपको याद रखना चाहिए कि आप सभी ज़ेफायर पर मेहमान हैं।" मेरी आवाज़ में अधिकार का भाव आ गया। "हम पुरानी रंजिशों को इस मिशन को पटरी से नहीं उतारने दे सकते। मेरे रहते तो बिल्कुल नहीं।"

मैंने उन्हें कूटनीति के महत्व और साझा ख़तरे के सामने सहयोग की ज़रूरत की याद दिलाई। मैंने उनसे अपने पूर्वाग्रहों को त्यागकर शांतिपूर्ण समाधान की दिशा में काम करने का आग्रह किया।

विडंबना यह थी कि हम एक शांति सम्मेलन की ओर बढ़ रहे थे, लेकिन प्रतिनिधि हमारे जहाज़ पर भी शालीनता से पेश नहीं आ सके। सुझाव देते हुए मैं अंदर ही अंदर गुर्रा रहा था और हर एक प्रतिनिधि को पीटना चाहता था। लेकिन मैंने थोड़ा संयम बनाए रखा।

गैयन्स, हालाँकि पूरी तरह से आश्वस्त नहीं थे, फिर भी अनिच्छा से सहयोग करने के लिए तैयार हो गए। यह महसूस करते हुए कि हमने एक नाज़ुक युद्धविराम स्थापित कर लिया है, मैंने उन्हें विदा कर दिया। हालाँकि, मैं इस क्षेत्र में अपेक्षाकृत नया था, फिर भी इतना भोला नहीं था कि यह मान लूँ कि यह कलह खत्म हो गई है। कतई नहीं। मुझे ऐसा लग रहा था जैसे मैं किसी फटने वाले टाइम बम की "टिक-टॉक" सुन रहा हूँ।

अध्याय 19

शांति रक्षक की भूमिका निभाना

समय पर - ***18:30***

मैंने गेयन्स के जाने का इंतज़ार किया। उम्मीद थी कि वे अपने क्वार्टर में लौट गए होंगे, उसके बाद मैं गलियारे से होते हुए ब्रीफिंग रूम में पहुँचा जहाँ टार्वोसियन इंतज़ार कर रहे थे। मुझे बस एक और संयोग की ज़रूरत थी। शाम का समय था, जहाज़ पर सब कुछ धीमा हो गया था। ऐसा समय जब सब कुछ कम व्यस्त था। लेकिन दुर्भाग्य से, मुझे पता था कि इस मिशन पर कुछ भी सामान्य नहीं था।

कमरे में दाखिल होते ही मैंने देखा कि आन्या, कौला और थेरॉन मेज़ के चारों ओर बैठे थे। उनकी गहरी आँखें सतर्क थीं, और उनका हाव-भाव गर्व से कठोर था। जब उन्होंने देखा कि मैं हूँ, तो उनकी शुरुआती घबराहट थोड़ी कम हो गई। जैसा कि वे हमेशा से कहते आए थे, मैंने सिर हिलाकर मेज़ के सबसे आगे अपनी जगह ले ली।

"मुझसे मिलने के लिए शुक्रिया।" मैंने कहा, "क्या मैं आपके लिए कुछ पीने को लाऊँ?"

मेरी सहमति का जवाब देते हुए, तीनों ने पेय पदार्थ लेने से मना कर दिया और अपनी कुर्सियों पर वापस बैठ गए, मेरे शुरू करने का इंतज़ार करने लगे। एक गहरी, शांत साँस लेते हुए, पिछली मुलाक़ात के शांतिपूर्ण समाधान की इच्छा मेरे विचारों में सबसे ऊपर थी, और मैंने शुरू किया। "मैं समझता हूँ कि पहले... कुछ मतभेद हुआ था," मेरी आवाज़ धीमी लेकिन दृढ़ थी। "मैं आपका पक्ष सुनना चाहता हूँ।"

आन्या, जिसकी गहरी आँखें शांत आग से भरी थीं, पहले बोली। "यह सिर्फ़ एक मतभेद से कहीं ज़्यादा था, कैप्टन। गैयन्स ने हमेशा हमें नीची नज़र से देखा है, हमारी ताकत और लचीलेपन को कम करके आंका है। वे हमें बर्बर, क्रूर समझते हैं जो कूटनीति के लिए अयोग्य हैं।"

कौला ने धीमी गड़गड़ाहट भरी आवाज़ में कहा, "उनका आक्रमण और क्षेत्रीय विस्तार का एक लंबा इतिहास रहा है। एचेरॉन की लड़ाई उनकी विजय की अतृप्त प्यास का एक उदाहरण मात्र है।"

थेरॉन ने सहमति में सिर हिलाया। "हमारा अपमान नहीं होगा, कैप्टन। हम यहाँ बराबरी के तौर पर हैं, कमतर नहीं। हम चाहते हैं कि हमारे लोगों के साथ वैसा ही सम्मान किया जाए जिसके वे हकदार हैं।"

मैंने ध्यान से सुना और ध्यान से सिर हिलाकर इशारा किया कि मैं ध्यान दे रहा हूँ। "मैं आपकी निराशा समझ सकता हूँ," मैंने कहा। "सम्मान एक बुनियादी सिद्धांत है, और ज़ेफायर पर सवार हर कोई इसका हक़दार है। आगे बढ़िए, मुझे आज जो हुआ उसके बारे में विस्तार से बताइए।"

अगले कई मिनटों तक टार्वोसियन लोग एचेरॉन पर बहुत पहले हुई घटनाओं के बारे में बात करते रहे। आक्रोश से भरी उनकी आवाज़ें गैयन आक्रमण से प्रभावित एक शांतिपूर्ण उपनिवेशीकरण प्रयास की बात कर रही थीं। उन्होंने सहयोग और पारस्परिक सम्मान के सिद्धांतों पर बनी एक समृद्ध बस्ती की तस्वीर पेश की, जिसे एक ईर्ष्यालु और सत्ता-लोलुप प्रतिद्वंद्वी ने बेरहमी से नष्ट कर दिया।

"गैंस ने बिना किसी उकसावे के हमारी बस्ती पर हमला कर दिया," आन्या ने भावुक स्वर में कहा। "हम एक नया घर बना रहे थे, एक ऐसी जगह जहाँ हमारे लोग शांति से रह सकें। उन्होंने हमारी प्रगति को एक ख़तरे के रूप में देखा और हमें मार गिराया।"

कौला ने अपनी मुट्ठियाँ भींच लीं। "उस दिन हमने बहुत सी जानें गँवाईं। परिवार बिखर गए, और हमारे सपने चकनाचूर हो गए। गैअन्स को उनके किए की कभी ज़िम्मेदारी नहीं दी गई।"

थेरॉन आगे झुका; उसकी निगाहें गहरी थीं। "हम यहाँ नए गठबंधन बनाने की उम्मीद लेकर आए थे, लेकिन हम अतीत को नहीं भूल सकते। जिन लोगों ने हमारे साथ अन्याय किया है, उनके व्यवहार में बदलाव देखे बिना हम उन पर भरोसा नहीं कर सकते।"

मैंने उनकी बातों को ध्यान से सुनते हुए सिर हिलाया। "मैं आपका दर्द, आपका गुस्सा समझता हूँ," मैंने धीरे से कहा। "हालांकि, अतीत को बदला नहीं जा सकता। लेकिन हम उससे सीख सकते हैं और

एक बेहतर भविष्य के लिए काम कर सकते हैं। मैं गैयन्स से बात करूँगा और यह स्पष्ट कर दूँगा कि अनादर और शत्रुता बर्दाश्त नहीं की जाएगी।"

आन्या के चेहरे पर थोड़ी नरमी आई। "शुक्रिया, लेफ्टिनेंट। हम आपकी समझदारी और मध्यस्थता के आपके प्रयासों की सराहना करते हैं।"

कौला ने कहा, "हम शांति चाहते हैं, लेकिन हम न्याय भी चाहते हैं। हमें उम्मीद है कि इस शांति शिखर सम्मेलन के माध्यम से, जो कुछ हुआ है उसे भुलाए बिना हम आगे बढ़ने का रास्ता खोज पाएंगे।"

"मैं यह सुनिश्चित करने के लिए अपनी पूरी कोशिश करूँगा," मैंने उन्हें आश्वस्त किया। "न्यूर्क पहुँचने के बाद, मैं आपके प्रतिनिधिमंडल और गेअन्स के बीच मध्यस्थता से इन मुद्दों पर खुलकर और रचनात्मक ढंग से चर्चा करने की व्यवस्था करूँगा।"

थेरॉन ने सिर हिलाया। "यह एक अच्छी शुरुआत होगी, लेफ्टिनेंट। अगर इससे सच्ची शांति का रास्ता मिलता है, तो हम इसमें शामिल होने को तैयार हैं।"

टार्वोसियन लोगों के साथ बैठक समाप्त होते ही, मुझे लगा कि ज़िम्मेदारी का बोझ मेरे कंधों पर भारी पड़ रहा है। गलियारे में सुलगते तनाव को पीछे छोड़ते हुए, मैं पुल की ओर चल पड़ा। मेरा मन परस्पर विरोधी भावनाओं से भरा हुआ था। मैंने समझ के बीज बो दिए थे, लेकिन वे जड़ पकड़ेंगे या नहीं, यह देखना बाकी था।

फिलहाल, गैयन्स और टार्वोसियन्स के बीच एक असहज युद्धविराम स्थापित हो गया था। यह कब तक चलेगा, इसका मुझे कोई अंदाज़ा नहीं था। मुझे लगा कि सच्चाई दोनों आख्यानों के बीच कहीं छिपी है, गलतफहमियों, गलतफहमियों और शायद अज्ञात ताकतों द्वारा जानबूझकर की गई हेराफेरी का एक जटिल ताना-बाना।

लेकिन कैप्टन राइकर से मिलने का समय हो गया था और उम्मीद है कि उसके तुरंत बाद हम अपने मेहमानों को न्यूर्क पहुँचा देंगे। मेरा मंत्र आसान था:यह भी गुजर जाएगा।बात यह थी कि मुझे एक बुरा एहसास हुआ, इसे छठी इंद्री कहिए, कि ज़ेफायर का भाग्य उस कहावत वाले खरगोश के बिल में जा सकता है।

अध्याय 20

विवेक की तलाश

उस शाम बाद में, मैं तारों के बीच सुकून की तलाश में अवलोकन लाउंज में चला गया। शांत वातावरण नेतृत्व के अथक दबावों से मुक्ति का एक सुखद अनुभव था। विशाल व्यूपोर्ट से आती तारों की कोमल रोशनी में नहाया हुआ, लाउंज शांति का एक नखलिस्तान, चिंतन और अंतर्दृष्टि का एक अभयारण्य था।

जब अंतरिक्ष यान झगड़ते दूतों के बल से कांप रहा था, तो मैंने पाया कि मैं अपना धैर्य बनाए रखने के लिए संघर्ष कर रहा था।मैंने कभी क्यों सोचा था कि यह बड़ा या छोटा, साधारण मिशन पार्क में टहलने जैसा होगा?मैं सोच में पड़ गया, मेरी सहज प्रवृत्ति मुझे इस लड़ाई में कूद पड़ने के लिए उकसा रही थी, फिर भी मेरा कूटनीतिक पक्ष व्यवस्था बहाल करने पर अड़ा था। मेरी आँखें झुंझलाहट से फड़क रही थीं, लेकिन मैं जानता था कि इस अंतरिक्षीय झगड़े में तेज़ बुद्धि और स्थिर व्यवहार ही मेरे सबसे अच्छे हथियार थे।

इस बीच, इस पागलपन के बीच, मेरे विचार और नज़रें अक्सर एन्साइन मॉर्गन की ओर भटक जातीं, जिनकी शालीनता और तीक्ष्ण बुद्धि ने मुझे उससे कहीं ज़्यादा मोहित कर लिया था जितना मैं स्वीकार करना चाहता था। उनकी हँसी मेरी बेचैनी को शांत कर देती थी, और मैं उनके साथ और ज़्यादा समय बिताने का कोई रास्ता ढूँढ़ने लगता था।काश मैं अपनी भावनाओं की उलझी हुई उलझनों को उतनी ही आसानी से पार कर पाता, जितनी आसानी से मैं इस अशांत मिशन का सामना कर रहा हूँ।अंतरिक्ष की विशालता में.

अचानक से चौंककर और किसी मानवीय रिश्ते के प्रति असुरक्षित महसूस करते हुए, जल्द ही आन्या भी मेरे पास आ गई। उसे भी लाउंज की शांति पसंद आ गई थी, ऐसा लग रहा था। वह चुपचाप अंदर आई, उसकी उपस्थिति मेरे विचारों में एक सौम्य व्यवधान थी।

आन्या, अपनी सुंदर चाल और शांत व्यवहार से, अपने साथ शांति का एहसास लेकर आई थी।

"लेफ्टिनेंट कार," आन्या ने धीमी आवाज़ में कहा। "मैं आपके आतिथ्य के लिए धन्यवाद देना चाहती थी। आपका दल बहुत सहयोगी रहा है।"

मैं उसकी ओर मुड़ी, मुस्कुराई और अपनी असुरक्षाओं, अनजान के डर को छिपाने की पूरी कोशिश की। "तुम्हारी सुविधा और देखभाल सुनिश्चित करना हमारा कर्तव्य है। अब तक का सफ़र कैसा रहा है?"

आन्या की गहरी और तीव्र भूरी आँखें मेरी आँखों से मिलीं। "मैं इस मिशन के महत्व में विश्वास करती हूँ। हमारी दुनिया ने बहुत कुछ सहा है, लेकिन हम सब सहनशील लोग हैं। यह सफ़र चुनौतीपूर्ण रहा है, लेकिन इसने हमें उम्मीद भी दी है।"

मैंने उसकी दृढ़ता की सराहना करते हुए सिर हिलाया। मैं उसकी प्रखर बुद्धि से भी प्रभावित था। "मैं आपकी शक्ति और दृढ़ संकल्प की प्रशंसा करता हूँ। अपने लोगों के इतिहास और आकांक्षाओं का भार उठाना आसान नहीं होता।"

आन्या मंद-मंद मुस्कुराई, उसकी आँखों में सितारों की झलक थी। "शुक्रिया, लेफ्टिनेंट। यह एक भारी बोझ है, लेकिन हम इसे गर्व से ढो रहे हैं। हम अपने पूर्वजों और आने वाली पीढ़ियों के प्रति कृतज्ञ हैं कि हम शांति और समझ की तलाश करें।"

हम एक-दूसरे के साथ खड़े होकर तारों के अनंत विस्तार को निहार रहे थे। हमारे बीच का मौन सहज था, एक साझा उद्देश्य की भावना से भरा हुआ। मुझे आन्या के साथ बढ़ती हुई मैत्री का एहसास हुआ। टार्वोसियन, अपनी शक्ति और दृढ़ संकल्प के साथ, शांति वार्ता में एक मूल्यवान योगदान देंगे।

"क्या आप यहाँ अक्सर आते हैं?" आन्या ने पूछा, उसकी कोमल आवाज़ ने सन्नाटा तोड़ा।

"जब भी मुझे सोचने या अपना दिमाग साफ़ करने की ज़रूरत होती है," मैंने जवाब दिया। "तारों में चीज़ों को सही परिप्रेक्ष्य में रखने

का एक तरीका होता है। वे मुझे ब्रह्मांड की विशालता और उसमें हमारे स्थान की याद दिलाते हैं।"

आन्या ने सिर हिलाया; उसकी नज़र अभी भी तारों पर टिकी थी। "मुझे भी इससे सुकून मिलता है। इतने विशाल ब्रह्मांड के सामने खुद को छोटा और महत्वहीन समझना स्वाभाविक है। लेकिन यह मुझे यह भी याद दिलाता है कि हम किसी बड़ी चीज़ का हिस्सा हैं।"

जैसे-जैसे हम बातें करते रहे, मुझे लगा कि हमारे बीच एक जुड़ाव बन रहा है; लेकिन यह अमारा के लिए मेरी भावनाओं से अलग था। यह एक आपसी समझ थी; साझा अनुभवों और भविष्य की उम्मीदों से बना एक बंधन।

"मुझे टार्वोस के बारे में बताओ," मैंने सचमुच उत्सुकता से कहा। "कैसा है वो?" मैं जहाज़ पर चल रही सारी लड़ाई और तमाशे से बचना चाहता था, और बचने का कोई रास्ता भी नहीं था।

अपने घर का वर्णन करते हुए आन्या का चेहरा एक कोमल चमक से चमक उठा। "टार्वोस चरम सीमाओं का देश है। हमारा द्वितारा मंडल ज्वालामुखी चोटियों और हरे-भरे वर्षावनों के साथ एक अनोखा वातावरण बनाता है। यह एक कठोर और खूबसूरत दुनिया है, और हमारे लोगों ने इसकी चुनौतियों में पनपना सीख लिया है।"

बोलते हुए उसकी आँखें चमक उठीं, और मैं उसके जुनून और समर्पण की ओर आकर्षित हो गया। "यह एक अद्भुत जगह लगती है," मैंने कहा। "मैं किसी दिन वहाँ ज़रूर जाना चाहूँगा।"

आन्या की मुस्कान और चौड़ी हो गई। "आपका बहुत स्वागत है। हमारे लोग लचीलेपन और ताकत को महत्व देते हैं, यही गुण मैं आपमें और आपकी टीम में देखती हूँ।"

उसके शब्दों से मेरे अंदर एक गर्मजोशी सी दौड़ गई। "शुक्रिया, आन्या। तुम्हारे मुँह से यह बात बहुत मायने रखती है।"

हम फिर से खामोश खड़े हो गए, तारों की हल्की सी चमक हमारे चारों ओर फैल रही थी। मुझे अचानक उसकी ओर हाथ बढ़ाने, उसे दिलासा देने और उससे जुड़ाव का एहसास दिलाने की इच्छा हुई। मैं एक पल के लिए झिझका, फिर धीरे से अपना हाथ उसकी बांह पर रख दिया।

आन्या ने मेरे हाथ की तरफ़ देखा, फिर ऊपर मेरी तरफ़, उसकी आँखें नम हो गईं। उसने अपना हाथ मेरे हाथ पर रख दिया, हमारी उंगलियाँ हल्के से छू गईं। यह साधारण सा इशारा बहुत कुछ कह गया, आपसी सम्मान और बढ़ती दोस्ती का एहसास दिला रहा था।

"शुक्रिया, अलास्टार," आन्या ने धीरे से कहा। "हर चीज़ के लिए।"

मैंने उसकी आँखों से नज़रें मिलाते हुए सिर हिलाया। "हम सब साथ हैं, आन्या। हम शांति पाने का कोई रास्ता निकाल ही लेंगे।"

हम कुछ पल और वहीं हाथों में हाथ डाले खड़े रहे, हमारे बीच का रिश्ता और भी मज़बूत होता गया। ऊपर तारे कुछ ज़्यादा ही चमकने लगे, मानो हमारे नए रिश्ते को आशीर्वाद दे रहे हों।

जैसे-जैसे रात ढलती गई, हम बातें करते रहे, अपने अतीत, अपनी उम्मीदों और अपने सपनों की कहानियाँ साझा करते रहे। अवलोकन कक्ष, जो आमतौर पर एकांत का स्थान होता है, हमारी नवोदित मित्रता के लिए एक आश्रय स्थल बन गया।

मैंने टार्वोस में आन्या के जीवन, उसके लोगों के संघर्षों और एकता में उन्हें मिली ताकत के बारे में और जाना। आन्या ने मेरी कहानी, मेरे अतीत के रहस्य और ज़ेफायर को यथासंभव सर्वोत्तम तरीके से चलाते हुए सच्चाई को उजागर करने के मेरे उद्देश्य के बारे में सुना, जब तक कि कप्तान वापस चालक दल में शामिल नहीं हो गया।

हमारी बातचीत सहजता से आगे बढ़ी, हर शब्द हमारी दुनियाओं के बीच एक सेतु का काम कर रहा था। हमें उनके साझा अनुभवों और बेहतर भविष्य के प्रति उनकी प्रतिबद्धता में समानताएँ मिलीं।

जैसे-जैसे अवलोकन कक्ष की मंद रोशनी धीरे-धीरे भोर के उजाले की तरह चमकने लगी, मुझे एहसास हुआ कि वह रात मेरे लिए कितनी मायने रखती थी। आन्या के साथ जो जुड़ाव मैंने महसूस किया, वह दुर्लभ और अनमोल था, हमारे मिशन की अनिश्चितता में आशा की एक किरण।

आन्या ने मेरा हाथ धीरे से दबाया और जाने दिया। "हमें थोड़ा आराम करना चाहिए। कल का दिन बहुत ज़रूरी है।"

मैंने सिर हिलाया, मुझे एक ऐसी शांति का एहसास हुआ जो मुझे बहुत दिनों से नहीं हुआ था। "तुम सही कह रही हो। आज रात के लिए शुक्रिया, आन्या। यह... ज्ञानवर्धक था।"

वह मुस्कुराई, उसकी आँखों में गर्मजोशी थी। "शुक्रिया, अलास्टार। मैं हमारी अगली बातचीत का इंतज़ार कर रही हूँ।"

जैसे ही हम अवलोकन कक्ष से बाहर निकले और अपने-अपने रास्ते चल पड़े, मुझे एक नए सिरे से उद्देश्य का एहसास हुआ। आगे का सफ़र अभी भी चुनौतियों से भरा था, लेकिन मुझे पता था कि आन्या जैसे साथियों और उसके लोगों के साथ, मैं हर उस चीज़ का सामना कर सकती हूँ जो मेरे रास्ते में आएगी। खैर, मुझे उम्मीद थी कि मैं इतनी मज़बूत हूँ कि चाहे कुछ भी हो जाए, पीछे नहीं हटूँगी।

दिन III: एलियन हमला

अध्याय 21

पूरा जहाज

20:12:3025 06:00

ज़ेफायर ने आखिरकार अपने आखिरी राजनयिक पिक-अप पूरे कर लिए, और कैप्टन राइकर द्वारा दिए गए मिलन स्थल के निर्देशांकों की ओर चल पड़े। जैसे-जैसे हम ओरियन आर्म के विशाल विस्तार से गुज़रे, जहाज़ में उत्सुकता का भाव भर गया। चालक दल का लगभग हर सदस्य इस यात्रा के खत्म होने का इंतज़ार कर रहा था। प्रतिनिधियों से निपटना सभी के लिए बहुत तनावपूर्ण था।

ज़्यादातर जहाजों और चालक दल की तरह, अटकलों का बाज़ार गर्म था, और बैठक की गोपनीयता ने हमारी उत्सुकता बढ़ा दी। यह बात बेहद संदिग्ध थी कि हमारा कप्तान, ठीक उसी समय, जब हमें शांति

सम्मेलन और सम्मेलन में हमारी भूमिका के बारे में बताया गया था, अज्ञात स्थानों के लिए रवाना हो गया था।

यह जानते हुए कि हम अपनी मंज़िल के करीब पहुँच रहे हैं, मैं पुल की ओर चल पड़ा। लिफ्ट से उतरकर पुल पर कदम रखते ही मैंने एक जम्हाई ली। मुझे सिर्फ़ तीन घंटे की नींद मिली थी, आन्या के साथ देर रात हुई बातचीत मेरे दिमाग़ में बार-बार घूम रही थी। कमांडर थॉर्न को ढूँढ़ते हुए, मेरी नज़र उस आदमी से मिली और हम दोनों ने स्वीकृति में सिर हिलाया।

"बिल्कुल सही समय है, सर। मैं आपको फ़ोन करने ही वाला था," थॉर्न ने कहा, जैसे उसके थके हुए चेहरे ने मेरे आगमन और अनिश्चितता के विचारों को विचलित कर दिया हो। "हम कैप्टन राइकर से मिलने वाले स्थान से लगभग तीस मिनट दूर हैं।"

मेरी आँखें सिकुड़ गईं, पुतलियाँ सिकुड़ गईं, उनमें उत्सुकता की एक झलक उभर आई। "धन्यवाद, कमांडर। कृपया चालक दल को उनके आगमन की तैयारी के लिए सचेत कर दें।"

थॉर्न ने सिर हिलाया, उसके हाव-भाव में मेरा दृढ़ निश्चय झलक रहा था। "हाँ, कैप्टन। हम तैयार रहेंगे।"

मैंने एक गहरी साँस ली, हर इंद्रिय पूरी तरह सतर्क। मुझे आश्चर्य हुआ कि इतने कम समय में ही मैं जहाज की ऊर्जा में हो रहे सूक्ष्म बदलावों से परिचित हो गया था। यहाँ तक कि ज़ेफायर भी उत्सुकता से गुनगुना रहा था।

घंटों की अति-अंतरिक्ष यात्रा के बाद, ज़ेफायर आखिरकार प्रकाश और रंगों के भंवर से बाहर निकल आया। अति-अंतरिक्ष का जाना-पहचाना बहुरूपदर्शक गायब हो गया, और उसकी जगह घोर वीरानी का एक मनोरम दृश्य उभर आया। जो दृश्य हमें दिखाई दिया, वह उन चहल-पहल भरे तारामंडलों से बिल्कुल अलग था, जहाँ हम हाल ही में गए थे। हम खुद को अंतरिक्ष के एक वीरान क्षेत्र में भटकते हुए पा रहे थे, किसी भी आबाद दुनिया या खगोलीय स्थल से दूर। एकाकी। केवल दिखाई देने वाली वस्तुएँ एक प्राचीन क्षुद्रग्रह पट्टी के बिखरे हुए अवशेष थे, जिनके दांतेदार आकार दूर स्थित नीहारिकाओं की धुंधली पृष्ठभूमि में छायांकित थे।

जैसे ही चालक दल ने दृश्य को देखा, पुल पर सन्नाटा छा गया। जहाज़ के बाहर वीरान जगह का भयानक सन्नाटा उस आम हलचल से बिल्कुल अलग था जिसकी वे आदी थे। उनके सामने अंतरिक्ष का विशाल खालीपन फैला हुआ था, एक खामोश शून्य जो मानो उनके पूरे जहाज़ को निगल जाएगा। यह सन्नाटा केवल ज़ेफायर के इंजनों की धीमी गूँज और उसके सेंसरों की लयबद्ध बीप से ही टूट रहा था।

मैं पुल के सामने की ओर चला गया, मेरी आँखें खाली जगह को देख रही थीं।

"हम निर्धारित स्थान पर पहुंच गए हैं, कैप्टन," लेफ्टिनेंट चेन ने घोषणा की, उनकी आवाज पुल पर गूंज रही थी।

उसकी घोषणा के बाद छाई खामोशी को केवल जहाज़ के सिस्टम की धीमी गुनगुनाहट और नेविगेशन कंसोल की लयबद्ध बीप ने ही तोड़ा। मेरी आँखें ज़्यादातर इंसानों से ज़्यादा पैनी थीं, खालीपन को घूर रही थीं, और मेरी रीढ़ में बेचैनी की एक सिहरन सी दौड़ गई। यह ऐसी जगह नहीं थी जिसे आम तौर पर कोई अनौपचारिक मुलाक़ात के लिए चुनता है।

"हम वास्तव में कहां हैं, थोर्न?" मैंने पूछा, मेरी आवाज ने सन्नाटा तोड़ा।

"हम ओरियन आर्म के एक दूरस्थ भाग में हैं, कैप्टन," थॉर्न ने जहाज के नेविगेशनल चार्ट देखते हुए जवाब दिया। "आस-पास कोई ज्ञात तारा प्रणाली या आबाद ग्रह नहीं है। यह क्षेत्र अधिकांशतः अज्ञात है और अधिकांश मानचित्रों में इसे शून्य माना जाता है।"

मैंने सोच-सोचकर सिर हिलाया, "बात तो सही है। अगर कैप्टन राइकर बिना ध्यान खींचे मिलना चाहते, तो यही जगह सही होती।"

वह संचार अधिकारी की ओर मुड़ा। "चेन, कैप्टन राइकर से संपर्क करने की कोशिश करो। उन्हें बता दो कि हम पहुँच गए हैं।"

"जी, सर," चेन ने उत्तर दिया, उसकी उंगलियां कंसोल पर उड़ रही थीं क्योंकि वह अपने कप्तान को बुलाने का प्रयास कर रही थी।

जब हम जवाब का इंतज़ार कर रहे थे, मेरा ध्यान आन्या के साथ हुई बातचीत की ओर चला गया। हमारी बातचीत में कुछ गहरा

ज़मीनी जुड़ाव था, आपसी सम्मान और समझ की भावना थी जो मेरे अंदर गहराई से गूंज उठी थी। मैं सोच में पड़ गया कि इतने दृढ़-इच्छाशक्ति वाले और विविध प्रतिनिधियों के साथ यह मिशन, कूटनीति का यह जटिल नृत्य, कैसे आगे बढ़ेगा।

सेकंड और फिर मिनट बीतते गए, लेकिन कैप्टन की ओर से कोई जवाब नहीं आया। "कमांडर, हम निर्धारित निर्देशांक पर पहुँच गए हैं?" मैंने पूछा, पुल के शांत वातावरण में मेरी आवाज़ मुझे भी तेज़ लग रही थी। मेरी नज़र होलोग्राफ़िक डिस्प्ले पर टिकी थी, जिस पर अंतरिक्ष का एक विशाल, खाली विस्तार ही दिखाई दे रहा था। "स्कैनर चालू हैं?" मैंने पूछा।

"सभी स्कैनर सक्रिय हैं, सर," चेन ने कंसोल पर उंगलियाँ नचाते हुए जवाब दिया। "लाखों किलोमीटर के दायरे में कोई ऊर्जा संकेत नहीं मिला।"

"यह तो... अप्रत्याशित है," पेत्रोवा ने आश्चर्य से अपनी हरी आँखें चौड़ी करते हुए धीरे से कहा। "मुझे नहीं पता था कि इस क्षेत्र में एक क्षुद्रग्रह क्षेत्र है।"

उसकी बात सुनकर मुझे ज़ेफायर में चढ़ने से पहले वाली सुबह आए उस परेशान करने वाले सपने की याद आ गई। क्या ये सिर्फ़ तीन दिन पहले की बात है? ऐसा लगा जैसे ज़िंदगी भर का सफ़र हो गया हो।

लेफ्टिनेंट रिल ने कहा, "शायद कैप्टन राइकर के निर्देशांक गलत थे। या शायद वह हमारे साथ बिल्ली और चूहे का खेल खेल रहे हैं।"

मेरी भौंहें घबराहट से सिकुड़ गईं, मैंने थोर्न की ओर रुख किया, मेरी आवाज़ में थोड़ी तत्परता थी। "कमांडर, क्रू को तैयार रखें। हमें नहीं पता कि हम यहाँ किससे निपट रहे हैं।"

मेरी आवाज़ में तनाव और तात्कालिकता को भांपते हुए थॉर्न ने सिर हिलाया, उनके चेहरे पर दृढ़ निश्चय का भाव था। उन्होंने पूछा, "लेफ्टिनेंट, क्या हुआ?" कुछ देर रुकने के बाद उन्होंने कहा, "क्या हुआ सर?"

"कुछ... शायद कुछ नहीं," मैंने स्कैनर से व्यू स्क्रीन पर नज़र डालते हुए कहा। "मुझे इस बारे में बुरा लग रहा है।"

अपना ध्यान वापस चेन की ओर मोड़ते हुए मैंने कहा, "स्कैन करते रहो," मेरी आवाज़ शांत लेकिन दृढ़ थी। "यहाँ ज़रूर कुछ है।" मानो मेरे आदेश के जवाब में, सेंसर पर एक हल्का सा सिग्नल टिमटिमाया। यह कमज़ोर था, रुक-रुक कर आ रहा था, लेकिन साफ़ तौर पर बनावटी था।

"सर, मुझे कुछ मिला है," चेन की आवाज़ ने मुझे वर्तमान में वापस ला दिया। "एक हल्का सा सिग्नल। मुझे लगता है कि यह कैप्टन राइकर का होगा।"

"इसे ठीक कर दो," मैंने आदेश दिया, मेरा दिल उत्सुकता से धड़क रहा था।

फिर से, मिनट बीतते गए, हर एक पल प्रत्याशा की अनंतता में बदल रहा था। पुल पर सन्नाटा घुटन भरा था, जो केवल संचार प्रणाली से कभी-कभार आने वाली खड़खड़ाहट से टूटता था, क्योंकि चेन कप्तान से संपर्क करने की बार-बार कोशिश कर रहा था।

अचानक, चेन की आवाज़ ने तनाव को चीर दिया। "कैप्टन, मुझे एक हल्की ऊर्जा की आहट सुनाई दे रही है। शून्य-दो-शून्य, दूरी दस हज़ार किलोमीटर। यह... छिपी हुई है।"

मेरा दिल उत्साह और आशंका के मिले-जुले भाव से धड़क रहा था। "इसे मुख्य स्क्रीन पर दिखाओ।"

होलोग्राफिक डिस्प्ले टिमटिमा गया, और एक धुंधली रूपरेखा उभरी, जो क्षुद्रग्रह बेल्ट की पृष्ठभूमि के सामने मुश्किल से दिखाई दे रही थी।

“मुझे सही रीडिंग लेने में दिक्कत हो रही है सर।” चेन ने कहा, “एक क्लोकिंग सिस्टम है जो हमारे सेंसर्स को विकृत कर रहा है।”

"कोशिश करते रहो," मैंने प्रोत्साहित किया। "हमें नवीनतम तकनीक से लैस होना चाहिए। देखते हैं यह कितनी अच्छी तरह काम करती है!"

कुछ ही पलों में स्क्रीन पर एक चिकने और कोणीय जहाज़ की झिलमिलाती रूपरेखा उभर आई, जिसका डिज़ाइन मैंने पहले कभी नहीं देखा था। अपनी आवाज़ मुश्किल से सुनाई देते हुए, मैंने आदेश दिया। "बड़ा करो।"

तस्वीर को ज़ूम करके देखने पर जहाज़ के जटिल विवरण सामने आ रहे थे। यह एक अज्ञात मूल का जहाज़ था, जिसका पतवार अजीबोगरीब प्रतीकों और चिह्नों से सजा हुआ था। इसकी ऊर्जा का संकेत एक भयानक अनियमित धड़कन के साथ धड़क रहा था।

मेरी रीढ़ में एक सिहरन दौड़ गई, एक आदिम सहज वृत्ति जो मुझे सावधानी से आगे बढ़ने के लिए कह रही थी। यह निश्चित रूप से वह जहाज नहीं था जिसकी मुझे उम्मीद थी।

"कैप्टन," लेफ्टिनेंट चेन की आवाज़ तनाव से भरी हुई थी, "मैं एक और संकेत पकड़ रहा हूँ। यह क्षुद्रग्रह क्षेत्र से आ रहा है।"

मेरा दिल तेज़ी से धड़कने लगा। "सिग्नल पर ध्यान दो। मुझे एक दृश्य दिखाओ।"

होलोग्राफिक डिस्प्ले टिमटिमा रहा था; एलियन जहाज की छवि की जगह क्षुद्रग्रह क्षेत्र की छवि आ गई। ज़ूम करके देखने पर, चट्टानी मलबे के बीच एक छोटी, धातु की वस्तु दिखाई दे रही थी। यह आकार में लगभग बेलनाकार थी, जिसकी सतह पर गड्ढे और झुलसने के निशान थे।

"बढ़ाओ," मैंने आदेश दिया।

छवि और भी स्पष्ट हो गई, और इंद्रा नौसेना बेड़े के प्रतीक चिन्ह से सजी एक हैच दिखाई दी। मेरी रीढ़ में सिहरन दौड़ गई। यह कोई साधारण वस्तु नहीं थी। यह एक अद्भुत, अचंभित कर देने वाला क्षण था।यह एक एस्केप पॉड है, और इस पर उस आखिरी ज्ञात जहाज के निशान हैं जिस पर कैप्टन राइकर गए थे। तो, राइकर आखिर कहाँ है?

अध्याय 22

एलियंस के बीच

जैसे ही स्थिति की वास्तविकता का एहसास हुआ, पुल पर भय का एक सिहरन छा गई। जब होलोग्राफिक डिस्प्ले पर एस्केप पॉड की तस्वीर उभरी, तो स्थिति की भयावह वास्तविकता ने मुझे और पुल पर मौजूद बाकी कर्मचारियों को एकदम स्पष्ट रूप से झकझोर दिया। कुछ बहुत बुरी तरह से गड़बड़ हो गई थी। कैप्टन राइकर के जहाज के निशानों वाला वह जर्जर पॉड, एक हताशाजनक पलायन का मूक प्रमाण था। पॉड का जर्जर बाहरी हिस्सा, झुलसे हुए निशान और प्रभाव के गड्ढे, भारी बाधाओं के बावजूद जीवित रहने के संघर्ष की गवाही दे रहे थे।

"जीवन के संकेत?" मैंने पूछा, मेरी आवाज़ मेरे कानों को भी भारी लग रही थी।

लेफ्टिनेंट चेन ने कंसोल पर उंगलियाँ फिराते हुए सिर हिलाया, "नेगेटिव, कैप्टन। कोई जीवन-चिह्न नहीं मिला।"

पुल पर एक गहरा सन्नाटा छा गया, जिसे केवल जहाज़ के सिस्टम की लयबद्ध गूँज ने ही तोड़ा। चालक दल के सदस्यों ने चिंतित नज़रों का आदान-प्रदान किया, उनके चेहरे चिंता और बढ़ती बेचैनी से भरे हुए थे।

"क्या हुआ होगा?" लेफ्टिनेंट रिल बुदबुदाया; उसकी आवाज़ चिंता से भरी हुई थी। "और वहाँ कौन या क्या है?" उसने दूर मंडराते हुए एलियन जहाज की ओर इशारा किया।

"यह एक अच्छा सवाल है रिल," मैंने थोर्न की ओर मुड़ते हुए कहा। "कमांडर थोर्न," मेरी आवाज़ तनाव से भर गई, "तुरंत एक खोज और बचाव दल को पॉड पर भेजिए। हमें उस पॉड को सुरक्षित करना होगा और स्थिति का आकलन करना होगा। मैं पूरे नुकसान का आकलन और लाइफ साइन स्कैन चाहता हूँ।"

थॉर्न ने सिर हिलाया; उसका चेहरा गंभीर था। "ठीक है, कैप्टन। मैं तुरंत एक टीम इकट्ठा करता हूँ।" लिफ्ट के दरवाज़े की ओर मुड़ते हुए उसने कुछ आदमियों की ओर इशारा किया जो कुछ ही देर पहले पुल पर पहुँचे थे। "माइल्स, कार्डोवा, तुम दोनों मेरे साथ!"

"जी, सर!" दोनों आदमी जवाब देते हुए थोर्न के पीछे आ गए और लिफ्ट तक उसके पीछे चले गए।

जैसे ही थॉर्न बोर्डिंग पार्टी की व्यवस्था करने के लिए पुल से बाहर निकला, मेरा ध्यान फिर से उस रहस्यमयी जहाज पर गया। यह मेरे द्वारा पहले कभी देखे गए किसी भी जहाज से अलग था, इसका जैविक-जैविक डिज़ाइन; फेडरेशन के जहाजों की चिकनी, धातुई रेखाओं के बिल्कुल विपरीत। यह एक अजीब ऊर्जा से स्पंदित था, इसकी सतह एक इंद्रधनुषी चमक से झिलमिला रही थी जो भौतिकी के नियमों को चुनौती देती प्रतीत हो रही थी।

"एन्साइन पेत्रोवा," मैंने कहा, "आप मुझे उस जहाज के बारे में क्या बता सकती हैं?"

पेत्रोवा ने जहाज की होलोग्राफिक छवि का अध्ययन किया, उसकी भौंहें एकाग्रता में सिकुड़ी हुई थीं। उसने अपना सिर हिलाया, फिर अपने कंसोल की ओर मुड़ी और एक कमांड टैप किया। एक क्षण बाद उसने उत्तर दिया, "यह हमारे किसी भी डेटाबेस में नहीं है, कैप्टन। इसका डिज़ाइन बिल्कुल अलग है, इसकी तकनीक ऐसी है जो हमने पहले कभी नहीं देखी। और यह एक असामान्य ऊर्जा संकेत उत्सर्जित कर रहा है, जिसे मैं पहचान नहीं पा रही हूँ।"

उसकी बात सुनकर मेरी गर्दन के पीछे के बाल खड़े हो गए। एक आदिम सहज बोध मुझे खतरे की चेतावनी दे रहा था। "मुझे यह पसंद नहीं," मैंने बुदबुदाया। "कुछ तो ठीक नहीं है।"

मैं जहाज़ के मुख्य इंजीनियर की ओर मुड़ा। "रिल," मेरी आवाज़ में तेज़ी थी। "लेफ्टिनेंट, मैं चाहता हूँ कि आप देखें कि इंजन पूरी क्षमता पर हैं। हमें तुरंत रवाना होने के लिए तैयार रहना होगा।"

रिल ने सिर हिलाया; उसका चेहरा गंभीर था। "आप समझ गए, कैप्टन।"

जैसे-जैसे चालक दल पूरी लगन से काम कर रहा था, मेरा मन दौड़ रहा था। एलियन जहाज़ दृश्य-पटल पर अशुभ रूप से मंडरा रहा था, उसकी उपस्थिति हमें उन अनजान ख़तरों की लगातार याद दिला रही थी जिनका हम सामना कर रहे थे। पुल पर माहौल तनाव से भरा हुआ था, चालक दल का हर सदस्य संभावित ख़तरे से पूरी तरह वाकिफ़ था।

"कैप्टन, बचाव दल तैनात होने के लिए तैयार है," थोर्न की आवाज संचार माध्यम से गूंजी।

"कमांडर, उन्हें सावधानी से आगे बढ़ने को कहिए," मैंने जवाब दिया। "मुझे उनकी प्रगति के बारे में बताते रहिए।"

मास्टर चीफ कार्डोवा के नेतृत्व में बचाव दल के क्षतिग्रस्त एस्केप पॉड की ओर बढ़ने पर ब्रिज क्रू ने गौर से देखा। यह वीरान विस्तार में भयावह रूप से तैर रहा था, जो निस्संदेह कैप्टन राइकर के जहाज पर आए खतरे की याद दिला रहा था। जैसे ही शटल पॉड के पास पहुँचा, ज़ेफायर पर एक अशुभ सा साया छा गया। शटल सावधानी से एस्केप पॉड के पास पहुँचा। जैसे ही टीम के पाँच सदस्य पॉड के पास पहुँचे, मेरी हर नस और इंद्रियाँ सतर्क हो गईं।

"अब पॉड के पास पहुँच रहे हैं," कार्डोवा की आवाज़ सुनाई दी। "शुरुआती स्कैन में काफ़ी नुकसान दिख रहा है। डॉकिंग की प्रक्रिया शुरू हो रही है।"

आगे की ख़बरों का इंतज़ार करते हुए मेरा मन संभावित परिदृश्यों पर विचार कर रहा था। पल बीतते जा रहे थे, हर पल उस शून्य में छिपे अनजान ख़तरों की याद दिला रहा था।

"डॉकिंग पूरी हो गई," कार्डोवा ने कहा। "हम पॉड में प्रवेश कर रहे हैं।"

पुल पर सन्नाटा था, सबकी निगाहें बचाव दल के हेलमेट से आने वाली फ़ीड दिखाने वाले व्यूस्क्रीन पर टिकी थीं। पॉड के अंदर का माहौल अस्त-व्यस्त था—छत से तार लटक रहे थे, पैनल फटे हुए थे, और हर सतह पर झुलसने के निशान थे।

"कार्डोवा, क्या तुम मुझे सुन सकती हो?" मेरी आवाज ने सन्नाटा तोड़ा।

"हाँ, कैप्टन," कार्डोवा ने जवाब दिया। "ज़िंदगी का कोई नामोनिशान नहीं। यहाँ तो पूरी तरह गड़बड़ है।"

"क्या हुआ इसका कोई संकेत?" मैंने पूछा, मेरे विचार पागलपन भरी असीमित संभावनाओं के साथ दौड़ते रहे।

"अभी नहीं, सर," कार्डोवा ने कहा। "हम आँकड़े इकट्ठा कर रहे हैं। नुकसान किसी तरह के हमले का संकेत देता है, लेकिन यह स्पष्ट नहीं है कि इसके लिए कौन या क्या ज़िम्मेदार था।"

जैसे-जैसे बचाव दल अपनी जाँच जारी रखे हुए था, मेरी नज़र फिर से उस एलियन जहाज पर पड़ी। वह भयानक जहाज स्थिर खड़ा था, उसकी उपस्थिति बेचैन कर रही थी। मुझ पर एक अशुभ सा साया छा गया, एक कचोटने वाली अनुभूति हुई कि कोई उन पर नज़र रख रहा है। पीछा किया जा रहा है।

"ज़ेफिर, मैं चीफ़ कॉर्डोवा बोल रहा हूँ। हमें कुछ मिला है। यह एक डेटा चिप जैसा लग रहा है। इसमें यहाँ क्या हुआ, इसकी जानकारी हो सकती है। अगर ठीक हो, तो हम एक टो लाइन जोड़ेंगे और पॉड को अपने साथ वापस ले जाएँगे।"

"पुष्टि हो गई।" मेरी तरफ़ से संक्षिप्त उत्तर आया। "शाबाश, चीफ़," मैंने कहा। "इसे ज़ेफ़ायर में वापस ले आओ। हमें जल्द से जल्द इसका विश्लेषण करना होगा।"

"समझ गया सर।" बचाव दल को पॉड में रस्सी बाँधने में बस कुछ ही मिनट लगे और वे ज़ेफायर की ओर वापसी की यात्रा पर निकल पड़े। रस्सी उनके पीछे तनी हुई थी। हालाँकि, पॉड खाली होने के कारण किसी भी तरह की उपलब्धि का एहसास फीका पड़ गया था।

तो कैप्टन राइकर कहां है?

बढ़ती हुई तात्कालिकता के साथ, ज़ेफायर के चालक दल ने बचाव दल को पॉड के साथ जहाज़ की ओर वापस लौटते देखा। मैंने अपना ध्यान फिर से एलियन जहाज़ की ओर लगाया। कोई बदलाव नहीं हुआ था। कोई हलचल नहीं। कोई गतिविधि का संकेत नहीं। एलियन जहाज़ के चलने से पहले ही, मुझे कुछ गड़बड़ का आभास हो गया। मेरे रोंगटे खड़े हो गए और मेरी बाँहों के बाल खड़े हो गए, क्योंकि मेरी

जीवित रहने की प्रवृत्ति ने मुझे बता दिया था कि हम खतरे में हैं!आगे खतरा है! आगे खतरा है! ये चेतावनी मेरे दिमाग में एक विषैले मंत्र की तरह गूंज रही है।

"लेफ्टिनेंट," पेत्रोवा की आवाज़ ने उसके विचारों को काट दिया, "मैं एलियन जहाज से आने वाले ऊर्जा संकेत में एक सूक्ष्म परिवर्तन का पता लगा रही हूँ।"

"आवर्धक, छवि को मुख्य स्क्रीन पर वापस रखो।" मैंने आदेश दिया।

“सर, वे आगे बढ़ रहे हैं!” पेत्रोवा लगभग चिल्लाई।

शटल पर अचानक एक कंपन ने छोटे यान को हिला दिया, जिससे उनकी सहज उड़ान में एक ज़ोरदार रुकावट आ गई। पतवार संभाल रहे कैप्टन माइल्स ने सहज ही सेंसरों की जाँच की। रीडिंग चिंताजनक थीं। वह एलियन जहाज, जो कभी एक सुप्त विशालकाय जहाज़ था, अब गति में था।वह शटल की ओर धीरे-धीरे बढ़ने लगा था, उसकी शुरुआती सुस्ती एक अशुभ गति में बदल गई। शटल फिर से लड़खड़ाया! यह क्या था!

खुली संचार लाइन के माध्यम से हम चालक दल को काम करते हुए देख और सुन सकते थे।

"कार्डोवा!" माइल्स चिल्लाया, उसकी आवाज़ में तत्परता थी, "रिपोर्ट करो!"

सामरिक प्रदर्शनों पर नज़र रख रहे कॉर्डोवा ने तुरंत स्थिति का आकलन किया। "एलियन जहाज़ हमारी ओर बढ़ रहा है, कैप्टन। उनकी गति बढ़ रही है।"

पुल पर अपनी सुविधाजनक जगह से, मैं शटल पर सवार पाँचों आदमियों की सिकुड़ी हुई भौंहों में तनाव देख सकता था। मुझे लगा कि मेरे चालक दल पर एक ठंडा सपना छा रहा है। वे बिल्ली और चूहे के खतरनाक खेल में फँस चुके थे, उनका पीछा करने वाला एक विशाल जहाज था जिसकी क्षमताएँ अज्ञात थीं। मैं स्क्रीन पर देख सकता था कि कॉर्डोवा अपने नियंत्रणों को घूर रहा था, उसका दिमाग मेरी तरह ओवरटाइम कर रहा था, विकल्प ढूँढ़ने की कोशिश कर रहा था। वे उस

एलियन जहाज से आगे निकलने की कोशिश कर सकते थे, लेकिन हालात उनके खिलाफ थे।ज़ेफायर बहुत दूर है और... शटल फिर से बंद हो गई और फिर धीमी होने लगी। धिक्कार है! क्या वो ट्रैक्टर बीम थी?

"टो लाइन को छोड़ने के लिए तैयार करो," कॉर्डोवा ने गंभीर स्वर में आदेश दिया। "हमें पॉड को काटना होगा।"

ज़ेफायर पर, चालक दल के सदस्यों ने एक-दूसरे को उदास नज़रों से देखा। अगर शटल को जहाज़ पर वापस पहुँचने का कोई रास्ता चाहिए था, तो एस्केप पॉड, जो जानकारी का एक संभावित ख़ज़ाना था, और राइकर के साथ क्या हुआ, इसका एक सुराग, जारी करना ज़रूरी था। उनका और संभवतः ज़ेफायर पर सवार सभी लोगों का जीवन, इसी पर निर्भर था।

“क्या आपके पास अभी भी डेटा चिप है?” कॉर्डोवा ने पूछा।

"हाँ, मैं जानता हूँ!" माइल्स ने उत्तर दिया और रस्सी तोड़ने के लिए आगे बढ़ा।

"इसे मुझे दे दो!" कॉर्डोवा ने अपना हाथ बढ़ाते हुए कहा। जैसे ही माइल्स ने उसे उसकी ओर उछाला, कॉर्डोवा ने उसे एक पोर्ट में लगाया और ट्रांसमिट बटन दबा दिया।

एक क्षण बाद एक छोटा सा विस्फोट हुआ और पॉड आज़ाद हो गया। शटल तेज़ी से आगे बढ़ता गया और उसके इंजन अचानक आई शक्ति के कारण शोर मचाते हुए दूर जाने लगे।

एलियन जहाज, अपने शिकार को फिसलते हुए देख रहा था, उसने तेज़ी से जवाब दिया। उसने दूरी कम कर दी, उसका विशाल आकार और भी करीब आ गया। बचाव दल की आँखें घबराहट से चौड़ी हो गईं, उनके दिल की धड़कनें उनके सूट के सामने तेज़ हो गईं, और वे अपरिहार्य टकराव के लिए तैयार हो गए।

भय और अविश्वास की लहर ने पुल को पूरी तरह से सन्नाटे में डुबो दिया। जैसे ही यह नाटक हमारी आँखों के सामने सामने आया, हम सब एक साथ दंग रह गए। तारों की पृष्ठभूमि में एक विशालकाय आकृति वाला एलियन जहाज, शटल और एस्केप पॉड का पीछा करने लगा था।

"क्या..." किसी ने बुदबुदाया, लेकिन इससे पहले कि कोई जवाब दे पाता, कैप्टन माइल्स की उन्मत्त आवाज़ संचार माध्यमों पर गूँजी। "हम पर हमला हो रहा है! दोहराता हूँ, हमला होने वाला है!" उसके शब्दों के बीच अलार्म और दबे हुए धमाकों की आवाज़ें गूंज उठीं, और फिर लाइन में स्थिरता छा गई।

अचानक एक चमकदार सफ़ेद रोशनी ने पूरे दृश्य को अपनी चपेट में ले लिया। यह एक तेज़, झुलसाने वाली चमक थी जिसने पुल पर मौजूद सभी लोगों को कुछ पल के लिए अंधा कर दिया। उस झुलसाने वाली रोशनी के जवाब में होलोग्राफ़िक डिस्प्ले ने सबसे ज़्यादा धुंधलेपन को अपने आप ही फ़िल्टर करने की कोशिश की। जैसे-जैसे हमारी नज़र धीरे-धीरे वापस लौटी, हमें एक खालीपन का सामना करना पड़ा। शटल, पॉड, और यहाँ तक कि एलियन जहाज भी मानो गायब हो गया हो, और उस विनाशकारी रोशनी की बस एक धुंधली छवि ही बची रह गई हो। वे सब गायब हो गए थे!

"अभी क्या हुआ?" मैंने पूछा; मेरी तीखी और ज़रूरी आवाज़ सन्नाटे को चीरती हुई आई। "क्या वे बस... गायब हो गए? फुफकार? चले गए?"

कुछ पल के लिए पुल पर एक स्तब्ध सन्नाटा छा गया, जिसे केवल अलार्म की उन्मत्त बीप और अविश्वास की धीमी फुसफुसाहटों ने तोड़ा। मेरी तीखी और आदेशात्मक आवाज़ ने इस जादू को तोड़ दिया।

यह भयावह एहसास कि एलियन जहाज़ न सिर्फ़ शटल का पीछा कर रहा था, बल्कि शटल पर हमला करने में भी सक्रिय था, मेरे शरीर में एड्रेनालाईन का एक ज़ोरदार झटका सा दौड़ गया। मानो किसी सम्मोहन से बाहर आकर मैंने गरजना शुरू कर दिया, हर शब्द तीखा और निर्णायक था। मैंने आदेशों की झड़ी लगा दी। "ढालों की शक्ति! अभी!" मेरी आवाज़ तीखी, अधिकारपूर्ण थी, जो घबराहट को चीर रही थी। "उन पर 100 प्रतिशत हमला करो। हमें अधिकतम सुरक्षा चाहिए।"

चेन की ओर मुड़ते हुए, "पूरे जहाज़ में संचार!" उसके सिर हिलाने पर, मैंने आगे कहा, "सभी लोग डेक पर तैनात हों। युद्ध केंद्रों पर रिपोर्ट करें! यह कोई अभ्यास नहीं है। मैं दोहराता हूँ कि यह कोई अभ्यास नहीं है!" मेरी आँखों की पुतलियाँ अज्ञात के उचित भय से फैल

गईं, जो स्क्रीनों की श्रृंखला पर छा गईं, और एलियन जहाज़ की गतिविधियों पर नज़र रख रही थीं।

चीफ़ पेटी ऑफ़िसर रोबर्टा डोक्सन की ओर मुड़ते हुए, मैंने दूसरा आदेश दिया, मेरे लहजे में कोई तर्क नहीं था। "चीफ़ डोक्सन, सुनिश्चित करें कि सभी राजनयिक कर्मचारियों को उनके क्वार्टर तक पहुँचाया जाए। अगर कोई विरोध करे, तो ज़रूरी बल का इस्तेमाल करें।"

डोक्सन ने ज़ोरदार सलामी दी। "हाँ, कैप्टन," उसने जवाब दिया, उसकी आवाज़ उसकी आवाज़ की ही मज़बूत प्रतिध्वनि थी। वह अपनी एड़ी घुमाकर, उद्देश्यपूर्ण कदमों से लिफ्ट और तीसरे तल की ओर बढ़ी जहाँ राजनयिक क्वार्टर थे।

जहाज़ घबराहट से गूंज उठा जब चालक दल के सदस्य अपने-अपने ठिकानों की ओर दौड़ पड़े, उनके चेहरों पर डर और दृढ़ संकल्प का मिला-जुला भाव साफ़ दिखाई दे रहा था। यह दुश्मनी एक भयावह दृश्य था, लेकिन हम इस तरह के हमले के लिए प्रशिक्षित थे।जो भी हमारे सामने आएगा हम उसका मिलकर सामना करेंगे।

जैसे ही एलियन जहाज़ हिला, जहाज़ पर तनाव की चिंगारी हवा में फैल गई। मेरी तीखी और आदेशात्मक आवाज़ ने बेचैनी को चीर दिया: "सभी कर्मचारी युद्धक चौकियों पर पहुँच जाएँ!"

पूरे पुल पर “हां कैप्टन” की कई प्रतिक्रियाएं गूंज उठीं।

तकनीशियन मेरे आदेशों का पालन करने के लिए दौड़ पड़े। मेरे मन में जो भी आत्म-संदेह था, वह सब गायब हो गया। जैसे ही ढालें चमक उठीं और ज़ेफायर के चारों ओर एक सुरक्षा कवच बन गया, जहाज ऊर्जा से भर गया। मेरी नज़रें उस खाली जगह पर टिक गईं जहाँ कभी शटल हुआ करती थी। मैंने एक कोशिश करके अपनी नज़रें उस खाली जगह से हटाईं और चेन की ओर मुड़ा। मेरी नज़रें जानकारी माँग रही थीं। "एलियन जहाज को बुलाने की कोशिश करो," मैंने आग्रह किया। "देखो, क्या हम संपर्क स्थापित कर सकते हैं। हमें जानना है कि वे क्या चाहते हैं।"

नियंत्रण पर काम कर रहे चेन के हाथों ने कई ध्वनियाँ भेजीं, जिनके संकेत अंतरिक्ष की विशालता में गूँज रहे थे। लेकिन कोई प्रतिक्रिया नहीं हुई। एलियन जहाज खामोश रहा...क्या वो अब भी वहाँ

है? क्या वो एलियन जहाज बस गायब हो गया है, एक बार फिर खुद को छुपा रहा है? या वो कहीं अंधेरे में दुबका हुआ है, फिर से हमला करने के लिए तैयार? हे भगवान, मुझे जवाब चाहिए!

मेरी बढ़ी हुई इंद्रियाँ बहुत ज़्यादा काम कर रही थीं। इस भयावह स्थिति को मैं ठीक से समझ नहीं पा रहा था।इसका कोई मतलब नहीं है!

अध्याय 23

जहाज युद्ध

मेरे माता-पिता और कुछ करीबी दोस्तों के अलावा बहुत कम लोग मेरी अनोखी क्षमताओं के बारे में जानते थे। लेकिन एक संकर, आधे इंसान, आधे बिल्ली के समान, होने की मेरी विरासत के कारण, मुझे दोनों दुनियाओं से प्रभावित कुछ असाधारण क्षमताएँ मिली थीं। मेरी बढ़ी हुई इंद्रियाँ अक्सर मुझे एक धार देती थीं, मेरे आसपास की दुनिया के बारे में एक सूक्ष्म, अलौकिक जागरूकता। कभी-कभी यह अंतर्ज्ञान जैसा लगता था, अदृश्य खतरों के प्रति मेरी समझ में आई तेज़ी। जैसे-जैसे हवा तनाव से घनी होती गई, मुझे अपने मन के किसी कोने में एक जानी-पहचानी झुनझुनी महसूस हुई—वह हल्का सा जुड़ाव, मानो मैं अपने आस-पास के लोगों के इरादों को उनके आकार लेने से पहले ही भाँप सकता था।

मास्टर चीफ डोक्सन अपने आदेश प्राप्त करने के बाद जिस दृढ़ता के साथ आगे बढ़ीं, वह उनके अनुभव को बयां कर रही थी। जैसे ही वह राजनयिक कक्ष की ओर बढ़ीं, उनके सुरक्षा अधिकारियों का दस्ता परछाईं की तरह उनके पीछे-पीछे आ गया—हर एक सामरिक उपकरणों से लैस और स्टन राइफलों से लैस। उनमें एनसाइन मॉर्गन भी थे, जो खुद को बेहद काबिल साबित कर रही थीं, और कॉर्पोरल जेवियर टोरेस, जिनकी वफादारी और बहादुरी की बार-बार सराहना की जा चुकी थी।

मैंने सुरक्षा कैमरों पर नज़र रखी, जब वह छोटा समूह लिफ्टों से डेक तीन की ओर बढ़ रहा था। डोक्सन ने जब युद्ध केंद्रों की बार-बार आवाज़ सुनी, तो वह रुक गई। उसने स्वीकृति में सिर हिलाया, क्योंकि उन्हें पता था कि उन्हें जल्दी करना होगा और अपने मेहमानों को सुरक्षित करना होगा, इससे पहले कि हालात बिगड़ें।

जब वे डेक तीन पर पहुँचे, तो डोक्सन की नज़र गलियारे में पड़ी जहाँ उसने देखा कि बड़ी संख्या में राजनयिक अपने क्वार्टरों के बाहर

जमा हो रहे हैं। वह उनके चेहरों पर आशंका और उत्सुकता का मिश्रण देख सकती थी। "देवियों और सज्जनों," उसने दृढ़ स्वर में कहा, लेकिन कठोर नहीं, "कृपया अपने क्वार्टरों में वापस लौट जाएँ। अपनी सुरक्षा के लिए, अगली सूचना तक यहीं रहें।"

विरोध की कुछ फुसफुसाहटें उठीं, लेकिन डोक्सन की अटूट निगाहों ने उन्हें खामोश कर दिया। वह अपना कर्तव्य जानती थी और उसे पूरा करेगी, भले ही इसके लिए उसे "ज़बरदस्ती समझाना" पड़े। उसका हाथ हल्के से कमर पर रखे हथियार पर टिका था, जो उसके मिशन, सुरक्षा, की एक मौन याद दिला रहा था। लेकिन हममें से कोई भी सुरक्षित क्षेत्र में नहीं था।

अपने दो सबसे अच्छे सुरक्षा अधिकारियों, मॉर्गन और टोरेस को अपने पीछे आने का इशारा करते हुए, डोक्सन ने राजनयिकों को अपने क्वार्टरों में वापस जाने का आग्रह किया। मेरे आदेश स्पष्ट थे। ध्यान रखना कि राजनयिक अपने क्वार्टरों में सुरक्षित रहें।

अलार्म बजते ही, संघर्ष की कठोर वास्तविकताओं से अनभिज्ञ कई राजनयिक घबराहट की कगार पर पहुँच गए। उनकी शुरुआती प्रतिक्रियाएँ अलग-अलग थीं। कूटनीति की नाज़ुक कला में पारंगत कुछ राजनयिकों ने इस अनुरक्षण को धैर्यपूर्वक स्वीकार कर लिया। कुछ अन्य, अचानक हुए घटनाक्रम से घबराकर, बहस करने लगे और विरोध करने लगे।

"यह तो बहुत अपमानजनक है!" गैया से आए एक प्रतिनिधि ने शोरगुल से ऊपर उठकर अपनी घमंडी और कृपालु आवाज़ में चिल्लाया। "हम आपके वरिष्ठों से बात करना चाहते हैं!"

डोक्सन अविचलित रही। "राजदूत," उसने शांत लेकिन दृढ़ स्वर में कहा, "आपको सुरक्षित रखना मेरा काम है। इसलिए, जब तक स्थिति स्थिर न हो जाए, अपने क्वार्टर में चले जाइए।"

हालाँकि, राजदूत ने विरोध जारी रखा। उसने विरोध में हाथ उठाए, उसकी आवाज़ तेज़ हो गई। डोक्सन को एहसास हुआ कि आगे कोई भी बातचीत बेकार होगी, इसलिए उसने अपनी टुकड़ी को इशारा किया। मॉर्गन और टोरेस आगे बढ़े; उनकी स्टन राइफलें उठीं। इस बल प्रदर्शन से चौंककर राजदूत चुप हो गए।

मॉर्गन ने धीरे से लेकिन दृढ़ता से राजदूत की बांह पर हाथ रखा और उसे राजनयिक कक्ष की ओर ले गए। यह दृश्य देखकर बाकी राजनयिकों ने बिना कोई और विरोध किए, तुरंत सहमति जताते हुए अपने सहयोगी के पीछे चल दिए।

डोक्सन, स्थिति नियंत्रण में होने से संतुष्ट होकर, अपनी टुकड़ी की ओर मुड़ी। "चलो चलें," उसने आदेश दिया, अलार्म की तेज़ आवाज़ में उसके शब्द सुनाई नहीं दे रहे थे। "हमें एक जहाज़ की रक्षा करनी है।"

वे गलियारे से नीचे की ओर बढ़े, यह सुनिश्चित करते हुए कि राजनयिक अपने क्वार्टरों में सुरक्षित पहुँच गए हैं। हवा में बेचैनी असहनीय थी। डोक्सन अपने कंधों पर ज़िम्मेदारी का भार महसूस कर सकती थी, लेकिन वह जानती थी कि उसे अपनी टीम की खातिर शांत रहना होगा।

"एन्साइन मॉर्गन, कॉर्पोरल टॉरेस मेरे साथ आइए," डोक्सन ने स्थिर स्वर में आदेश दिया। बाकी टीम की ओर मुड़ते हुए, "जब तक मैं या लेफ्टिनेंट कार आदेश न दें, तब तक सभी अपने कमरों में रहें। ध्यान रखें कि कोई भी बाहर जाने की कोशिश न करे। क्या यह स्पष्ट है?"

मॉर्गन और टोरेस डोक्सन के पीछे आ गए। राजनयिक क्वार्टर अब सुरक्षित हो चुके थे, इसलिए पुल पर लौटने का समय आ गया था। अगले कुछ मिनटों में जो कुछ हुआ, वह बहुत महत्वपूर्ण था।

जैसे-जैसे तीनों जहाज़ से गुज़र रहे थे, अलार्म बजते रहे और लाल आपातकालीन लाइटें गलियारों में एक अजीब सी चमक बिखेर रही थीं। डॉक्सन मॉर्गन और टॉरेस की आँखों में दृढ़ संकल्प देख सकता था। वे आगे आने वाली किसी भी चुनौती का सामना करने के लिए तैयार थे।

ऊपर देखकर मैंने डोक्सन, मॉर्गन और टॉरेस को लिफ्ट से उतरकर पुल पर आते देखा। "शाबाश, मास्टर चीफ़," मैंने आँखें गड़ाए जवाब दिया। "हमें हर चीज़ के लिए सतर्क रहना होगा।" मैंने व्यू स्क्रीन पर देखा जहाँ शटल होना चाहिए था, लेकिन कुछ भी दिखाई नहीं दिया, यहाँ तक कि मलबे का एक टुकड़ा भी नहीं। "जहाज ने पहले ही साबित कर दिया है कि उनके इरादे दुश्मनी भरे हैं।"

डोक्सन ने सिर हिलाया, "समझ गया, सर। मेरी टीम तैयार है।"

“अच्छा।” मैंने कहा, “लेकिन, डेक तीन पर आपकी ज़रूरत यहाँ से ज़्यादा पड़ेगी।”

"सर? कोई अपमान नहीं, लेकिन हमारा घर," डोक्सन ने अपना सिर एक तरफ़ झटककर मॉर्गन और टोरेस की ओर इशारा किया, "यहाँ आपके साथ है।"

मैं उसकी उलझन और नाखुशी को समझ सकता था। लेकिन बिना कुछ कहे, वह मॉर्गन और टॉरेस को अपने पीछे-पीछे लेकर जाने लगी।

उनके जाने के बाद चालक दल ने अपनी तैयारियाँ जारी रखीं। हो सके तो, पुल पर माहौल और भी तनावपूर्ण हो गया था। हर कोई बेचैन था। अंतरिक्ष का खालीपन उस भयावह घटना की याद दिला रहा था जो अभी-अभी घटी थी। हर सेंसर लापता शटल, पॉड और एलियन जहाज के किसी भी संकेत की तलाश में था।

"जहाज के बारे में कोई अपडेट है, लेफ्टिनेंट पेत्रोवा?" मैंने पूछा, मेरी आवाज ने सन्नाटा तोड़ा।

पेट्रोवा ने, कंसोल से नज़रें हटाए बिना, सिर हिलाया। "अभी भी देखने लायक कुछ नहीं है, सर। लेकिन मुझे वही अजीब ऊर्जा रीडिंग महसूस होने लगी है।"

"क्या आप बता सकते हैं कि ये रीडिंग कहाँ से आ रही हैं?" मैंने आशा भरी निगाहों से पूछा, लेकिन पेट्रोवा के जवाब देने से पहले ही मुझे इसका जवाब पता था।मैं किससे मजाक कर रहा हूं? इस मिशन पर जिस तरह से काम चल रहा है, कुछ भी इतना आसान नहीं होने वाला है।

“नहीं सर,”

मेरी आँखें सिकुड़ गईं, "निगरानी करते रहो। हमें जो भी हो, उसके लिए तैयार रहना होगा।" रुकते हुए, मेरी अति संवेदनशील श्रवण शक्ति के कारण, अलार्म की लगातार तेज़ आवाज़ से मेरा सिर धड़कने लगा। "और ये लानत वाले अलार्म बंद कर दो!"

मिनट बीतते गए, हर एक पल अनंत काल जैसा लग रहा था। मुझे पेत्रोवा के अंदर नए आदेशों की प्रतीक्षा करते हुए उत्सुकता बढ़ती हुई महसूस हुई। उसने अपने करियर में अनगिनत खतरों का सामना

किया था, लेकिन अनजानापन हमेशा एक अनोखी बेचैनी लेकर आता था।

"एक बार और उन्हें पुकारने की कोशिश करो," मैंने कहा। "एक बार और," मैंने स्पष्टता की उम्मीद में दोहराया।

अध्याय 24

संपर्क करना!

सन्नाटे में भी, मैं ज़ेफायर की सूक्ष्म ध्वनियों को गहराई से महसूस कर रहा था। ढालों में बिजली आने पर वे ज़ोर से गुनगुना रहे थे। प्लाज़्मा इंजन गर्जना कर रहे थे। और, हमारे पास हाइपरड्राइव था, जो विकट परिस्थितियों में आखिरी उपाय था, और पूरी तरह तैयार था। फिर, पुल पर सन्नाटा छा गया, जिसे केवल संचार प्रणाली की हल्की सी स्थैतिक ध्वनि ने तोड़ा, क्योंकि मैं अपनी साँस रोके हुए उस विदेशी जहाज के जवाब का इंतज़ार कर रहा था।

मैंने आदेश दिए। चिंता और घबराहट का मिश्रण जो मुझे महसूस हो रहा था, वह दृढ़ संकल्प के मुखौटे में छिपा हुआ था। मेरी आवाज़ स्थिर थी, पुल पार करते हुए मेरे डर का ज़रा भी एहसास नहीं हो रहा था। "एनसाइन गाइडेसन, लेज़रों को तैयार करो और रक्षात्मक युद्धाभ्यास के लिए तैयार हो जाओ। हम अचानक पकड़े जाने का जोखिम नहीं उठा सकते।"

केंट गाइडेसन ने तेज़ी से सिर हिलाकर आदेश स्वीकार किया। उनके हाथ नियंत्रणों पर थिरक रहे थे, जहाज़ की हथियार प्रणालियाँ सक्रिय हो रही थीं और उन्हें कार्रवाई के लिए तैयार कर रही थीं। जहाज़ के लेज़र किसी भी ख़तरे का जवाब देने के लिए तैयार होकर, शक्ति प्राप्त करते हुए गुनगुना रहे थे।

एक मिनट बीतता गया, फिर दूसरा, हर पल अनंत काल जैसा लग रहा था। लेकिन संचार व्यवस्था खामोश रही, सिर्फ़ स्थिरता की फुफकार से भरी रही। एलियन जहाज कहीं नज़र नहीं आ रहा था। पुल पर अनिश्चितता छाई हुई थी।

"क्या यह विस्फोट में नष्ट हो गया?" किसी ने फुसफुसाते हुए पूछा, उनकी आवाज मुश्किल से सुनाई दे रही थी।

"असंभव," मैंने दृढ़ता से कहा। मेरे मन में संभावनाओं के विचार उमड़ पड़े, फिर मैंने सिर हिला दिया।समझदार बनना.नियंत्रण में रहें."नहीं, अगर ऐसा होता तो मलबा ज़्यादा होता। विस्फोट इतना बड़ा नहीं था।" मैं रुका और जो कुछ हुआ था उसका कोई कारण समझने की कोशिश करने लगा। इतने बड़े आकार का जहाज़ बिना किसी निशान के यूँ ही गायब नहीं हो सकता था।

मैं चेन की ओर मुड़ा, मेरी आवाज़ फिर से अपनी पकड़ में आ गई। "चेन, वे ज़रूर वहाँ होंगे। जहाज़ को फिर से बुलाने की कोशिश करो। इस बार, एक संदेश भेजो।"

चेन ने सिर हिलाया, उसकी उंगलियाँ तेज़ी से कंट्रोल्स पर घूम रही थीं। मैं माइक्रोफ़ोन की तरफ़ झुक गया, मेरी आवाज़ ब्रिज से गूँज रही थी।

"मैं फेडरेशन स्टारशिप ज़ेफायर का लेफ्टिनेंट अलास्टार कार बोल रहा हूँ। हम आपसे तुरंत संपर्क करने की माँग करते हैं। अपना परिचय दें। अपने इरादे बताएँ।"

सन्देश शून्य में गूँज उठा, और उसका जवाब सिर्फ़ सन्नाटा ही था, और स्थिरता ही एकमात्र उत्तर थी। मैंने गहरी निराशा भरी साँस ली, मेरा धैर्य जवाब दे रहा था। मैं जहाज़ के नाविक की ओर मुड़ा। "इस इलाके का एक और पूरा स्कैन करो। देखो कि शटल या पॉड का कुछ बचा तो नहीं है। फिर, हमें यहाँ से निकालो।"

नाविक थॉमस्टन ने सिर हिलाया और काम शुरू कर दिया। जहाज के सेंसर, अंतरिक्ष की विशालता में पहुँचते हुए, खोज शुरू कर दी, और लापता चालक दल के किसी भी संकेत के लिए शून्य के हर इंच को छान मारा।

एक क्षण बाद, थॉमस्टन बोला, "सर, स्कैन पूरे हो गए हैं। कुछ भी नहीं। शटल, पॉड या उस जहाज़ का कोई निशान नहीं।"

आह भरते हुए, मैंने स्वीकृति और निराशा में सिर हिलाया, "हमें यहाँ से निकालो।"

“हाइपरड्राइव सर?” थॉमस्टन ने पूछा।

"नहीं, बस हमारे और...उनके बीच थोड़ी दूरी बना लो।" मैं रुक गया, क्योंकि फिलहाल वे वहाँ नहीं थे, कम से कम दिखाई तो नहीं दे रहे थे। "अभी के लिए इंजन पूरे हैं।"

ज़ेफायर के इंजन ज़ोर से चलने लगे और जहाज़ उस वीरान दृश्य को पीछे छोड़ते हुए, शून्य में शान से आगे बढ़ गया। मेरा मन उन भयावह घटनाओं से स्तब्ध था जो घटित हुई थीं। नष्ट हो चुके शटल और एलियन जहाज़ के सन्नाटे की छवि मेरे मन में घूम रही थी।

जैसे ही जहाज़ सुरक्षित दूरी पर पहुँचा, या यूँ कहें कि मुझे लगा, मैंने समझने की कोशिश की कि आखिर हुआ क्या था। एलियन जहाज़ की हरकतें दुश्मनी भरी थीं। हमला और शटल का गायब होना इसका सबूत था।

हमें हर चीज़ के लिए तैयार रहना चाहिए। मैंने खुद से कहा।मेरी नज़रें एलियन जहाज़ के किसी भी निशान के लिए व्यूस्क्रीन पर घूम रही थीं। मैं थॉर्न की ओर मुड़ा। "सुनिश्चित करें कि सभी विभाग हाई अलर्ट पर रहें।"

थोर्न ने दृढ़ता से सिर हिलाया, "हाँ, कैप्टन। मैं क्रू को सूचित कर दूँगा।"

पुल के चालक दल ने सटीकता से काम किया, उनकी गतिविधियाँ उनके प्रशिक्षण और दृढ़ संकल्प का प्रमाण थीं। प्रत्येक अधिकारी अपने काम पर केंद्रित था, हवा में तनाव निर्विवाद था। मुझे चालक दल में गर्व और चिंता का मिला-जुला भाव महसूस हुआ। वे कठिन परिस्थितियों में अपना सर्वश्रेष्ठ प्रदर्शन कर रहे थे, लेकिन स्थिति की अनिश्चितता हम सभी पर भारी पड़ रही थी।

जैसे-जैसे ज़ेफायर अपनी यात्रा जारी रखता गया, मेरा ध्यान राजनयिकों की ओर गया। हमें उनकी सुरक्षा का ज़िम्मा सौंपा गया था, खासकर अब जब एलियन जहाज का ख़तरा मंडरा रहा था। मैंने संचार चालू किया और मास्टर चीफ डोक्सन से संपर्क किया।

"डॉक्सन, राजनयिकों की स्थिति क्या है?" मैंने पूछा।

"सभी अपने क्वार्टर में सुरक्षित हैं, सर," डोक्सन ने स्थिर स्वर में उत्तर दिया। "वे थोड़े सहमे हुए हैं, लेकिन सुरक्षित हैं।"

"अच्छा। उन्हें सूचित और शांत रखें। हमें और अधिक घबराने की ज़रूरत नहीं है," मैंने कहा।

"समझ गया, महोदय," डोक्सन ने उसे आश्वासन दिया।

कॉल खत्म करते हुए, मैंने अपना ध्यान वापस पुल की ओर लगाया। क्रू एक लय में आ गया था, उनका ध्यान अडिग था। उनके समर्पण के लिए मेरे मन में कृतज्ञता की लहर दौड़ गई। वे एक मज़बूत टीम थे। पिछले कुछ दिनों में, मुझे इस क्रू पर भरोसा हो गया था। सिर्फ़ ज़ेफायर पर ही नहीं, बल्कि अपनी और उस प्रतिनिधि की जान पर भी।

"चेन, संचार में कोई सफलता मिली?" मैंने सफलता की आशा करते हुए पूछा।

चेन ने सिर हिलाया, "अभी कुछ नहीं, सर। ऐसा लग रहा है जैसे वे वहाँ हैं ही नहीं।"

मैं भौंचक्की रह गई, रहस्य गहराता जा रहा था। एलियन जहाज की खामोशी बेचैन कर देने वाली थी। मुझे जवाब चाहिए थे, लेकिन हालात कुछ नहीं दे रहे थे। मैं पेत्रोवा की ओर मुड़ी, जो एलियन जहाज से ऊर्जा रीडिंग के किसी भी संकेत पर नज़र रख रही थी।

"पेत्रोवा, उस अजीब ऊर्जा रीडिंग के बारे में क्या कहा था जिसके बारे में तुमने मुझे बताया था? क्या तुम उन्हें पहचान पाई हो?" मैंने कंट्रोल रूम में उसकी कुर्सी के पीछे खड़े होकर पूछा।

पेत्रोवा ने कंसोल से ऊपर देखा। "कोई बदलाव नहीं, सर। ऐसा लग रहा है जैसे... है ही नहीं। रिपोर्ट करने लायक कोई ख़ास रीडिंग नहीं है।"

मैंने आह भरी, निराशा मुझे कुतर रही थी। "निगरानी करते रहो।"

जैसे-जैसे ज़ेफायर गायब हुए शटल की जगह से दूर होता गया, मुझे एक तात्कालिकता का एहसास हुआ। एलियन जहाज एक ऐसा ख़तरा था जिसे हम नज़रअंदाज़ नहीं कर सकते थे, फिर भी यह एक रहस्य बना रहा। मुझे उनके इरादों और उनकी क्षमताओं को समझना था। इस जानकारी के बिना, हम नुकसान में थे, बिल्ली और चूहे के खतरनाक खेल में फँसे हुए थे - और हम ही चूहे थे।

"थॉमस्टन, हमारी वर्तमान स्थिति क्या है?" मैंने पूछा, मेरा ध्यान हमारे अगले कदम पर चला गया।

थॉमस्टन ने अपने कंसोल पर नज़र डाली। "हम शुरुआती संपर्क बिंदु से लगभग 5,00,000 किलोमीटर दूर हैं, सर। अगर वे चाहें तो अभी भी उनके हथियारों की पहुँच में हैं।"

मैंने सिर हिलाया, "यह दूरी बनाए रखो। लेकिन हमें सावधान रहना होगा।"

पुल पर माहौल तनावपूर्ण बना हुआ था, हर अधिकारी अपने काम में लगा हुआ था। जहाज के इंजनों की गूँज हमें ज़रूरत पड़ने पर हाइपरस्पेस में कूदने के लिए तैयार रहने की सुकून भरी याद दिला रही थी। एलियन जहाज की लगातार अनुपस्थिति एक अदृश्य साये की तरह हम पर मंडरा रही थी। जिसने सभी की नसों को बेचैन कर रखा था।

"कैप्टन," चेन की आवाज ने सन्नाटा तोड़ा, "मैं उठा रहा हूँ—

“क्या?” मैंने पूछा.

"अ—मुझे एक हल्का सा संदेश मिल रहा है। हालाँकि, यह एलियन जहाज से नहीं है, लेकिन पास ही है।"

मेरी आँखें सिकुड़ गईं, "क्या आप इसे पहचान सकते हैं?"

चेन ने तेज़ी से काम किया, उसकी उंगलियाँ कंट्रोल पर घूम रही थीं। "मुझे लगता है कि यह शटल से है। गायब होने से पहले वे डेटा का एक बड़ा हिस्सा भेजने में कामयाब रहे होंगे।"

मुझे आशा की एक किरण दिखाई दी। मैंने पूछा, "क्या तुम इसे बजा सकते हो?"

"यह काफ़ी गड़बड़ है। मैं इसे ठीक करने की कोशिश कर रही हूँ।" उसने जवाब दिया।

पुल के कर्मचारियों ने अपना काम जारी रखा, हर अधिकारी को दांव पर लगी चुनौतियों का एहसास था। मेरे दिमाग में संभावनाओं की बाढ़ आ गई, हर एक संभावना पिछली से ज़्यादा बेचैन करने वाली थी।

कुछ मिनट बाद चेन ने घोषणा की, "सर, मुझे लगता है कि मैंने इसे पा लिया है। डेटा स्ट्रीम पूरी तरह से स्थिर थी, लेकिन मैं संदेश सुनने के लिए पर्याप्त सफाई कर पाया।"

मुझे उत्सुकता का एहसास हुआ, "खेलो इसे।"

एक क्षण बाद कैप्टन राइकर की आवाज पुल पर गूंजी, उनका स्वर आग्रहपूर्ण और आदेशात्मक था।

"मैं कैप्टन राइकर हूँ। हमारा सामना एक अज्ञात जहाज से हुआ है। उन्होंने टार्वोस के ज्वेल को नष्ट कर दिया है, उन्होंने बिना उकसावे के हम पर गोलीबारी शुरू कर दी है। ढालें कमज़ोर पड़ रही हैं। हम बचने के लिए पॉड तैनात कर रहे हैं।"

लट्ठा अचानक टूट गया। राइकर के आखिरी शब्द, उनकी हताशा को दर्शाते हुए, उस हिंसा की साफ़ याद दिला रहे थे जो हुई थी।अनायास ही, पिछली रात का सपना मेरे मन में उमड़ पड़ा। मैं वहाँ था*!* मैंने ये होते देखा था*!* लेकिन कैसे*?*

मुझे ठंडा पसीना आ गया, और मेरा दिल मेरी पसलियों पर ज़ोरदार धड़कने लगा। कैप्टन राइकर का हताश संदेश मेरे दिमाग में गूंज रहा था। ढालें कमज़ोर पड़ रही थीं। एस्केप पॉड्स तैनात हो रहे थे।

और फिर, बिना बुलाए, वह सपना मेरे पास वापस आ गया।

मैं टार्वोस के रत्न में वापस आ गया था, उसके दमनकारी अँधेरे में अकेला। मेरी आवाज़, मज़बूत लेकिन बेचैनी से भरी, धातु के मकबरे के अंदर गूँज रही थी। जहाज़ की चरमराहट और कराहें मेरे अतिसंवेदनशील कानों के लिए फुसफुसाहटें थीं, और हर परछाईं ज़िंदा लग रही थी, अदृश्य आकृतियों से छटपटा रही थी जो हर बार मेरे मुड़ने पर गायब हो जाती थीं।

मुझे याद आया कि मैंने डेटा लॉग पाया था, उसकी टिमटिमाती स्क्रीन पर अराजकता साफ़ दिखाई दे रही थी—विसंगतियाँ, नाकाम सिस्टम, मदद के लिए बेताब चीखें। भावनाएँ कितनी ज़बरदस्त थीं, आतंक और निराशा का सैलाब। मैं सिर्फ़ उनके अंतिम क्षण नहीं देख रहा था, मैंउन्हें महसूस करनामानो उनके अंतिम क्षण मेरे अपने थे। मेरी

संकर इंद्रियों ने अनुभूति और अनुभव के बीच की रेखाएँ धुंधली कर दी थीं।

तभी कैप्टन राइकर का दृश्य आया: उसकी आँखें भयावह थीं, उसकी आवाज़ आदेश दे रही थी, "रस्सी को सुरक्षित करो!" और उसके पीछे, ज्वेल का मुड़ा हुआ ढाँचा, जो भी भयावहता हुई थी उसका मूक गवाह था। परछाइयों में विदेशी आकृतियाँ घूम रही थीं, इतनी तेज़ी से और इतनी अजीब कि मेरा दिमाग उन्हें समझ नहीं पा रहा था।

यह तो बस एक बुरा सपना था—मेरे डर और शंकाओं की उपज। लेकिन अब ज़ेफिर नदी के पुल पर खड़े होकर, सच्चाई अचानक मेरे सामने स्पष्ट रूप से आ गई।

यह कोई सपना नहीं था। यह एक पूर्वाभास था, एक चेतावनी थी।

इस अहसास ने मुझे मानो किसी ज़बरदस्त झटके से झकझोर दिया, मेरे फेफड़ों से साँसें उखड़ गईं। मेरे हाथ काँपने लगे, मानो मेरे चारों ओर जहाज़ का दृश्य घूम रहा हो, और मैंने खुद को एक बार फिर ज़ेफिर के पुल पर खड़ा पाया।

एक ठंडी निश्चिंतता मुझ पर छा गई, मेरी रीढ़ में सिहरन दौड़ गई। ऐसा लग रहा था जैसे एलियन जहाज़ बिना किसी चेतावनी के एक से ज़्यादा बार हमला कर चुका हो...और अब ऐसा लग रहा है कि यह फिर से होने वाला है।

अध्याय 25

टकराव

"सार्जेंट थॉमस्टन, हमें यहां से बाहर निकालो! अभी हाइपरस्पेस में जाओ," मैंने आदेश दिया।

अविश्वास से मेरी आँखें चौड़ी हो गईं; मुझे एहसास हुआ कि अब हम सिर्फ़ खतरे से भाग नहीं रहे थे, बल्कि अब हमारे सामने एक बिल्कुल नई चुनौती थी—एक अनजानी सत्ता से टकराव जो बिल्कुल भी दोस्ताना नहीं थी। जैसे-जैसे मैं आगे आने वाली स्थिति के लिए तैयार हो रहा था, मेरे मन में सवाल उमड़ रहे थे:जहाज़ क्या चाहता था? क्या इसका कैप्टन राइकर के लापता होने से कोई संबंध है? क्या यह वही जहाज़ है? और सबसे ज़रूरी बात, हम इस अप्रत्याशित मुठभेड़ से बिना सब कुछ गँवाए कैसे निपटेंगे?

कुछ ही सेकंड में, ज़ेफायर के इंजन चालू हो गए और हाइपरड्राइव क्रम शुरू हो गया। चालक दल के सदस्यों के चेहरों पर राहत और आशंका के भाव थे, और वे हाइपरस्पेस में छलांग लगाने के लिए तैयार थे। तभी, जैसे ही हाइपरड्राइव सक्रिय होने वाला था, एक बेचैन करने वाली विसंगति ने हमारे प्रस्थान में खलल डाल दिया।

ज़ेफायर के ठीक सामने का स्थान झिलमिला उठा, तारे लहरदार पानी में प्रतिबिम्ब की तरह मुड़ते और विकृत होते हुए, निकटता अलार्म बजने लगे। ऊर्जा का एक उभार बाहर की ओर उछला, तीव्रता में बढ़ता गया और अंततः एक विशाल आकार में एकत्रित हो गया, जिसकी विशाल संरचना उनके सामने के स्थान पर छा गई। वह एलियन यान, जिसका चिकना जैविक रूप एक भयानक चमक से स्पंदित था, जैसे ही वह पतली हवा से प्रकट हुआ, उनका रास्ता रोक दिया।

यह अचानक प्रकट होना विस्मयकारी और भयावह दोनों था, यह उस उन्नत तकनीक की एक भयावह याद दिलाता था जिसका हम

सामना कर रहे थे। जब चालक दल के सदस्य अचानक प्रकट हुए इस दृश्य को देख रहे थे, तो पुल पर आश्चर्य से साँसें भर गईं। एलियन जहाज का विशाल आकार ज़ेफायर को किसी शिकारी के सामने कीड़े की तरह बौना बना रहा था।

जहाज़ हमारे पैरों तले काँप उठा जब हाइपरड्राइव क्रम, बीच में ही रुककर, चेतावनी भरे क्लैक्सन की एक श्रृंखला के साथ बंद हो गया। ज़ेफ़ायर, जिसकी गति अचानक रुक गई, असहाय होकर उस विशालकाय एलियन की दिशा में बहने लगा।

मेरा दिल धड़क रहा था और मैं आदेश दे रहा था। "ढालें पूरी लगाओ! सभी सैनिक युद्ध के मैदान में तैनात हो जाओ! सभी हथियार तैयार हो जाओ! युद्ध के लिए तैयार हो जाओ!"

पहले से ही सशस्त्र लेज़र तोपें, एलियन जहाज पर लॉक करने के लिए घूम गईं, उनके लक्ष्यीकरण प्रणालियाँ घूम रही थीं। हाइपरड्राइव अब बेकार हो गया था, कम से कम अस्थायी रूप से। जैसे हमने अभी-अभी अनुभव किया, आपातकालीन शटडाउन के बाद, ड्राइव को रीबूट होने में समय लगता है। तत्काल भविष्य के लिए सुरक्षित स्थान पर कूदने का तो सवाल ही नहीं था। हथियार तैयार और ढाल पूरी शक्ति से, हम इंतज़ार कर रहे थे। ज़ेफायर, जो कभी भागने के लिए तैयार था, अब विद्रोही रूप से खड़ा था। एलियन जहाज, अपने इरादों से अनजान, खामोश रहा।

अचानक एक तेज़ आवाज़ पूरे जहाज़ में गूँज उठी, मानो हर वक्ता से एक साथ आ रही हो, और तनाव को ब्लेड की तरह चीरती हुई। "फ़ेडरेशन जहाज़ ज़ेफ़ायर, अब आत्मसमर्पण करो और जहाज़ पर चढ़ने की तैयारी करो!"

नीचे, डेक तीन पर, डोक्सन और उनकी टीम प्रतिनिधियों को शांत रखने की पूरी कोशिश कर रही थी। माहौल तनावपूर्ण था, और गलियारे के सन्नाटे में जहाज़ के सिस्टम की गड़गड़ाहट और भी तेज़ लग रही थी। बीच-बीच में, कोई न कोई समूह दरवाज़ा खोलकर स्थिति की जानकारी लेता रहता था।

डेक तीन की सुरक्षा कर रहे सभी चालक दल के सदस्यों में उस समय चिंता की लहर दौड़ गई जब इंजनों की आवाज तेज हो गई, तथा उन्हें हाइपरड्राइव के सक्रिय होने की जानकारी मिली।

जब निकटता अलार्म बजने लगे, तो जहाज पूरी तरह से थरथराकर रुक गया। कई लोग गिर पड़े। डोक्सन ने खुद को बल्कहेड पर पाया, और उनकी स्थिति की वास्तविकता को समझते हुए उसकी आँखें चौड़ी हो गईं।

राजनयिकों के कमरों के दरवाज़े खुल गए, और प्रतिनिधि अलग-अलग चिंता और बेचैनी के साथ गलियारे में घुस आए। कुछ ने स्पष्टीकरण माँगा, उनकी आवाज़ें घबराहट से ऊँची हो गईं। कुछ, जो बस चिंतित थे, आश्वासन चाहते थे।

"क्या हो रहा है, अधिकारी?" गेयन्स में से एक, केल ने पूछा, उसकी आवाज में अधिकार की गहरी गड़गड़ाहट थी।

इससे पहले कि डोक्सन जवाब दे पाता, पूरे जहाज में एक आवाज़ गूंज उठी, "फेडरेशन जहाज़ ज़ेफिर, अब आत्मसमर्पण करो और जहाज़ पर चढ़ने की तैयारी करो!" जिसके तुरंत बाद लेफ्टिनेंट कार की प्रतिक्रिया आई।

अचानक, ऐसा लगा जैसे सभी प्रतिनिधि चिंता और आक्रोश से चिल्ला रहे हों, पूछ रहे हों कि चालक दल क्या करने वाला है और सुरक्षा की माँग कर रहे हों। डर और गुस्से से भरी आवाज़ों का कोलाहल गलियारा भर गया।

सेराफिना आगे बढ़ी, उसकी आवाज़ शोर को चीरती हुई बोली, "हम जानना चाहते हैं कि आपकी योजना क्या है!"

कौला की नज़रें डोक्सन से मिलीं, उसका चेहरा शांत लेकिन गंभीर था। "क्या कोई ऐसी जगह है जहाँ हम जा सकें जो ज़्यादा सुरक्षित हो?"

"हम यह सुनिश्चित करने के लिए हर संभव प्रयास करेंगे कि आपको कोई खतरा न हो," डोक्सन ने उन्हें आश्वासन दिया। "लेकिन अभी के लिए, हमें आपको ज़्यादा सुरक्षित जगह पर ले जाना होगा।"

पुल पर वापस आकर, शब्द अभी भी स्तब्ध सन्नाटे में गूँज रहे थे। आवाज़ अधिकार से भरी थी; अंतर्निहित धमकी स्पष्ट थी। शब्द हवा में भारी थे। बिल्कुल संघीय मानकों के अनुसार दिए गए इस अल्टीमेटम ने चालक दल के सदस्यों की रीढ़ में सिहरन पैदा कर दी।

मेरी नज़र पुल पर घूम रही थी और मैं चालक दल की अलग-अलग प्रतिक्रियाओं को देख रहा था। मैंने डर, सदमे और अवज्ञा का मिश्रण देखा।अच्छा, मैंने सोचा,यदि चीजें इसी दिशा में चलती रहीं तो उन्हें इसकी और इससे भी अधिक आवश्यकता होगी।

जिम्मेदारी के बोझ को अपने ऊपर महसूस करते हुए, आत्म-संदेह को अपने विचारों पर हावी होते हुए, मैंने अपना सिर हिलाया, होलो-स्क्रीन का सामना करने के लिए खड़ा हुआ, और उस जिम्मेदारी को स्वीकार किया जो मेरी गोद में डाल दी गई थी।धिक्कार है राइकर पर।

अपने कंधे सीधे करके, मैंने उस अनजान व्यक्ति से बात की, मेरी आवाज़ साफ़ और अटल थी। "अपने आप को दिखाओ! मैं देखना चाहता हूँ कि मैं किससे बात कर रहा हूँ।" जब कुछ नहीं हुआ, तो मैंने बात जारी रखी। "मुझे नहीं पता कि तुम हमसे क्या चाहते हो," मैंने कहा, मेरे शब्द संचार माध्यमों में साफ़ सुनाई दे रहे थे, "लेकिन मैं तुम्हें एक बात बता सकता हूँ: ऐसा नहीं होने वाला।"

मेरी घोषणा के बाद एक संक्षिप्त सन्नाटा छा गया। पुल पर मौजूद कर्मचारियों ने चिंतित नज़रों से देखा, उनकी नज़रें मेरे और व्यूस्क्रीन के बीच घूम रही थीं, जहाँ उस विशाल, अशुभ एलियन जहाज का चेहरा दिखाई दे रहा था।

"लेफ्टिनेंट कार," पेत्रोवा ने फुसफुसाते हुए कहा, "उनकी तकनीक कहीं बेहतर है। अगर उन्होंने हमला करने का फैसला किया तो शायद हमारे पास कोई मौका न बचे।"

मैंने जोखिम को स्वीकार करते हुए सिर हिलाया। "मैं समझता हूँ, लेफ्टिनेंट, लेकिन हम कमज़ोरी नहीं दिखा सकते। अगर हम अभी हार मान गए, तो शायद हम कभी उबर न पाएँ। उनके जहाज़ में किसी भी कमज़ोरी पर नज़र रखते रहो। हमें हर मुमकिन फ़ायदा चाहिए।"

थॉमस्टन ने नियंत्रणों पर अपनी उंगलियाँ फिराते हुए बुदबुदाया, "मैंने जहाज के इंजन स्टैंडबाय पर रख दिए हैं, महोदय, और हाइपरड्राइव रीबूट हो रहा है। अगर हमें जल्दी से भागना पड़े, तो हम फिर से कूदने की कोशिश कर सकते हैं।"

"अच्छा," मैंने जवाब दिया, "लेकिन आशा करते हैं कि बात उस हद तक न पहुँचे।"

कैप्टन की कुर्सी पर बैठते ही मेरी बढ़ी हुई इंद्रियाँ जाग उठीं। मुझे लगा जैसे हवा में एक अप्राकृतिक ठंडक घुल गई है। एलियन जहाज की धातु जैसी गूँज मेरी हड्डियों में गूँज रही थी, एक ऐसी आवाज़ जिसने मेरी रीढ़ में सिहरन पैदा कर दी। अचानक, सन्नाटे को चीरती हुई एक आवाज़ आई—ठंडी, भावहीन और मानवता से रहित।

"हमें प्रतिनिधि दे दो," उसने कहा, हर शब्द में एक बर्फीली धमकी थी, मानो समय ही थम गया हो। "और हम तुम्हें और तुम्हारे दल को सुरक्षित छोड़ देंगे।" इस धमकी का भार समझते ही मेरा दिमाग़ तेज़ी से घूमने लगा; यह सिर्फ़ एक माँग नहीं, बल्कि एक भयावह वादा था। "तुम्हारे पास मानने के लिए एक घंटा है," उसने अपनी आवाज़ में अटल और निर्ममता से कहा। "वरना हम उन्हें ज़बरदस्ती ले जाएँगे।"

मैं हवा में तनाव को तूफ़ान से पहले की स्थिर विद्युत धारा की तरह महसूस कर सकता था। चालक दल की चिंतित फुसफुसाहटें मेरे कानों में गूँज रही थीं, जब वे एक-दूसरे को भयभीत नज़रों से देख रहे थे। पृष्ठभूमि में घड़ी की टिक-टिक चल रही थी—हमारे विनाश या मुक्ति की उल्टी गिनती। अपनी गहरी इंद्रियों से, मैंने अपने आस-पास के हर सूक्ष्म बदलाव को महसूस किया; यहाँ तक कि कपड़े की हल्की सी सरसराहट भी इस भयावह क्षण में और भी बढ़ गई।

हर गुज़रते पल के साथ, मैं अपने विकल्पों पर विचार कर रही थी: इन... प्राणियों के आगे समर्पण कर दूँ या अपनी आज़ादी के लिए सब कुछ दांव पर लगा दूँ। यह ऐसा फ़ैसला नहीं था जो मैं सबके लिए ले सकती थी। अंतिम चेतावनी हम पर एक काले बादल की तरह मंडरा रही थी, और मुझे पता था कि मैं चाहे जो भी फ़ैसला करूँ, उसके दीर्घकालिक परिणाम होंगे।

"लेफ्टिनेंट पेत्रोवा, प्रतिनिधियों की स्थिति क्या है?" मैंने विज्ञान अधिकारी की ओर मुड़ते हुए पूछा।

पेत्रोवा अपने कंसोल की ओर मुड़ी और अपनी संचार इकाई में धीरे से बोली। एक क्षण बाद उसने स्थिर स्वर में उत्तर दिया। "वे अपने क्वार्टर में सुरक्षित हैं, महोदय," डोक्सन और उनकी टीम ने उन्हें स्थिति से अवगत करा दिया है और कुछ लोग लगातार चिंतित हो रहे हैं।

मैंने सिर हिलाया। "समझ में आता है। उन्हें जितना हो सके अपडेट करते रहो, लेकिन उन्हें अपने क्वार्टर से बाहर मत निकलने दो। हम उनकी भलाई को खतरे में नहीं डाल सकते।"

पेत्रोवा ने सिर हिलाया, और अपने कंसोल की ओर मुड़ते हुए डोक्सन को संदेश भेजने की तैयारी करने लगी।

"चेन, अल्टीमेटम के बाद से एलियन जहाज की ओर से कोई प्रतिक्रिया आई?" मैंने पूछा।

"कोई नहीं, सर," चेन ने कंसोल पर उंगलियाँ थपथपाते हुए जवाब दिया। "वे रेडियो साइलेंस बनाए हुए हैं।"

"सभी आवृत्तियों पर नज़र रखना जारी रखो," मैंने आदेश दिया। "किसी भी गतिविधि के संकेत के लिए तैयार रहो।"

पुल पर गतिविधियों का एक अम्बार लगा हुआ था, हर चालक दल का सदस्य अपने काम पर केंद्रित था। तनाव गहरा था, हर मिनट बेहद धीमी गति से बीत रहा था। खड़े होकर, मैं पुल पर चहलकदमी करने लगा, मेरे दिमाग में संभावित रणनीतियों के बारे में विचार चल रहे थे।

"लेफ्टिनेंट," थॉमस्टन बोला, "मैंने उनकी ढाल के पैटर्न में उतार-चढ़ाव देखा है। यह मामूली है, लेकिन यह एक कमज़ोरी हो सकती है।"

मेरी आँखों में उम्मीद की एक किरण चमक उठी। "शाबाश, थॉमस्टन। इस उतार-चढ़ाव पर नज़र रखना। अगर वे कोई कदम उठाते हैं, तो हमें किसी भी कमज़ोरी का फ़ायदा उठाने के लिए तैयार रहना होगा।"

"जी हां, सर," थॉमस्टन ने उत्तर दिया, उसकी आंखें रीडआउट पर टिकी हुई थीं।

जैसे-जैसे मिनट बीतते गए, मैं चालक दल के प्रयासों का समन्वय करता रहा। मेरे पास निर्णय लेने के लिए पैंतालीस मिनट बचे थे, और स्थिति का बोझ मुझ पर भारी पड़ रहा था। एक बात जो मैं निश्चित रूप से जानता था, वह यह थी कि प्रतिनिधियों को एलियन जहाज के हवाले करना कोई विकल्प नहीं था।

"पेत्रोवा," मैंने पुकारा, "एक रणनीतिक टीम तैयार करो और संभावित बोर्डिंग के लिए तैयार रहो। अगर वे प्रतिनिधियों को बलपूर्वक ले जाने की कोशिश करते हैं, तो उन्हें पीछे हटाने के लिए तैयार रहो।"

"हाँ, कैप्टन," पेत्रोवा ने जवाब दिया और तेजी से टीम को इकट्ठा करने के लिए आगे बढ़ी।

मैंने अपना ध्यान वापस व्यूस्क्रीन पर लगाया, एक एलियन जहाज़ अशुभ भाव से मंडरा रहा था। मैं सोच में पड़ गया कि हम किस तरह के जीवों से निपट रहे हैं। उनकी तकनीक उन्नत थी, और उनके इरादे बेतुके थे।

मिनट बीतते जा रहे थे और पुल पर तनाव चरम पर पहुँच रहा था। मुझे पता था कि समय कम होता जा रहा है। हमें जल्द ही कोई कदम उठाना होगा, वरना एलियन जहाज़ हमें मजबूर कर देगा।

"चेन, क्या एलियन जहाज की ओर से कोई गतिविधि का संकेत है?" मैंने उत्सुकता से भरी आवाज में पूछा।

"नहीं, सर," चेन ने जवाब दिया। "वे अभी भी अपनी स्थिति पर कायम हैं।"

मुझे और समय और जानकारी की ज़रूरत थी। मैं जल्दबाज़ी में कोई ऐसा फ़ैसला नहीं ले सकता था जिससे मिशन और उसमें सवार सभी लोगों की जान ख़तरे में पड़ जाए।

निर्णय लेते हुए, मैंने चेन की ओर रुख किया, "वरिष्ठ अधिकारियों और प्रतिनिधियों को अभी मुख्य सम्मेलन कक्ष में इकट्ठा होने के लिए कहो। हम संचार व्यवस्था चालू रखेंगे ताकि चालक दल सुन सके कि क्या चर्चा हो रही है।"

“अब सर?” चेन ने पूछा।

"अब।"

जब मैं यान पर नज़र रख रहा था, तो साफ़ दिख रहा था कि चालक दल दिन-रात काम में व्यस्त है और अपना काम संभाल रहा है। लेकिन कई बार जब मेरी अनुपस्थिति होती थी, और हर चालक दल के सदस्य पर नज़र रखना संभव नहीं होता था, भले ही मैं वहाँ मौजूद रहना चाहता था, तो इतने बड़े अंतरिक्ष यान पर यह संभव नहीं था।

अध्याय 26

आत्मसमर्पण की दुविधा

जब डोक्सन को प्रतिनिधियों को मुख्य सम्मेलन कक्ष तक ले जाने का संदेश मिला, तो उन्हें राहत की लहर ज़रूर महसूस हुई होगी। अगर उन्हें किसी और प्रतिनिधि की देखभाल नहीं करनी पड़ती, तो यह बहुत जल्दी होती। और टीम संभवतः विविध प्रतिनिधियों को ले जाने के मिशन को रद्द करने पर सहमत हो जाती।

"ठीक है, सब लोग सुनो!" डोक्सन ने शोरगुल के बीच से आवाज़ निकाली, उसकी आवाज़ दृढ़ थी। "हम मुख्य कॉन्फ्रेंस रूम में जा रहे हैं। पास ही रहो। शांत रहो।"

इस बार डोक्सन ने यह सुनिश्चित किया कि उपयुक्त कर्मचारियों को उपयुक्त प्रतिनिधिमंडल में नियुक्त किया जाए। उस समय उनके पास गैयन अंधराष्ट्रवादी विचारधारा या थिसियन नारीवाद से निपटने का धैर्य नहीं था।

प्रतिनिधियों ने एक-दूसरे को सतर्क नज़रों से देखा, लेकिन फिर उनके साथ चलने लगे। सुरक्षा दल ने उनके चारों ओर एक सुरक्षात्मक घेरा बना दिया ताकि कोई भी पीछे न छूट जाए।

जैसे-जैसे वे जहाज़ से गुज़र रहे थे, हवा में तनाव गहराता जा रहा था। जहाज़ के सिस्टम की गूँज, कभी-कभार रोशनियों की टिमटिमाहट, और दूर से आ रही संभावित युद्ध की तैयारी कर रहे चालक दल की आवाज़ें, इन सबने माहौल को और भी बेचैन कर दिया था।

मॉर्गन थिएसियन परिवार के साथ-साथ चल रही थी, उसका हाथ ब्लास्टर के हत्थे पर टिका हुआ था। "हम तुम्हें कुछ नहीं होने देंगे," उसने स्थिर स्वर में उन्हें आश्वस्त किया।

थिसियन महिलाओं में से एक, लिसांड्रा ने संक्षिप्त स्वर में सिर हिलाया, "हम आपकी सुरक्षा की सराहना करते हैं, एनसाइन।"

टोरेस, गेअन्स के साथ चलते हुए, अपनी निगाहें आगे की ओर टिकाए हुए था। "बस पास रहो और आदेशों का पालन करो," उसने शांत लेकिन दृढ़ स्वर में निर्देश दिया।

गैयन लोगों में से एक, इमोन ने जवाब में बड़बड़ाते हुए कहा, "हम आपके बताए रास्ते पर चलेंगे।"

जैसे ही वे कॉन्फ्रेंस रूम के पास पहुँचे, ब्लूमर ने रिस्पिंडसो परिवार की तरफ़ देखा। "पीछे तो ठीक हैं?" उसने तनाव कम करने की कोशिश में हल्के स्वर में पूछा।

ज़ारा की बहुमुखी आँखें शायद मनोरंजन से चमक उठीं। "हाँ, ठीक है, ऑफिसर ब्लूमर। आपकी चिंता के लिए शुक्रिया।"

समूह अंततः मुख्य सम्मेलन कक्ष में पहुँचा, दरवाज़े खुलते ही एक विशाल कक्ष दिखाई दिया। कमरा अच्छी तरह से रोशन था, बीच में एक बड़ी मेज थी और कई स्क्रीन पर विभिन्न सामरिक विवरण और आसपास के क्षेत्र के नक्शे प्रदर्शित हो रहे थे।

"सभी लोग अंदर आ जाएं," डोक्सन ने आदेश दिया, उसकी आवाज में तात्कालिकता का भाव था।

प्रतिनिधि तुरंत कमरे में चले गए, उनके चेहरे पर राहत और आशंका का मिला-जुला भाव था। डोक्सन और उनकी टीम ने कमरे में अपनी जगह बना ली, उनकी नज़रें किसी भी खतरे के निशान पर टिकी थीं। कुछ ही देर बाद लेफ्टिनेंट कार वहाँ पहुँच गए।

Lieutenant Alastar Kar

कमरे में दाखिल होकर, मैं बड़ी मेज़ के सिरहाने की तरफ़ बढ़ा। मैंने कमरे में चारों ओर मौजूद क्रू और प्रतिनिधियों की भीड़ को देखा। "आपके सहयोग के लिए धन्यवाद," मैंने प्रतिनिधियों को संबोधित करते हुए कहा। "कोई शक नहीं, हम एक गंभीर ख़तरे का सामना कर रहे हैं। लेकिन मैं आपको विश्वास दिलाता हूँ कि हम आपकी सुरक्षा के लिए हर संभव प्रयास कर रहे हैं।"

सेराफिना आगे बढ़ी, उसकी आँखें सिकुड़ गईं। "आखिर योजना क्या है, लेफ्टिनेंट?"

मैंने उसकी नज़रों से नज़रें मिलाईं। "हमने पहले ही रक्षात्मक प्रोटोकॉल शुरू कर दिए हैं और संभावित टकराव की तैयारी कर रहे हैं। हमने आप सभी को यहाँ इसलिए बुलाया है ताकि हम एक ऐसी रणनीति बना सकें जिससे आप सभी शांति शिखर सम्मेलन में सुरक्षित पहुँच सकें।"

कौला ने सहमति में सिर हिलाया, "हम क्या मदद कर सकते हैं?"

"मेरी सुरक्षा टीम के सभी निर्देशों का पालन करो," मैंने जवाब दिया। "अगर हमें तुम्हें हटाना पड़े, तो जल्दी करो। बिना किसी हिचकिचाहट के। हमें, यानी हम सभी को, एक योजना बनानी होगी।"

प्रतिनिधियों ने एक-दूसरे को देखा। मैं उनकी चिंता को चिंता में बदलते हुए महसूस कर सकता था। वे स्थिति की गंभीरता को समझते थे और जानते थे कि उनका सहयोग बेहद ज़रूरी है। हमारा भविष्य हमारी एकता पर निर्भर था, न कोई अपराधी, न कोई चैंपियन। अगर हमें बचना है, चाहे कुछ भी हो, हमें साथ मिलकर काम करना सीखना होगा।

सम्मेलन कक्ष, जो आमतौर पर जीवंत बहस और बौद्धिक चर्चाओं का केंद्र होता था, अब जीवन-मरण का प्रश्न बन गया था। ऊपर की ओर जलती हुई रोशनियों की मंद रोशनी कमरे में मौजूद लोगों के चेहरों पर लंबी परछाइयाँ डाल रही थी, जो उनके चेहरे पर उभरी चिंता को उजागर कर रही थी। वरिष्ठ अधिकारियों, विशेषज्ञों और प्रतिनिधियों की विविध सभा, विकट परिस्थितियों को देखते हुए, आश्चर्यजनक रूप से शांत भाव से बैठी थी। दीवार पर टिक-टिक करती एक घड़ी आसन्न समय सीमा की याद दिला रही थी, और हिंसा का ख़तरा हवा में मंडरा रहा था। हवा में तनाव की एक अंतर्धारा गूंज रही थी, और यह सन्नाटा केवल धीमी बातचीत की धीमी फुसफुसाहट और कभी-कभार पैरों की घबराहट भरी सरसराहट से ही टूट रहा था।

मेरी नज़र कमरे में घूमी, और मैं समूह के अप्रत्याशित संयम को देखकर दंग रह गया। गैयन, जो आमतौर पर अपनी राय व्यक्त

करने और अपना प्रभुत्व स्थापित करने में तेज़ होते हैं, एक असामान्य संयम के साथ बैठे थे। टैरेन, केल और इमोन, उनके जीवंत परिधान, जो आमतौर पर उनके तेजतर्रार व्यक्तित्व का प्रतिबिंब थे, उस गमगीन माहौल में फीके लग रहे थे। उनके चेहरे, जो आमतौर पर जीवंत भावों से भरे रहते थे, अब चिंता की गंभीर रेखाओं से भरे हुए थे। मैं सोचने से खुद को रोक नहीं पाया कि उनका व्यवहार उनके स्वभाव से कितना अलग लग रहा था।

थिएसियनों की प्रमुख दूत, सेराफिना, शाही एकांत भाव से बैठी थी, उसकी लंबी, सुंदर उंगलियाँ मेज़ पर एक खामोश ताल बजा रही थीं। उसके तराजू, जो आमतौर पर इंद्रधनुषी रंगों से झिलमिलाते थे, धुंधली रोशनी में बेजान और बेजान लग रहे थे। उसका दूसरा साथी, काएलन नाम का एक युवा थिएसियन पुरुष, घबराहट से बेचैन था, उसकी आँखें कमरे में इधर-उधर घूम रही थीं, और वह किसी कोने में फँसे शिकारी की तरह सतर्कता से हर छोटी-बड़ी बात को ध्यान से देख रहा था।

इनक्यूरेट्स, जिनके चेहरों पर ऐसे लोगों की रेखाएँ उभरी थीं जिन्होंने बहुत ज़्यादा दुःख देखा था, अपनी सीटों पर झुके हुए थे, उनकी आँखें शांत चिंतन में झुकी हुई थीं। उनकी नेता, एलारा, एक कमज़ोर, सौम्य स्वभाव वाली महिला, शांत शक्ति का भाव बिखेर रही थी, उसके पुराने हाथ उसकी गोद में कसकर बंधे हुए थे। अन्य इनक्यूरेट्स, जिनके चेहरे पीले और उदास थे, अनुशासन और संयम का भाव बनाए रखने में कामयाब रहे, उनका सामूहिक दुःख कमरे में मौजूद था।

ज़ाइलो और ज़ारा, विदेशी रिस्पिंडसोअन, असामान्य रूप से शांत और संयमित थे। उनके बाह्यकंकाल के जीवंत इंद्रधनुषी रंग, जो आमतौर पर झिलमिलाती सुंदरता का एक तमाशा होते थे, फीके और फीके लग रहे थे। उनकी बहुमुखी आँखें, जो आमतौर पर तेज़ और जिज्ञासु होती थीं, अब एक स्थिर, बिना पलक झपकाए टकटकी लगाए हुए थीं, उनके एंटीना घबराहट से फड़क रहे थे।

इसके विपरीत, टार्वोसियनों में तैयारी का भाव था, उनके मांसल शरीर युद्ध के लिए तना हुआ था मानो युद्ध के लिए तैयार हों। समूह की सबसे छोटी सदस्य, आन्या, अपने कंधे सीधे करके बैठी थी, उसका घुमावदार शरीर शांत शक्ति का आभास दे रहा था। एक क्षण के लिए,

कमरे के उस पार उसकी आँखें मेरी आँखों से मिलीं, समझ और साझा दृढ़ संकल्प का एक मौन आदान-प्रदान।

मानव चालक दल के सदस्यों के चेहरे पीले और तनावग्रस्त थे, जो कमरे में व्याप्त तनाव को प्रतिबिंबित कर रहे थे। मेरे दूसरे नंबर के कमांडर, कमांडर थॉर्न, सीधे बैठे थे, उनकी नज़रें मुझ पर टिकी थीं, किसी भी आदेश का पालन करने के लिए तैयार। जहाज की संचार अधिकारी, लेफ्टिनेंट चेन, घबराहट में अपने सामने रखे कंसोल पर अपनी उंगलियाँ थपथपा रही थीं, उनके दिमाग में संभावित परिदृश्यों के बारे में विचार चल रहे थे। यहाँ तक कि जहाज के आम तौर पर खुशमिजाज़ इंजीनियर, रिल के चेहरे पर भी गंभीर चिंता के भाव उभरे हुए थे। मैं? मैं लड़ो या भागो की स्थिति में था, लेकिन वास्तव में, भागने के लिए कहीं कोई जगह नहीं थी।

मैंने गला साफ़ किया, आवाज़ सन्नाटे भरे कमरे में गूँज रही थी। "हमारे पास तीस मिनट से भी कम समय है," मैंने दृढ़ मगर संयमित स्वर में घोषणा की। "एलियन जहाज़ से संपर्क करने की सभी कोशिशें खामोश रहीं। उनके इरादे अभी भी रहस्य बने हुए हैं, लेकिन उनकी माँग साफ़ है। प्रतिनिधियों को सौंप दो या अंजाम भुगतो।"

हवा में बेचैनी का एहसास छा गया, अनजाना सा डर वातावरण में छाया हुआ था। कमरा और भी शांत हो गया, दीवार पर लगी घड़ी की टिक-टिक की आवाज़ सन्नाटे में और भी तेज़ हो गई। प्रतिनिधियों ने एक-दूसरे को घबराहट भरी नज़रों से देखा, एक ऐतिहासिक शांति शिखर सम्मेलन का हिस्सा बनने की उनकी शुरुआती खुशी अब एक खौफनाक डर में बदल गई।

मैंने अपनी आवाज़ में दृढ़ता बनाए रखते हुए कहा, "हमारे पास एक आकस्मिक योजना है। अगर लड़ाई छिड़ती है, तो एक संकट संकेत भेजा जाएगा, और सभी राजनयिकों और गैर-ज़रूरी क्रू सदस्यों को सुरक्षित स्थानों पर जाना होगा। शटल और एस्केप पॉड्स।" मैं रुका, मेरी नज़र कमरे में घूम रही थी, और मैं वहाँ मौजूद हर व्यक्ति से नज़रें मिला रहा था। "लेकिन," मैंने कहा, उसकी आवाज़ में थोड़ी गंभीरता थी, "हम इस बात की गारंटी नहीं दे सकते कि हमारे पिछले संदेश कमांड तक पहुँच गए हैं। हो सकता है कि हम अकेले ही हों।"

हर व्यक्ति भयावह वास्तविकता से जूझ रहा था, उनके मन में संभावित परिणामों के बारे में विचार चल रहे थे। कुछ ने मौन प्रार्थना में अपनी आँखें बंद कर लीं, तो कुछ ने विरोध में अपनी मुट्ठियाँ भींच लीं। लेकिन फिर भी कोई अतिवादी कदम या उन्माद नहीं उठाया गया। एक साझा खतरे से एकजुट, इस विविध समूह ने अद्भुत लचीलापन और संयम दिखाया।

अपने आस-पास उमड़ती चिंताओं को भाँपते हुए, मैंने एक बार फिर समूह को संबोधित किया। "हमें आत्मसमर्पण करने के लिए मजबूर नहीं किया जाएगा।" मेरी नज़रें मेरे दल और प्रतिनिधियों के चेहरों पर घूम रही थीं, और उनकी अलग-अलग प्रतिक्रियाएँ देख रही थीं। मैंने एक शांत शक्ति, एक दृढ़ निश्चय देखा। यह एक ऐसा दृश्य था जिसने मुझे एक नए उद्देश्य की भावना से भर दिया।

"आपमें से जो लोग जहाज़ के संचालन के लिए ज़रूरी नहीं हैं," मैंने कहा, मेरी आवाज़ में अधिकार की गूँज थी, "हमारे सम्मानित राजनयिकों के साथ, उन्हें अब एस्केप शटल और पॉड्स में सवार होना शुरू कर देना चाहिए।" मैं रुक गया, मेरी नज़र गैयन दूतों पर टिकी रही, मेरे चेहरे पर संदेह की एक झलक दिखाई दी क्योंकि मुझे टार्वोसियनों के साथ उनके पहले के टकराव की याद आ गई।

फिर मैंने पायलटों से सीधे बात की, मेरी आवाज़ दृढ़ और आश्वस्त करने वाली थी। "हर शटल और पॉड को एक सुरक्षित मिलन स्थल तक पहुँचने के लिए जंप निर्देशांक के साथ प्रोग्राम किया गया है। एक बार जब आप ज़ेफायर से दूर हो जाएँ, तो अपने जंप ड्राइव लगाएँ और वहाँ पहुँच जाएँ। हम आपको ज़रूरी समय देने के लिए हर संभव प्रयास करेंगे।"

ब्रीफिंग खत्म होते ही कमरे में हलचल मच गई। अनजान का सामना करने की चिंता से भरे चेहरों वाले क्रू मेंबर्स ने प्रतिनिधियों को एस्केप पॉड्स की ओर ले जाना शुरू कर दिया। मैं पीछे ही रहा, मेरी नज़र व्यूस्क्रीन पर टिकी रही, जहाँ एक एलियन जहाज बड़ा सा दिखाई दे रहा था, एक खामोश शिकारी जो किसी दुष्ट साँप की तरह हमला करने की ताक में था।

मैं जानता था कि आगामी युद्ध बहुत कठिन होगा, लेकिन कार्यवाहक कप्तान के रूप में मैं अपने जहाज की रक्षा करने तथा शांति की उस नाज़ुक उम्मीद की रक्षा करने के अपने कर्तव्य के प्रति दृढ़ था।भगवान हम सब पर कृपा करें।

जैसे ही मैं जाने के लिए मुड़ा, मैंने शोर मचाते हुए मास्टर चीफ डोक्सन को आवाज़ दी। "डोक्सन," जब उन्होंने मेरी तरफ़ देखा, तो मैंने आगे कहा। "आपको अपनी टीम को मज़बूत करने के लिए जूनियर अधिकारियों का इस्तेमाल करने का पूरा अधिकार है," मैंने कहा। "हमें प्रतिनिधियों और अनावश्यक क्रू की सुरक्षा के लिए सभी की ज़रूरत है।"

अध्याय 27

पलायन...

कॉन्फ्रेंस रूम से निकलकर, मेरी सुरक्षा टीम हमें पुल तक वापस ले गई। जहाज अपनी सक्रिय सुरक्षा व्यवस्था की ऊर्जा से गूंज रहा था। लेज़र तोपें तैयार खड़ी थीं, उनकी लक्ष्यीकरण प्रणालियाँ हमारे और एलियन जहाज के बीच की जगह को छान रही थीं। तनाव के समय में चालक दल के प्रशिक्षण और पेशेवरता का एक शांत प्रमाण। मिनट बीतते जा रहे थे, घड़ी की हर टिक तनावपूर्ण माहौल में एक भारी बोझ की तरह लग रही थी।

मेरी नज़रें स्क्रीन पर टिकी थीं और मेरे दिमाग़ में पिछले पैंतालीस मिनट घूम रहे थे। एलियन जहाज़ का अचानक आना, उसका अशुभ अल्टीमेटम, जल्दबाज़ी में मगर व्यवस्थित निकासी प्रक्रिया... मैं ज़िम्मेदारी से अभिभूत महसूस कर रहा था।*क्या मैं अपनी हद से ज़्यादा परेशान हूँ? बिल्कुल! अगर बचने का रास्ता ही न रहा तो क्या होगा? अगर...?*

गैयन्स की अप्रत्याशित शांति मुझे लगातार हैरान करती रही। इतनी बड़ी धमकी के सामने इतना शांत रहना उनके स्वभाव के अनुरूप नहीं था। उनका धैर्य, हालाँकि प्रशंसनीय था, लेकिन उनके स्वभाव से बिल्कुल अलग था। मैंने सिर हिलाकर उन परेशान करने वाले सवालों को दरकिनार कर दिया।*क्या मैं भागने की योजना और उसके नतीजों के बारे में ज़रूरत से ज़्यादा सोच रहा हूँ?* कोई विकल्प नहीं है। भागने की योजना ही योजना है।

विदेशी जहाज से फैली खामोशी कानफोड़ू थी।*क्या वे टालमटोल कर रहे हैं, हमारा संकल्प तोड़ने की उम्मीद में? या वे किसी क्रूर हमले की तैयारी कर रहे हैं?* अनिश्चितता बहुत कष्टदायक थी।यदि हमें इस मुठभेड़ से बचना है तो हमें किसी भी स्थिति के लिए तैयार रहना होगा।

मेरा फ़ैसला किसी कसीनो की मेज़ पर पासा फेंकने जैसा था। यह एक जुआ था। "रिल," मैंने सेंसर अधिकारी की ओर मुड़ते हुए कहा, "करो। खोज के मापदंडों का विस्तार करो। किसी भी ऊर्जा संकेत, किसी भी विसंगति, या किसी भी ऐसी चीज़ के लिए स्कैन करो जो हमें एलियन जहाज़ के इरादों के बारे में कोई सुराग दे सके।"

रिल ने सिर हिलाया, उसकी उंगलियाँ कंसोल पर टैप कर रही थीं और वह सेंसर सेटिंग्स एडजस्ट कर रहा था। ज़ेफायर के स्कैनर आसपास के अंतरिक्ष में गहराई तक जाँच कर रहे थे, संवेदनशील उपकरण मंडराते जहाज़ या किसी छोटे स्टील्थ क्राफ्ट की किसी भी हलचल का पता लगा रहे थे।

मेरी नज़र फिर से स्क्रीन पर पड़ी, विशाल खालीपन हमें अकेलेपन की याद दिला रहा था। मैं इस घुसपैठिए एहसास को जाने नहीं दे पा रहा था कि हम पर नज़र रखी जा रही है, हमारी हर हरकत पर अदृश्य नज़रें नज़र रख रही हैं। दो? दस? सौ? मुझे ज़रा भी अंदाज़ा नहीं था कि एलियंस कैसे दिखते हैं। मैंने आर्मरेस्ट पर अपनी पकड़ मज़बूत कर ली, मेरी उँगलियाँ सफ़ेद हो गईं।

और सन्नाटा बढ़ता गया।

"लेफ्टिनेंट!" रिल चिल्लाया; उसकी आवाज़ में घबराहट थी। "हमारे पास कई छोटे जहाज़ आ रहे हैं!"

जैसे ही रिल की चेतावनी तनावपूर्ण सन्नाटे को चीरती हुई पुल पर पहुँची, दहशत की लहर दौड़ गई। उसकी आवाज़, जो आमतौर पर शांत और संयमित रहती थी, अब चिंता से काँप रही थी।

मैं अचानक खड़ा हो गया, मेरी आँखें अविश्वास से स्क्रीन पर घूम रही थीं। ऐसा लग रहा था जैसे विशाल ड्रोनों का एक झुंड भिनभिना रहा हो और सीधे ज़ेफायर की ओर आ रहा हो। "आखिर ये कहाँ से आ गए?" मैंने अधिकार से भरी आवाज़ में पूछा। "लेज़रों, अपने निशाने ढूँढो!"

रिल के हाथ कंसोल पर दौड़ गए, उसकी भौंहें उलझन में सिकुड़ गईं। "मुझे समझ नहीं आ रहा, एक पल पहले वहाँ कुछ भी नहीं था, और अब वे यहाँ हैं! लेफ्टिनेंट, वे यहाँ हैं!"

उसके मुँह से ये शब्द निकले ही थे कि जहाज़ ज़ोरदार झटके से हिल गया। चालक दल के सदस्य लड़खड़ाकर गिर पड़े, उनकी चीखें उस भीषण उथल-पुथल के दौरान धातु के फटने की बहरा कर देने वाली चीख़ के साथ मिल गईं। जहाज़ की स्वचालित चेतावनी प्रणाली स्पीकरों से ज़ोर से गूंज रही थी, "पतवार टूटने वाला है!"

अपना संतुलन बनाए रखने की कोशिश करते हुए, मैं ज़ोर-ज़ोर से आदेश देने लगा। "सभी डेक पर तालाबंदी करो!" लिफ्ट की ओर दौड़ा। "बोर्डर्स को पीछे हटाने के लिए तैयार रहो!"

एक और झटका, एक और कान फाड़ देने वाली चीख। फिर ज़ेफायर ज़ोर से स्टारबोर्ड की तरफ़ झुका, और मैं अपने पैरों से उछलकर लिफ्ट के पास एक कंसोल से टकरा गया। इस झटके से मेरे फेफड़ों से हवा निकल गई, और मेरे बाएँ कंधे से एक तेज़ दर्द उठा।

मैंने खुद को ऊपर धकेला और अपने आस-पास का जायज़ा लिया। चालक दल के सदस्य अपने पैरों पर खड़े होने की कोशिश कर रहे थे, कुछ दूसरों की मदद कर रहे थे, जबकि कुछ अपने-अपने स्थानों से चिपके हुए, जहाज पर नियंत्रण बनाए रखने की कोशिश कर रहे थे। यह दृश्य देखकर मुझे उल्टी सी आ गई।यह था!

उस पल मेरे संकर स्वभाव से मिले फायदों ने मुझे वो लचीलापन दिया जिसकी ज़्यादातर मर्द बस कल्पना ही कर सकते हैं। अपनी बची हुई पूरी ताकत लगाकर, मैंने शोरगुल के बीच दहाड़ लगाई। "चेन! क्या शटल और पॉड्स लोड हो गए हैं?"

चेन ने अपना चेहरा पीला लेकिन दृढ़ रखते हुए उत्तर दिया, "हां, सर, मैं... मुझे ऐसा लगता है।"

मेरी नज़रें पल भर के लिए व्यूस्क्रीन से हटकर सुरक्षा कैमरों पर टिक गईं, शटल बे में हो रही गतिविधियों पर नज़र रखने लगीं। पीछे मुड़कर मैंने देखा कि कैसे कई छोटे-छोटे जहाज, परजीवियों की तरह, ज़ेफायर के पतवार से चिपक रहे थे। हर टक्कर से जहाज में एक और सिहरन दौड़ गई। मेरी नज़र कुछ देर के लिए उल्टी गिनती के टाइमर पर पड़ी, जो टिक-टिक करती घड़ी की याद दिलाता था। तेरह मिनट और चौदह सेकंड।

इस अहसास ने मुझे मानो एक शारीरिक आघात पहुँचाया। यह एक चाल थी, एक सोची-समझी व्याकुलता।लेकिन कैसे? वे हम पर कैसे चुपके से हमला करने में कामयाब हो गए? हम घेरे में हैं।

मेरे अंदर भय के साथ क्रोध का एक उफान सा दौड़ गया।मैं इतना अंधा कैसे हो गया था? एलियन जहाज़ हम तक चुपके से कैसे पहुँच गया था?मेरे मन में सवाल कौंध रहे थे, लेकिन जवाब देने का समय नहीं था। बचने की चाहत जाग उठी। मुकाबला ज़ेफायर बनाम एलियन जहाज़ों का था। खेल शुरू।

ज़ेफायर फिर से ज़ोर से काँप उठा जब एक और बोर्डिंग क्राफ्ट उसके पतवार से टकराया। फटती हुई धातु की धात्विक चीख़ हवा में गूंज उठी, विनाश का एक भयावह संगीत।

चालक दल के सदस्य डर से पीले पड़ते चेहरे के साथ, बाहर निकलने के लिए दौड़ पड़े। हालाँकि, कुछ लोग अपनी चौकियों पर डटे रहे, उनकी उंगलियाँ नियंत्रण पैनलों पर दौड़ रही थीं ताकि ज़रूरी सिस्टम को चालू रखा जा सके। मेरी नज़र पुल के उस पार, नियंत्रित दहशत के दृश्य पर पड़ी।

चेन ने तनाव से भरी आवाज़ में निकासी की स्थिति की पुष्टि की। "ज़्यादातर शटल और पॉड लोड हो चुके हैं, लेफ्टिनेंट," उसने बताया, उसकी नज़रें व्यूस्क्रीन पर टिकी थीं जहाँ एलियन बोर्डिंग क्राफ्ट अपना लगातार हमला जारी रखे हुए थे।

लेकिन कैसे? एलियन जहाज़ इतने सारे जहाज़ों को कैसे छुपा पाया? और हमारे सेंसर उन्हें क्यों नहीं पकड़ पाए? क्या किसी ने हमारे सेंसर्स के साथ छेड़छाड़ की होगी?मेरे मन में यह विचार कौंध गया कि जब गैयन लोगों को इंजीनियरिंग से बाहर निकाला गया था, तो वे कितने क्रोधित हुए होंगे। लेकिन मैंने जल्दी ही उस विचार को किनारे कर दिया। सवाल मुझे कुतर रहे थे, मेरे गुस्से और हताशा को और बढ़ा रहे थे।

मैंने खुद को वर्तमान पर ध्यान केंद्रित करने के लिए मजबूर किया। "रिल," मैंने चिल्लाकर कहा, "क्या इसका उन असामान्य ऊर्जा संकेतों से कोई लेना-देना है जो हम पहले महसूस कर रहे थे?"

रिल ने, जिसका चेहरा पीला और पसीने से भीगा हुआ था, सिर हिलाया। "मुझे नहीं लगता। हो सकता है, लेकिन... लेफ्टिनेंट। ऐसा लग रहा है जैसे वे हवा से प्रकट हो गए हों।"

मैंने मन ही मन कोसा। हमारा समय खत्म हो रहा था, और हम अभी भी दुश्मन की चालों से अनजान थे। मुझे फैसला करना था, और मुझे जल्दी से कदम उठाना था।

"चेन," मैंने अपनी आवाज़ कठोर करते हुए कहा, "एस्केप पॉड्स को लॉन्च करने की तैयारी करो। रिल, जैसे ही वे सुरक्षित निकल जाएँ, हाइपरड्राइव चालू कर दो।" ज़ेफायर ज़ोर से काँप उठा, और धातु जैसी कराहें और चीख़ती अलार्म की आवाज़ें हवा में गूंजने लगीं। जहाज़ के नाकाम सिस्टम की उपज, ओज़ोन की गंध, पुल में फैल गई। मेरा दिमाग़ तेज़ी से दौड़ रहा था, अपने विकल्पों का आकलन कर रहा था, इस दुःस्वप्न से बाहर निकलने का कोई रास्ता ढूँढ़ रहा था।

"सभी गैर-ज़रूरी कर्मचारी, मेरे पीछे आओ!" मैंने तूफ़ान में एक प्रकाश स्तंभ की तरह अपनी आवाज़ गूँजी। "चेन, शटल और पॉड्स अभी लॉन्च करो! यह आदेश है!"

चेन के हाथ काँप रहे थे जब उसने कमांड टाइप किए, उसकी आवाज़ लड़खड़ा रही थी। "पॉड्स और शटल्स ने लॉन्च करना शुरू कर दिया है, लेफ्टिनेंट," उसने अपनी आवाज़ में डर साफ़ ज़ाहिर किया।

मैंने गहरी साँस ली और खुद को संभाला। यह जानते हुए कि सभी एस्केप क्राफ्ट के पास उड़ान भरने का समय नहीं था, मुझे पता था कि हमारा समय खत्म हो रहा है, और मैंने आदेश दिया, "रिल, अभी!"

रिल की उंगलियाँ कंसोल पर दौड़ीं, जिससे हाइपरड्राइव क्रम शुरू हो गया। जैसे ही इंजन चालू हुए, जहाज़ काँप उठा, हाइपरड्राइव की गूँज पुल पर गूंजने लगी।

"हाइपरड्राइव अनुक्रम शुरू हो गया है, कैप्टन," रिल ने पुष्टि की, उसकी आवाज डर से भर गई।

मैंने व्यूस्क्रीन पर नज़र डाली, एलियन यान अभी भी पतवार से चिपका हुआ था। "सब लोग, हाइपरस्पेस के लिए तैयार हो जाओ!"

ज़ेफायर के इंजन ज़ोर से चलने लगे, हाइपरड्राइव चालू होते ही जहाज़ आगे की ओर बढ़ गया। व्यूस्क्रीन टिमटिमा रही थी, तारे लंबी रेखाओं में फैल रहे थे और जहाज़ अंतरिक्ष में तेज़ी से आगे बढ़ रहा था।

एक पल के लिए तो ऐसा लगा जैसे हम कामयाब हो गए। पतवार से जुड़ा न हुआ एलियन यान हाइपरस्पेस यात्रा की ताकतों का सामना न कर पाने के कारण छिटकने लगा। चालक दल शांत लग रहा था, उनके तनाव भरे चेहरे कम हो रहे थे। और मैंने राहत की साँस ली।

फिर, बिना किसी चेतावनी के, अकल्पनीय घटना घटी। अचानक एक तेज़ ध्वनि-बूम जैसा झटका लगा, जिससे जहाज़ हिल गया, और हाइपरड्राइव क्रम लड़खड़ा गया। फिर विफल हो गया। एक पल में, व्यूस्क्रीन फिर से टिमटिमा उठी और तारे अपने सामान्य रूप में वापस आ गए।

"हाइपरड्राइव फेल हो गया!" थॉमस्टन चिल्लाया; उसकी आवाज़ घबराहट से भर गई। "हमें हाइपरस्पेस से बाहर निकाला जा रहा है!"

मेरा दिल बैठ गया। "स्टेटस रिपोर्ट!" मैंने तीखी आवाज़ में पूछा।

रिल की उंगलियाँ कंसोल पर घूम गईं। "कैप्टन, हमारी हाइपरड्राइव क्षतिग्रस्त हो गई है। यह ऑफ़लाइन है।"

जहाज़ ज़ोर से काँप उठा, जैसे ही एलियन यान पतवार से फिर से जुड़ने लगे। पुल अलार्म की आवाज़ों और चालक दल की घबराई हुई आवाज़ों से भर गया।

मेरा दिमाग़ तेज़ी से दौड़ने लगा। हम वापस वहीं पहुँच गए थे जहाँ से हमने शुरुआत की थी, दुश्मन ताकतों से घिरे हुए, और बचने का कोई रास्ता नहीं था। मैंने गहरी साँस ली और खुद को मज़बूत किया। "सभी लोग, सीमा पर तैनात सैनिकों को खदेड़ने के लिए तैयार हो जाओ," मैंने आदेश दिया, मेरी आवाज़ स्थिर थी।

पुल पर काम करने वाले कर्मचारी तुरंत हरकत में आ गए, उनका डर अब दृढ़ निश्चय में बदल गया। उन्हें पता था कि उन्हें क्या करना है। गहरी साँस लेते हुए, मैंने सोचा:यह स्थिति और कितनी बदतर

होने वाली है?जहाज़ की निगरानी करना और यह सुनिश्चित करना मेरा काम था कि हम सब सुरक्षित रहें; और कई बार मैं हर जगह मौजूद नहीं रह पाता था। बिल्कुल भी नहीं।

अध्याय 28

शटल और पॉड

लेफ्टिनेंट कार ने मास्टर चीफ रॉबर्टो डॉक्सन को जूनियर अफसरों को मदद के लिए भेजने का आदेश देने के बाद, काम पर लग गईं। अब जब उनके अधीन लगभग पचास जवान थे, तो उन्होंने खुद ही आदेश देना शुरू कर दिया।

"ठीक है, सुनो!" डोक्सन ने स्थिर और अधिकारपूर्ण स्वर में आदेश दिया। "हमें आदेश मिल गए हैं। हमारा मुख्य उद्देश्य प्रतिनिधियों और अनावश्यक क्रू को सुरक्षित करना और उनकी सुरक्षित निकासी सुनिश्चित करना है।"

टीम ने ध्यान से सुना, उनके चेहरों पर डर और दृढ़ संकल्प का मिला-जुला भाव था। वे अपने मिशन के महत्व और सामने आने वाले खतरों को जानते थे।

"मैं तुम्हें तीन समूहों में बाँट रहा हूँ," डोक्सन ने आगे कहा। "पहले समूह, तुम प्रतिनिधियों को उड़ान डेक तक पहुँचाने में मदद करोगे और उन्हें शटल और एस्केप पॉड्स पर चढ़ाना शुरू करोगे। एन्साइन कैंटन, तुम इस समूह का नेतृत्व करोगे। सुनिश्चित करो कि वे सुरक्षित और व्यवस्थित तरीके से वहाँ पहुँचें।"

कैंटन, एक दुबली-पतली गोरी महिला, ने दृढ़ता से सिर हिलाया। "समझ गए, चीफ़। हम उन्हें वहाँ तक पहुँचा देंगे।"

डोक्सन दूसरे समूह की ओर मुड़ा। "दूसरा समूह बाकी अनावश्यक क्रू सदस्यों का ध्यान रखेगा। उन्हें एस्केप पॉड्स तक पहुँचाएँ और सुनिश्चित करें कि वे सुरक्षित रूप से लॉन्च हो जाएँ। कॉर्पोरल जेनसन, आप प्रभारी हैं।"

"हाँ, चीफ़," जेन्सन ने स्थिर स्वर में उत्तर दिया। "हम इसे संभाल लेंगे।"

फिर डोक्सन ने बाकी बचे समूह पर ध्यान केंद्रित किया, जिसमें टॉरेस, मॉर्गन, स्टील और एडम्स शामिल थे। "बाकी सब मेरे साथ हैं। जैसे ही निकासी शुरू हो जाएगी और सामान लदान शुरू हो जाएगा, हम कार और ज़रूरी क्रू की रक्षा के लिए पुल की ओर चलेंगे। समझे?"

"समझ गया, चीफ," समूह ने एक स्वर में कहा, उनका संकल्प दृढ़ था।

योजना तैयार होने के बाद, डोक्सन ने बिना समय गँवाए। उसने देखा कि पहले दो समूह तेज़ी से आगे बढ़े, प्रतिनिधियों और अनावश्यक क्रू सदस्यों को इकट्ठा किया, और उन्हें गलियारों से होते हुए फ्लाइट डेक की ओर ले गए। दोनों समूहों में से आधे-आधे अलग हो गए और डेक-दर-डेक आगे बढ़ने लगे ताकि यह सुनिश्चित हो सके कि सभी लोग फ्लाइट डेक की ओर जा रहे हैं।

गलियारों में हलचल मची हुई थी, जहाज़ के सिस्टम की गड़गड़ाहट, ज़रूरत पड़ने पर कूदने के लिए रिचार्ज होने की आवाज़, तनाव को और बढ़ा रही थी। हालाँकि प्रतिनिधि आशंकित थे, फिर भी उन्होंने सुरक्षा दल के निर्देशों का पालन किया। कुछ लोग आपस में फुसफुसा रहे थे, उनकी आँखें डर से चौड़ी हो गई थीं।

"पास रहो और चलते रहो," मॉर्गन ने शांत लेकिन दृढ़ स्वर में आग्रह किया। "हम लगभग पहुँच ही गए हैं।"

प्रतिनिधिगण, जिनमें गेयन, थीसियन, टार्वोसियन, इनक्यूरेट्स और रीस्पिंडसो शामिल थे, जितनी तेजी से हो सके, आगे बढ़े, उनके हाव-भाव में भय और दृढ़ संकल्प का मिश्रण था।

प्रमुख थिसियन दूत, सेराफिना ने अपना संयम बनाए रखा, उनकी नज़रें अपने आस-पास के माहौल पर टिकी रहीं। उन्होंने अपने साथी प्रतिनिधियों से कहा, "हमें अपनी सुरक्षा के लिए चालक दल पर भरोसा करना चाहिए।"

गैयन प्रतिनिधियों में से एक, केल ने सहमति में सिर हिलाया। "वे काफ़ी सक्षम लगते हैं। उम्मीद है कि उनकी बहादुरी उनके कौशल से मेल खाएगी।"

जैसे ही वे उड़ान डेक पर पहुँचे, कैंटन और उनकी टीम ने प्रतिनिधियों को शटल और एस्केप पॉड्स की ओर निर्देशित किया। डेक पर गतिविधियों का एक बड़ा समूह था, जहाँ चालक दल के सदस्य प्रक्षेपण की तैयारी में अथक परिश्रम कर रहे थे।

"जल्दी से विमान में चढ़ो। विमान चालक दल के निर्देशों का पालन करो," कैंटन ने निर्देश दिया।

एक-एक करके, प्रतिनिधि शटल और एस्केप पॉड्स में सवार हो गए। एस्केप वेसल्स के भरते और लॉन्च के लिए तैयार होते देखकर डोक्सन को थोड़ी राहत मिली। जितनी जल्दी वे बोर्डिंग पूरी कर लेते, उतनी ही जल्दी वह पुल पर वापस आ सकती थी।

इस बीच, गेनसन और उनका समूह अनावश्यक चालक दल को कुशलतापूर्वक इकट्ठा कर रहा था और उन्हें जहाज के गलियारों से होते हुए एस्केप पॉड्स तक ले जा रहा था। चालक दल के सदस्य, डरे हुए होने के बावजूद, उद्देश्यपूर्ण ढंग से आगे बढ़ रहे थे, सुरक्षा दल पर उनका भरोसा साफ़ दिखाई दे रहा था।

"सब लोग चलते रहो," गेन्सन ने प्रोत्साहित किया। "हमें तुम्हें जितनी जल्दी हो सके एस्केप पॉड्स तक पहुँचाना है।"

निकासी अभियान जारी रहा, डोक्सन अपनी मुख्य टीम के साथ रहीं और यह सुनिश्चित किया कि सब कुछ सुचारू रूप से चल रहा है। अचानक डेक उनके नीचे हिल गया और उनका संतुलन बिगड़ गया। लड़खड़ाते हुए, वह लगभग गिर ही गईं, लेकिन दीवार से टकराकर उन्होंने खुद को संभाला। कुछ ही देर बाद जहाज का पीए सिस्टम ज़ोर से बज उठा, और लेफ्टिनेंट कार की आवाज़ गलियारों में गूँज उठी। "सभी डेक पर तालाबंदी! बोर्डर्स को खदेड़ने के लिए तैयार हो जाइए!"

ज़्यादातर प्रतिनिधियों और गैर-ज़रूरी क्रू को बाहर निकाल लेने के बाद, डोक्सन ने अपनी टीम को इकट्ठा किया। "ठीक है, समय हो गया है। हम लेफ्टिनेंट कार का साथ देने के लिए पुल की ओर जा रहे हैं। सतर्क रहें। किसी भी चीज़ के लिए तैयार रहें।"

डोक्सन, टोरेस, मॉर्गन, स्टील और एडम्स; दृढ़ निश्चय से भरे चेहरे जहाज के गलियारों से तेज़ी से गुज़र रहे थे। जैसे ही वे पुल के पास पहुँचे, डोक्सन ने अपनी टीम को आगे बढ़ने और अपनी जगह लेने का इशारा किया। उन्हें आखिरी गैर-ज़रूरी क्रू को निकालने में मदद करने के लिए तैयार रहना था।

अध्याय 29

मुठभेड़

Lieutenant Alastar Kar

मैंने ऊपर देखा, तभी डोक्सन और उसके कई कर्मचारी लिफ्ट से उतर गए। मेरे चेहरे पर राहत की एक झलक दिखाई दी। "सही समय है, चीफ डोक्सन। हमारे पास कई छोटे यान आ रहे हैं। वे एलियन जहाज से हैं। मुझे आपकी और पेत्रोवा की ज़रूरत है कि आप एक टीम लेकर तैयार हो जाएँ। हमें ब्रीच पॉइंट्स पर बचाव के लिए आपकी ज़रूरत है।"

"जी सर! मैं इस पर काम कर रहा हूँ," डोक्सन ने घोषणा की।

यह कहकर डोक्सन पेत्रोवा की ओर मुड़ी। "मॉर्गन!" उसने उसके कंधे के ऊपर से चिल्लाकर कहा और पेत्रोवा के साथ लिफ्ट की ओर चल पड़ी। "यहाँ की बागडोर तुम पर है।"

मेरी नज़र फिर से स्क्रीन पर पड़ी, एलियन जहाज़ अशुभ रूप से मंडरा रहा था। मैं झिझक नहीं सकता था। हर पल कीमती था।

"चेन, एलियन जहाज से संपर्क स्थापित करने की कोशिश करते रहो। हमें यह जानना होगा कि वे ऐसा क्यों कर रहे हैं और वे क्या चाहते हैं।"

"ठीक है, लेफ्टिनेंट," चेन ने जवाब दिया, उसके हाथ नियंत्रण पर चल रहे थे।

जहाज़ फिर से काँप उठा जब एक और बोर्डिंग क्राफ्ट ने उस पर कब्ज़ा कर लिया। धातु की चीख़ हवा में गूंज रही थी, जो हमें आने वाले ख़तरे की भयावह याद दिला रही थी। मुझे इस आक्रमण पर गुस्सा आ रहा था। अगर वे लड़ाई चाहते थे, तो उन्हें वही मिलना था! हम नहीं चाहते थे "उस अच्छी रात में धीरे से आगे बढ़ो"

पुल का चालक दल अपने-अपने स्थानों पर डटा रहा। यह उनके प्रशिक्षण का प्रमाण था। हमले के बावजूद, ज़ेफायर को चालू रखने के लिए हर संभव कोशिश कर रहा था।

"लेफ्टिनेंट! डेक तीन पर पतवार टूट गई है!" थॉमस्टन चिल्लाया, उसकी आँखें चिंता से चौड़ी हो गईं।

मेरी नज़र अचानक व्यूस्क्रीन पर पड़ी। पतवार टूटने के बावजूद, और भी यान ज़ेफायर की ओर बढ़ रहे थे। उनके इरादे बिल्कुल साफ़ थे।

"सभी लोग, नज़दीकी लड़ाई के लिए तैयार हो जाओ!" मैंने आदेश दिया, मेरी आवाज़ जहाज़ में गूंज रही थी। "सभी डिब्बे सील कर दो," मैंने मन ही मन राइकर को कोसते हुए कहा कि उसने मुझे अपना काम करने के लिए छोड़ दिया। मैंने इसके लिए हामी नहीं भरी थी। "मकान मालिकों को खदेड़ने के लिए तैयार हो जाओ।"

अपनी लेज़र पिस्तौल को होल्स्टर से निकालकर, उसके वज़न ने मुझे उस भंवर में जकड़ लिया, मैंने पुल पर एक क्षणिक नज़र डाली, गतिविधि और भय के बवंडर को महसूस किया। मुड़कर, वह लिफ्ट की ओर दौड़ा और चिल्लाया, "मॉर्गन, टॉरेस, और कोई भी जो मुझसे लड़ सके!" मेरी टीम मेरे साथ चलने के लिए दौड़ पड़ी, और मैं लिफ्ट की ओर बढ़ गया।

जैसे ही लिफ्ट के दरवाज़े बंद हुए, मैंने अपनी बाँह उनके बीच में डालकर उन्हें खुला रखा। कुछ हैरान-परेशान चेहरे मेरी ओर मुड़े, उनकी आँखें घबराहट और उलझन से फैली हुई थीं। "साहब, आप क्या कर रहे हैं?" शोरगुल के बीच से एक आवाज़ आई, जो मुश्किल से सुनाई दे रही थी।

मैंने कोई जवाब नहीं दिया। इसके बजाय, मैंने अपने कॉलर के अंदर हाथ डाला, मेरी उंगलियाँ छिपी हुई चाबी ढूँढ़ रही थीं। एक तेज़ झटके से, मैंने उसे खींचकर लिफ्ट के पैनल के पास एक छिपे हुए स्लॉट में डाल दिया। लिफ्ट में एक हल्की सी फुसफुसाहट गूँजी, जैसे ही पिछली दीवार का एक हिस्सा खुला, एक संकरा, मंद रोशनी वाला गलियारा दिखाई दिया।

कई चेहरों पर आश्चर्य की लहर देखकर, कंधे उचकाते हुए, मेरे चेहरे पर एक गंभीर मुस्कान थी, मैंने हर डेक पर आपातकालीन पहुँच की बुनियादी बातें समझाईं, मानो मैं कोई फ्लाइट अटेंडेंट हूँ। मंद रोशनी वाले गलियारे में कदम रखते हुए, मैं आदेश देते हुए दौड़ने लगा। "सीमाओं को नियंत्रित करने के लिए लिफ्टों को बंद कर दो।"

मेरे निर्णायक कदमों से उत्साहित होकर, बाकी लोग भी मेरे पीछे गलियारे में आ गए। लिफ्ट के दरवाज़े हमारे पीछे एक हल्की सी आवाज़ के साथ बंद हो गए, जिससे मुख्य मार्ग अतिक्रमणकारी हमलावरों के लिए बंद हो गया।

मेरे मन में विचारों और रणनीतियों का एक महातूफ़ान सा उमड़ रहा था, मैं उनकी अगली चाल का अंदाज़ा लगाने की कोशिश कर रहा था। मुझे लग रहा था कि हम संख्या में, हथियारों में कम, और लगभग पराजित होने के कगार पर हैं। लेकिन मुझे यह भी एहसास था कि हम अकेले नहीं थे। कहीं नीचे, हमारे प्रतिनिधि और बाकी क्रू मेंबर्स शायद अपनी जान बचाने के लिए संघर्ष कर रहे थे। और अगर मैंने उन्हें निराश किया तो मैं बर्बाद हो जाऊँगा। हमारे सामने गलियारा फैला हुआ था, एक मंद रोशनी वाली सुरंग जो जहाज़ की अनजानी गहराइयों में ले जा रही थी। हम तेज़ी से आगे बढ़ रहे थे, हर कदम के साथ युद्ध की गूँजती आवाज़ें तेज़ होती जा रही थीं।

"लेफ्टिनेंट," संचार माध्यमों से एक आवाज़ गूँजी, "वे ज़्यादा जगहों पर घुस आए हैं। डेक तीन पर कई जगह सेंध लगी है।"

मैंने बढ़ते डर को दबा दिया। "समझ गया," मैंने स्थिर स्वर में कहा। "हम लगभग पहुँच ही गए हैं। तैयार हो जाओ।"

सुनसान गलियारे में दौड़ते हुए, मेरे मन और शरीर में भय की भावना भर गई।

"सर," एन्साइन मॉर्गन ने कर्कश स्वर में पूछा, "उन्हें कैसे पता चला कि प्रतिनिधि किस डेक पर थे?"

मेरी भौंहें सिकुड़ गईं, रीढ़ की हड्डी में एक ठंडी सिहरन दौड़ गई। "मैं भी यही सवाल खुद से पूछ रहा था, एनसाइन," मैंने गंभीरता से स्वीकार किया। "शुक्र है कि प्रतिनिधियों को पहले ही निकाल लिया गया था।"

हम आगे बढ़ते रहे; कालीन बिछे होने के बावजूद, हमारे जूतों की आवाज़ खाली गलियारों में गूँज रही थी। अगर आगे दुश्मन ताकतें हमारा इंतज़ार कर रही थीं, तो हम उन्हें चौंका नहीं सकते थे, यह पक्का था। जैसे ही हम डेक तीन पर पहुँचे, हर जगह जल्दबाज़ी में निकासी के निशान दिखाई देने लगे। खाली पड़े डेटा पैड, उलटी कुर्सियाँ, बिखरे हुए निजी सामान, और पसीने और डर की गंध हवा में थी। जैसे-जैसे हम आगे बढ़े, हमने हर कमरे की जाँच की। सभी कमरे खाली थे, जिससे इस बात की पुष्टि हुई कि राजनयिकों को सफलतापूर्वक निकाल लिया गया है, एक छोटी सी जीत।तो फिर सीमाएं कहां हैं?

"क्या आपको यकीन है कि उल्लंघन डेक तीन पर हुआ था?" मैंने संचार इकाई को फ़ोन किया। कोई जवाब नहीं मिला। लेकिन पुष्टि के बिना भी, मुझे एक भयावह एहसास हुआ।

"ये तो मनोरंजन है!" मैंने गुर्राते हुए कहा, मेरी आवाज़ गलियारे में गूँज रही थी। "ये शटल के पीछे पड़े हैं!"

हम घबराई हुई नज़रों से एक-दूसरे को देखने लगे, और स्थिति का पूरा बोझ एक साथ हम पर हावी हो गया। एलियंस ने हमें धोखा देकर अपने हमले के असली निशाने से दूर कर दिया था।

मुझे आदेश देने की ज़रूरत नहीं पड़ी। हम सब एक साथ मुड़े और शटल बे की ओर दौड़ पड़े, मेरा दिल धड़क रहा था। गलियारा हमारे सामने अंतहीन सा लग रहा था। शटल बे जहाज़ के दूसरी तरफ़ और एक मंज़िल नीचे था। जैसे ही हम दौड़े, टिमटिमाती आपातकालीन लाइटों की लंबी परछाइयाँ दीवारों पर खतरनाक ढंग से नाच रही थीं।

एड्रेनालाईन और बेताब उम्मीद से भरकर, मैं अपनी लेज़र पिस्तौल को हाथ में कसकर पकड़े हुए आगे बढ़ा। मैं महसूस कर सकता था कि कीमती पल फिसल रहे हैं, हर पल हमें एक संभावित आपदा के और करीब ला रहा है। मैंने अपनी पूरी ताकत झोंक दी, मेरे फेफड़े जल रहे थे और मेरे पैर दर्द कर रहे थे, लेकिन मैंने गति कम करने से इनकार कर दिया।

जैसे ही हम आखिरी मोड़ पर पहुँचे, शटल बे के भारी धातु के दरवाज़े नज़र आने लगे। वे हमारे और हमारे लक्ष्य के बीच एक बड़ी बाधा बन रहे थे। दरवाज़ों तक पहुँचते ही, युद्ध की आवाज़ें तेज़ हो गईं,

विदेशी हथियारों की धातु की चीख़ें और लेज़र पिस्तौल की आवाज़ें, चालक दल की हताश चीख़ों के साथ घुल-मिल गईं।

भारी धातु के दरवाज़ों के बगल वाले कंट्रोल पैनल पर पहुँचकर, मैंने अपना ओवरराइड कोड डाला। शटल बे के दरवाज़े एक बहरा कर देने वाली चीख़ के साथ खुले। मेरी आँखों के सामने एक बुरे सपने जैसा दृश्य था। तारों के जाल के बीच चिंगारियाँ नाच रही थीं, और जहाँ भी मैंने देखा, वहाँ गहरे रंग के बख्तरबंद मेक सूट पहने दो पैरों वाले विशालकाय एलियन हमलावरों की आकृतियाँ दिखाई दे रही थीं।उनके धातु के सूट तेज़ रोशनी में चमक रहे थे। ये सूट एक अजीब सी शालीनता के साथ हिल रहे थे, तकनीक और मानवीय कुशलता का ऐसा मिश्रण जिसने मुझे एक साथ विस्मित और भयभीत कर दिया।

एक क्षण के लिए, जो अनंत काल जैसा लगा, मैं स्तब्ध रह गया, जब मैंने अपने सामने के दृश्य को देखा।हमें शटल को सुरक्षित करना था। भागने की कोशिश कर रहे लोगों की रक्षा करनी थी। और इस लड़ाई का रुख मोड़ने का कोई रास्ता निकालना था। मैंने तुरंत फैसला ले लिया।

"पूरी ताकत से पिस्तौलें चलाओ," मैंने आदेश दिया, शोरगुल के बीच मेरी आवाज़ बमुश्किल सुनाई दे रही थी। मेरी पैनी नज़रें अराजक दृश्य पर घूम रही थीं, एक अनुभवी कमांडर की सटीकता से स्थिति का आकलन कर रही थीं। "मॉर्गन और टॉरेस, बाएँ किनारे पर कब्जा करो। एडम्स और स्टील, दाएँ किनारे पर। गोली चलाओ और मार डालो।" मेरा दिमाग़ ऐसे दौड़ रहा था जैसे मैं कैफ़ीन के नशे में हूँ।

चारों अफसरों ने गंभीरता से सिर हिलाकर हामी भरी; उनके चेहरे दृढ़ निश्चय से कठोर हो गए। लेकिन स्टील हिचकिचाया, उसकी आँखों में संदेह की एक झलक छा गई। "सर, आपका क्या हाल है?"

एक व्यंग्यात्मक, बेरुखी भरी मुस्कान मेरे होंठों पर आ गई, जिससे मेरा असली रूप सामने आ गया। दिल से, मैं एक सच्चा शिकारी था—आकर्षक, चालाक और जानलेवा। मैं ध्यान भटकाने वाला हूँ," मैंने दृढ़ और दृढ़ स्वर में घोषणा की। "मैं उनकी गोलियाँ खींच लूँगा और तुम चारों को शटल और पॉड्स लॉन्च करने का समय दूँगा। अपनी गोलियाँ रोको," मैं रुका, "जब तक मैं संकेत न दूँ, तब तक हमला मत करना।"

समूह में बेचैनी की लहर दौड़ गई। मॉर्गन की आँखें डर से चौड़ी हो गईं, उसकी आवाज़ में बस फुसफुसाहट थी, जो तनाव को चीरती हुई थी। "सर... वो, वो..."

"आत्महत्या?" मैंने मॉर्गन की बात पूरी करते हुए चुटकी ली।

मैंने उसकी नज़रों से नज़रें मिलाईं, मेरी आँखें गुस्से से जल रही थीं। "यही हमारा एकमात्र विकल्प है, और मुझे मारना इतना आसान नहीं है," मैंने जवाब दिया। "हमें उन्हें समय देना होगा। अब हटो!"

एक साथ सिर हिलाते हुए, अधिकारी छाया में गायब हो गए, उनकी गतिविधियां तेज और खामोश थीं क्योंकि वे शटल बे के दोनों ओर थे।

मैंने एक गहरी साँस ली, तीखी हवा मेरे फेफड़ों को झुलसा रही थी। मैंने अपनी लेज़र पिस्तौल देखी, मेरा हाथ उसकी पकड़ में कस गया और मुझे उसका वज़न महसूस हुआ। मैंने पावर सेल की जाँच की, यह सुनिश्चित करते हुए कि वह पूरी तरह तैयार है। फिर, एड्रेनालाईन के उफान के साथ, मेरा हथियार सीधा और फायर हो रहा था, मैं खुले दरवाज़े से बाहर निकला और पागलपन के केंद्र में पहुँच गया।

मेरे अचानक प्रकट होने से चौंककर, एलियंस मेरी ओर मुड़े। एक आदिम गर्जना के साथ, मैंने लेज़र फायर की बौछार कर दी, जिसके चमकीले बोल्ट हवा में उड़ते हुए चौंके हुए हमलावरों की ओर बढ़े। मेक सूट से लड़ने का प्रशिक्षण प्राप्त होने के कारण, मैंने कमज़ोर जगहों पर निशाना साधा। जोड़ों पर, गर्दन के उस हिस्से पर जहाँ हेलमेट लगे थे, यहाँ तक कि कमर पर भी। आश्चर्य और दर्द की चीखें मेरे कानों में पड़ीं, और मैं देखता रहा कि दुश्मन एक-एक करके ज़मीन पर गिर रहे हैं, लेकिन मैं रुका नहीं। मैं झुकता और उछलता रहा, खुली जगह में टेढ़ा-मेढ़ा चलता रहा, कमर से फायर करता रहा, मेरी हरकतें धुंधली थीं, मैं खुद को उनका निशाना बनाता रहा, उनकी फायर को शटल और पॉड्स से दूर करता रहा।

एलियंस, भ्रमित और क्रोधित होकर, अपनी गोलाबारी उसकी ओर मोड़ दी। ब्लास्टर बोल्ट मेरे सिर के पास से गुज़रे, दीवारों और फ़र्श को झुलसाते हुए, मेरे आस-पास की हवा ऊर्जा से कड़क रही थी। मेरे पहले से ही घायल बाएँ कंधे में एक तेज़ दर्द महसूस हुआ क्योंकि एक

बोल्ट मुझे छू गया, लेकिन मैंने उसे अनदेखा कर दिया, मेरा ध्यान पूरी तरह से अपने मिशन पर था। मुझे पता था कि मैं कीमती पल खरीद रहा हूँ, उनका ध्यान खाड़ी में और अंदर खींच रहा हूँ, कमज़ोर एस्केप क्राफ्ट से दूर।

मेरे शरीर की हर नस मुझे छुपने के लिए चीख रही थी, लेकिन मैं आगे बढ़ता रहा, इस एहसास से प्रेरित होकर कि हर पल जब मैं उनका ध्यान अपनी ओर खींचता हूँ, तो मेरे दल के लिए आज़ादी का एक पल और नज़दीक आ जाता है। मैंने अपने कंधे से उठते दर्द को सहने के लिए अपने दाँत पीस लिए और एक कोने में फँसे जंगली बिल्ली की तरह क्रूरता से लड़ता रहा, मेरी हर चाल एलियंस का ध्यान अपनी ओर बनाए रखने के लिए सोची-समझी थी। समय बीत रहा था, लेकिन मुझे यह भी पता था कि मैंने अपने दल को लड़ने का मौका दिया है। और इस मुश्किल घड़ी में, यही सबसे ज़्यादा मायने रखता था।

शटल बे में युद्ध का शोर गूंज रहा था, ब्लास्टर की आग का कोलाहल, गले से निकलती एलियन की चीखें, और ज़ेफायर के घायल पतवार की दर्दनाक कराहें। युद्ध क्षेत्र में, शोर के बीच एक जानी-पहचानी आवाज़ गूंज रही थी—लॉन्चिंग शटल और एस्केप पॉड्स की तेज़ आवाज़ें। एक के बाद एक, वे गूंज रहे थे, विनाश के बीच आशा की एक बेसुरी धुन। मुझे राहत की एक लहर मिली, जिसने मेरे पेट में पल रहे डर को कुछ पल के लिए कम कर दिया। बुरी तरह घायल, लेकिन एड्रेनालाईन से भरपूर, मैं अपना ध्यान बनाए रखने के लिए संघर्ष कर रहा था। मेरी योजना काम कर गई थी, मेरा जुआ, अपने दल के लिए समय खरीदने की मेरी बेताब कोशिश, रंग ला रही थी। या ऐसा मुझे लगा।

जैसे-जैसे एड्रेनालाईन का वह उछाल, जिसने मेरे बेपरवाह आवेश को और भी भड़का दिया था, कम होने लगा, मुझे अपनी मांसपेशियाँ हिलती हुई महसूस होने लगीं। मेरे हाथ मानो किसी ज़ोरदार भूकंप से बचकर काँप रहे हों, और फिर अचानक कोई चीज़ मेरी पीठ से टकराई। एक तेज़, दिमाग सुन्न कर देने वाला दर्द मुझे लड़खड़ाते हुए नीचे गिरा रहा था। दुश्मन के किसी बम ने मुझे निशाना बनाया था, जिससे मेरा संतुलन बिगड़ गया था। मैं लड़खड़ाते हुए आगे बढ़ा, मेरे चारों ओर की दुनिया धुंधली हो गई, और मैं एक उलटे हुए बक्से के पीछे

छिपने के लिए गिर पड़ा। दर्द और मतली की लहर से जूझते हुए मेरी दृष्टि धुंधली हो गई।

अपने अस्थायी आश्रय के पीछे, मैंने दर्द से बचने के लिए अपनी आँखें बंद कर लीं। साँस फूलने के कारण, मैं होश में रहने की कोशिश कर रहा था। मेरे विचार भागते हुए शटल और पॉड्स की ओर मुड़ गए। मैंने प्रार्थना की कि पायलटों ने मेरे निर्देशों का पालन किया हो और ज़ेफायर से दूर होते ही छलांग लगाने का क्रम शुरू कर दिया हो। मेरी सहज वृत्ति, एक ऐसी आवाज़ जिस पर मैंने भरोसा करना सीख लिया था, मुझे इसी स्थिति के लिए तैयार रहने के लिए प्रेरित कर रही थी। अब, ऐसा लग रहा था कि वह अंतर्ज्ञान दुखद रूप से सही साबित हुआ था।

दर्द की धुंध के बीच, मैं एलियंस की उन्मत्त चीखें सुन सकता था जो मुझे वर्तमान में वापस खींच रही थीं। "उन्हें रोको!" मैंने एक आवाज़ सुनी जो क्षतिग्रस्त शटल बे में गूँज रही थी। मेरा दिल बैठ गया जब और भी क्लैक्सन बजने लगे, जो एक और एस्केप क्राफ्ट के लॉन्च होने का संकेत थे। एलियंस लॉन्चिंग क्राफ्ट के बारे में जानते थे और उन्हें रोकने की कोशिश कर रहे थे।

ज़ेफायर की हड्डियाँ हिला देने वाली एक झटके से हिल गई, उसके बाद क्षतिग्रस्त धातु की घिनौनी चीख़ सुनाई दी। क्रेट के ऊपर से झाँकते हुए, मेरी साँसें अटक गईं। एक अपंग शटल, जिसका पिछला हमला हुआ था और जिसका पतवार क्षतिग्रस्त हो गया था, पतवार में एक गहरा घाव बनाकर अलग होने की कोशिश कर रहा था। इस दृश्य ने मुझे भयभीत कर दिया।

तभी, एक बहरा कर देने वाली गर्जना के साथ, शटल बे के अंदर का वातावरण अंतरिक्ष के शून्य में फैलने लगा। चीखती हवा और हड्डियाँ कंपा देने वाला शून्य मुझे अपनी ओर खींच रहा था, मानो मुझे शून्य में खींच ले जाने की धमकी दे रहा हो। उसी क्षण मुझे एहसास हो गया कि ज़ेफायर हार गया है। हमारा बेतहाशा दांव कामयाब हो गया था, लेकिन किस कीमत पर? यह एक खोखली जीत थी।

हर जगह दर्द से कराहते हुए, मैंने दर्द को अलग-अलग हिस्सों में बाँट दिया और खुद को खड़ा किया। मुझे बाकी शटल तक पहुँचना था और यह सुनिश्चित करना था कि वे सफलतापूर्वक निकल जाएँ। जैसे ही

मैं बाहर निकलने की ओर लड़खड़ाते हुए बढ़ा, मेरा मन तेज़ी से दौड़ने लगा।एलियंस को प्रतिनिधियों के स्थान के बारे में कैसे पता चला? वे इतनी जल्दी और चुपचाप जहाज में कैसे घुस गए?ये प्रश्न मुझे कचोट रहे थे और मेरा क्रोध और गुस्सा बढ़ रहा था।मैं उत्तर ढूंढूंगा, भले ही यह मेरा आखिरी काम हो।

लॉन्च कंट्रोल की ओर लड़खड़ाते हुए, मैंने उसके पीछे से एक हताश चीख सुनी। मुड़कर देखा, तो एक क्रू मेंबर को दो एलियंस घसीटते हुए ले जा रहे थे। एक आदिम गर्जना के साथ, मैं ब्लास्टर जलाते हुए उनकी ओर बढ़ा। हम युद्ध में थे।

जब युद्ध का बोझ मेरे कंधों पर भारी पड़ रहा था, मैंने अपना ध्यान एन्साइन मॉर्गन की ओर लगाया, जिनका दृढ़ संकल्प हमारे चारों ओर व्याप्त पागलपन के बीच भी झलक रहा था।

चौथा दिन: हिसाब-किताब

अध्याय 30

लिया

21:12:3025 06:00

एनसाइन अमारा मार्टिनेज मॉर्गन

टाइमर पर सेट ज़ेफायर की लाइटें धीरे-धीरे चमकने लगीं, जो एक नए दिन की शुरुआत का संकेत थीं। लेकिन ज़्यादातर दिनों के विपरीत, एलियन आक्रमणकारियों के खिलाफ चालक दल की भीषण लड़ाई की आवाज़ों ने शांति भंग कर दी। लेफ्टिनेंट कार के आदेश पर, कॉर्पोरल जेवियर टॉरेस और मैं समूह से अलग हो गए। संकरा गलियारा मंद रोशनी में था और दूर से ब्लास्टर की फायरिंग और विस्फोटों की आवाज़ों से भरा हुआ था। टॉरेस की ओर देखते ही मेरा दिल ज़ोर से धड़कने लगा, जिसके चेहरे पर गंभीर दृढ़ संकल्प था। हमें यह

सुनिश्चित करने का काम सौंपा गया था कि शटल और पॉड्स लॉन्च हो सकें और बच निकल सकें।

जैसे ही हम उड़ान डेक के पास पहुँचे, हमें प्रक्षेपण नियंत्रण प्रणालियों के चालू होने की स्पष्ट ध्वनि सुनाई दी। हमें इन नियंत्रणों को सुरक्षित करना था ताकि एस्केप पॉड्स और शटल्स का प्रक्षेपण सुनिश्चित हो सके। अगर एलियंस पहले नियंत्रणों तक पहुँच जाते, तो भागने का कोई भी विचार गायब हो जाता। उड़ान डेक के दूर वाले हिस्से में, शटल्स और पॉड्स के नियंत्रण पैनल विशाल कक्ष के दोनों ओर ऊँचे चबूतरों पर स्थित थे। हम निकटतम नियंत्रणों की ओर दौड़ पड़े। आगे बढ़ते एलियंस की छिटपुट गोलीबारी से बचने के लिए झुकते और घूमते हुए नियंत्रणों की ओर बढ़ रहे थे।

हमारे पीछे, ब्लास्टर से गोलाबारी शुरू हो गई, जिससे हमें थोड़ी राहत मिली, क्योंकि दुश्मन की गोलाबारी हमसे दूर हो गई थी। जैसे ही मैंने अपने कंधे पर नज़र डाली, मैंने देखा कि साहसी लेफ्टिनेंट कार हमलावर एलियंस पर सीधे हमला कर रहा था ताकि उनका ध्यान अपनी ओर खींच सके। मैं स्तब्ध होकर देखता रहा, जब वह विशाल मशीन-सूट पहने एलियंस के बीच से उछल-कूद कर रहा था, उसका ब्लास्टर लगातार फायर कर रहा था। वह आदमी निडर था! मेरे मन में एक हीरो जैसा भाव था। मैं विस्मय में था।

मैंने बड़ी मुश्किल से अपना ध्यान वापस अपने काम पर लगाया। "जब तक मैं लॉन्च कंट्रोल्स तक पहुँचता हूँ, मुझे ढक देना," मैंने शोर के बीच से टॉरेस को चिल्लाकर कहा, मेरी आवाज़ मुश्किल से सुनाई दे रही थी।

टोरेस ने सिर हिलाया और खुद को मेरे और आती हुई गोलीबारी के बीच खड़ा कर लिया। उसने अपने ब्लास्टर से जवाबी गोलीबारी की, एलियंस को दूर रखने की कोशिश में। खड़े होकर ताकि मैं कंट्रोल तक पहुँच सकूँ, मैंने सबसे नज़दीकी पॉड्स और शटल्स के लिए लॉन्च सीक्वेंस में पंच करना शुरू कर दिया। अगर पायलट को पता होता कि वह क्या कर रहा है, तो यह हर क्राफ्ट से हाथ से भी किया जा सकता था। बहुतों को नहीं पता था। मेरी उंगलियाँ कंसोल पर उड़ रही थीं। हर कुछ सेकंड में मैं स्क्रीन और आते हुए दुश्मन के बीच बारी-बारी से नज़रें घुमाने का जोखिम उठा रहा था।

मुझे यह समझने में एक पल लगा कि लेफ्टिनेंट कार का "ध्यान भटकाना" बंद हो गया था। चिंता में मैंने उस जगह की ओर देखा जहाँ मैंने उसे आखिरी बार देखा था, लेकिन वह कहीं नज़र नहीं आया। और कई बड़े हमलावर उस जगह पर नज़र गड़ाए हुए थे जहाँ वह था। मेरा दिल बैठ गया क्योंकि मुझे किसी अनहोनी की आशंका थी। ऐसा नहीं हो सकता, वह नहीं हो सकता...

जैसे ही मैंने प्रक्षेपण क्रम शुरू किया, मेरी आँखों में आँसू आ गए, और उसी क्षण, एक भारी तोप का गोला हमारे ठीक पीछे ज़मीन पर गिरा, जिससे डेक हिल गया। मैंने देखा कि टॉरेस दीवार से टकरा रहा है, उसका ब्लास्टर ज़मीन पर गिरकर लड़खड़ा रहा है। कुछ ही देर बाद, एक विशालकाय मशीन-सूट पहने एलियन उसके ऊपर मंडरा रहा था, उसकी धातु की भुजा पीछे की ओर घूमी और टॉरेस पर ज़ोरदार प्रहार किया। वह बेहोश होकर ज़मीन पर गिर पड़ा।

"टॉरेस!" मैं चीखा, मेरी आवाज़ घबराहट से फट रही थी। मैंने अपना ब्लास्टर उठाया और मशीन-सूट पहने एलियन पर गोलियाँ चलानी शुरू कर दीं, लेकिन मेरी गोलियाँ कवच से टकराकर बिना किसी नुकसान के वापस लौट गईं।

मेरी ओर मुड़कर एलियन आगे बढ़ा। मैं उसे कर्कश भाषा में कुछ चिल्लाते हुए सुन सकता था। शोर के बीच, मैं उसके कुछ शब्द समझ पाया। चौंककर मुझे एहसास हुआ कि वे मेरे पीछे थे। उन्हें मुझे ज़िंदा पकड़ लेने का आदेश दिया गया था। लेकिन क्यों? मैं तो कोई मामूली इंसान था। क्या इसलिए कि मैं एक भाषाविद् था और उनके काम आ सकता था? धिक्कार है! धिक्कार है! और दोहरा धिक्कार है!

मेरा दिमाग़ तेज़ी से घूम रहा था। मैं उन्हें खुद को ले जाने नहीं दे सकता था। मैंने फिर से गोली चलाई, सूट के जोड़ों और कमज़ोर हिस्सों पर निशाना साधा, जैसा मुझे सिखाया गया था। यह काम कर गया! एलियन रुक गया, कुछ पल के लिए लड़खड़ाया।

क्षणिक व्याकुलता का लाभ उठाते हुए, मैं टोरेस की ओर दौड़ा, उसे बांहों के नीचे से पकड़ कर नियंत्रण कंसोल के पीछे खींच लिया।

"टॉरेस, उठो!" मैंने उसके चेहरे पर हल्के से थपकी देते हुए चिल्लाया। उसकी आँखें फड़फड़ाकर खुल गईं, वह भ्रमित और उलझन में था।

"किसी एक निःशुल्क पॉड में जाओ!" मैंने चिल्लाकर कहा, मेरी आवाज भय और हताशा से भरी हुई थी।

टोरेस ने अपना सिर हिलाकर उसे संभालने की कोशिश की। मैंने उसे खड़े होने में मदद की। फिर मैंने उसे पास के एस्केप पॉड की ओर धकेल दिया। मैंने उसे कुछ लड़खड़ाते हुए कदम उठाते देखा, फिर मेरा ध्यान वापस अपने हमलावर पर गया। लेफ्टिनेंट कार की तरह, मैंने भी अपना ब्लास्टर फायर करके, उनका ध्यान टोरेस से हटाने की कोशिश की।

एक छिपने की जगह से दूसरी छिपने की जगह भागते हुए, मैंने एलियंस के साथ लुका-छिपी का एक खतरनाक खेल खेला। लड़ाई के दौरान मेरे लंबे, गेहुँए घुंघराले बाल खुल गए थे और अब बेतरतीब ढंग से बिखरे हुए थे, कुछ लंबी, उलझी हुई लटें मेरे पसीने से तर चेहरे पर चिपकी हुई थीं। अपनी आँख के कोने से, मैंने टॉरेस की एक झलक देखी, उसके कदम स्थिर थे, और वह एक एस्केप पॉड की ओर बढ़ रहा था जो अभी भी डॉक पर खड़ा था।

मेरा ध्यान टोरेस पर केंद्रित था, जैसे ही वह पॉड की ओर बढ़ा, अचानक एक विशाल धातु के दस्ताने पहने हाथ ने मेरे बाल पकड़ लिए। मैं झटके से अपने पैरों से उछलकर अपनी छुपने की जगह से बाहर आ गई। जैसे ही मुझे पैरों से उठाया गया, मेरे सिर में दर्द दौड़ गया। चीखते हुए मैं अपने अपहरणकर्ता पर लात-घूंसों से वार करने लगी, खुद को छुड़ाने की कोशिश करने लगी।

हैंगर के दूसरी तरफ़ से एक ज़ोरदार धमाके ने डेक को हिला दिया। तुरंत ही एक शक्तिशाली सक्शन ने मलबे और लाशों के साथ हवा को अंतरिक्ष में एक बड़े से छेद की ओर फेंकना शुरू कर दिया। मैकेनिकल सूट के बूटों पर लगे चुंबकीय ताले ही थे जो मुझे और मेरे अपहर्ताओं को अंतरिक्ष में जाने से रोक रहे थे।*हे भगवान, मैं मरना नहीं चाहता!*

घबराहट होने लगी और मैंने भागने की अपनी बेतहाशा कोशिशें दोगुनी कर दीं। मैंने अपने बालों पर एलियन की पकड़ तोड़ने के लिए बार-बार पंजे और लात मारने की कोशिश की। लेकिन मेरी हर कोशिश एलियन के बख्तरबंद मैकेनिकल सूट से टकराकर बिना किसी नुकसान के उछल जाती।

खाड़ी के अंदर से एक सिहरन भरी दहाड़ गूँजी, एक कर्कश ध्वनि जिसने मेरी रीढ़ की हड्डी में सिहरन पैदा कर दी। मैं स्तब्ध रह गया, कौन सा नया आतंक सामने आने वाला था? मेरे अंदर दहशत की एक नई लहर भड़क उठी और मैं जितना चाहता था कि बस आँखें बंद कर लूँ और उम्मीद करूँ कि यह सब दूर हो जाएगा, उतना ही जानता था कि ऐसा नहीं होगा।

जानवरों जैसी आवाज़ की दिशा में देखते हुए, लेफ्टिनेंट कार को देखकर मैं चौंक गया। मैं उन्हें लगभग पहचान ही नहीं पाया। उनके चेहरे पर खून के धब्बे थे और उनकी वर्दी, जो हमेशा से ही साफ़ और बेदाग़ थी, जलकर फट गई थी। लेकिन जिस चीज़ ने मेरा ध्यान खींचा, वह थी उनकी आँखें। उनकी अनोखी अंबर जैसी आँखें आमतौर पर बहुत शांत और गणनाशील होती थीं, लेकिन अब वे एक ऐसी भयंकर तीव्रता से जल रही थीं कि मेरी रीढ़ में सिहरन दौड़ गई।

हे भगवान, वह चार्ज कर रहा है.वह पागल हो गया है, कोई रास्ता नहीं है...मैं डर के मारे लेफ्टिनेंट को हम पर हमला करते देख रहा था, उसका ब्लास्टर बेतहाशा फायर कर रहा था। मैं डर के मारे काँप उठा, मुझे लगने की आशंका से, लेकिन एक पल बाद ही मुझे एहसास हुआ कि वह जानबूझकर मुझे चूकते हुए, ऊपर निशाना साध रहा था। मुझे पकड़े हुए एलियन गुस्से से दहाड़ा, और मुझे ज़मीन पर गिरा दिया और इस नए खतरे का सामना करने के लिए मुड़ा।

मैं डेक पर ज़ोर से गिरा, और एक पल के लिए मेरी साँसें थम सी गईं। मैं उछलकर खड़ा हुआ और टॉरेस को ढूँढ़ने लगा।भगवान का शुक्र है/वह एस्केप पॉड तक पहुँच गया था और मेरी तरफ़ तेज़ी से हाथ हिला रहा था, कुछ चिल्ला रहा था जो मैं शोर के बीच सुन नहीं पा रहा था। पल भर में फ़ैसला करके मैं उसकी तरफ़ दौड़ने लगा, मेरा दिल मानो सीने से बाहर निकल आएगा।

जैसे ही मैं भागा, मैंने अपने पीछे भीषण लड़ाई की आवाज़ सुनी। लेफ्टिनेंट अभी भी उन एलियंस पर गोलियाँ चला रहा था जिन्होंने मुझे पकड़ लिया था, जिससे मुझे भागने का मौका मिल गया। मैंने अपने कंधे के ऊपर से डर के मारे देखा कि कैसे कर ने एक आदिम गर्जना करते हुए, खुद को सबसे नज़दीकी मशीन-सूट पहने एलियंस पर फेंका। उसकी गति ने उसे और एलियन दोनों को एक ज़ोरदार आवाज़ के साथ डेक पर गिरा दिया। एस्केप पॉड की ओर मेरी दौड़ धीमी हो गई क्योंकि मैंने देखा कि लेफ्टिनेंट एलियन के साथ एक भयंकर, हाथापाई और क्रूर शक्ति का मुकाबला कर रहा है।

तभी मुझे एहसास हुआ कि लेफ्टिनेंट के पास अब उसका ब्लास्टर नहीं था। एलियन से निपटते हुए उसने उसे खो दिया होगा। ज़मीन पर पड़े मलबे के बीच छिपे ब्लास्टर की एक झलक पाकर मेरे कदम लड़खड़ा गए। मैं लगभग एस्केप पॉड के पास पहुँच ही गया था कि रुक गया, मेरी नज़रें उस जगह पर टिक गईं जहाँ कुछ ही फीट की दूरी पर ब्लास्टर पड़ा था। मेरा रोम-रोम मुझे भागने को कह रहा था। लेकिन... मैं लेफ्टिनेंट को पीछे नहीं छोड़ सकता था। क्या मैं... नहीं! मैं नहीं छोड़ सकता था। उसने मेरे साथ जो कुछ किया था, उसके बाद मैं उसे यूँ ही नहीं छोड़ सकता था। मैं घूमकर आगे बढ़ा और ब्लास्टर को ज़ोर से पकड़ने की कोशिश की।

मेरे चारों ओर, शटल बे अराजकता का बवंडर था, हवा जले हुए धातु, ओजोन और खून की तांबे जैसी गंध से भरी हुई थी। उस पल मुझे पता था कि मैं लेफ्टिनेंट को अकेले लड़ने के लिए नहीं छोड़ सकता। दृढ़ निश्चय के साथ, मैं लेफ्टिनेंट के लिए लड़ने के लिए तैयार होकर वापस लड़ाई में कूद पड़ा। मेरी नसों में एड्रेनालाईन का संचार हो रहा था, मैंने खुद को दो जूझ रहे आकृतियों के बीच खतरनाक जगह में फेंक दिया। करीब से, मैं कर के चेहरे पर उकेरे गए कच्चे रोष को देख सकता था, एलियन के खिलाफ संघर्ष करते हुए उसके दांत गुर्राने की तरह दिख रहे थे। अपनी घबराहट को शांत करने के लिए एक गहरी साँस लेते हुए, मैंने हथियार को अपने हाथ में स्थिर रखा, हालांकि मेरा दिल ऐसा महसूस कर रहा था जैसे कि यह फटने वाला था, मैं बहुत डरा हुआ था। मैंने एलियन के हेलमेट वाले सिर के सामने ब्लास्टर की नली रखी और बिंदु-रिक्त गोली चला दी।

युद्ध की आवाज़ों और भड़कते माहौल के बावजूद, धमाका मेरे कानों को बहरा कर रहा था। मैं अविश्वास से देखता रहा जब हेलमेट टूट गया, किसी एलियन का भयावह चेहरा नहीं, बल्कि एक गैयन के चौंकाने वाले परिचित चेहरे दिखाई दिए। पीछे हटते हुए, मेरे होंठों से एक आह निकल गई। "क्या...?" मैंने फुसफुसाते हुए कहा, मेरा मन सदमे से चकरा रहा था।

मेरा सदमा ज़्यादा देर तक नहीं रहा, और अपनी उलझन को एक तरफ़ धकेलते हुए, मैंने लेफ्टिनेंट कार की तरफ़ देखा, जो अब बेजान हो चुके गैयन के शरीर से सटा हुआ था। मैंने उसका हाथ बढ़ाते हुए कहा, "सर, आइए, हमें चलना होगा।" जैसे ही मैंने उसे खड़ा होने में मदद की, वह लड़खड़ा गया, और मैं उसकी छोटी-छोटी, बेतरतीब साँसों की आवाज़ सुन सकता था। एक पल लगा, लेकिन आखिरकार मैं उसे अपने पैरों पर खड़ा करने में कामयाब रहा।

साँस लेने की कोशिश करते हुए उसकी नज़र मेरी नज़रों से मिली। "वहाँ..." उसने हाँफते हुए एक अकेले एस्केप पॉड की ओर इशारा किया। "...एक पॉड... इंतज़ार कर रहा है... जाओ।"

मैं उसकी निगाहों का पीछा करते हुए पास ही बने एस्केप पॉड की ओर गया, जहाँ टोरेस खुले हैच से बेतहाशा हाथ हिला रहा था, उसके चेहरे पर हताशा का भाव था। "आपके बिना नहीं, सर," मैंने कहा, मेरी आवाज़ अब और भी मज़बूत और दृढ़ निश्चय से भरी हुई थी।

मैंने उसकी कमर पर हाथ रखा और उसका वज़न संभाला और उसे पॉड की ओर घसीटने लगा। पॉड तक का सफ़र बेहद धीमा लग रहा था। हर कदम कर के वज़न और मेरी अपनी थकान से जूझ रहा था। हमारे चारों ओर युद्ध की आवाज़ें गूंज रही थीं, ब्लास्टर की आग और इंसानों और एलियंस, दोनों की चीखें एक अराजक दहाड़ में घुल-मिल रही थीं। लेकिन मेरा ध्यान पॉड पर, और हमारी बचने की एकमात्र उम्मीद पर ही टिका रहा।

जब हम पॉड पर पहुँचे, तो टॉरेस ने कर को पकड़ लिया और उसे खुली हैच से बाहर निकालने में मदद की। ज़ोरदार कोशिश के साथ, मैंने कर को आधा उठाया, आधा घसीटते हुए एक सीट पर बिठाया, और

टॉरेस ने हैच को ज़ोर से बंद कर दिया, जिससे हम उस तंग जगह में बंद हो गए।

"हमें यहाँ से निकालो!" मैंने चिल्लाकर कहा, मेरी आवाज़ थकान और एड्रेनालाईन के कारण भारी हो गई थी। टॉरेस, जो पहले से ही नियंत्रण में था, ने लॉन्च सीक्वेंस शुरू किया, और पॉड ज़ेफायर से दूर चला गया, उसके इंजन गर्जना करते हुए उस विनाशकारी जहाज से दूर जा रहे थे।

ज़ेफायर पर युद्ध की आवाज़ों के बाद पॉड में छाई खामोशी... बेचैन कर देने वाली थी। मुझे हमेशा से बताया गया था कि ध्वनि अंतरिक्ष के शून्य में नहीं फैलती। लेकिन ऐसा सुनना और उसे अनुभव करना, दो बिल्कुल अलग बातें थीं। आँखें खोलकर मैंने देखा कि टॉरेस छोटे से व्यूपोर्ट से बाहर देख रहा था, उसके चेहरे पर एक भयावह भाव था।

"अरे," मैंने धीरे से कहा, उसकी बाँह छूने के लिए हाथ बढ़ाते हुए। "हम कर ही गए।"

टोरेस ने मेरी तरफ़ देखा, उसकी आँखों में राहत और दुःख का मिला-जुला भाव था। "हाँ, हमने तो कर दिखाया। लेकिन बाकियों का क्या?"

हम अभी इस बारे में नहीं सोच सकते।" मैंने सिर हिलाते हुए कहा। "हमें मिलन स्थल पर पहुँचने पर ध्यान केंद्रित करना होगा।"

टोरेस ने गहरी साँस लेते हुए सिर हिलाया, "तुम सही कह रहे हो। चलो यहाँ से चलते हैं।"

जैसे-जैसे हम मरते हुए जहाज़ से दूर भाग रहे थे, मैं उस लड़ाई के बारे में सोचने से खुद को रोक नहीं पा रहा था जो हम अभी-अभी पीछे छोड़ आए थे। मशीन-सूट पहने एलियंस, फ़्लाइट डेक पर मची अफ़रा-तफ़री और लेफ्टिनेंट कार के ज़बरदस्त दृढ़ संकल्प की तस्वीरें मेरी यादों में बस गईं। मुझे पता था कि हम अभी खतरे से बाहर नहीं हैं, और शायद आगे हमें एक लंबी लड़ाई लड़नी होगी, लेकिन फ़िलहाल हम सुरक्षित थे।

अध्याय 31

अंतरिक्ष में खोना

समय पर - *10:00*

Lieutenant Alastar Kar

अंतरिक्ष की विशालता में समाया एक छोटा सा कण, एस्केप पॉड, मरते हुए जहाज़ से तेज़ी से दूर जा रहा था, उसके तीन यात्री बचने की उम्मीद से चिपके हुए थे। सुबह का समय था, और हम थके हुए, भूखे थे, और हिम्मत और उम्मीद से बंधे हुए थे।

कॉर्पोरल जेवियर टोरेस और एनसाइन अमारा मार्टिनेज़ मॉर्गन ने ज़ेफायर को एक क्रूर हमले की पीड़ा में छटपटाते हुए देखा, उसका पतवार विस्फोटों और लेज़र की आग से जगमगा रहा था। जहाँ तक मेरी बात है, मैं अपनी सीट पर लटक रहा था, सिर्फ़ हार्नेस ही मुझे किसी पीटे हुए जानवर की तरह सीधा खड़ा रख रहा था। जैसे-जैसे पॉड तेज़ होता गया, जी-फोर्स ने हमें पीछे धकेला, हमारे शरीर पस्त और घायल हो गए, हमारी आत्मा एड्रेनालाईन और अज्ञात भय से भर गई।

तंग व्यूपोर्ट से, हमने अंधेरे में बिखरे हुए दूसरे एस्केप पॉड और शटल देखे, जिनकी टिमटिमाती रोशनियाँ रात में जुगनुओं जैसी लग रही थीं। हमारे आस-पास का स्थान शटल और एस्केप पॉड से भरा पड़ा था जो खतरे से बेतहाशा भाग रहे थे। कभी-कभी, हमें प्रकाश की एक तेज़ चमक दिखाई देती, रंगों का एक इंद्रधनुष जो कुछ देर के लिए शून्य को रोशन कर देता, एक मिनी-हाइपरड्राइव के सक्रिय होने का संकेत देता। फिर यान हाइपरस्पेस के घूमते हुए भंवर में गायब हो जाता।

हालाँकि, हर सफल छलांग के साथ, भागने वाले कई यान असफल हो रहे थे। हमारी क्षणिक आशा धुंधली पड़ गई और हम जैसे-जैसे दहशत में देखते रहे, दम तोड़ती गई। चिकने और घातक एलियन यानों का एक छोटा बेड़ा, भागे हुए शटल और पॉड को बेरहमी से

मार गिरा रहा था। टॉरेस और मॉर्गन ने अपने स्थान के आस-पास उनमें से किसी भी यान को नहीं देखा और एक पल के लिए, हमारे दिलों में उम्मीद की किरण जगी। ऐसा लग रहा था कि हम बस बच निकलेंगे। तभी, एक चिकना चाँदी का यान, जिसका आकार किसी शिकारी मछली जैसा था, नज़र आया। उसके निचले हिस्से से ऊर्जा की एक चकाचौंध कर देने वाली किरण फूटी, जिसने पास के एक शटल पर घातक सटीकता से प्रहार किया। शटल एक भीषण विस्फोट में बिखर गया, जिसकी प्रघात तरंग ने अंतरिक्ष के निर्वात में भी हमारे पॉड को हिलाकर रख दिया।

यान के ज़ोरदार झटकों ने मुझे इतना जगा दिया कि मैं समझ गया कि क्या हो रहा है। मैंने टॉरेस के सिर के ऊपर से देखा और देखा कि चाँदी का यान हमारी ओर दौड़ रहा है। "कूदो!" मैंने कर्कश स्वर में कहा, धुएँ के कारण और दर्द से मेरी आवाज़ भारी हो गई थी। मेरे हताश शब्दों ने मॉर्गन और टॉरेस को उनके सदमे से बाहर निकाल दिया। "अरे, टॉरेस, अभी कूदो!"

बाहर हो रहे दृश्य को देखकर टॉर्रेस स्तब्ध रह गया, मानो उस भयावहता में खो गया हो। कठोर आदेश ने उसे वास्तविकता में वापस ला दिया। उसके हाथ नियंत्रण की ओर दौड़ पड़े, उसकी उंगलियाँ काँप रही थीं जब उसने जंप ड्राइव चालू किया। उसी क्षण, उस चांदी के यान ने अपना ध्यान हमारी ओर मोड़ लिया, उसका घातक हथियार हमारे कमज़ोर पॉड पर तान दिया।

एलियन जहाज हमारी ओर दौड़ा; उसके पायलट का चेहरा पल भर के लिए व्यूपोर्ट से दिखाई दिया। यान के अंदर बैठे आदमी के कोणीय, लम्बे चेहरे निश्चित रूप से गैयन थे। उसकी नज़रें हमारे पॉड पर टिकी थीं और लेज़र तोप की घातक चमक हमारी ओर बढ़ती देख समय धीमा सा लग रहा था। लेज़र ने पतवार पर इतनी ज़ोरदार टक्कर मारी कि हड्डियाँ हिल गईं, जिससे पॉड ज़ोर से घूम गया। उनके व्यूपोर्ट के बाहर की दुनिया तारों के एक चक्करदार धुंधलेपन में बदल गई। लेकिन हमारे हमलावर के लिए जो शुरू किया था उसे पूरा करने में बहुत देर हो चुकी थी। हाइपरड्राइव पहले ही सक्रिय हो चुका था। यह फुफकारता और सक्रिय होता गया, हमें ऊर्जा के एक चकाचौंध भरे भंवर

में घेर लिया। हम हाइपरस्पेस में फेंक दिए गए; तबाही को बहुत पीछे छोड़ गए।

पॉड के अंदर, हम अपने हार्नेस से चिपके हुए थे, छलांग की जी-फोर्स हमारे शरीर को खींच रही थी। मेरी साँसें उखड़ रही थीं, मैं बल्कहेड से टिक गया, मेरी आँखें बंद थीं। मैं अभी भी एलियन की तोपों की गूँजती आवाज़ें सुन सकता था, अभी भी उस लेज़र की गर्मी महसूस कर सकता था जिसने हमारे भागने का रास्ता लगभग बंद कर दिया था। हाइपरस्पेस के अनजान खतरे उस निश्चित मौत से कहीं कम भयानक थे जिसे हम पीछे छोड़ आए थे। हमारा पॉड अपनी यात्रा जारी रखता रहा, अंतरिक्ष की विशालता में एक छोटा सा कण तेज़ी से उड़ता हुआ। जैसे-जैसे लड़ाई का भार हवा में भारी होता गया, मुझे लगा जैसे मेरे चारों ओर की दुनिया बदल रही है। ज़ेफायर का शटल बे एक भीषण युद्ध की बहरा कर देने वाली आवाज़ों से गूंज रहा था।

चूंकि मैं अस्थायी रूप से अपने अंतरिक्ष यान से दूर था (जो कि बहुत कम कहना होगा, क्योंकि यह कोई सामान्य डेस्क जॉब नहीं थी), दृश्य मेरी दृष्टि से परे हो गया, जिससे वहां उत्पन्न अराजकता का पता चला।

अध्याय 32

प्रेतात्मा

जैसे-जैसे ज़ेफायर पर युद्ध तेज़ होता गया, चालक दल और प्रतिनिधियों को लेकर दर्जनों शटल और एस्केप पॉड्स रवाना हुए। मरते हुए जहाज़ से भागते हुए। कोई भी इस हमले, अंदर से हो रहीं तोड़फोड़ और विश्वासघात के लिए तैयार नहीं था जिसने उनके पतन की नींव रखी थी।

जब शटल बे में हमला शुरू हुआ, तो हमलावरों को देखकर हर कोई दंग रह गया। कवच पहने विशालकाय आकृतियाँ विशाल कक्ष में घुस आई थीं, बिना किसी विवेक के चालक दल को मार डाला और प्रतिनिधियों को बंदी बनाने की कोशिश की। सभी को पता ही नहीं था कि उन पर हमला कौन या क्या कर रहा है, जब तक कि लेफ्टिनेंट कार और एनसाइन मॉर्गन ने सूट पहने एक आकृति को मार डाला, हेलमेट और फेस शील्ड को तोड़कर अंदर की आकृति को प्रकट नहीं कर दिया।

एक GAEAN!

अफरा-तफरी के बीच, जहाँ घबराए हुए चालक दल और प्रतिनिधि, दोनों ही भागने की बेताब कोशिश कर रहे थे, किसी ने एक अकेले शटल पर ध्यान नहीं दिया। ज़ेफायर पर हमला कर रहे विशाल जहाज से भागने के बजाय, वह बाकियों से अलग हो गया था। रास्ता भटककर, उसका रास्ता हाइपरस्पेस की सुरक्षा की ओर नहीं, बल्कि सीधे दूर खड़े विशाल जहाज की ओर जा रहा था।

दव्रेथयह गैयन सेनाओं का प्रमुख जहाज़ था। इसका विशाल आकार एक अशुभ उपस्थिति थी। अंतरिक्ष के कालेपन में इसका काला आवरण लगभग अदृश्य था, एक ऐसा दुश्मन जो अपनी सतह पर चमकते प्रतीकों के साथ एक छद्म भेष में था और अपनी ही तरह की जीवंतता से स्पंदित था।

जैसे ही शटल रेथ के पास पहुँचा, हैंगर बे का एक विशाल दरवाज़ा धीरे-धीरे खुलने लगा। एलियन जहाज़ का विशाल आकार शटल को बौना बना रहा था क्योंकि वह सीधे उसके इंतज़ार कर रहे मुँह में जा घुसा। हैंगर के अंदर, शटल अपने चारों ओर के विशाल अंतरिक्ष में समा गई। दीवारें अजीबोगरीब, अपरिचित मशीनों से सजी थीं जो किसी अलौकिक ऊर्जा से गुंजायमान थीं। एक ऐसी तकनीक जो गैयन साम्राज्य को संयोग से मिली थी। एक ऐसा कौशल जो उन्हें ओरियन आर्म वाली बाकी सभी जातियों पर एक बड़ी बढ़त दिला रहा था।

जैसे ही शटल ज़मीन पर उतरा और ज़मीन पर सुरक्षित हो गया, यान के पिछले हिस्से पर लगा बोर्डिंग रैंप एक हल्की सी फुफकार के साथ नीचे उतरा। शटल के अंदर मंद रोशनी थी, हवा खून की धातुई गंध से भरी हुई थी। जैसे ही रैंप हैंगर के फर्श पर पहुँचा, तीन आकृतियाँ उभरीं, उनकी चाल धीमी और सोची-समझी थी और वे हैंगर में उतर रहे थे।

गैयन राजनयिक टैरेन, केल और इमोन शटल से उतरे। उनके हमेशा साफ़-सुथरे कपड़े उखड़ गए थे और खून से सने हुए थे, गहरे लाल रंग का कपड़ा उनके चटकीले रंगों के साथ एकदम विपरीत था। उनके पीछे शटल के फर्श पर पाँच शव पड़े थे, जिनके नीचे शरीर का तरल पदार्थ जमा था। ये ज़ेफायर के चालक दल के सदस्य थे, जिन्हें मास्टर चीफ डोक्सन ने तीन प्रतिनिधियों की सुरक्षा का जिम्मा सौंपा था।

गैयन सैनिक जितने लंबे थे, हैंगर के उस पार से उनकी ओर बढ़ती हुई आकृति उससे भी ज़्यादा लंबी थी। शरीर एक बख्तरबंद मशीनी सूट में लिपटा हुआ था। लेकिन ज़ेफायर पर सवार सैनिकों द्वारा पहने गए सूटों के चिकने, लगभग सुंदर डिज़ाइनों के विपरीत, यह सूट ज़्यादा बड़ा था। कहीं ज़्यादा प्रभावशाली, मोटे, भारी कवच-प्लेटों और हर सतह से हथियार निकले हुए। आकृति के हर कदम से हैंगर में एक ज़ोरदार आवाज़ गूंजती थी, दीवारों से धातु के टकराने की आवाज़ गूंजती थी।

टैरेन, केल और इमोन के सामने रुकते ही, उस विशालकाय, सूट पहने हुए व्यक्ति ने उन पर एक लंबी छाया डाल दी। धीरे-धीरे, एक यांत्रिक सी भिनभिनाहट के साथ, वह व्यक्ति ऊपर पहुँचा और अपना हेलमेट उतार दिया। भारी कवच के नीचे एक अधेड़ उम्र का गैयन था,

जिसके चेहरे के भाव कठोर और जर्जर थे, जो उसके लोगों द्वारा चित्रित किए जाने वाले आमतौर पर शांत और सौम्य चेहरों के बिल्कुल विपरीत था। उसकी स्टील जैसी धूसर आँखें तीनों राजदूतों पर इतनी गहराई से टिकी थीं कि उसकी निगाहों के नीचे वे असहजता से हिल रही थीं।

थोड़ा झुककर, गैयन मिलिट्री के सुप्रीम कमोडोर और रेथ के कमांडर ने तीनों को संबोधित किया। "राजदूतों, रेथ पर आपका स्वागत है," उन्होंने कहा, उनकी आवाज़ में अधिकार का भाव था जो किसी भी तर्क को बर्दाश्त नहीं करता था।

तीनों आदमियों ने जवाब में सिर हिलाया, उनके चेहरे पर राहत और आशंका का मिला-जुला भाव था। ज़ेफायर पर उनकी मौजूदगी कोई संयोग नहीं थी। यह शुरू से ही योजना का हिस्सा था, हाइपरड्राइव के इंजनों में तोड़फोड़ करना और ज़ेफायर को अंदर से धोखा देना। लेकिन ज़ाहिर है, चीज़ें बिल्कुल वैसी नहीं हुईं जैसी योजना बनाई गई थी।

सुप्रीम कमोडोर ने राजदूतों के पीछे शटल में पड़े शवों पर नज़र डाली, उनका चेहरा और भी कठोर हो गया। "क्या यह ज़रूरी था?" उन्होंने पूछा, उनकी आवाज़ में अस्वीकृति का भाव था। "जितने हो सके, उतने ज़िंदा निकाल लो।" उनके शब्द हवा में लटके हुए थे, अनकहे अर्थों से भरे हुए।

तीनों में सबसे बड़ा, टैरेन, आगे बढ़ा, हवा में तनाव के बावजूद उसके लम्बे अंग एक ख़ास अंदाज़ में हिल रहे थे। "हमें जो करना था, हमने किया," उसने शांत स्वर में लेकिन रक्षात्मकता के भाव के साथ कहा। "ज़ेफ़ायर पर स्थिति तेज़ी से बिगड़ रही थी। हम पकड़े जाने या बंदी बनाए जाने का जोखिम नहीं उठा सकते थे। उस लेफ्टिनेंट, शायद उसका नाम कर था, को कुछ शक होने लगा था।"

सुप्रीम कमोडोर की आँखें सिकुड़ गईं, लेकिन उन्होंने कोई प्रतिक्रिया नहीं दी। इसके बजाय, वे मुड़े और दीवार पर लगे कंट्रोल पैनल की ओर बढ़े, उनकी हरकतें सोची-समझी और नियंत्रित थीं। उनके बख्तरबंद जूतों की आवाज़ हैंगर में गूँज रही थी, जो उनके अधिकार का प्रतीक थी।

जैसे ही कमोडोर ने नियंत्रण सक्रिय किए, हैंगर बे के दरवाज़े धीरे-धीरे बंद होने लगे, जिससे शटल और उसमें सवार लोग बाहरी

अंतरिक्ष की विशालता से अलग हो गए। जहाज़ के सिस्टम की धीमी गूँज हवा में गूंज रही थी, जो उन्हें घेरे हुए उन्नत तकनीक की निरंतर याद दिला रही थी।

दरवाज़े पूरी तरह बंद हो जाने के बाद, कमोडोर गैयन्स की ओर मुड़ा, उसके हाव-भाव समझ से परे थे। "आप यहाँ सुरक्षित हैं," उसने आखिरकार कहा, उसका स्वर थोड़ा नरम था, लेकिन फिर भी कमान का भार था। "लेकिन यह जान लीजिए—हमारा मिशन अभी खत्म नहीं हुआ है। अभी बहुत कुछ अज्ञात है, और हमें आगे बढ़ना होगा—ध्यान रहे, सावधानी से। अब और कोई हताहत न हो।"

तीनों राजदूतों ने समझ में सिर हिलाया, हालाँकि उनके चेहरे की बेचैनी अभी पूरी तरह से कम नहीं हुई थी। उन्होंने खुद को एक अनजान ज़मीन पर पाया, दुश्मनों और दोस्तों से घिरे हुए, और आगे का रास्ता अनिश्चित।

जैसे ही कमोडोर मुड़ा और उन्हें पीछे आने का इशारा किया, टैरेन, केल और इमोन ने आखिरी बार एक नज़र डाली और फिर उसके पीछे कदम मिलाकर चलने लगे। जिस गलियारे से वे गुज़रे थे, वह मंद रोशनी वाला था, दीवारों पर अजीबोगरीब प्रतीक और मशीनें लगी थीं जो एक हल्की, अलौकिक ऊर्जा से गूंज रही थीं। उनका हर कदम धातु के फर्श से एक स्थिर, लयबद्ध पैटर्न में गूंज रहा था।

जैसे-जैसे वे सुप्रीम कमोडोर के पीछे-पीछे जहाज़ में अंदर गए, तीनों की बेचैनी बढ़ती गई। रेथ उनकी अपनी डिज़ाइन का जहाज़ था, लेकिन उसमें कुछ बदलाव किए गए थे। ये बदलाव गैयन डिज़ाइन के नहीं थे। ठंडे, प्राकृतिक और दमनकारी, जो गैयन साम्राज्य को चलाने वाली शक्ति और महत्वाकांक्षा की याद दिलाते थे। वे योजना जानते थे और अंतिम परिणाम समझते थे। लेकिन स्थिति की वास्तविकता उन तीनों पर भारी पड़ने लगी थी।

आखिरकार, कमोडोर उन्हें एक बड़े कक्ष में ले गए, जिसकी दीवारों पर जटिल गैयन लिपि में डेटा प्रदर्शित करने वाली स्क्रीन लगी थीं। कमरा मशीनों की धीमी गड़गड़ाहट से भरा हुआ था, और हवा में ओज़ोन की हल्की गंध घुली हुई थी। कमरे के बीचों-बीच एक बड़ी मेज़

रखी थी, जिसकी सतह होलोग्राफिक डिस्प्ले से ढकी हुई थी जो डेटा के साथ टिमटिमाती और हिलती रहती थी।

सुप्रीम कमोडोर ने अपने तीनों साथियों को मेज़ के चारों ओर बैठने का इशारा किया। उन्होंने वैसा ही किया जैसा उनसे कहा गया था, और उनके लंबे शरीर विशेष रूप से गैयन शरीरक्रिया विज्ञान के लिए डिज़ाइन की गई कुर्सियों में आसानी से समा गए। हालाँकि, सुप्रीम कमोडोर वहीं खड़े रहे, उनकी नज़रें अभ्यास से भरी हुई प्रदर्शनों पर घूम रही थीं, फिर उन्होंने अपना ध्यान वापस टैरेन, केल और ईमोन की ओर मोड़ा।

"आप जानते हैं कि हम किस स्थिति में हैं, है ना?" कमोडोर ने स्थिर और आदेशात्मक स्वर में कहा। "ज़ेफ़ायर पर हमला हमारी योजनाओं का एक महत्वपूर्ण कदम था। लेकिन यह एक बहुत बड़े अभियान का केवल एक हिस्सा है। इस समय, हमारी सेनाएँ आकाशगंगा में अभियान चला रही हैं। राजनयिक, प्रमुख सैन्य अधिकारी, ग्रहों की सरकारों के सदस्य, उनके परिवार, हर कोई जो हमारा विरोध कर सकता है, उसे घेर लिया जा रहा है।"

उसने मेज़ पर रखे एक कंट्रोल बटन पर टैप किया, और होलोग्राफ़िक डिस्प्ले आकाशगंगा का एक नक्शा दिखाने लगे, जिस पर प्रकाश के बिंदु गैयन अभियानों के स्थानों को दर्शा रहे थे। "हम उन्हें बंधक, सौदेबाज़ी के हथियार, ब्लैकमेल का साधन बना रहे हैं। आकाशगंगा के नेताओं को हमारी माँगें मानने या परिणाम भुगतने के लिए मजबूर किया जाएगा। आकाशगंगा के नेताओं को किसी न किसी तरह से झुकना ही होगा। इस तरह हम अपना प्रभुत्व सुनिश्चित करेंगे—न सिर्फ़ सैन्य शक्ति से, बल्कि सत्ताधारियों पर नियंत्रण के ज़रिए भी।"

तीनों लोग नक्शे का अध्ययन कर रहे थे, उनके मिशन का भार उनके कंधों पर भारी पड़ रहा था। गैयन साम्राज्य के अभियान का पैमाना चौंका देने वाला था, और उनके तरीकों की निर्ममता स्पष्ट थी। वे केवल युद्ध नहीं कर रहे थे; वे आकाशगंगा में सत्ता और प्रभाव के ढाँचों को व्यवस्थित रूप से ध्वस्त कर रहे थे, और कोई भी मौका हाथ से नहीं जाने दे रहे थे।

राजदूत केल आगे झुके, उनकी नज़रें नक्शे पर प्रकाश बिंदुओं पर टिकी थीं। "प्रतिरोध का क्या? निश्चित रूप से ऐसे गुट होंगे जो हमारी इच्छा के आगे नहीं झुकेंगे, चाहे इसके लिए कितनी भी क़ीमत चुकानी पड़े।"

सुप्रीम कमोडोर ने गंभीरता से सिर हिलाया। "सच में। हमेशा ऐसे लोग होते हैं जो मानते हैं कि वे हमारे खिलाफ खड़े हो सकते हैं। लेकिन उनसे निपटा जाएगा। हमारे बेड़े विद्रोह के किसी भी संकेत पर हमला करने के लिए तैयार हैं। हम विरोध करने वालों को मिसाल बनाएँगे, उन्हें बिना किसी दया के तुरंत कुचल देंगे। संदेश स्पष्ट होना चाहिए: अवज्ञा बर्दाश्त नहीं की जाएगी।"

इमोन, जो बैठक के ज़्यादातर समय चुप रहा था, आखिरकार बोला, उसकी आवाज़ संयमित थी, लेकिन उसमें चिंता का भाव भी था। "और आकाशगंगा की दूसरी शक्तियों का क्या? ड्रैकोनियन एलायंस, मुक्त दुनियाओं का परिसंघ—वे हमारी कार्रवाइयों पर क्या प्रतिक्रिया देंगे?"

सुप्रीम कमोडोर ने अपनी पैनी नज़र इमोन पर घुमाई, उसकी अभिव्यक्ति समझ से परे थी। "ड्रैकोनियन एलायंस बिखरा हुआ है, इसके नेता बाहरी खतरों से ज़्यादा आंतरिक विवादों को लेकर चिंतित हैं। दूसरी ओर, मुक्त विश्व परिसंघ की स्थिति अलग है। वे अपने प्रतिरोध में ज़्यादा संगठित और एकजुट हैं। हालाँकि, उनका भी पतन होगा। हमारे पास पहले से ही ऐसे कई लोग हैं जो उनके समाज में घुसपैठ कर चुके हैं। विभाजन और अविश्वास पैदा कर रहे हैं। उनकी एकता के बिखरने का समय बस कुछ ही है।"

सुप्रीम कमोडोर के शब्दों का वज़न समझते ही कमरे में सन्नाटा छा गया। गैयन साम्राज्य की योजना बहुत ही बारीकी से बनाई गई थी, हर छोटी-बड़ी बात का ध्यान रखा गया था। लेकिन वे जानते थे कि सबसे सोच-समझकर बनाई गई योजनाएँ भी अप्रत्याशित चुनौतियों के सामने बिखर सकती हैं। जैसे कि लेफ्टिनेंट कार की अप्रत्याशित कुशलता और योग्यता। उनके प्रति उनके अविश्वास ने उन्हें वह सब कुछ पूरा करने से रोक दिया था जो उन्हें सौंपा गया था।

समूह के सबसे अनुभवी राजदूत टैरेन ने चुप्पी तोड़ी। "हम अपने दुश्मन को कम नहीं आंक सकते। जीत हमारी अनुकूलन क्षमता और किसी भी खतरे का तुरंत जवाब देने की क्षमता पर निर्भर करती है।"

सुप्रीम कमोडोर ने सहमति में सिर हिलाया। "बिल्कुल। इसीलिए हमें किसी भी स्थिति के लिए तैयार रहना चाहिए।"व्रेथसाम्राज्य की सबसे उन्नत तकनीक से लैस है। हम सिर्फ़ एक हथियार नहीं हैं; हम नियंत्रण का एक साधन हैं। और हम उस नियंत्रण का इस्तेमाल आकाशगंगा को अपनी इच्छानुसार ढालने के लिए करेंगे।"

वह रुका, उसकी नज़र सामने बैठे तीनों आदमियों पर पड़ी, उसकी आँखें कठोर और अटल थीं। "यह ऐसी लड़ाई नहीं है जिसे हम हार सकते हैं। हमने इस पल की तैयारी में सदियों बिताई हैं। अब हम नहीं रुकेंगे।"

सुप्रीम कमोडोर की आवाज़ में दृढ़ संकल्प साफ़ झलक रहा था, और यह तीनों राजदूतों तक भी पहुँचा। उन्होंने खुद को इस उद्देश्य के लिए समर्पित कर दिया था, और अब पीछे मुड़ने का कोई रास्ता नहीं था। आगे का रास्ता ख़तरों से भरा था, लेकिन इनाम इतने बड़े थे कि उन्हें नज़रअंदाज़ नहीं किया जा सकता था।

सुप्रीम कमोडोर ने टैरेन, केल और इमोन को एक संक्षिप्त सिर हिलाकर बैठक समाप्त होने का संकेत देते हुए विदा किया। जैसे ही वे कक्ष से बाहर निकले, उनके मन में उनके सामने मौजूद कार्य की विशालता का भाव भर गया। वे एक नई व्यवस्था के निर्माता थे, एक ऐसे भविष्य के अग्रदूत जो उनके हाथों से गढ़ा जाएगा।

जैसे-जैसे वे रेथ के ठंडे, धातुई गलियारों से गुज़रते गए, जहाज़ में एक अलग ही जीवन की गूँज सुनाई देने लगी, जो उनकी शक्ति का एक भौतिक स्मरण करा रही थी। गैयन साम्राज्य बढ़ रहा था, और कोई भी चीज़ उसके रास्ते में नहीं आ सकती थी।

टैरेन, केल और इमोन जानते थे कि आगे का रास्ता मुश्किल होगा। लड़ाइयाँ लड़नी होंगी, गठबंधन तोड़ने होंगे और राज़ उजागर

करने होंगे। लेकिन उन्हें पूरा भरोसा था कि उनके पास इसे पूरा करने की ताकत, रणनीति और इच्छाशक्ति है।

जैसे-जैसे जहाज अंतरिक्ष में चुपचाप आगे बढ़ता गया, गैयन साम्राज्य की योजनाएँ आकाशगंगा में फैलती रहीं। अभियान निरंतर जारी रहे, दुश्मनों की सत्ता संरचनाओं पर प्रहार करते हुए, प्रभावशाली लोगों को बंदी बनाते हुए, और साम्राज्य के लक्ष्यों को आगे बढ़ाने के लिए उनका इस्तेमाल करते हुए।

आकाशगंगा में उथल-पुथल और उसके नेताओं के भय और अनिश्चितता के जाल में फँसने के साथ, गैयन साम्राज्य का विस्तार बढ़ता ही जा रहा था। उसका प्रभाव चंद्रग्रहण की छाया की तरह फैल रहा था, प्रकृति की शक्ति की तरह आकाशगंगा में छा रहा था। और इस सब के केंद्र में सर्वोच्च सेनापति औरव्रेथअंतरिक्ष की गहराइयों में एक खामोश शिकारी, अपने साथ एक उभरते साम्राज्य की आशाओं और महत्वाकांक्षाओं को लेकर। लेफ्टिनेंट ज़ार कहीं नज़र नहीं आ रहा था, लेकिन तख्तापलट का उन्माद जारी था।

अध्याय 33

ज़ेफिर अवतरण

अपने विश्वसनीय कमांडर के बिना ज़ेफायर का शटल बे एक भीषण युद्ध की अनियमित, बहरा कर देने वाली आवाज़ों से गूंज रहा था। विशाल, गुफानुमा स्थान आमतौर पर अंतरिक्ष यान के इंजनों की गड़गड़ाहट और अपने कर्तव्यों का पालन कर रहे चालक दल के सदस्यों की व्यस्त गतिविधियों से भरा रहता था। यह विनाश का एक अप्रत्याशित दृश्य था। क्षतिग्रस्त उपकरणों से घना धुआँ उठ रहा था, जिससे हवा जली हुई धातु की तीखी गंध से भर गई थी। लेज़रों के दागे जाने की आवाज़, घबराए और घायल लोगों की चीखें, और युद्ध के तनाव में जहाज के पतवार की कराह, उस जगह को भर रही थी।

क्षतिग्रस्त हिस्सों में आपातकालीन लाइटें टिमटिमा रही थीं, जिससे तबाही के दृश्य पर एक भयावह, रुक-रुक कर चमक फैल रही थी। ऐसा लग रहा था मानो जहाज खुद दर्द से चीख रहा हो, रोशनी की हर टिमटिमाहट उस खतरे की याद दिला रही थी जिसमें वे सभी थे। स्थिति भयावह थी, और सभी को इसका एहसास था।

शटल बे के दूर किनारे पर, एक भीषण युद्ध छिड़ा हुआ था। चीफ़ पेटी ऑफ़िसर रॉबर्टा डॉक्सन के छोटे-छोटे, गहरे लाल बाल पसीने से उसके सिर पर चिपके हुए थे। यह जानते हुए कि दांव पर क्या है, उसने खुद को, तन-मन से, युद्ध के मैदान में झोंक दिया था। उसका चेहरा गंभीर और दृढ़ था, जब उसने अपनी लेज़र पिस्तौल से घातक सटीकता से गोली चलाई। उसकी हर गोली निशाने पर लगी, और लगातार अपनी ओर बढ़ते विदेशी हमलावरों की कतारें कट गईं।

उसके बगल में लेफ्टिनेंट यारा पेत्रोवा खड़ी थीं। आमतौर पर खुशमिजाज़ और ऊर्जा से भरपूर, यारा का व्यवहार अब दृढ़ निश्चय में बदल गया था। वह अपनी लेज़र पिस्तौल का सटीक इस्तेमाल कर रही थीं, उनकी चाल सहज और नियंत्रित थी। साथ मिलकर, वे एक मज़बूत

टीम थीं, जो दुश्मन एलियंस की आने वाली लहर के खिलाफ मोर्चा संभाले हुए थीं।

उनके पीछे, उलटे बक्सों और उपकरणों से बने एक अस्थायी बैरिकेड के पीछे, राजनयिकों और चालक दल के सदस्यों का एक छोटा समूह बैठा था। उनके चेहरों पर भय और दृढ़ संकल्प का मिश्रण था क्योंकि वे गोलीबारी की रेखा से दूर रहने की कोशिश कर रहे थे और मदद के लिए अपनी पूरी कोशिश कर रहे थे। अपने ख़तरनाक यांत्रिक सूट पहने एलियंस अपने हथियारों से आग उगलते हुए आगे बढ़ते रहे। उनके हथियारों के हर प्रहार से जहाज हिलता हुआ प्रतीत हो रहा था, जिससे जहाज का पतवार विरोध में कराह रहा था।

लड़ाई में थोड़ी देर की शांति के दौरान, रॉबर्टा की नज़र अराजक खाड़ी के उस पार एक जानी-पहचानी शख़्स पर पड़ी। वह वापस आ गया था! यह लेफ्टिनेंट कार था, जो सुरक्षा अधिकारियों के एक छोटे से दल का नेतृत्व कर रहा था। उसके साथ मॉर्गन, टोरेस, एडम्स और स्टील भी थे, और वे सभी उस तत्परता और सटीकता के साथ आगे बढ़ रहे थे जो केवल प्रशिक्षित सैनिक ही जुटा सकते हैं।

लेफ्टिनेंट और बाकी लोगों को देखकर रोबर्टा ने राहत की साँस ली, जिससे उसे लगातार हमले के बावजूद थोड़ी राहत मिली। उसने देखा कि कैसे छोटा समूह अलग हो गया, एडम्स और स्टील अपनी-अपनी जगह की ओर बढ़ रहे थे। उनकी लेज़र पिस्तौलें दुश्मन की रेखाओं में तेज़ी से रास्ता बना रही थीं, हर किसी का चेहरा गंभीर और एकाग्र था।

"मजबूत सेना!" रोबर्टा चिल्लाई, उसकी आवाज़ युद्ध के तनाव से भारी हो गई थी। "एडम्स और स्टील आ रहे हैं!"

इस खबर ने घिरे हुए समूह में आशा की एक किरण जगाई। सभी ने अपने प्रयास दुगुने कर दिए, उनके हथियार आगे बढ़ते एलियंस पर चुनौती की तरह बरस रहे थे। एडम्स और स्टील के आगमन और उनके दृढ़ निश्चय ने सभी का उत्साह बढ़ा दिया। यह जानकर कि वे इस लड़ाई में अकेले नहीं हैं, उनका डर कम हो गया; उनके पास ऐसे सहयोगी थे जो मदद के लिए सब कुछ दांव पर लगाने को तैयार थे।

रोबर्टा, यारा और बाकी लोग एलियंस पर लगातार गोलियाँ चलाते रहे, उनकी लेज़र पिस्तौलें धुएँ से भरी हवा को ऊर्जा के विस्फोटों

से जगमगा रही थीं। एलियंस बेरहम थे, उनके यांत्रिक सूट उन्हें मुश्किल प्रतिद्वंद्वी बना रहे थे। लेकिन ज़ेफायर के चालक दल ने अपनी पूरी ताकत से लड़ाई लड़ी, यह जानते हुए कि उनकी और जहाज पर मौजूद सभी लोगों की जान उनके डटे रहने पर निर्भर है।

रोबर्टा अपने समूह में बाकियों से ऊँची थी, वह लंबी और मज़बूत थी, और उसकी मांसपेशियाँ वर्षों की कड़ी मेहनत और प्रशिक्षण से मज़बूत हुई थीं। उसकी लंबाई छह फुट से भी ज़्यादा थी और वह किसी ऐसे व्यक्ति के आत्मविश्वास से चलती थी जो अपना काम अच्छी तरह जानती हो।

अपनी लेज़र पिस्तौल चलाते हुए, उसने अपनी एक नज़र अपने आस-पास की स्थिति पर रखी। उसने अविश्वास से देखा कि लेफ्टिनेंट कार दुश्मनों के बीच तेज़ी से दौड़ रहा था। ज़ाहिर था कि वह उनका ध्यान बाकियों से हटाने की कोशिश कर रहा था। वह एक बहादुर आदमी था, अब तक मिले सबसे बहादुर लोगों में से एक, लेकिन साथ ही सबसे लापरवाह भी। उसने अपना सिर हिलाया, मन ही मन प्रार्थना की कि उसका साहस उसे बर्बाद न करे।

लेकिन कर का ध्यान भटकाना काम कर गया। एलियंस ने अपना ध्यान उसकी ओर मोड़ दिया, जिससे रोबर्टा और उसके छोटे समूह को फिर से संगठित होने और अपनी अगली चाल की योजना बनाने का मौका मिल गया। यह थोड़ी सी राहत एक मौका था, और वे इस मौके को गँवाना नहीं चाहते थे।

लेफ्टिनेंट पेत्रोवा, एडम्स और स्टील की मदद से, रोबर्टा ने जल्दी से एक योजना बनाई। उन्हें अपने समूह को खतरे से बाहर निकालना था, और सबसे नज़दीकी शटल ही उनका सबसे अच्छा विकल्प था। यह एक जोखिम भरा कदम था, लेकिन जहाँ वे थे, वहीं रुकने से सिर्फ़ तबाही ही हाथ लगती।

"सब लोग, हम शटल की ओर बढ़ रहे हैं!" रोबर्टा चिल्लाई, उसकी आवाज़ लड़ाई के शोर में से कट रही थी। "एकजुट रहो और चलते रहो!"

लगभग दो दर्जन क्रू सदस्यों का समूह, जिसमें दो रिस्पिंडसो एम्बेसडर, ज़ाइलो और ज़ारा शामिल थे, आगे बढ़ने लगे, नीचे झुके और

बक्सों और उपकरणों का इस्तेमाल करके छिपने लगे। एम्बेसडर इस तरह की स्थिति के आदी नहीं थे, और उनकी बड़ी-बड़ी आँखों और काँपते हाथों में उनका डर साफ़ झलक रहा था। लेकिन उन्होंने रोबर्टा के नेतृत्व का अनुसरण किया, और उस पर भरोसा किया कि वह उन्हें उनकी मंज़िल तक पहुँचा देगी।

रोबर्टा, यारा, एडम्स और स्टील ने समूह के चारों ओर अपनी जगह बना ली, उनके ब्लास्टर किसी भी एलियन को मार गिराने के लिए तैयार थे जो उनके बहुत पास आता। वे तेज़ी से लेकिन सावधानी से आगे बढ़े, इस बात का ध्यान रखते हुए कि कोई भी पीछे न छूटे।

एलियंस अभी भी आगे बढ़ रहे थे, लेकिन कर के समय पर हस्तक्षेप के कारण उनकी प्रगति बाधित हो गई थी। वह और उसके कई साथी एलियन हमलावरों को रोकने के लिए जमकर संघर्ष कर रहे थे। यह एक निराशाजनक स्थिति थी, लेकिन एकमात्र विकल्प आत्मसमर्पण करना था, और यह कोई विकल्प नहीं था। रोबर्टा ने हार न मानने का दृढ़ निश्चय किया था।

जैसे ही उनका समूह शटल के पास पहुँचा, धातु के फटने की एक भयानक चीख़ खाड़ी में गूँज उठी। शोरगुल को चीरती हुई यह आवाज़ सभी को भयभीत कर गई। रोबर्टा का दिल तेज़ी से धड़क उठा जब उसने मुड़कर शोर का स्रोत देखा। एक क्षतिग्रस्त शटल, जिसका पिछला हमला क्षतिग्रस्त और मुड़ा हुआ था, लॉन्च होने की कोशिश कर रही थी। लेकिन सुचारू रूप से उड़ान भरने के बजाय, वह ज़ेफायर के पतवार में एक गहरा घाव कर रही थी।

जहाज़ एक ज़ोरदार झटका खाकर गिरा, और रोबर्टा लड़खड़ा गई, मुश्किल से अपना संतुलन बनाए रख पाई। उनके नीचे का फ़र्श हिल गया, और लाइटें अशुभ रूप से टिमटिमाने लगीं। क्षतिग्रस्त शटल, जिसके इंजन दम तोड़ रहे थे और उसका ढाँचा तनाव से कराह रहा था, एक घातक विध्वंसक गेंद बन गया था। यह जहाज़ के पतवार को चीरता हुआ, मलबा उड़ा रहा था और ज़ेफायर को ज़ोर से काँपने पर मजबूर कर रहा था।

तभी, एक गगनभेदी गर्जना के साथ, शटल बे के अंदर का वातावरण अंतरिक्ष के निर्वात में फैलने लगा। धुएँ और युद्ध की

आवाज़ों से भरी हवा, जो कभी घनी थी, अब एक तेज़ हवा के साथ बाहर खींची जा रही थी। दबाव में तुरंत गिरावट आई, और अंतरिक्ष का हड्डियाँ कंपा देने वाला निर्वात बे में अपनी जगह बनाने लगा।

"गिर जाओ, ढँक जाओ, रुको!" रोबर्टा चिल्लाई; बाहर निकलते वातावरण की गर्जना में उसकी आवाज़ बमुश्किल सुनाई दे रही थी। उसने पास में पड़े एक टोकरे को पकड़ लिया, उसकी मांसपेशियाँ खिंच रही थीं क्योंकि बाहर निकलती हवा का ज़ोर उसे अपने पैरों से उखाड़ने की धमकी दे रहा था।

वहाँ का दृश्य पूरी तरह से अफरा-तफरी का था। चालक दल के सदस्य और राजनयिक किसी चीज़ को पकड़ने के लिए हाथ-पाँव मार रहे थे, उनके चेहरे डर से विकृत थे। उपकरण और मलबा पतवार के खुले छेद की ओर खिंच रहे थे, और उलटे खाली जगह में गिर रहे थे। दो रिस्पिंडसो एम्बेसडर, ज़ाइलो और ज़ारा, एक-दूसरे को पकड़े हुए थे, उनकी बहुमुखी आँखें भय से चमक रही थीं।

रोबर्टा अपनी पकड़ बनाए रखने के लिए संघर्ष कर रही थी। उन्हें शटल तक पहुँचना था, लेकिन हवा के दबाव के कारण हिलना लगभग नामुमकिन था। शटल, जो उनकी बचने की एकमात्र उम्मीद थी, बस कुछ मीटर की दूरी पर थी, बल्कि शायद एक मील भी दूर रही होगी।

लेफ्टिनेंट यारा पेत्रोवा, जो एक सपोर्ट बीम से चिपकी हुई थी, रोबर्टा की नज़र पकड़ने में कामयाब रही। "हमें खाड़ी को सील करना होगा!" वह चिल्लाई; उसकी आवाज़ भारी थी।

रोबर्टा ने सिर हिलाया, लेकिन आपातकालीन दरवाज़ों का कंट्रोल पैनल खाड़ी के दूसरी तरफ़ था, और मौजूदा हालात में वहाँ तक पहुँचना नामुमकिन लग रहा था। खाड़ी तेज़ी से मौत का जाल बनती जा रही थी, और उनका समय ख़त्म होता जा रहा था।

"शटल तक पहुँचो!" वह चिल्लाई, दूसरों को इकट्ठा करने की कोशिश करते हुए। "यारा, एडम्स, स्टील, दूसरों की मदद करो!"

समूह, हवा के दबाव से जूझते हुए, शटल की ओर धीरे-धीरे बढ़ने लगा। रोबर्टा आगे चल रही थी, उसका हर कदम तेज़ हवाओं के खिलाफ़ एक संघर्ष था। वह महसूस कर सकती थी कि अंतरिक्ष की ठंडक अंदर

घुस रही है, खाड़ी का तापमान तेज़ी से गिर रहा है और वातावरण बाहर निकल रहा है।

एडम्स और स्टील ने अपनी ताकत और तेज़ सोच का इस्तेमाल करके राजनयिकों और चालक दल के सदस्यों को शटल के खुले दरवाज़े के पास पहुँचने में मदद की। यारा, इन परिस्थितियों के बावजूद, उसी अडिगता से आगे बढ़ी जिसने उसे पूरी लड़ाई के दौरान स्थिर रखा था।

जैसे-जैसे वे अंतरिक्ष यान के पास पहुँचे, स्थिति और भी विकट होती गई। जिस क्षतिग्रस्त यान के कारण दरार पड़ी थी, वह अब खाड़ी में अनिश्चित रूप से लटका हुआ था, उसके इंजन अभी भी दम तोड़ रहे थे। उसके फटने या और अधिक नुकसान पहुँचाने का ख़तरा बहुत ज़्यादा था, और रोबर्टा को पता था कि उन्हें वहाँ से जल्दी निकलना होगा।

"अंदर आ जाओ!" रोबर्टा ने सबको शटल की ओर इशारा करते हुए आदेश दिया। समूह जितनी जल्दी हो सके, शटल पर चढ़ने के लिए दौड़ पड़ा। तेज़ हवा और चूसते हुए निर्वात ने हर गतिविधि को संघर्षपूर्ण बना दिया था, लेकिन कोई और विकल्प नहीं था।

रोबर्टा, यारा और स्टील शटल के प्रवेश द्‍वार पर डटे रहे और कवर फायर देते रहे, जबकि एडम्स और बाकी लोग राजनयिकों और चालक दल को अंदर ले जा रहे थे। एलियंस, जो अब भी अपने हमलों में बेरहम थे, अब इस अव्यवस्था का फायदा उठाने की कोशिश कर रहे थे और खाड़ी के उस पार से शटल पर गोलीबारी कर रहे थे।

ज़ेफायर का पतवार फिर से कराह उठा, उसे हुए नुकसान की एक डरावनी याद दिलाते हुए। पूरा बे काँप उठा, और रोबर्टा को पता था कि वे एक बड़ी विनाशकारी विफलता से बस कुछ ही सेकंड दूर थे।

जैसे ही चालक दल के आखिरी सदस्यों को शटल में खींचा गया, रोबर्टा ने आख़िरी बार कवरिंग फ़ायर किया, फिर शटल में घुसने के लिए मुड़ी। लेकिन जैसे ही वह अंदर कदम रखने वाली थी, एक ज़ोरदार झटके ने खाड़ी को हिला दिया। क्षतिग्रस्त शटल, अब और टिक न सकी और अंततः टूट गई। उस पर लगे बलों ने उसे टुकड़े-टुकड़े कर दिया, जिससे मुड़ी हुई धातु के टुकड़े खाड़ी में उछलते हुए निकल गए।

रोबर्टा ने शटल में खुद को झोंक दिया और दरवाज़ा बंद करने के लिए कंट्रोल पैनल पर ज़ोर से हाथ रखा। शटल का दरवाज़ा फुफकारते हुए बंद हुआ, ठीक उसी समय जब मलबे का एक टुकड़ा उस बे फ़्लोर पर आ गिरा जहाँ वह कुछ पल पहले खड़ी थी। शटल का दरवाज़ा बंद होते ही हवा के तेज़ झोंके की गगनभेदी गर्जना अचानक बंद हो गई, और सिर्फ़ उसकी धड़कन की तेज़ धड़कन और शटल के सिस्टम की गुनगुनाहट सुनाई दी।

"सीट बाँध लो!" वह चिल्लाई, उसकी आवाज़ मुश्किल से स्थिर थी और वह कॉकपिट की ओर भागी। शटल उनकी आखिरी उम्मीद थी, और वह जानती थी कि स्थिति और बिगड़ने से पहले उन्हें ज़ेफायर से दूर हो जाना चाहिए।

शटल के इंजन ज़ोर से चलने लगे और रोबर्टा ने नियंत्रणों को आगे बढ़ाया, जिससे छोटी नाव खाड़ी से दूर चली गई। शटल आगे बढ़ गई, और ज़ेफायर के शटल खाड़ी का अस्त-व्यस्त दृश्य पीछे छूट गया। लेकिन जैसे ही वे तेज़ी से आगे बढ़े, क्षतिग्रस्त जहाज़, उसकी टिमटिमाती रोशनियों और गहरे घावों का दृश्य, उस युद्ध की याद दिला रहा था जिसमें वे अभी-अभी बचकर आए थे।

जैसे ही शटल ज़ेफायर से दूर जा रहा था, रोबर्टा और चालक दल ने अपनी स्थिति का जायज़ा लेना शुरू कर दिया। वे भागने में अकेले नहीं थे। शटल की खिड़कियों के बाहर, वे अंतरिक्ष के अँधेरे में बिखरे हुए दूसरे एस्केप पॉड्स और शटल देख सकते थे। उनकी टिमटिमाती रोशनियाँ रात में टिमटिमाते जुगनुओं जैसी लग रही थीं, विशाल, काले विस्तार के सामने छोटे-छोटे प्रकाश स्तंभ।

उनके आस-पास का स्थान इन छोटे-छोटे जहाजों से भरा हुआ था, जो किसी सुरक्षित जगह की तलाश में बेतहाशा दौड़ रहे थे। एक शरणस्थल। यह स्पष्ट था कि ज़ेफायर से भी कई लोग बच निकलने में कामयाब रहे थे, जैसे डूबते टाइटैनिक में, लेकिन ऐतिहासिक जहाजों की लाइफबोट जैसे शटल और पॉड की भारी संख्या भी स्थिति की गंभीरता को दर्शाती थी। ज़ेफायर गंभीर संकट में था, और उसके चालक दल को जहाज छोड़ने के लिए मजबूर होना पड़ा था।

कभी-कभी, शून्य में प्रकाश की एक चमक दिखाई देती, रंगों का एक इंद्रधनुषी प्रकाश कुछ देर के लिए अँधेरे को रोशन कर देता। यह एक मिनी-हाइपरड्राइव के सक्रिय होने का संकेत था, और यान हाइपरस्पेस के भंवर में विलीन हो जाता, युद्धक्षेत्र से दूर शरण लेने के लिए। हर बार जब इनमें से एक रोशनी दिखाई देती, तो यह उनकी स्थिति की तात्कालिकता और हताशा की याद दिलाती।

रोबर्टा की नज़रें एक ऐसी ही चमक पर टिक गईं, उसके विचार भारी थे। वे अभी तो सुरक्षित थे, लेकिन जो पीछे रह गए उनका क्या? ज़ेफायर पर अभी भी हमला हो रहा था, और सभी लोग बच नहीं पाए थे। जहाज़ उसका घर था, और उसका चालक दल परिवार जैसा था। उसे छोड़ना निश्चित रूप से विश्वासघात जैसा लगा, भले ही वहाँ रुकने का मतलब अपनी जान जोखिम में डालना ही क्यों न हो।

"यहाँ हम अकेले नहीं हैं," यारा ने बिखरे हुए शटल और पॉड्स पर नज़रें गड़ाते हुए धीरे से कहा। "लेकिन इसका मतलब है कि और भी लोग हैं जिनकी हमें मदद करनी है।"

रोबर्टा ने सिर हिलाया। "हम ज़ेफायर को ऐसे नहीं छोड़ सकते। जहाज़ पर अभी भी लोग हैं। उनका क्या होगा?"

स्टील, जो आसपास के इलाके का जायज़ा ले रहे थे, ने आगे कहा, "हम बचाव प्रयासों में समन्वय के लिए शटल का इस्तेमाल कर सकते हैं। अगर हम पर्याप्त संख्या में शटल इकट्ठा कर सकें, तो हम ज़ेफायर पर वापस लौटकर चालक दल की मदद कर सकते हैं।"

यारा ने अपने कंसोल से ऊपर देखा, उसके चेहरे पर चिंता साफ़ झलक रही थी। "लेकिन अगर जहाज़ बहुत दूर चला गया तो क्या होगा? हमें तो यह भी नहीं पता कि कोर सिस्टम किस हालत में हैं।"

रोबर्टा के चेहरे पर कठोरता थी, फिर भी उसकी आवाज़ में शांत दृढ़ संकल्प था। "मैं जोखिम समझती हूँ, यारा। लेकिन अपने साथियों के लिए कोशिश करना हमारा फ़र्ज़ है। हम उन्हें यह एहसास दिलाए बिना नहीं छोड़ सकते कि हमने अपना सब कुछ कर दिया है।"

स्टील ने सिर हिलाया, उसका जबड़ा कड़ा हो गया। "चीफ़्स सही कह रहे हैं। ज़ेफ़ायर बहुत लंबे समय से हमारा घर रहा है। हम उन सभी

लोगों के प्रति ज़िम्मेदार हैं जो अब भी जहाज़ पर हैं और इसे अपना सर्वश्रेष्ठ देने की कोशिश कर रहे हैं।"

यारा पेत्रोवा, जिनकी आवाज़ थोड़ी लड़खड़ा रही थी क्योंकि जो कुछ भी उनके साथ हुआ था, उसे महसूस होने लगा था, बोलीं, "मुझे डर लग रहा है, लेकिन मैं तुम्हारे साथ हूँ। हम उन्हें ऐसे ही नहीं छोड़ सकते। उन सब के बाद तो बिल्कुल नहीं जिनसे हम गुज़रे हैं।"

रोबर्टा ने यारा के कंधे पर हाथ रखकर उसे ढाढ़स बंधाया। "हम साथ रहेंगे, यारा। हमने पहले भी इससे भी बुरी परिस्थितियों का सामना किया है। यह भी कुछ अलग नहीं है।"

उसी समय, रिस्पिंडसो के दूत, ज़ाइलो और ज़ारा, पास आए। पुराने पृथ्वी टैन्सी बीटल्स की याद दिलाने वाले कीट-आकार वाले इस जोड़े ने बातचीत करते हुए धीरे से क्लिक की आवाज़ निकाली। उनके चिटिनस बाह्यकंकाल इंद्रधनुषी रंगों से झिलमिला रहे थे। ज़ाइलो बोलते हुए अपने जबड़े हिला रहा था, और उसकी आवाज़ अजीब तरह से संगीतमय थी क्योंकि वह मानक भाषा में बोल रहा था।

"हम सहमत हैं, रोबर्टा," ज़ाइलो ने कहा, उसकी बहुमुखी आँखों में शटल की धुंधली रोशनी झलक रही थी। "ज़ेफ़ायर हमें यहाँ तक ले आया है। चालक दल के प्रति हमारा यह कर्तव्य है कि हम अपना काम करें।"

ज़ारा, जिसकी आवाज़ में क्लिक और चहचहाहट का सुरीली मिश्रण था, ने कहा, "ज़रूर, हम इंसान नहीं हैं, लेकिन हम वफ़ादारी समझते हैं। हम इस शटल की रक्षा करेंगे और आपके लौटने पर इसे तुरंत लॉन्च के लिए तैयार रखेंगे।"

रोबर्टा ने उनकी तरफ़ देखा, उसके चेहरे पर कृतज्ञता साफ़ झलक रही थी। "समझ गई, ज़ाइलो, ज़ारा। तुम्हारा साथ हमारे लिए बहुत मायने रखता है।"

जैसे-जैसे शटल ज़ेफायर के करीब पहुँच रहा था, रोबर्टा और चालक दल ने तेज़ी से एक योजना बनाई। जहाज़ बुरी तरह क्षतिग्रस्त हो चुका था, और उन्हें एक ऐसा हिस्सा ढूँढ़ना था जो अभी भी डॉक करने लायक स्थिर हो और संभवतः बचाव अभियान चलाया जा सके।

यारा शटल के सेंसरों पर नज़र रखती रही और एक उपयुक्त डॉकिंग पॉइंट की तलाश करती रही। "इंजीनियरिंग बे के पास एक हिस्सा है जो अपेक्षाकृत स्थिर लग रहा है," उसने बताया, उसकी उंगली स्क्रीन पर रीडआउट को ट्रेस कर रही थी। "यह आदर्श तो नहीं है, लेकिन यह हमारी सबसे अच्छी कोशिश हो सकती है।"

स्टील ने डिस्प्ले पर और फिर रोबर्टा की तरफ़ देखा। "अगर हम वहाँ पहुँच सकें, तो शायद हम कुछ आपातकालीन प्रणालियों तक पहुँच पाएँ। अगर कोर अभी गंभीर नहीं हुआ है, तो शायद उसे स्थिर भी कर सकें।"

रोबर्टा ने शटल को ज़ेफायर के इंजीनियरिंग सेक्शन की ओर ले जाने के लिए एक रास्ता तय किया। जैसे-जैसे वे पास पहुँचे, उन्हें नुकसान और भी साफ़ दिखाई देने लगा। पतवार पर निशान थे और वह काला पड़ गया था, और कई दरारें थीं जिनसे जहाज का अंदरूनी हिस्सा अंतरिक्ष के शून्य में दिखाई दे रहा था। लेकिन जिस हिस्से को वे निशाना बना रहे थे, वह डॉकिंग की कोशिश के लिए पर्याप्त रूप से सुरक्षित लग रहा था। उनका लक्ष्य इंजीनियरिंग के पास एक आपातकालीन हैच ढूँढ़ना था, जिसका इस्तेमाल जहाज पर बाहरी मरम्मत की ज़रूरत पड़ने पर किया जाता था।

"सब लोग, तैयार हो जाओ," रोबर्टा ने शांत लेकिन अधिकारपूर्ण स्वर में आदेश दिया। "हमें नहीं पता कि हमें वहाँ क्या मिलेगा, इसलिए तैयार रहो।"

चालक दल के सदस्य तेज़ी से आगे बढ़े, अपने इंट्रा-एक्स्ट्रा वेहिकुलर एक्टिविटी (IEVA) सूट पहने, अपने हेलमेट ठीक से लगाए और अपने उपकरणों को सुरक्षित किया। शटल का माहौल बेहद तनावपूर्ण था। जहाज़ पर सवार हर व्यक्ति भय, क्रोध, पछतावे और दुःख की भावनाओं से भरा हुआ था, लेकिन साथ ही एकता की एक मज़बूत भावना भी थी, एक साझा उद्देश्य जो उन्हें एकजुट और दृढ़ बनाए रखता था।

ज़ाइलो और ज़ारा ने अपने इंजीनियरिंग ज्ञान के साथ खुद को व्यस्त कर लिया और शटल के सिस्टम की जाँच शुरू कर दी। उनके फुर्तीले अंग शानदार दक्षता के साथ चलने लगे। ज़ाइलो ने समूह को

आश्वस्त करते हुए कहा, "हम सुनिश्चित करेंगे कि शटल चालू रहे। आप अपने लोगों को बचाने पर ध्यान दें।"

ज़ारा ने गंभीर स्वर में कहा, "आपके प्रयास शीघ्र हों और आपकी वापसी सुरक्षित हो।"

शटल का डॉकिंग सिस्टम सक्रिय हो गया और आपातकालीन हैच से सुरक्षित कनेक्शन स्थापित करने लगा। जहाज़ जहाज़ से जुड़ते ही थोड़ा काँप उठा, हालाँकि जहाज़ की ख़राब हालत के बावजूद कनेक्शन बना रहा।

रोबर्टा ने गहरी साँस ली और दूसरों की ओर मुड़ी। "यह कोई आसान काम नहीं है, लेकिन हमें कोशिश तो करनी ही होगी। हम किसी भी प्रतिनिधि या अपने दल को नहीं छोड़ेंगे। हम ऐसे काम नहीं करते।"

स्टील ने अपना हेलमेट पहनते हुए रोबर्टा की आँखों में देखा। "हम तुम्हारे साथ हैं, चीफ़। चाहे कुछ भी हो जाए।"

यारा ने हल्के से काँपते हाथों से सिर हिलाया। "चलो इन्हें घर ले चलते हैं। मैंने जहाज के अंदरूनी सेंसर ठीक कर दिए हैं। अंदर कदम रखते ही पता चल जाएगा कि आगे क्या होने वाला है।"

रोबर्टा ने आखिरी बार सिर हिलाया। "ठीक है, चलो चलते हैं। पास ही रहना और याद रखना कि हम किसी को पीछे नहीं छोड़ रहे हैं।"

चालक दल ने सहमति में सिर हिलाया। अब तक, वे शटल बे में और फिर अंतरिक्ष के शून्य में हुई लड़ाई से बच चुके थे। ज़ेफायर पर वापस आकर जो भी उनका इंतज़ार कर रहा था, उसका सामना करने के लिए वे तैयार थे। आत्मसमर्पण कोई विकल्प नहीं था।

जैसे ही रोबर्टा, स्टील, पेत्रोवा और एडम्स ज़ेफायर में प्रवेश करने की तैयारी कर रहे थे, ज़ाइलो और ज़ारा शटल के नियंत्रण कक्ष पर पहरा दे रहे थे, उनके इंद्रधनुषी बाह्यकंकाल मंद रोशनी में चमक रहे थे। योजना जोखिम भरी थी, लेकिन उनके पास बस इतना ही था। और फिर भी, कमान संभालने वाले किसी नेता के बिना, चालक दल निडरता से लड़ता रहा।

दिन V समाप्ति समय

अध्याय 34

कब्जा से बचना

22:12:3025 09:00

ज़ेफायर के पुल पर, चालक दल के कुछ सदस्य पकड़े जाने से बच निकलने में कामयाब रहे थे। ये वही लोग थे जो हमले के समय जहाज़ को उड़ाने और पुल से हथियार चलाने के लिए पीछे रह गए थे।

पुल पर लड़ाई अपने चरम पर पहुँच गई थी, और उस छोटे से समूह को यह स्पष्ट हो गया था कि अब वे अपनी स्थिति और नहीं बचा सकते। एलियंस करीब आ रहे थे, और पुल पर कब्ज़ा होने वाला था। भारी मन से उन्होंने अपनी चौकियाँ छोड़ दीं और शटल और एस्केप पॉड्स की ओर बढ़ने लगे। लेकिन जैसे ही वे जहाज के गलियारों से गुज़रे, उन्हें जल्दी ही एहसास हुआ कि उनका चुना हुआ रास्ता बंद हो

गया है। एलियंस ने उनकी चाल का अंदाज़ा लगा लिया था और डॉकिंग बे तक उनकी पहुँच रोक दी थी।

एक टूटे हुए कंसोल के पास घुटनों के बल बैठे, पसीने और मैल से सने चेहरे वाले मुख्य अभियंता, लेफ्टिनेंट जैक्सम रिल, बंद पड़े सुरक्षा दरवाज़ों के एक और सेट को खोलने की पूरी कोशिश कर रहे थे। जहाज की जटिल प्रणालियों का उनका गहन ज्ञान उन्हें अमूल्य बनाता था। लेकिन शांतचित्त होकर सोचने और कंसोल को हॉटवायर करने की उनकी क्षमता ही उन्हें यहाँ तक ले आई थी। "लगभग मिल ही गया," उन्होंने धीमी और स्थिर आवाज़ में बुदबुदाते हुए दूसरों को आश्वस्त किया।

पास ही एनसाइन लीरा चेन खुद को उस घबराहट से जूझते हुए पा रही थीं जो उन्हें निगलने वाली थी, उनके हाथ हल्के से काँप रहे थे क्योंकि वह शांत रहने की कोशिश कर रही थीं और नाकाम रहीं। उनके बगल में सार्जेंट डेव थॉमस्टन बैठे थे। उनका आमतौर पर स्थिर व्यवहार उनकी मुश्किलों के बोझ तले टूटने लगा था। एक अनुभवी सिस्टम विश्लेषक होने के नाते, वह कोई योजना बनाने के लिए दृढ़ थे। उनके दिमाग में बचने के कई संभावित रास्ते घूम रहे थे—जिनमें से कोई भी सही नहीं लग रहा था। वह जानते थे कि बस एक गलती, एक गलत अनुमान, और यह उनके ताबूत में एक और कील ठोकने जैसा होगा।

जब वे दरवाज़े खुलने का इंतज़ार कर रहे थे, एन्साइन केंट गाइडेसन एक तरफ़ खड़े थे। उनकी लेज़र पिस्तौल पर उनकी पकड़ मज़बूत थी। उनके सामान्यतः स्थिर हाथ हल्के से काँप रहे थे, उनकी नज़र एक परछाई से दूसरी पर जा रही थी, हर मांसपेशी और नस कार्रवाई के लिए तनी हुई थी। उन्हें हमेशा से ही गोलीबारी के दौरान संयम बनाए रखने पर गर्व था, लेकिन यह अलग था! यह कोई स्पष्ट आदेशों या किसी पूर्वानुमेय दुश्मन वाली लड़ाई नहीं थी, यह एक कत्लेआम था! गाइडेसन को अच्छी तरह पता था कि अगर कुछ बुरा हुआ, तो दूसरों को समय देना उनकी ज़िम्मेदारी होगी।

दूसरी ओर, कॉर्पोरल जॉन डेरियस एक सुरक्षा अधिकारी थे। वे सतर्क और युद्ध के लिए तैयार थे, उनकी मांसपेशियाँ स्प्रिंग की तरह कुंडलित थीं। मंद रोशनी में उनका विशालकाय शरीर ऊर्जा से भरा

कुंडलित स्प्रिंग था। उनके रुख का हर बदलाव सोच-समझकर और नियंत्रित था। वे अपनी पल्स राइफल को अभ्यास के साथ सहजता से पकड़े हुए थे, लेकिन उनकी पैनी निगाहें लगातार खतरों की तलाश में थीं। अप्रशिक्षित आँखों को वे शांत लग सकते थे, लेकिन जो लोग उन्हें जानते थे, वे उनकी तत्परता के स्पष्ट संकेत देख सकते थे—एक ऐसा व्यक्ति जो विनाशकारी ताकत से हमला करने के लिए तैयार था, तभी दूसरा खतरा सामने आ गया।

इस सब के केंद्र में थे कमांडर चार्ल्स थोर्प, समूह के नेता, जिनके शांत स्वभाव और तेज़ दिमाग ने उन्हें इतने लंबे समय तक ज़िंदा रखा था। उनकी शांत निगाहें बारी-बारी से हर एक से मिलतीं, चुपचाप आश्वासन का संचार करतीं। उनका दिमाग, जो हमेशा तेज़ और विचारशील रहता था, हर परिवर्तनशीलता और संभावना को परखता रहता था।

जैसे ही दरवाज़े खुले, निराशा और डर ने समूह को जकड़ लिया और वे विदेशी सैनिकों की गश्त से बचने की कोशिश में एक तरफ़ के गलियारे में घुस गए। वे भागने के बहुत करीब थे, फिर भी ऐसा लग रहा था कि हर मोड़ पर उन्हें रास्ता बंद मिल रहा है। उन्हें जल्दी सोचना था, वरना वे पकड़े जाएँगे।

वे शटल डॉकिंग बे के लगभग पहुँच ही गए थे कि छह लोगों का यह छोटा समूह उन्हें घेरने के लिए भेजी गई एलियन सेना की टुकड़ी से टकरा गया। अपने प्रभावशाली मेक सूट पहने एलियन घातक सटीकता से आगे बढ़ रहे थे, उनके हथियार पहले से ही उस छोटे समूह पर निशाना साधे हुए थे।

सोचने का समय नहीं था—सिर्फ़ प्रतिक्रिया देने का। "आड़ में जाओ!" कमांडर थोर्प चिल्लाए, उनकी आवाज़ ख़तरे को चीरती हुई निकल रही थी। चालक दल जो भी आड़ पा सका, उसके पीछे छिप गया, गलियारे में बिखरे पड़े बक्से और गिरी हुई बीमों का मिश्रण। लेज़र की आग फूट पड़ी, धुएँ से भरी हवा में चमकीली चमकें चमक उठीं। आवाज़ बहरा कर देने वाली थी, एक लगातार बौछार जो उनके आस-पास की दीवारों को हिला रही थी।

संकरा गलियारा लेज़र हथियारों की तेज़ आवाज़ों और एलियन हथियारों के फटने की तेज़ फुफकार से भरा हुआ था। धुआँ और जली हुई धातु व मांस की तीखी गंध हवा में गूँज रही थी। एनसाइन लीरा चेन का दिल युद्ध के नगाड़े की तरह धड़क रहा था जब उसने अपनी लेज़र पिस्तौल बेतहाशा दागी, और ऊर्जा के गोले आगे बढ़ते एलियन के अभेद्य कवच से टकराकर बिना किसी नुकसान के उछल रहे थे। घबराहट उसे घेरने लगी थी, और हर चूकी हुई गोली के साथ उसके हाथ और भी काँप रहे थे।

हॉल के दूसरी तरफ, सार्जेंट डेव थॉमस्टन शांतचित्त थे, उनके जबड़े दृढ़ निश्चय से अड़े हुए थे। उन्होंने सावधानी से निशाना साधा, उनकी पैनी निगाहें दुश्मन के कवच में ज़रा सी भी कमज़ोरी ढूँढ़ रही थीं। लेकिन ये एलियंस उनके पहले कभी न देखे गए किसी भी एलियन से बिल्कुल अलग थे—ज़्यादा उन्नत, उनके एक्सोस्केलेटन सूट आम लेज़र पिस्तौलों के आगे भी बेअसर लग रहे थे। उनके सामने, वह देख सकते थे कि चेन पूरी तरह से दहशत में था। थॉमस्टन, यह जानते हुए कि उन्हें कुछ करना ही होगा और वे हार चुके हैं, खुद को तैयार किया और अपनी टीम को ज़्यादा से ज़्यादा समय देने का दृढ़ निश्चय किया।

एलियन लाइन से अचानक आए उभार ने थॉमस्टन को कुछ कदम पीछे हटने पर मजबूर कर दिया, अनजाने में ही वह दूसरों से अलग हो गया। उसने खुद को एक बल्कहेड के पीछे फँसा हुआ पाया, अपने साथियों से अलग। गलियारा मौत के जाल जैसा लग रहा था, दमनकारी अँधेरा केवल कभी-कभार लेज़र की चमक से ही टूटता था।

"कवरिंग फायर!" थॉमस्टन चिल्लाया, ताकि एलियंस का ध्यान अपने कमज़ोर साथियों से हटा सके। वह अपनी आड़ से बाहर निकला और नियंत्रित गति से ट्रिगर दबाया, हर गोली सोची-समझी और सटीक थी। ऊर्जा के बोल्ट एलियंस के सूट पर लगे, लेकिन प्रभाव अवशोषित हो गया, जिससे जीव बेफिक्र रहे।

एलियंस में से एक ने थॉमस्टन पर निशाना साधा, ब्लास्टर की आग की चमक उसके चेहरे की ढाल से अशुभ रूप से परावर्तित हो रही थी। एलियन ने अपना हथियार—एक चिकना, लगभग जैविक सा दिखने वाला उपकरण—उठाया और गोली चला दी। थॉमस्टन को

प्रतिक्रिया करने का भी समय नहीं मिला क्योंकि ऊर्जा का विस्फोट हवा को चीरता हुआ सीधे उसके सीने में जा लगा।

ज़ोरदार प्रहार से वह पीठ के बल गिर पड़ा, उसकी साँसें घुटकर रोने लगीं। बिजली के बोल्ट ने उसके कवच, मांस और हड्डियों को जलाकर एक धुआँ उगलने वाला घाव बना दिया, जिससे उसका पूरा शरीर दर्द से भर गया। उसने उठने की कोशिश की, लेकिन उसके अंग नहीं माने, उसकी ताकत खतरनाक गति से खत्म हो रही थी।

"थॉमस्टन!" गाइडेसन की आवाज़ शोर के बीच से निकली, वह पीड़ा और हताशा से भरी थी। वह अपने दोस्त को वहाँ पड़े हुए देखकर सहम गया, उसकी जान निकल गई। डेव के चारों ओर खून तेज़ी से फैलते हुए एक तालाब में फैल गया। फिर एलियन की आग की एक और बौछार ने उसे वापस छिपने पर मजबूर कर दिया।

थॉमस्टन की दृष्टि धुंधली हो गई, उसके आस-पास का वातावरण एक गहरे धुएँ में डूब गया। दर्द असहनीय था, लेकिन सबसे ज़्यादा दुख इस बात का था कि अब वह अपनी टीम की रक्षा नहीं कर पाएगा। उसके विचार सुस्त पड़ गए, हर साँस संघर्षपूर्ण हो गई, आखिरकार, एक कंपकंपी भरी साँस के साथ, उसकी आँखें धुंधली हो गईं, और उसकी आखिरी ताकत भी खत्म हो गई।

अपनी जगह से, एन्साइन लीरा चेन ने थॉमस्टन को ज़मीन पर गिरते हुए देखा, उसका शरीर झटके से ऐंठ रहा था। यह दृश्य देखकर उसके अंदर दहशत का एक झटका सा दौड़ गया। उसकी साँसें गले में अटक गईं, और एक पल के लिए उसका दिमाग़ सुन्न हो गया। वह स्तब्ध रह गई, उसकी लेज़र पिस्तौल अभी भी उसके हाथों में कसकर पकड़ी हुई थी, और उसकी बैरल उसके द्वारा चलाई गई अनियमित गोलियों से धुआँ उगल रही थी।

"नहीं... नहीं...नहींनहींनहींनहींनहीं!" चेन की आवाज़ काँप रही थी, युद्ध के शोर में मुश्किल से सुनाई दे रही थी। उसकी आँखें चौड़ी हो गईं, थॉमस्टन के बेजान शरीर पर टिकी हुई थीं, उसकी मौत का सच एक ठंडे, भारी बोझ की तरह उसके अंदर उतर रहा था। वह एक मार्गदर्शक था, उस अंतरिक्ष यान पर एक स्थिर उपस्थिति जिसकी वे दोनों साझा करते थे। और अब... वह चला गया था।

उसके हाथ काँप रहे थे, ब्लास्टर पर उसकी पकड़ ढीली पड़ रही थी। डर और दुःख ने उसे पूरी तरह से घेर लिया था, लेकिन लड़ाई अभी खत्म नहीं हुई थी। एलियंस अभी भी आगे बढ़ रहे थे, उनके लगातार हमले कम होने का नाम नहीं ले रहे थे।

एक गहरी साँस लेकर, चेन ने खुद को थॉमस्टन के शरीर से नज़रें हटाने के लिए मजबूर किया। उसकी आँखें आँसुओं से धुंधली हो गईं, लेकिन उसने अपने हाथ के पिछले हिस्से से उन्हें पोंछ लिया, और खुद को उस काम के लिए तैयार किया जो उसे करना था। बाद में शोक मनाने का समय होगा—अगर वे बच गए।

नए संकल्प के साथ, चेन ने पिस्तौल पर अपनी पकड़ मज़बूत की और उसकी उंगलियाँ ट्रिगर पर कस गईं। वह थॉमस्टन के बलिदान को व्यर्थ नहीं जाने देना चाहती थी। उसके अंदर एक दृढ़ निश्चय की आग भड़क उठी और उसने हमलावरों की दिशा में पिस्तौल तान दी। इस बार उसने अपनी साँसों पर नियंत्रण किया और और भी ज़्यादा एकाग्र हो गई, अपनी पूरी ताकत से लड़ने के लिए तैयार।

12:00

जैसे ही कनेक्टिंग कॉरिडोर में लड़ाई शुरू हुई, शोर ने एक और समूह का ध्यान खींचा जो अभी-अभी एक शटल में सवार होकर उड़ान भरने की तैयारी कर रहा था। इस समूह में तीन टार्वोसियन राजदूत, कौला, थेरॉन और आन्या शामिल थे। जन्म से ही युद्ध कला में प्रशिक्षित, उन्होंने ज़ेफायर चालक दल के छोटे समूह के सामने मौजूद खतरे को तुरंत पहचान लिया।

टार्वोसियन ज़ेफायर के चालक दल को बेतहाशा लड़ते हुए देख रहे थे, उनकी स्थिति हर पल और भी गंभीर होती जा रही थी। शटल के चालक दल के विरोध के बावजूद—जिसमें इनक्यूरेट प्रतिनिधियों के प्रमुख, एक बुद्धिमान और सतर्क बुजुर्ग, सिलास, और दो थिसियन राजदूत, एलारा और केलेन, एक जोड़ा, शामिल थे, उन्होंने फैसला किया। वे चुपचाप बैठकर चालक दल के उस छोटे समूह को कत्लेआम होते नहीं देख सकते थे। उन्हें मदद करनी ही थी।

"हमें कुछ करना होगा," कौला ने दृढ़ स्वर में कहा। "हम उन्हें यूँ ही मरने के लिए नहीं छोड़ सकते।"

"लेकिन हमें अभी निकलना होगा!" सिलास ने तर्क दिया, उसकी बड़ी-बड़ी चमकती आँखें डर से चौड़ी हो गईं, उसकी आवाज़ में तत्परता भरी हुई थी। "अगर हम नहीं निकलेंगे, तो हम सब पकड़े जाएँगे या मारे जाएँगे!"

थेरॉन और आन्या ने एक-दूसरे को देखा। फिर, आन्या की नज़रें सख्त हो गईं। उसने दीवार पर टंगे ब्लास्टर को उठाया और अभ्यास के साथ खुद को उससे लैस किया। "हम उनकी मदद किए बिना कहीं नहीं जाएँगे।"

कौला और थेरॉन ने भी ऐसा ही किया और शटल के आपातकालीन भंडार से हथियार लेकर खुद को सुसज्जित किया। हालाँकि ऊर्जा हथियार उनकी विशेषता नहीं थे, लेकिन जन्म से ही उनके युद्ध प्रशिक्षण ने उन्हें किसी भी हथियार के लिए घातक बना दिया था। वे ज़ेफायर के चालक दल और उसमें सवार सभी लोगों की जान बचाने के लिए उनका इस्तेमाल करने के लिए दृढ़ थे।

शटल का पायलट हिचकिचाया और पुष्टि के लिए सिलास की ओर देखा। दुबले-पतले शरीर वाले उस बुज़ुर्ग ने हार मानकर आह भरी, फिर चालक दल को अपने बचे हुए हथियार सौंपने का इशारा किया। हो सकता है कि वह टार्वोसियनों से सहमत न रहा हो, लेकिन वह समझता था कि एक बार जब उन्होंने मन बना लिया, तो उन्हें कोई नहीं रोक सकता।

नए हथियार हाथ में लेकर, टार्वोसियन शटल से बाहर निकलकर उस गलियारे में पहुँचे जहाँ चालक दल के सदस्य फँसे हुए थे। उनके आने की आवाज़ युद्ध की आवाज़ों में खो गई, और एलियंस को उनका पता ही नहीं चला जब तक बहुत देर हो चुकी थी। एलियंस को पूरी तरह से अचंभित करते हुए, उन्होंने आक्रमणकारियों पर पीछे से एक आश्चर्यजनक हमला किया।

पुल पर तैनात कर्मचारियों को खत्म करने पर इतने केंद्रित कि एलियंस अचानक एक नई दिशा से आ रही गोलीबारी के घेरे में आ गए। लेज़र बोल्ट हवा में उड़ते हुए एलियंस पर पीछे से वार करने लगे और उनकी कतारें बिखर गईं।

युद्ध में अचानक आए इस बदलाव ने ज़ेफायर के चालक दल को एक बेहद ज़रूरी राहत दी। कमांडर थोर्प ने इस अफरा-तफरी का फ़ायदा उठाते हुए एक एलियन को उसकी गर्दन के पिछले हिस्से पर निशाना लगाकर मार गिराया। एन्साइन गाइडेसन, जिनके हाथ लड़ाई शुरू होने के बाद पहली बार स्थिर हुए थे, ने एक और एलियन के हथियार को उसकी बांह पर सटीक निशाना लगाकर निष्क्रिय कर दिया।

टार्वोसियन और ज़ेफायर दल कंधे से कंधा मिलाकर लड़े, दोनों समूह पूर्ण सामंजस्य में काम कर रहे थे, हालाँकि उन्होंने कभी एक साथ प्रशिक्षण नहीं लिया था। दो मोर्चों के बीच फँसे एलियंस पीछे हटने लगे, और अप्रत्याशित प्रतिरोध के कारण उनकी प्रगति रुक गई।

गलियारे को दुश्मनों से अस्थायी रूप से खाली कराने के बाद, कमांडर थोर्प ने तुरंत स्थिति का आकलन किया। वे एक दुश्मन को मार गिरा चुके थे, और थॉमस्टन का मृत शरीर उस गंभीर खतरे की मूक याद दिला रहा था जिसमें वे थे। एलियंस इतनी आसानी से हार मानने वाले नहीं थे, और संभवतः अतिरिक्त सैनिक पहले ही उनके रास्ते में आ चुके थे। उन्हें फिर से संगठित होने और अपनी अगली चाल की योजना बनाने के लिए एक सुरक्षित जगह ढूँढ़नी थी।

"हम यहाँ नहीं रुक सकते," थोर्प ने दृढ़ स्वर में कहा। "हमें जहाज़ के बीचों-बीच पहुँचकर छिपने की जगह ढूँढ़नी होगी। निचले डेक पर हमारा पीछा करने वालों से हम बच सकते हैं।"

लेफ्टिनेंट जैक्सम रिल ने सहमति में सिर हिलाया। "इंजीनियरिंग सेक्शन में बहुत सारे कोने और दरारें हैं जहाँ हम छिप सकते हैं। अगर हम वहाँ पहुँच सकें, तो हमारे पास मौका हो सकता है।"

टार्वोसियन, जो अभी भी लड़ाई से उबर रहे थे, तुरंत मदद के लिए आगे आए। "हम तुम्हारी मदद करेंगे," आन्या ने कहा, उसका ब्लास्टर अभी भी तैयार था। "हम इस जहाज को उतना नहीं जानते जितना तुम जानते हो, लेकिन साथ मिलकर हम दुश्मन से आगे रहने का कोई रास्ता निकाल सकते हैं।"

ज़ेफायर के चालक दल और टार्वोसियन जहाज़ में तेज़ी और चुपचाप आगे बढ़ रहे थे, उनकी आँखें और कान दुश्मन के किसी भी संकेत के प्रति सतर्क थे। जहाज़ के गलियारे, जो कभी जाने-पहचाने और

सुरक्षित थे, अब अनदेखे ख़तरों से भरे एक भूलभुलैया जैसे लग रहे थे। हर आवाज़ उन्हें चौंका देती थी; हर परछाई एक संभावित ख़तरा थी।

समूह जहाज़ के अंदर और अंदर चला गया, शटल बे और एलियंस के सबसे ज़्यादा कब्ज़े वाले इलाके से दूर। सफ़र तनावपूर्ण था, हर कदम पर पकड़े जाने का डर था। ज़ेफ़ायर के कभी रोशन और स्वागत करने वाले गलियारे अब धुंधले और भयावह हो गए थे, आपातकालीन लाइटें दीवारों पर लंबी, टिमटिमाती परछाइयाँ डाल रही थीं।

कमांडर थोर्प आगे चल रहे थे, उनका ध्यान अपने दल को सुरक्षित लैंडिंग पर पहुँचाने पर केंद्रित था। उनके पीछे, एनसाइन लीरा चेन उनके संचार पर कड़ी नज़र रख रहे थे, और किसी भी ऐसे संदेश को सुन रहे थे जिससे उन्हें एलियंस की गतिविधियों के बारे में कोई सुराग मिल सके। एनसाइन गाइडेसन समूह के बीच में चल रहे थे, उनके दोनों हाथों में एक-एक ब्लास्टर तैयार था, जबकि लेफ्टिनेंट रिक्क और कॉर्पोरल डेरियस पीछे चल रहे थे, उनकी नज़रें लगातार खतरों पर नज़र रख रही थीं।

टार्वोसियन उसी शांत और दृढ़ संकल्प के साथ आगे बढ़े, उनकी इंद्रियाँ तेज़ थीं और उनके हथियार तैयार थे। उन्हें पता था कि वे किस खतरे में हैं, लेकिन वे अपने नए सहयोगियों की मदद करने के लिए प्रतिबद्ध थे।

जैसे-जैसे वे जहाज़ में आगे बढ़ रहे थे, दूर से हो रही लड़ाइयों की आवाज़ें और पतवार से टकराने वाली किसी भारी चीज़ की कभी-कभार की आवाज़ उन्हें याद दिला रही थी कि ज़ेफ़ायर अभी भी घेरे में है। जहाज़ तनाव से कराह रहा था, उसके सिस्टम क्षति के बावजूद चलते रहने के लिए संघर्ष कर रहे थे। यह अपरिहार्य था। ज़ेफ़ायर डूब रहा था...

शटल में वापस आकर, सिलास ने देखा कि टार्वोसियन शटल बे में गायब हो गए और बगल वाले गलियारे की ओर बढ़ गए। उसने अपने हाथ भींच लिए, उसकी उँगलियाँ आर्मरेस्ट से टकराकर पीली पड़ गईं। "दरवाज़ा बंद करो," आखिरकार उसने धीरे से कहा, हालाँकि उसकी आवाज़ काँप रही थी।

पायलट हिचकिचाया, "लेकिन टार्वोसियन—"

"उन्होंने अपना फ़ैसला कर लिया है," सिलास ने धीरे से कहा, हालाँकि उसका दिल भारी हो रहा था। "और अगर हम अभी उड़ान नहीं भरते, तो हममें से कोई भी नहीं बचेगा।"

शटल के सीलिंग दरवाज़े की फुफकार मौत की घंटी की तरह गूँज रही थी। एलारा ने अपने साथी कालेन के कंधे पर काँपते हुए हाथ रखा, उसकी चमकीली आँखें दुःख से धुंधली पड़ गईं। जैसे ही इंजन ज़ोर से चलने लगे और शटल उड़ान भरने लगी, उसमें सवार लोग व्यूपोर्ट से बाहर पीछे छूटे हुए लोगों को देखने से खुद को रोक नहीं पा रहे थे। जहाज पर बचे सभी लोगों के दिलों में अपराधबोध और ज़िंदा रहने की भावनाएँ आपस में टकरा रही थीं।

जैसे ही शटल आज़ाद होकर शून्य में उड़ी, सिलास ने एक तेज़ साँस छोड़ी, हालाँकि उसकी छाती का भार कम नहीं हुआ। "उन्हें विजय मिले... या शांति," उसने फुसफुसाया, हालाँकि उसे डर था कि शून्य दोनों को निगल जाएगा।

अध्याय 35

एकजुटता

समूह अच्छी प्रगति कर रहा था कि अचानक उन्हें क़दमों की आहट सुनाई दी। कमांडर थोर्प ने सभी को छिपने का इशारा किया, और वे जल्दी से पास के एक रखरखाव कक्ष में छिप गए। क़दमों की आहट तेज़ होती गई, और जल्द ही समूह ने कोने से कुछ आकृतियाँ निकलती देखीं।

पहले तो वह छोटा समूह तनाव में आ गया और एलियंस से एक और मुठभेड़ के लिए खुद को तैयार करने लगा। लेकिन फिर, जब वे आकृतियाँ नज़र आईं, तो उन्हें एहसास हुआ कि ये दुश्मन नहीं, बल्कि उनके सहयोगी हैं। यहाँ तक कि उनके छज्जों के पार भी,IEVA सूट थोर्प ने चेहरा पहचान लियाचीफ पेटी ऑफिसर रॉबर्टो डोक्सन। उनके साथ लेफ्टिनेंट यारा पेत्रोवा, एडम्स और स्टील थे। कमांडर थोर्प ने राहत महसूस की।

"डॉक्सन, इधर आओ!" थॉर्प ने पुकारा, "क्या तुम आँखों को दुखाने वाले दृश्य नहीं हो," उसने समूह को इशारा करते हुए अलकोव से बाहर निकलते हुए कहा।

डोक्सन और उनकी टीम जल्दी से समूह में शामिल हो गईं, उनके चेहरों पर थकान और दृढ़ संकल्प का मिला-जुला भाव था। डोक्सन ने थकान से भारी आवाज़ में बताया, "हम जहाज़ में से रास्ता बनाते हुए शटल बे तक पहुँचने की कोशिश कर रहे हैं। लेकिन लगता है हम किसी आखिरी पड़ाव पर पहुँच गए हैं।"

थोर्प ने स्थिति की गंभीरता को समझते हुए सिर हिलाया। "हम इंजीनियरिंग सेक्शन की ओर जा रहे हैं। यह ज़्यादा बड़ा काम नहीं है, लेकिन फिर भी यह हमारे लिए फिर से संगठित होने और कोई योजना बनाने का सबसे अच्छा मौका हो सकता है।"

डोक्सन ने सहमति जताते हुए कहा, "यहीं हमने अपना शटल छोड़ा था।" सामने फैले अँधेरे गलियारे की ओर देखते हुए, उसकी आवाज़ धीमी पड़ गई और उसने अपने विचारों में सबसे आगे चल रहा वह सवाल पूछा, जिसे पूछने से वह लगभग डर रही थी। "क्या कोई और भी है?"

"मुझे नहीं पता।" थॉर्न ने रूखेपन से जवाब दिया, उसकी आवाज़ भावुकता से भरी हुई थी। "मुझे समझ नहीं आता कैसे।"

जैसे ही उसके शब्द दोनों समूहों के दिमाग़ में उतरे, सन्नाटा छा गया। फिर दूर से एक धीमी आवाज़ में हुए धमाके और उसके तुरंत बाद उनके पैरों के नीचे डेक के कंपन ने उन्हें कार्रवाई के लिए प्रेरित किया। उन्हें अपनी स्थिति की नाज़ुक प्रकृति का एहसास दिलाया।

ज़ेफायर के चालक दल और टार्वोसियनों के संयुक्त समूह ने क्षतिग्रस्त जहाज़ से अपनी यात्रा जारी रखी। वे नए दृढ़ संकल्प के साथ आगे बढ़े, यह जानते हुए कि उनके बचने का सबसे अच्छा मौका एक साथ रहकर और बेरहम विदेशी आक्रमणकारियों को मात देने का कोई रास्ता ढूँढ़ने में ही निहित है।

जहाज़ के केंद्र तक का सफ़र ख़तरों से भरा था, लेकिन ज़ेफ़ायर के चालक दल और टार्वोसियनों की संयुक्त शक्ति ने उन्हें लड़ने का मौका दिया। जैसे ही वे आखिरकार इंजीनियरिंग सेक्शन में पहुँचे, युद्ध की आवाज़ें धीमी पड़ने लगीं और उनकी जगह जहाज़ के सिस्टम की लगातार गूँज सुनाई देने लगी। वे यहाँ तक तो पहुँच गए थे, लेकिन उनके अगले कदम बेहद अहम थे। उन्हें फिर से संगठित होना था, भागने का रास्ता ढूँढ़ना था, और यह सुनिश्चित करना था कि उनके ज़्यादा से ज़्यादा लोग बच जाएँ।

लेफ्टिनेंट जैक्सम रिक्क ने जल्दी से नियंत्रण कक्ष संभाला और कुछ समय के लिए पीछे के बल्कहेड्स को सील कर दिया। समूह फैल गया, अपने आस-पास के माहौल का जायज़ा लिया और आगे आने वाली किसी भी स्थिति के लिए तैयारी करने लगा।

कमांडर थोर्प ने समूह को संबोधित करते हुए कहा, "हमें इस क्षेत्र को सुरक्षित करना होगा और एक योजना बनानी होगी। एलियंस तब

तक नहीं रुकेंगे जब तक वे जहाज़ पर कब्ज़ा नहीं कर लेते, और हमें उनके लिए तैयार रहना होगा।"

चीफ पेटी ऑफिसर रॉबर्टो डोक्सन, लेफ्टिनेंट यारा पेत्रोवा, एडम्स और स्टील ने तुरंत काम शुरू कर दिया, उपकरणों की जाँच की और अपनी स्थिति को मज़बूत किया। टारवोसियनों ने अपने युद्ध अनुभव और तीक्ष्ण अंतर्ज्ञान के साथ, कमरे के चारों ओर रक्षात्मक स्थितियाँ बना लीं, और किसी भी हमले को विफल करने के लिए तैयार हो गए।

थोर्प को पता था कि उनकी स्थिति गंभीर है, लेकिन वे उम्मीद नहीं छोड़ सकते थे। उसने डोक्सन की ओर देखा, जो कमरे को अपनी पैनी और आकलन भरी नज़रों से देख रहा था। "डोक्सन, बचने का सबसे अच्छा तरीका क्या है?"

डोक्सन की आँखें सोच में डूब गईं। "हमारा शटल यहाँ से ज़्यादा दूर नहीं है, इंजीनियरिंग के दूसरे सेक्शन में। अगर हम वहाँ पहुँच जाएँ, तो शायद बच निकल सकें।"

कमांडर थोर्प ने सिर हिलाया। "तो यही हमारा लक्ष्य है। हम शटल तक पहुँचेंगे, सबको उसमें बिठाएँगे और यहाँ से निकल जाएँगे।"

डोक्सन के पास खड़ी लेफ्टिनेंट यारा पेत्रोवा बोलीं, "यह आसान नहीं होगा। जब हम शटल बे की ओर बढ़ रहे थे, तो हमें यहाँ और शटल के बीच एक से ज़्यादा गश्ती दल मिले। हमें जल्दी और सावधानी से आगे बढ़ना होगा।"

"हमारे पास कोई चारा नहीं है," थोर्प ने दृढ़ता से कहा। "या तो हम उस शटल तक पहुँचेंगे, या फिर यहाँ फँसने का जोखिम उठाएँगे। चलो चलते हैं।"

अपनी योजना तय करके, समूह ने बिना समय गँवाए। वे तेज़ी से लेकिन सावधानी से इंजीनियरिंग सेक्शन से गुज़रे, जहाज़ के लेआउट के अपने ज्ञान का इस्तेमाल करते हुए, भूलभुलैया जैसे गलियारों में आगे बढ़े। जहाज़ की हर चरमराहट और दूर से आती गूँज उन्हें तनाव में डाल रही थी, एक और टकराव के लिए तैयार।

गलियारे भयावह रूप से शांत थे, उस लड़ाई के बिल्कुल उलट जिससे वे अभी-अभी बचकर निकले थे। जहाज के सिस्टम, क्षति के बावजूद, अभी भी काम कर रहे थे, एक स्थिर गूँज पैदा कर रहे थे जो सुकून देने वाली भी थी और बेचैन करने वाली भी। चमकती आपातकालीन लाइटें लंबी, टिमटिमाती परछाइयाँ बना रही थीं, जिससे गलियारे अनदेखे खतरों से भरे एक भूलभुलैया जैसे लग रहे थे।

जैसे-जैसे वे आगे बढ़ रहे थे, कमांडर थोर्प अपनी टीम का ध्यान केंद्रित रखे हुए थे। "पास रहो, चुप रहो। हमें नहीं पता कि इस डेक पर उनमें से कितने बचे हैं।"

टार्वोसियनों ने अपनी तीक्ष्ण बुद्धि और युद्ध प्रशिक्षण के साथ मोर्चा संभाल लिया। कौला, थेरॉन और आन्या साये की तरह आगे बढ़ रहे थे, उनके ब्लास्टर अंधेरे से आने वाले किसी भी खतरे के लिए तैयार थे।

समूह अच्छी प्रगति कर रहा था कि अचानक उन्हें एक हल्की, यांत्रिक घुरघुराहट सुनाई दी जिसने सभी की रीढ़ में सिहरन पैदा कर दी। यह एलियंस के यांत्रिक सूट की आवाज़ थी, जो स्पष्ट और नज़दीक आती जा रही थी।

"नीचे उतर जाओ!" डोक्सन ने फुसफुसाते हुए कहा, और समूह जल्दी से निकटतम कोठरी में घुस गया, और पकड़े जाने से बचने के लिए खुद को दीवारों से सटा लिया।

एलियंस के भारी कदमों की आहट गलियारे में गूँज रही थी। समूह ने साँस रोककर, तनावपूर्ण सन्नाटे में गश्ती दल के उनके पास से गुज़रने और गलियारे में आगे बढ़ने का इंतज़ार किया। जब यांत्रिक सूटों की घुसपैठ भरी आवाज़ आखिरकार धीमी पड़ गई, तो थोर्प ने फिर से आगे बढ़ने का संकेत दिया। वे शटल के करीब पहुँच रहे थे, लेकिन पकड़े जाने का खतरा अभी भी बहुत वास्तविक था।

जहाज़ में रेंगते हुए मानो अनंत काल तक भटकने के बाद, समूह आखिरकार इंजीनियरिंग सेक्शन में पहुँच गया जहाँ शटल डॉक किया गया था। गलियारा ज़ेफिर के पतवार के वक्र के साथ-साथ चला और आगे ही उन्हें शटल दिखाई दी जो अभी भी हैच पर सुरक्षित रूप से लॉक थी, सही सलामत और लॉन्च के लिए तैयार।

रोबर्टा को राहत की लहर महसूस हुई। "बस, हो गया," उसने आशा से भरी आवाज़ में कहा। "हमें बस जहाज़ पर सवार होकर यहाँ से निकल जाना है।"

लेकिन उनकी राहत ज़्यादा देर तक नहीं रही। जैसे ही वे शटल के पास पहुँचे, एक तरफ़ के गलियारे से एलियंस का एक समूह निकल आया और उनका रास्ता रोक लिया। एलियंस ने तुरंत प्रतिक्रिया दी, अपने हथियार उठाए और गोलियाँ चला दीं।

"आवरण ले लो!" थोर्प चिल्लाया, और समूह तितर-बितर हो गया, सुरक्षा के लिए समर्थन बीम और दरवाजों के पीछे छिप गया।

ब्लास्टर की गोलाबारी से गलियारा जगमगा उठा, दोनों तरफ से गोलियों की बौछार से बहरा कर देने वाला शोर मच गया। एलियंस बेरहम थे, उनके हथियार शक्तिशाली और निशाना सटीक था। ज़ेफायर के चालक दल और टार्वोसियन अपनी पूरी ताकत से उनका मुकाबला कर रहे थे, यह जानते हुए कि यह उनके भागने का आखिरी मौका था।

लेफ्टिनेंट पेत्रोवा ने एक के बाद एक कई गोलियाँ चलाईं और एक एलियन को मार गिराया, जबकि एडम्स और स्टील ने कवर फायर प्रदान किया। टार्वोसियनों ने अपने उत्कृष्ट युद्ध कौशल का उपयोग करते हुए, घातक दक्षता के साथ आगे बढ़ते हुए, एक के बाद एक कई एलियनों को मार गिराया।

लेकिन लड़ाई बहुत भीषण थी, और समूह संख्या में कम था। एलियंस ने अपना फायदा उठाया, जिससे ज़ेफायर के चालक दल को गलियारे में और पीछे हटने पर मजबूर होना पड़ा।

"हम फंसते जा रहे हैं!" डोक्सन चिल्लाई, उसकी आवाज़ मुश्किल से सुनाई दे रही थी।

"हमें आगे बढ़ना होगा!" थोर्प ने तत्परता से भरी आवाज़ में जवाब दिया। "हम लगभग पहुँच ही गए हैं!"

समूह फँस गया था, शटल उनकी नज़र में थी, लेकिन यांत्रिकी सूट पहने एलियंस ने उन्हें भागने से रोक दिया था। ब्लास्टर की आग दीवारों से टकरा रही थी, और हवा जलती हुई धातु और ओज़ोन की

तीखी गंध से भरी हुई थी। स्थिति गंभीर थी, और रोबर्टा को पता था कि उनका समय खत्म हो रहा है।

एलियंस से गोलीबारी करते हुए उसके दिमाग़ में तेज़ी से विचार घूम रहे थे। उनकी संख्या और हथियार कम थे, और गलियारे में छिपने के लिए कोई जगह नहीं थी। उनके साथियों, रिस्पिंडसो के राजदूतों और शटल पर मौजूद बाकी क्रू के बारे में सोचकर उसे बहुत डर लग रहा था। क्या वे पकड़े गए थे? या इससे भी बदतर, क्या वे मर गए थे?

जैसे ही निराशा ने पैर पसारना शुरू किया, शटल का हैच खुलते ही अचानक एक तेज़ फुफकार सुनाई दी। रिस्पिंडसो का राजदूत, ज़ाइलो, बाहर निकला, उसका बाह्यकंकाल मंद आपातकालीन रोशनी में चमक रहा था। उसने अपने चारों हाथों में लेज़र पिस्तौलें पकड़ी हुई थीं, उसकी बहुमुखी आँखें केंद्रित तीव्रता से हवा को देख रही थीं।

"ज़ाइलो!" रोबर्टा ने राहत और आश्चर्य से भरी आवाज़ में कहा।

ज़ाइलो ने एक पल भी बर्बाद नहीं किया। चारों हथियारों से सटीक और नियंत्रित फायरिंग करते हुए, उसने एलियंस पर लेज़र फायर की बौछार कर दी, जिससे वे अचंभित रह गए। उसकी हरकतें तेज़ और कुशल थीं, जो उसकी प्रजाति की लचीलेपन का प्रमाण थी। एलियन मेक सूट अचानक हुए हमले से लड़खड़ा गए, और छिपने के लिए भागते हुए उनका स्वरूप टूट गया।

ज़ाइलो की साथी ज़ारा, उसके पीछे प्रकट हुई, उसके हाथ में एक भारी ऊर्जा तोप थी जो उसे शटल में किसी तरह मिल गई थी। एक धीमी, गूंजती हुई ध्वनि के साथ, उसने ऊर्जा की एक सघन किरण सीधे एलियनों के बीचोंबीच भेज दी। विस्फोट तत्काल और विनाशकारी था, जिससे बचे हुए एलियन तितर-बितर हो गए और ज़ेफायर चालक दल को ज़रूरी कीमती समय मिल गया।

"शटल पर जाओ!" थोर्प ने आदेश दिया।

ज़ेफायर के चालक दल और टार्वोसियनों की संयुक्त शक्ति आगे बढ़ी, उनका दृढ़ संकल्प फिर से जाग उठा। ज़ाइलो और ज़ारा ने हैच खुला रखा ताकि बाकी लोग शटल में सवार हो सकें।

रोबर्टा ने शटल की ओर दौड़ने से पहले एलियंस को दूर रखने के लिए कुछ और गोलियाँ चलाईं। स्टील और एडम्स उसके दोनों ओर खड़े थे, उनके ब्लास्टर ज़ाइलो और ज़ारा के ब्लास्टरों के साथ मिलकर फायर कर रहे थे। गलियारा हथियारों की गगनभेदी गर्जना से भर गया था, लेकिन वे जल्दी ही हैच तक पहुँच गए।

"जाओ! जाओ! जाओ!" यारा चिल्लाई और सबको आगे बढ़ने के लिए प्रेरित करते हुए कवर फायर प्रदान किया।

जैसे ही आखिरी एलियन गश्ती दल हमले से उबरने लगा, समूह संकरी हैच से बाहर निकलने लगा। ज़ाइलो और ज़ारा सबसे आखिर में सवार हुए, उनके हथियार अभी भी धधक रहे थे जब वे शटल में वापस आ गए। उनके पीछे हैच ज़ोर से बंद हो गया, और ज़ेफायर चालक दल के सदस्यों में से एक, एनसाइन रीड नामक एक कुशल पायलट, तुरंत नियंत्रण में आ गया।

"हम अंदर हैं!" थोर्प ने संचार माध्यम से चिल्लाकर कहा। "हमें यहाँ से निकालो!"

एन्साइन रीड के हाथ तेज़ी से नियंत्रणों पर चले, और शटल के इंजन ज़ोर से चलने लगे। अचानक झटके के साथ, शटल ज़ेफायर से अलग हो गया। एलियन मेक सूट, अब झटके से उबर रहे थे, उन्होंने गोलियाँ चला दीं, लेकिन शटल की ढालें टिकी रहीं। वे ज़ेफायर से दूर भाग गए, और जैसे-जैसे वे भागते गए, जहाज का क्षतिग्रस्त पतवार दूरी में छोटा होता गया।

शटल के अंदर, थकान और राहत का मिला-जुला माहौल था। रोबर्टा एक दीवार के सहारे झुकी हुई थी, उसकी साँसें तेज़ लेकिन स्थिर थीं। उसने ज़ाइलो और ज़ारा की तरफ़ देखा, जो पहले से ही अपने हथियार जमा रहे थे।

"शुक्रिया," उसने कृतज्ञता से भरी आवाज़ में कहा। "आपके बिना हम यहाँ नहीं पहुँच पाते।"

ज़ाइलो के जबड़े चटक गए, जिसे रोबर्टा ने रिस्पिंडसोअन की स्वीकृति के भाव के रूप में पहचाना। "हम अपने साथियों को पीछे नहीं छोड़ते," उसने दृढ़ता से कहा।

ज़ारा ने, जो अभी भी अपनी ऊर्जा तोप पकड़े हुए थी, कहा, "अब हम सब इस दल का हिस्सा हैं। हम या तो साथ-साथ जीवित रहते हैं, या बिल्कुल नहीं।"

जैसे ही शटल ज़ेफायर से दूर अंतरिक्ष की ओर बढ़ा, चालक दल ने अपनी स्थिति का जायज़ा लेना शुरू कर दिया। वे बच निकले थे, लेकिन लड़ाई अभी खत्म नहीं हुई थी। ज़ेफायर अभी भी दुश्मन के कब्ज़े में था, और उनका मिशन अभी अधूरा था। लेकिन फिलहाल, उनके पास एक-दूसरे का साथ था, और यही काफी था।

कॉकपिट के बाहर का नज़ारा विस्मयकारी और भयावह दोनों था। तारे हर दिशा में फैले हुए थे, एक विशाल और अंतहीन विस्तार। उनके पीछे, ज़ेफायर चमकती रोशनियों और विस्फोटों का एक ढेर था, भीतर अभी भी युद्ध छिड़ा हुआ था। लेकिन जो कुछ वे पीछे छोड़ आए थे, उस पर विचार करने का समय नहीं था।

"हमने कर दिखाया," यारा पेत्रोवा ने राहत और अविश्वास के मिले-जुले स्वर में कहा। "हमने सचमुच कर दिखाया।"

रोबर्टा ने अपने थके हुए लेकिन दृढ़ साथियों की ओर देखा। "सुरक्षित होने के बाद हम अपना अगला कदम तय करेंगे। फ़िलहाल, चलो इस सेक्टर से निकल चलते हैं।"

शटल अब तीस लोगों से खचाखच भरी हुई थी: बाईस लोगों का मूल समूह, तीन टार्वोसियन, और पुल से आए पाँच चालक दल के सदस्य। जगह तंग थी, सभी के हिलने-डुलने के लिए भी जगह नहीं थी, लेकिन चालक दल का ध्यान अडिग था। इतनी तंग जगहों के बावजूद, अब भीड़-भाड़ वाली शटल में सभी ने राहत की साँस ली, और इतने लंबे समय से उन्हें जकड़े हुए तनाव में आखिरकार कमी आने लगी। वे तमाम मुश्किलों के बावजूद ज़ेफायर से बच निकले थे।

लेकिन उनकी यात्रा अभी खत्म नहीं हुई थी। उनके आस-पास का क्षेत्र अभी भी खतरनाक था, छोटे-छोटे एलियन हमलावर जहाज गश्त लगा रहे थे और उन पर पीछा किए जाने का खतरा मंडरा रहा था।

एन्साइन रीड ने कुशलता से शटल का संचालन किया, उन्हें ज़ेफायर के नज़दीकी इलाके से दूर ले गए और उन्हें खतरे से बाहर निकालने का रास्ता तय किया। शटल तेज़ी से आगे बढ़ी, ज़ेफायर का

दूर का पतवार खतरे को पीछे छोड़ते हुए पृष्ठभूमि में फीका पड़ता गया। लेकिन अपने दिलों में, वे सभी जानते थे कि लड़ाई अभी खत्म नहीं हुई है। यह तो अभी शुरू हुई है।

"हमें फिर से संगठित होने के लिए कोई जगह ढूँढ़नी होगी," थोर्प ने शांत लेकिन दृढ़ स्वर में कहा। "कोई ऐसी जगह जहाँ हम तय कर सकें कि आगे क्या करना है।"

"ठीक है," डोक्सन ने जवाब दिया, उसकी आँखें शटल के सेंसरों पर आस-पास के जहाजों या सुरक्षित ठिकानों के किसी भी संकेत के लिए नज़र गड़ाए हुए थीं। "हम यहाँ ज़्यादा देर तक नहीं रुक सकते। एलियंस जीवित बचे लोगों की तलाश में होंगे।"

उनकी ओर मुड़कर एन्साइन रीड ने पूछा, "मिलन स्थल के बारे में क्या ख्याल है? लेफ्टिनेंट कार ने बताया कि प्रत्येक शटल और पॉड को एक मिलन स्थल के साथ प्रोग्राम किया गया है।"

डोक्सन की आँखों में उम्मीद की एक किरण चमक उठी। "अगर हम मिलन स्थल तक पहुँच सकें, तो शायद हमें और भी जीवित लोग मिल जाएँ। यह जोखिम भरा है, लेकिन यहाँ भटकते रहने और एलियंस द्वारा हमें मार गिराए जाने का इंतज़ार करने से बेहतर है।"

थोर्प ने सिर हिलाया। "यह हमारी सबसे अच्छी कोशिश है। हमारे जहाज़ पर इतने लोग हैं कि इंतज़ार करना मुश्किल है। हमें जल्दी चलना होगा," थोर्प ने भीड़भाड़ वाली स्थिति को स्वीकार करते हुए कहा। "जितना ज़्यादा इंतज़ार करेंगे, उतनी ही कम संभावना है कि हम सही सलामत मिलन स्थल पा सकें।"

रीड ने सिर हिलाया और निर्देशांक दर्ज किए। "निर्देशांक सेट हो गए हैं। मैंने सेटिंग को इस तरह एडजस्ट कर लिया है कि तीन छलांगों में ही पहुँच जाऊँ, अगर किस्मत अच्छी रही तो वे हमें ट्रैक नहीं कर पाएँगे।" उसने कंट्रोल्स पर नज़र डाली। "अतिरिक्त छलांगों के साथ शटल्स में हमें वहाँ तक पहुँचाने के लिए पर्याप्त शक्ति आ गई है।"

जैसे ही शटल पहली छलांग लगाने के लिए तैयार हुई, केबिन में एक धीमी सी भिनभिनाहट गूंज उठी और साथ में रोशनियाँ भी टिमटिमाने लगीं। हर कोई हाइपरस्पेस में छलांग लगाने के लिए तैयार हो गया।

"रुको," रीड ने चेतावनी दी, उसके हाथ नियंत्रण पर स्थिर थे।

जैसे ही शटल हाइपरस्पेस में दाखिल हुआ, वह थोड़ा काँप उठा, विस्थापन का परिचित सा अहसास चालक दल पर छा गया। तंग कमरों के बावजूद, सभी ने अपनी साँसें रोक रखी थीं, यह सन्नाटा केवल इंजनों की दूर से आती हुई गूँज से ही टूट रहा था।

कुछ ही क्षणों बाद, वे हाइपरस्पेस से निकलकर अंतरिक्ष के विशाल विस्तार में पहुँच गए। उनके सामने तारे अंतहीन रूप से फैले हुए थे, लेकिन सेंसर खाली जगह के अलावा कुछ नहीं दिखा रहे थे।

"क्या अन्य शटलों के कोई संकेत हैं?" थोर्प ने पूछा, उनके स्वर में उनकी आशाओं का भार था।

डोक्सन ने रीडिंग देखते हुए सिर हिलाया। "अभी नहीं, लेकिन हम अभी भी सही रास्ते पर हैं। हमें आगे बढ़ते रहना होगा।"

शटल अपनी यात्रा पर आगे बढ़ता रहा, अति-अंतरिक्ष में सोची-समझी छलांगों के साथ छलांग लगाता रहा। केबिन के अंदर का सन्नाटा गहराता जा रहा था, जो कभी-कभार नज़रों के आदान-प्रदान या प्रोत्साहन के फुसफुसाते शब्दों से ही टूटता था।

एनसाइन लीरा चेन, जिनके हाथ अभी भी हाल ही में हुई लड़ाई से थोड़े काँप रहे थे, एनसाइन गाइडेसन के पास झुकीं। "क्या आपको लगता है कि कोई और भी बच गया है?"

गिडेसन ने अपनी आँखें बाहर तारों पर गड़ाए हुए धीरे से जवाब दिया, "हमें विश्वास करना होगा कि उन्होंने ऐसा किया। यही एकमात्र चीज़ है जो हमें आगे बढ़ने में मदद करती है।"

हैच के पास खड़े कॉर्पोरल डेरियस ने कहा, "हम इससे भी बुरे दौर से गुज़र चुके हैं। यह अभी ख़त्म नहीं हुआ है।"

उनकी बातचीत सुनकर स्टील बोला, "मुझे पूरा यकीन है कि कुछ लोग बच गए होंगे।" उसने कहा, "हमारे वापस आने से पहले हमने कई पॉड्स और शटल्स को हाइपरस्पेस में कूदते देखा था।"

आखिरकार, मानो अनंत काल के बाद, शटल अपनी आखिरी छलांग से बाहर आ गया। उनके सामने एक छोटा, अज्ञात क्षुद्रग्रह क्षेत्र,

नुकीली चट्टानों और मलबे का एक समूह अंतरिक्ष में चुपचाप तैर रहा था।

"वह रहा," रोबर्टा ने कहा। उसने एक खोखले क्षुद्रग्रह की ओर इशारा किया, जिसका प्रवेश द्वार आसपास के मलबे के बीच मुश्किल से दिखाई दे रहा था। "वही मिलन स्थल है।"

रीड ने शटल को क्षुद्रग्रह की ओर निर्देशित किया, और जैसे-जैसे वे पास पहुँचे, तनाव थोड़ा कम होता गया। सेंसरों ने हल्की ऊर्जा के संकेत देखे, जिससे अन्य शटल या पॉड्स की उपस्थिति की पुष्टि हुई।

जैसे ही वे क्षुद्रग्रह के अंदर पहुँचे, चालक दल ने एक-दूसरे को राहत भरी नज़रों से देखा। वे इतनी दूर तो पहुँच गए थे, लेकिन उनकी स्थिति की वास्तविकता अभी भी गंभीर थी। ज़ेफायर शून्य में खो गया था, उनका मिशन अधूरा था, और आकाशगंगा अभी भी एलियन ताकतों के खतरे में थी।

थोर्प शटल से बाहर निकलकर मंद रोशनी वाले क्षुद्रग्रह कक्ष में गए और दूसरों की ओर मुड़े। "हम यहाँ फिर से इकट्ठा होंगे, बचे हुए लोगों की जाँच करेंगे और अपना अगला कदम तय करेंगे। हम अभी खतरे से बाहर नहीं हैं, लेकिन कम से कम हमारे पास लड़ने का मौका तो है।"

भीड़-भाड़ वाली शटल अस्थायी बेस में खाली हो गई, और चालक दल अपने आस-पास के माहौल का जायज़ा लेने और बचे हुए लोगों से संपर्क करने के लिए इधर-उधर फैल गया। लड़ाई अभी खत्म नहीं हुई थी, लेकिन पहली बार, जो सदियों से लग रहा था, लेकिन कुछ ही घंटे बीते थे, उन्हें सांस लेने, फिर से संगठित होने और आगे आने वाली किसी भी चुनौती के लिए तैयार होने का एक पल मिला।

जैसे ही युद्ध की उथल-पुथल धीमी हुई, चालक दल ने फिर से एकजुट होकर अपने दुश्मनों के खिलाफ बहादुरी से लड़ने के लिए अगले कदमों की योजना बनाई, इस बात से अनजान कि उनका लापता लेफ्टिनेंट पहले ही खतरे की पकड़ से बच निकला था, और एक ऐसे हिसाब-किताब के लिए मंच तैयार कर रहा था जो जल्द ही उसके अपने विचारों और शब्दों में सामने आने वाला था।

अध्याय 36

भयावह यादें

Lieutenant Alastar Kar

युद्ध जारी रहा, लेकिन अराजकता के बीच, मैंने खुद को, अस्थायी कप्तान और लापता लेफ्टिनेंट को शोर से दूर पाया, एक अर्ध-चेतन अवस्था के दायरे में फिसल गया जहां मेरे विचार और भय आकार लेने लगे...

"जेडिन, जानू, तुम्हें भागना होगा!" मेरे मन की ज्वरग्रस्त धुंध में, वास्तविकता मृगतृष्णा की तरह डगमगा रही थी। मेरी माँ मेरा नाम चिल्ला रही थी—जेडिन—और मुझे भागने के लिए कह रही थी, ताकि मेरे विचारों के धुएँ भरे चक्रव्यूह में गूँजती अपनी आवाज़ को छिपा सकूँ। आग की लपटें नाच रही थीं, उनकी जीभें लंबे समय से दबी यादों को चाट रही थीं।

धुआँ घूम रहा था, और मैं, जेडिन नहीं, लड़खड़ा रहा था। फ्लैशबैक उमड़ पड़े—टूटे हुए पलों का एक बहुरूपदर्शक। मेरे माता-पिता, उनके चेहरे दहशत से भरे थे, उनकी आवाज़ें चीख-पुकार के शोर में खो गई थीं। मैं फिर से चार साल का हो गया, उनके हाथों को पकड़े हुए, जब वे भाग रहे थे।

वे एक दूर कृषि ग्रह पर व्यापार कर रहे थे, उनका जहाज विदेशी वस्तुओं से लदा हुआ था। "जेडिन", मैं एक ऐसा पका हुआ फल खा रहा था जिसका रस मेरी ठुड्डी से नीचे बह रहा था। मैं अपने माता-पिता की मुलाक़ात की कहानी सुन रहा था। मेरे पिता, एक निडर वैज्ञानिक, ओरियन आकाशगंगा से परे गए थे—ज्ञान के साधक, ब्रह्मांड के पथिक। और वहाँ, तारों की धूल से घिरे एक ग्रह मंडल में, उन्होंने उसे पाया था—वह फेलेरियन महिला जो आगे चलकर मेरी माँ बनी।

मेरी माँ फेलेरियन थीं—एक मानव-सदृश जाति, जो बिल्ली जैसे पूर्वजों से विकसित हुई थी। उनकी आँखों में आकाशगंगाएँ थीं; उनके फर के डिज़ाइन भूले-बिसरे नक्षत्रों की फुसफुसाहट। मेरी माँ—उनकी निगाहें जिज्ञासा और सावधानी का मिश्रण थीं—ने मेरे पिता का दिल जीत लिया था, जैसा कि कहानी में बताया गया है। उन्होंने दुनिया की कगार पर नृत्य किया था, उनका प्रेम ब्रह्मांडीय सीमाओं को चुनौती देता था।

लेकिन ख़तरा उनका पीछा कर रहा था। मुझे वो पीछा याद आ गया—वो लगातार पीछा। मेरी माँ का डर, उनकी आँखों में साफ़ दिखाई दे रहा था। मेरे पिता के ज़रूरी शब्द—फ़ेडरेशन के बारे में कुछ, उन्हें फ़ेडरेशन तक पहुँचना था, एक संदेश जो खो गया था।

और फिर, अँधेरा छा गया। मैं लगभग मर ही गया था—हमारा जहाज़ अचानक आग की लपटों में घिर गया था, और मैं समझ ही नहीं पा रहा था कि क्या हो रहा है। चीख-पुकार, धुआँ—अतीत और वर्तमान का गठजोड़। मेरा बेचैन मन सपने बुन रहा था—ग्रहों और वर्जित प्रेम के, भाग्य से उलझी जातियों के।

मैंने अपनी माँ की आवाज़ सुनी—जेडिन, उसकी कोमल विनती। आग की लपटें चटक रही थीं, वास्तविकता के किनारों को भस्म कर रही थीं। मेरे खोजी पिता, शून्य में फुसफुसाते राज़। फेलेरियन—उनका फर मेरी त्वचा से रगड़ रहा था, उनकी खर्राटियाँ भूली हुई यादों की लोरी थीं।

संघ—वह रहस्य जिसने उन सबको बाँध रखा था। मेरी चेतना एक पतली रस्सी के किनारे पर डगमगा रही थी। और फिर, शुक्र है, मैं एक बार फिर बेहोश हो गया।

हाइपरस्पेस से बाहर निकलते ही पॉड का लड़खड़ाना, अचानक हुए इस बदलाव से जहाज का काँपना और कराहना, मुझे मेरे बुरे सपनों से बाहर खींच लाया। अलार्म बज रहे थे, उनकी कर्कश चीखें तंग जगह में गूँज रही थीं, और कंट्रोल पैनल से धुएँ का एक घना गुबार उठ रहा था।

सपनों और हक़ीक़त की दुनिया के बीच फँसा मैं अलार्म और चीख़ें सुन सकता था। पर मैं आँखें खोलने की हिम्मत नहीं जुटा पा रहा था...

"क्या बकवास है!" टोरेस ने खाँसते हुए धुआँ दूर भगाते हुए कहा। अमारा तुरंत हरकत में आ गई।

"आग!" उसने कंट्रोल पैनल की ओर इशारा करते हुए चिल्लाया। "आग फैलने से पहले हमें इसे बुझाना होगा!"

दोनों को संकट की स्थितियों के लिए प्रशिक्षित किया गया था, और उन्होंने अभ्यास के साथ कुशलता से काम किया और धुएँ का स्रोत कंट्रोल पैनल पर लगी एक छोटी सी आग को पहचाना। दोनों ने मिलकर आग पर काबू पाया और धुएँ से निपटने के लिए अपने आपातकालीन ऑक्सीजन मास्क का इस्तेमाल किया। टोरेस ने अपनी इंजीनियरिंग विशेषज्ञता से तुरंत शॉर्ट सर्किट को दोषी मान लिया। उन्होंने कुशलता से प्रभावित तारों को अलग कर दिया, और जलते हुए प्लास्टिक की तीखी गंध हवा में फैल गई।

तत्काल ख़तरा टलने के बाद, उन्होंने अपना ध्यान लेफ्टिनेंट कार की ओर लगाया। वह अपनी सीट पर बेहोश पड़े थे, उनका चेहरा पीला और चिपचिपा था। अमारा, जिन्हें अपनी सुरक्षा ट्रेनिंग के दौरान एक चिकित्सक के रूप में कुछ प्रशिक्षण मिला था, ने जल्दी से उनकी चोटों का आकलन किया। उनका कंधा उखड़ गया था, और उनके हाथों और चेहरे पर कई जगह जलने के निशान थे। एक बड़े, उग्र लेज़र बर्न ने उनकी आधी कमीज़ को जला दिया था और उनके कंधों के बीच की त्वचा का एक बड़ा हिस्सा क्षतिग्रस्त हो गया था।

"हमें उसे स्थिर करना होगा," उसने गंभीर स्वर में कहा। "उसका बहुत खून बह गया है, और जलन बहुत गंभीर है।" टॉरेस की मदद से उन्होंने हार्नेस खोला और कर को धीरे से पॉड के फर्श पर करवट के बल लिटा दिया।

टॉरेस ने पावर को रीरूट करने और उनके नेविगेशन सिस्टम का आकलन करने का काम शुरू कर दिया, जबकि अमारा ने अलास्टार के ज़ख्मों का इलाज किया। जब मैं दर्द से कराह रहा था, तो उसने उसके कंधे को फिर से ठीक किया, और अपने दाँतों से सहानुभूति दिखाते हुए फुफकारने लगी। उसने जलने के घावों को साफ़ किया और पट्टी बाँधी, और पॉड की सीमित चिकित्सा सामग्री से एक सुखदायक बाम लगाया।

हालाँकि, लेज़र बर्न के लिए ज़्यादा विशिष्ट उपचार की ज़रूरत थी। उसने एक स्टेराइल ड्रेसिंग लगाई और अलास्टार को दवा किट से एक दर्द निवारक और सूजनरोधी इंजेक्शन लगाया। जब उसे कोई एंटीबायोटिक नहीं मिली, तो वह मन ही मन कोसने लगी। उसके ज़ख्म को भरने के लिए उन्हें जल्द ही मदद ढूँढ़नी होगी, खासकर उसकी पीठ में संक्रमण हो जाएगा।

टोरेस को यह समझने में ज़्यादा समय नहीं लगा कि पॉड के सेंसर खराब हो गए हैं। हालाँकि, व्यूपोर्ट पर एक नज़र डालने से उनकी सबसे बड़ी आशंकाएँ सच साबित हुईं: वे एक अनजान जगह में भटक रहे थे। जहाँ अमारा मेरी देखभाल कर रही थी, वहाँ पहुँचकर टोरेस ने कहा, "हमें एक संकट संकेत भेजना होगा।"

अमारा, अलास्टार के लिए अपनी पूरी कोशिश कर चुकी थी, और टॉरेस के साथ नियंत्रण कक्ष में शामिल हो गई। दोनों ने मिलकर क्षतिग्रस्त सेंसरों की मरम्मत की और उनकी स्थिति का पता लगाया। लेकिन उनकी कोशिशें बेकार गईं। वे अनजान तारों के समुद्र में भटक गए थे। कोई और विकल्प न होने पर, टॉरेस ने पॉड का आपातकालीन बीकन चालू कर दिया, इस उम्मीद में कि कहीं न कहीं कोई उनकी संकटकालीन पुकार सुन लेगा।

जवाब का इंतज़ार करते-करते मिनट घंटों में बदल गए। पॉड के अंदर घुटन सी थी, हवा तनाव और डर से भरी हुई थी। अमारा और टोरेस बारी-बारी से कर की जाँच कर रहे थे, जिसकी हालत गंभीर लेकिन स्थिर बनी हुई थी। वे धीमी आवाज़ में बात कर रहे थे, उनकी आवाज़ में चिंता झलक रही थी।

"क्या आपको लगता है कि कोई हमें ढूंढ लेगा?" अमारा ने पूछा, उसकी नज़रें नियंत्रण पैनल पर टिकी थीं।

टोरेस ने आह भरते हुए अपने बालों में हाथ फेरा। "पता नहीं। हम घर से बहुत दूर हैं, और पता नहीं कौन - या क्या - हमारा सिग्नल पकड़ लेगा।"

अमारा ने सिर हिलाया, उसके चेहरे पर गंभीरता थी। "हमें उम्मीद बनाए रखनी होगी। अभी हमारे पास बस यही है।"

जैसे-जैसे घंटे बीतते गए, थकान ने अपना असर दिखाना शुरू कर दिया। अमारा और टोरेस बारी-बारी से आराम कर रहे थे, उनके सपने उन भयावह घटनाओं से घिरे हुए थे जो उन्होंने देखी थीं। हर बार जब वे अपनी आँखें बंद करते, तो वे ज़ेफायर पर वापस आ जाते, और बेरहम एलियन हमले के खिलाफ अपनी जान की बाजी लगा रहे होते।

अमारा चौंककर उठी, उसका दिल ज़ोर-ज़ोर से धड़क रहा था। उसने व्यूपोर्ट की तरफ़ देखा, बाहर तारे ठंडे और बेजान से लग रहे थे। उसने अलास्टार को देखा, उसकी साँसें धीमी लेकिन स्थिर थीं, और फिर वह टोरेस के पास कंट्रोल रूम में चली गई।

"कुछ?" उसने पूछा, उसकी आवाज़ फुसफुसाहट से थोड़ी ही ऊपर थी।

टोरेस ने सिर हिलाया, उसकी आँखें थकी हुई और लाल थीं। "अभी कुछ नहीं। लेकिन हम हार नहीं मान सकते।"

दिन VI: ऑपरेशन

अध्याय 37

कप्तान नीचे

समय संरचना अनिश्चित *–00:00*

अल्पकालिक आपातकालीन उपयोग के लिए डिज़ाइन किया गया एस्केप पॉड अब उनका तंग और असुरक्षित आश्रय बन गया था। ज़ेफायर पर हमले को एक दिन बीत चुका था, और पॉड के अंदरूनी हिस्से पर लगभग घातक लेज़र हमले के निशान थे। कभी बेदाग़ सफ़ेद दीवारें अब कालिख और गंदगी से सनी हुई थीं, और नियंत्रण कक्ष खुले तारों और टिमटिमाती रोशनियों का एक ढेर था। बिखरे हुए औज़ार, खाली राशन के पैकेट, जली हुई धातु की गंध और एंटीसेप्टिक की हल्की-सी खुशबू हवा में घुली हुई थी, जो उनके अस्तित्व के लिए बेताब संघर्ष का प्रमाण थी।

एलियन जहाज के लेज़र ने उनके पॉड पर उससे ज़्यादा ज़ोर से प्रहार किया था जितना उन्होंने शुरू में सोचा था। नुकसान बहुत ज़्यादा था; नेविगेशन सिस्टम पूरी तरह से काम नहीं कर रहा था, और सिर्फ़ कुछ थ्रस्टर ही काम कर रहे थे। बदकिस्मती से, वे बीच रास्ते में फँस गए थे, और उन्हें समझ नहीं आ रहा था कि आगे क्या करें।

Lieutenant Alastar Kar

एनसाइन अमारा मार्टिनेज़ मॉर्गन, जिनका युवा चेहरा थकान से भरा हुआ था, मुझ पर नज़र रखे हुए थीं। मरते हुए ज़ेफायर से पॉड निकालने के कई घंटों बाद मैं आखिरकार जागा। मेरी पीठ पर लगे लेज़र के निशान, जो हमारे बाल-बाल बचने की एक भयावह याद दिलाते थे, संक्रमित हो गए थे, और मेरा बुखार बार-बार उतर रहा था। आराम करने की उनकी विनती के बावजूद, मैं क्षतिग्रस्त नेविगेशन सिस्टम को ठीक करने की कोशिश करता रहा। मेरे हमेशा स्थिर रहने वाले हाथ काम करते हुए काँप रहे थे, मेरा चेहरा चोटों के दर्द से पीला और तना हुआ था। वह जानती थीं कि मैं खुद पर बहुत ज़्यादा दबाव डाल रहा हूँ, लेकिन वह मेरी हताशा और उत्तरजीवी होने के अपराधबोध को भी समझती थीं। हम खो गए थे, पता नहीं कहाँ भटक रहे थे और हमारा अस्तित्व खतरे में था।

"अलास्टार, प्लीज़," उसने मेरे हाथ पर हाथ रखते हुए धीरे से कहा, "तुम्हें आराम करने की ज़रूरत है। तुम्हें चोट लगी है और तुम्हें ठीक होने का मौका नहीं मिला है। एक मिनट के लिए बैठ जाओ और मुझे उस जलन को फिर से देखने दो।"

मैंने दाँत पीस लिए, मेरे कंधे का दर्द मेरी बाँह तक फैल रहा था। "हम यहाँ बैठकर मरने का इंतज़ार नहीं कर सकते," मैंने थकान और निर्जलीकरण से भारी आवाज़ में कहा। "हमें इस मुसीबत से निकलने का कोई रास्ता ढूँढ़ना होगा।"

अमारा ने आह भरी, यह जानते हुए कि बहस करना बेकार होगा। उसने मुझे राशन का पैकेट और पानी का पाउच दिया। "काम करते हुए कम से कम कुछ तो खा ही लो," उसने धीमी आवाज़ में कहा।

मैंने उसे कृतज्ञता भरी मुस्कान दी, मेरी आँखों में दृढ़ संकल्प था जो मेरी कमज़ोरी को झुठला रहा था। मैंने उस हल्के, पोषक तत्वों से

भरपूर पेस्ट का एक निवाला खाया, फिर अपना ध्यान अपने काम पर केंद्रित कर लिया।

पॉड के पायलट जेवियर टोरेस, जो एक तेज बुद्धि और तात्कालिकता में निपुण युवक थे, ने कहा, "वह सही कह रहे हैं, अमारा। हमें घर वापस जाने के लिए हर संभव प्रयास करना होगा।"

"हमें अपने संसाधनों का संरक्षण करना होगा," अमारा ने ज़ोर देकर कहा, उसकी आवाज़ धीमी लेकिन दृढ़ थी। उसे मेरी, सचमुच हम सबकी चिंता थी।

"मैं हर चीज़ का हिसाब-किताब कर रहा हूँ," टॉरेस ने कहा, उसका हमेशा खुशमिजाज़ व्यवहार अब एक गंभीर दृढ़ संकल्प में बदल गया था। "अगर हम राशनिंग जारी रखते हैं, तो हमारे पास दो या तीन दिन और गुज़ारा करने के लिए पर्याप्त सामान होगा।"

"कितने घंटे हो गए?" मैंने पूछा। "अरे बाप रे," जब दोनों में से किसी ने भी मेरे सवाल का जवाब नहीं दिया, तो मैं चिल्लाया। "हम यहाँ यूँ ही बैठकर कुछ नहीं कर सकते,"

अमारा ने जेवियर को चिंतित नज़रों से देखा। एक घंटे से भी कम समय में यह कम से कम पाँचवीं बार था जब मैंने उनसे यही सवाल पूछा था। वे जानते थे कि मैं अपनी हद से ज़्यादा ज़ोर लगा रही हूँ, लेकिन मेरी ज़िद का सामना करना मुश्किल था।

"ठीक है," उसने स्वीकार किया, "लेकिन कम से कम मुझे मदद तो करने दो।"

अगले एक घंटे तक हम तीनों ने मिलकर काम किया, हमारी उंगलियाँ उस जटिल सर्किटरी को टटोल रही थीं, हमारे दिमाग़ किसी समाधान की तलाश में दौड़ रहे थे। लेकिन नुकसान बहुत ज़्यादा था। जैसे-जैसे मिनट बीतते गए, अमारा समझ गई कि मैं गिरने ही वाला था। लेकिन मैं नहीं गिरा।

"सर... अलास्टार। अल।" अमारा ने धीरे से कहा, "हमने अपनी तरफ़ से पूरी कोशिश की है," उसने मेरे हाथ पर हाथ रखा और मुझे उस अस्थायी बिस्तर की ओर ले गई जो उन्होंने मेरे लिए बनाया था। "हमें बस इंतज़ार करना होगा और उम्मीद करनी होगी कि कोई हमारा संकट

संकेत पकड़ ले," उसने मुझे ज़मीन पर नीचे उतारने में मदद करते हुए कहा।

इसके बाद पॉड शांत हो गया, बस जीवन रक्षक प्रणालियों की लगातार गड़गड़ाहट और क्षतिग्रस्त संचार उपकरणों से कभी-कभार आने वाली स्थैतिक ध्वनि सुनाई दे रही थी। उन्होंने अपनी कीमती ऑक्सीजन बचाने की उम्मीद में, पाली में सोने का फैसला किया।

हमारी सीमित आपूर्ति कम होती जा रही थी, और पॉड के अंदर की हवा बासी और पतली होने लगी थी। कार्बन डाइऑक्साइड के जमाव के कारण हमारी आँखें खोलना मुश्किल हो रहा था। पिछले एक घंटे से कोई भी नहीं बोला था। मैं काम चलाऊ बिस्तर पर लेटा था; मैंने अकल्पनीय बात भी सोची थी - हैच खोलकर और अंतरिक्ष के शून्य को खुद को निगल जाने देकर हमारी पीड़ा का अंत। यह बहुत जल्दी होगा। लेकिन अमारा और जेवियर का ख्याल, जिनके चेहरे डर और हताशा से भरे थे, मेरे ज़ेहन में ठहर गया था। हमारी ऊर्जा का भंडार खत्म हो चुका था, और हम तीनों अपनी नियति से जूझ रहे थे।

बीप…बीप…बीप…बीप…

"क्या?" एक और लगातार बीप की आवाज़ सुनकर मैं कर्कश स्वर में बोला। पहले तो यह धीमी और दूर की आवाज़ लगी, लेकिन जैसे-जैसे यह जारी रही, मैं अपनी मूर्छा से बाहर आया और जाग गया। अचानक, तीखे अलार्म ने मुझे झकझोर कर जगा दिया। ऑक्सीजन की कमी से जूझ रहे मेरे दिमाग को निकटता की चेतावनी समझने में एक पल लगा। धड़कते दिल के साथ, मैं अपने हाथों और घुटनों के बल उठने के लिए संघर्ष कर रहा था। मैं आधा रेंगता हुआ, आधा घसीटता हुआ खुद को नष्ट हो चुके कंट्रोल कंसोल की ओर ले गया, मेरी हर हरकत एक जलती हुई पीड़ा थी। दर्द, नींद की कमी और ऑक्सीजन की कमी के कोहरे से लड़ते हुए मेरी दृष्टि धुंधली हो गई। ऊपर पहुँचकर मैंने कंसोल पर एक सेंसर को छुआ। व्यूस्क्रीन टिमटिमा उठी और एक भयानक दृश्य सामने आया: एक विशाल ग्रह बड़ा दिखाई दे रहा था, जिसकी सतह नीले महासागरों, हरे-भरे जंगलों और घूमते बादलों का एक चिथड़ा सा रूप थी। और हम टकराव की राह पर थे!

जैसे ही मुझे हमारी मुश्किल का एहसास हुआ, मैं घबरा गया। नेविगेशन सिस्टम खराब हो गया था और सिर्फ़ दो थ्रस्टर चालू थे, टक्कर से बचने का कोई रास्ता नहीं था। हम अनजान ग्रह की ओर तेज़ी से बढ़ रहे थे, और दुर्घटना में उनके बचने की संभावना बहुत कम थी!

"अमारा! जेवियर!" मैंने फुसफुसाया; मेरी आवाज़ मुश्किल से सुनाई दे रही थी। "उठो! हम दुर्घटनाग्रस्त होने वाले हैं!"

दो थ्रस्टर्स के अलावा पॉड को नियंत्रित करने का कोई और तरीका न होने के कारण, मुझे पता था कि हम टक्कर की राह पर हैं। अमारा और जेवियर जहाँ लेटे थे, वहाँ रेंगते हुए, मेरी पीठ पर जलन के साथ दर्द बढ़ रहा था, मेरा पेट लड़खड़ाने लगा और मेरी नज़र धुंधली हो गई, मैंने उन्हें हिलाकर जगाया। "हम टक्कर की राह पर हैं," मैंने बुदबुदाया, घबराहट बढ़ती जा रही थी।

अमारा की आँखें डर के मारे चौड़ी हो गईं, लेकिन उसने सिर हिलाकर जेवियर का कंधा हिलाकर उसे जगाया। वह उठकर बैठने लगा और दोनों ने डर के मारे आँखें चौड़ी करके व्यूस्क्रीन की तरफ देखा, जब हम उस भयावह दृश्य को देख रहे थे।

मैंने स्थिति समझाई, मेरी आवाज़ हताशा से काँप रही थी। "हमारे पास दो थ्रस्टर काम कर रहे हैं, लेकिन हमारे प्रक्षेप पथ पर कोई नियंत्रण नहीं है। आप सीट बेल्ट बाँध लीजिए, मैं प्रभाव को कम करने की कोशिश करूँगा।"

जैसे ही अमारा और जेवियर अपनी सीटों की ओर रेंगते हुए पहुँचे, उनके चेहरे डर से पीले पड़ गए। मेरा शरीर दर्द से कराह रहा था, लेकिन मैंने बड़ी मुश्किल से खुद को संभाला और लड़खड़ाते हुए कंट्रोल तक पहुँचा। पायलट सीट पर खुद को कसकर, मैंने कंट्रोल स्टिक पकड़ ली और किसी चमत्कार की उम्मीद में मन ही मन प्रार्थना की।

हमारे सामने वाला ग्रह व्यू स्क्रीन पर हर सेकंड बड़ा होता जा रहा था, नीले और हरे रंगों का मिश्रण, हल्के बादलों और भूरे धब्बों के साथ। जल्द ही व्यू स्क्रीन पर हमें बस यही दिखाई दे रहा था कि जैसे-जैसे हम उसकी ओर बढ़ रहे थे, ग्रह और भी बड़ा होता जा रहा था।

जैसे ही पॉड ग्रह के वायुमंडल में प्रवेश किया, घर्षण से तीव्र गर्मी उत्पन्न हुई जिससे अंदर का भाग भट्टी जैसा महसूस होने लगा। मैंने

जी-फोर्स से लड़ते हुए, हाथों से नियंत्रणों को ज़ोरदार तरीके से पकड़ रखा था। जब पॉड अनियंत्रित रूप से हिलने लगा, तो मैंने नियंत्रणों को पीछे खींच लिया और पॉड को कम गहराई में ले जाने की पूरी कोशिश की।

जैसे-जैसे पॉड के अंदर का तापमान बढ़ता जा रहा था, हमारे चेहरों पर पसीना आ रहा था। मैं डर के मारे देख रहा था कि कैसे सतह हमारी ओर तेज़ी से आ रही है। "हम लगभग पहुँच ही गए हैं," मैंने बुदबुदाया, और खुद को भी उतना ही आश्वस्त करने की कोशिश कर रहा था जितना दूसरों को। "ज़रा ठहरो।" एड्रेनालाईन के आखिरी झोंके के साथ, मैंने पॉड को सुरक्षित लैंडिंग के लिए कोण पर लाने की आखिरी कोशिश में बचे हुए दो थ्रस्टर्स चला दिए।

एक बहरा कर देने वाली गर्जना के साथ, हम पृथ्वी की सतह से टकराए, हड्डियों को झकझोर देने वाली टक्कर के साथ, पॉड उबड़-खाबड़ ज़मीन पर उछलता और लुढ़कता रहा। टक्कर से मेरी साँसें रुक गईं, और मेरा हार्नेस कसकर खिंच गया, जिससे झटके कम हुए, और मेरी दृष्टि धुंधली हो गई क्योंकि हम इधर-उधर उछल रहे थे। पेड़ और चट्टानें एक चक्करदार धुंध में गुज़र गईं। आखिरकार, मानो अनंत काल के बाद, पॉड फिसलकर रुक गया, उसका क्षतिग्रस्त शरीर नरम मिट्टी में धँसा हुआ था।

हम उतर चुके थे!

अध्याय 38

जहाज़ टूट गया!

समय अनिश्चित*00:00*

धुआँ और जली हुई धातु व प्लास्टिक की तीखी गंध ही वह पहली चीज़ थी जिसका मुझे एहसास हुआ। एक पल के लिए मैं एक बुरे सपने में फँस गया, आग की लपटें मुझे चूम रही थीं, और मैं अपनी माँ को पुकार रहा था। फिर मेरी आँखें खुलीं, और मैंने पाया कि मैं अभी भी पायलट सीट पर उल्टा बंधा हुआ हूँ।

खांसते हुए, मेरा सिर धड़क रहा था, शरीर दर्द कर रहा था, मैंने पुकारा, "क्या सब ठीक हैं?" धुएं और रासायनिक धुएं से मेरी आवाज भारी और गंभीर हो गई थी।

"मैं यहाँ हूँ," अमारा ने अपने हार्नेस से कमज़ोर स्वर में उत्तर दिया, उसकी आवाज़ तनावपूर्ण लेकिन स्थिर थी। "जेवियर?"

"हाँ," जेवियर ने कराहते हुए कहा। "मुझे लगता है कि मैं ठीक हूँ।"

कंधे और पीठ में तेज़ दर्द को नज़रअंदाज़ करते हुए, मैंने अपनी पट्टियाँ खोलीं और ज़मीन पर गिर पड़ा या नीचे छत पर? कोई फ़र्क़ नहीं पड़ा। हम ज़िंदा थे! मैं मलबे से होते हुए सावधानी से अपने दल की जाँच करने गया। वे चोटिल और घायल थे, लेकिन ज़िंदा थे। पॉड अस्त-व्यस्त था, हमारे पास जो थोड़ा-बहुत सामान बचा था, वह बिखरा हुआ था, लेकिन हम दुर्घटना से बच गए थे। मैंने हर एक की चोटों की जाँच की, और राहत की साँस ली कि उन्हें कोई गंभीर चोट नहीं लगी।

"हमें यहाँ से निकलना होगा," मैंने कहा, मेरी हिम्मत जवाब दे गई थी, और मेरी आवाज़ और भी तेज़ हो गई थी। धुआँ घना होता जा रहा था, और हालाँकि हमें कोई लपटें दिखाई नहीं दे रही थीं, फिर भी

इसमें कोई शक नहीं था कि यह और भी भयानक होने वाला था। "ज़ाहिर है, जितना हम देख सकते हैं, उससे कहीं ज़्यादा नुकसान हुआ है।"

खाँसते हुए, धुएँ से उसकी आँखें जलने लगीं, अमारा ने हैच की ओर इशारा किया। "वातावरण... क्या यहाँ साँस लेने लायक है?"

मैंने कंधे उचका दिए, "कौन जाने? पर मुझे पता है कि हमारे पास सूट नहीं हैं। या तो यहाँ दम घुटेगा या बाहर मौज-मस्ती करनी पड़ेगी।"

हम तीनों ने इधर-उधर और एक-दूसरे की ओर देखा और मौन सहमति के साथ हम हैच की ओर मुड़ गए।

नए दृढ़ संकल्प के साथ, हम सब मिलकर हैच खोलने में लगे रहे, अपनी कमज़ोर और जर्जर अवस्था में, मुड़ी हुई धातु से जूझते हुए। आखिरकार जब हम उसे खोल पाए, तो ताज़ी हवा पॉड में भर गई, अपने साथ नम मिट्टी और अनजानी वनस्पतियों की खुशबू लेकर। पॉड में भरे तीखे धुएँ से राहत मिली। हम रेंगते हुए बाहर निकले, तेज़ धूप से बचते हुए, अपनी आँखें अपरिचित परिदृश्य के साथ तालमेल बिठाते हुए।

हम खुद को एक ऊँचे पहाड़ के किनारे पर पा गए। हमारे सामने फैला हुआ परिदृश्य, घने जंगलों, लुढ़कती पहाड़ियों और विशाल मैदानों का मिश्रण। आसमान चटक नीला था, जिस पर हल्के सफेद बादल बिखरे हुए थे। यह...

"सुंदर! यह जगह बहुत खूबसूरत है," अमारा ने फुसफुसाते हुए कहा, उसकी आँखें जीवंत रंगों और विदेशी पत्तियों को निहार रही थीं।

"हाँ, आशा करते हैं कि यह शत्रुतापूर्ण न हो," जेवियर ने बुदबुदाया, उसका हाथ सहज रूप से उसकी बगल की ओर बढ़ गया।

अपनी चोटों के बावजूद, मैंने ज़िम्मेदारी संभाली। "हमें पानी का स्रोत ढूँढ़ना होगा और संकट संकेत स्थापित करना होगा। आइए, पॉड से जितना हो सके, बचाएँ।"

जब तक पॉड से धुआँ साफ़ नहीं हो गया, हम आराम करते रहे और इंतज़ार करते रहे। अगला एक घंटा हमने मलबे से जो कुछ भी बचा सकते थे, उसे निकालने में बिताया। खाना, पानी, चिकित्सा सामग्री और

एक पोर्टेबल संकट संकेत हमारी मुख्य प्राथमिकताएँ थीं। मेरी पीठ दर्द से जल रही थी, लेकिन मैंने उसे नज़रअंदाज़ किया और अपने काम पर ध्यान केंद्रित किया।

जब हमारे पास उठाने लायक सारा सामान इकट्ठा हो गया, तो हम पास के पेड़ों के झुंड की ओर चल पड़े। जंगल छाया और संभावित संसाधन दोनों प्रदान करता था, और हमें दोनों की ज़रूरत थी। हर कदम संघर्षपूर्ण था, लेकिन हम आगे बढ़ते रहे।

"हमें आश्रय और पानी ढूँढ़ना होगा," अमारा ने कहा, उसकी जीवित रहने की ट्रेनिंग काम कर रही थी। "और अगर कोई हमें ढूँढ़ रहा हो, तो हमें एक सिग्नल भी लगाना होगा।" अमारा ने चारों ओर देखते हुए, विस्मय और थकान से भरी आवाज़ में कहा। "यह जगह अद्भुत है। यकीन करना मुश्किल है कि हम लगभग मर ही गए थे।"

हम तीनों ने एक-दूसरे को देखा, हमारे बीच एक मौन समझ का संचार हुआ। हम अंतरिक्ष में एक क्रैश लैंडिंग और लगभग मौत के अनुभव से बच गए थे।यह नया ग्रह हम पर जो भी आक्रमण करेगा, हम उसका सामना कर सकते हैं।

जंगल के किनारे पहुँचते ही हमें साफ़, बहते पानी की एक छोटी सी धारा मिली। हम घुटनों के बल बैठकर पानी पीने लगे, ठंडा पानी हमारे सूखे गले को राहत दे रहा था।

"यह जगह कैंप लगाने और संकट संकेत (डिस्ट्रेस बीकन) के लिए किसी भी जगह से बेहतर है," मैंने दृढ़ता से कहा। जेवियर और अमारा सहमत हुए। हमने मिलकर कैंप लगाया, और टहनियों और पत्तों से एक आश्रय बनाया। मैंने संकट संकेत (डिस्ट्रेस बीकन) को पानी के पास एक साफ़ जगह पर लगाया, यह सुनिश्चित करते हुए कि वह हमारी लोकेशन प्रसारित कर रहा हो। संकेत (बीकन) का स्थिर संकेत एक छोटी सी राहत थी, एक याद दिलाता था कि अभी भी उम्मीद बाकी है।

हम एक क्षतिग्रस्त पॉड में बाल-बाल बच गए थे, जिससे हमारे जहाज और चालक दल का भविष्य अनिश्चित हो गया था। अंतरिक्ष में खोए हुए, हमें अज्ञात को पार करना था और हमले के पीछे की सच्चाई को उजागर करना था, साथ ही अपनी निजी समस्याओं से भी जूझना था।

मैंने अपने ठंडे और थके हुए शरीरों को गर्म करने के लिए एक चटकती हुई आग जलाई। चटकती लपटों की रोशनी अमारा और मेरे चेहरों पर टिमटिमाती परछाइयाँ डाल रही थी, हमारे थके हुए भावों को और भी निखार रही थी। दुर्घटना के अवशेष हमारे पीछे, पहाड़ पर थोड़ी दूर पर बिखरे पड़े थे। गेन लोगों के हमले और विश्वासघात की याद दिलाते हुए।क्या ज़ेफायर पर कोई ज़िंदा बच निकला? क्या कैप्टन राइकर को भी वही अनुभव हुआ जो हमने झेला—या उससे भी बुरा? क्या हम बच पाएँगे ताकि सच्चाई का पता लगा सकें?

मानो मेरे मन की बात पढ़कर, अमारा आग के पास झुक गई, उसकी आवाज़ स्थिर लेकिन ज़रूरी थी। "हमें यकीन करना होगा कि दूसरे लोग भी बच गए। और कोई हमें ढूँढ़ रहा है। हम दुर्घटना में बच गए, लेकिन अभी हमारा काम पूरा नहीं हुआ है।"

मैंने उसकी नज़रों से मुलाकात की, दृढ़ निश्चय, उसके चेहरे पर कठोरता और मेरी हिम्मत बढ़ी। "तुम सही कह रही हो। हम इतनी दूर आ गए हैं कि अब निराशा को हावी नहीं होने देना चाहिए। साथ मिलकर, हम इस बुरे सपने से भी ज़्यादा मज़बूत हैं।"

मैं रुका और अपनी धड़कती हुई धड़कन को शांत करने के लिए गहरी साँस ली। मैंने अपने आस-पास के घने जंगल पर नज़र डाली, जैसे हल्की हवा ऊपर पेड़ों की शाखाओं को हिला रही हो और परछाइयाँ जीवंत लग रही हों। "हम एक-दूसरे के लिए लड़ते हैं," मैंने कहा, मेरी आत्मा में कंपन के बावजूद मेरी आवाज़ स्थिर थी। "आगे चाहे कुछ भी हो, हम हार नहीं मानेंगे।"

अमारा ने मेरे बगल में ज़ोर से सिर हिलाया; उसकी गर्म भूरी आँखें उस बढ़ते अँधेरे में जुड़वाँ तारों की तरह चमक रही थीं। "बिल्कुल! हमें ढूँढ़ लिया जाएगा—क्योंकि हम खोना नहीं चाहते।" उसके शब्दों ने मेरे अंदर एक ऐसी आग जला दी जो आस-पास जल रही लपटों से भी ज़्यादा थी।

अपनी रगों में उमड़ते दृढ़ संकल्प के साथ, मैंने अपनी आँखें क्षितिज की ओर घुमाईं और दो उगते चाँद को देखा। रात अनिश्चितता से भरी थी, लेकिन साथ मिलकर हमारे पास एक मौका था। हम आगे जो भी आएगा उसका सामना करने के लिए तैयार थे।

करने के लिए जारी...

भूत जहाज श्रृंखला

रोमांचक खबर! यात्रा पुस्तक 2: गैलेक्टिक घोस्ट्स—कोलिजन कोर्स के साथ जारी है। इस अगली किस्त में, अंतरिक्ष की गहराइयों में, एक सरोगेट कैप्टन, लेफ्टिनेंट अलास्टार कार को अपनी छिपी हुई वंशावली और एक ध्वजवाहक के लिए बढ़ती भावनाओं का सामना करना होगा, क्योंकि वे गैलेक्टिक भूतों के चंगुल से बचने के लिए समय के खिलाफ दौड़ लगाते हैं।

यदि आप द घोस्ट शिप्स श्रृंखला का अनुसरण करने में रुचि रखते हैं और आगे क्या होने वाला है, इसके बारे में अधिक जानना चाहते हैं, तो अपडेट के लिए बने रहें!

www.ingramcontent.com/pod-product-compliance
Lightning Source LLC
LaVergne TN
LVHW050653051026
849532LV00002B/632
* 9 7 9 8 3 4 9 6 5 9 0 1 0 *